T0246367

ÉRASE UNA VEZ

GRANTRAVESÍA

KIYASH MONSEF

ÉRASE UNA VEZ

Traducción de Luis Carlos Fuentes

GRANTRAVESÍA

Ésta es una obra de ficción. Los nombres, personajes, lugares e incidentes son producto de la imaginación del autor, o se usan de manera ficticia. Cualquier semejanza con personas (vivas o muertas), acontecimientos o lugares reales es mera coincidencia.

ÉRASE UNA VEZ

Título original: *Once There Was*

Publicado según acuerdo con Simon & Schuster Books para Young Readers, un sello de Simon & Schuster Children's Publishing Division.

Traducción: Luis Carlos Fuentes

Ilustración de portada: © 2023, Mike Heath
Diseño de portada: Krista Vossen
Portada: © 2023, Simon & Schuster, Inc.

D.R. © 2024, Editorial Océano de México, S.A. de C.V.
Guillermo Barroso 17-5, Col. Industrial Las Armas
Tlalnepantla de Baz, 54080, Estado de México
www.oceano.mx
www.grantravesia.com

Primera edición: 2024

ISBN: 978-607-557-802-6

IMPRESO EN MÉXICO / *PRINTED IN MEXICO*

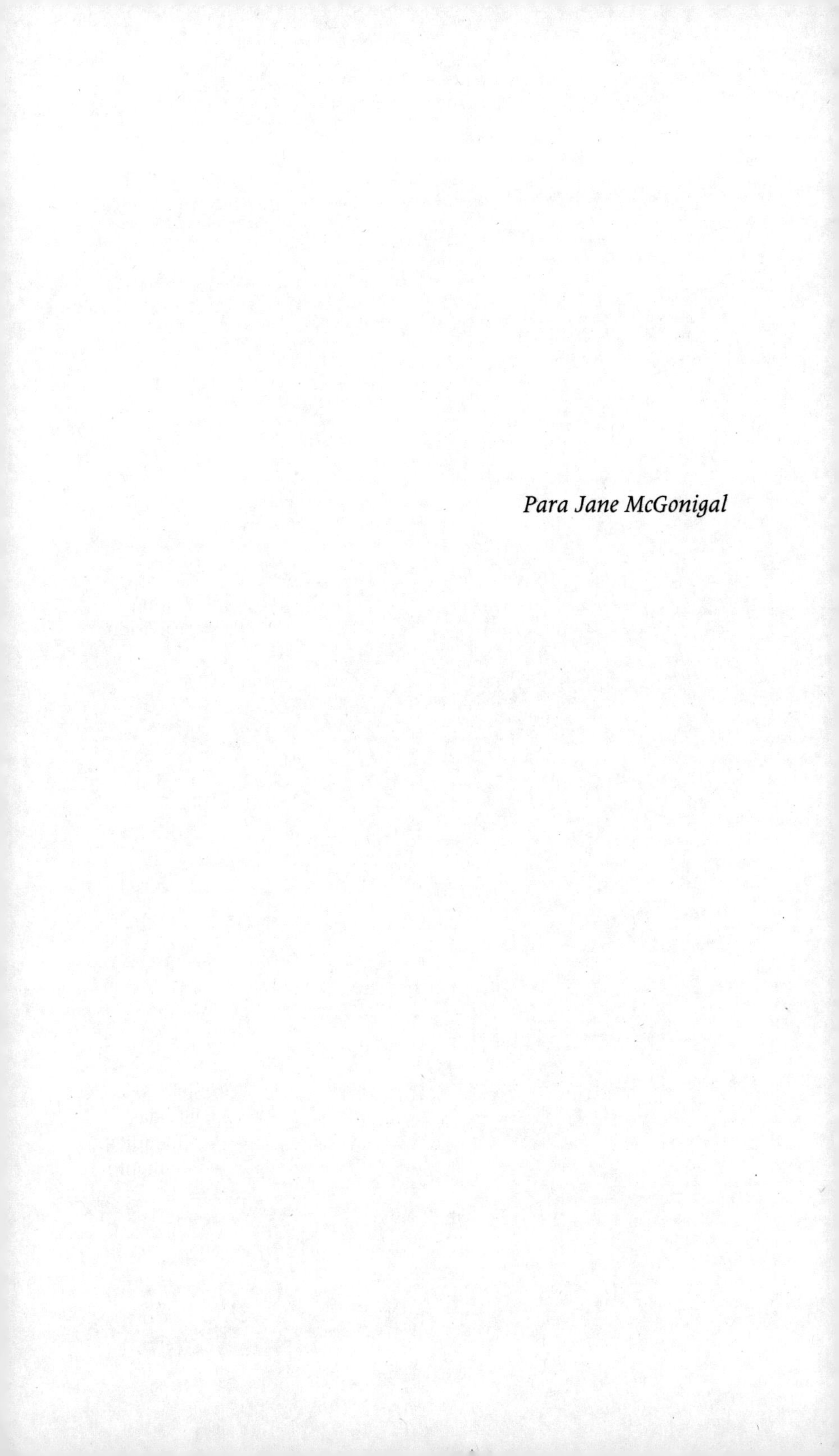

Para Jane McGonigal

CAPÍTULO UNO

LA CHICA QUE SALVÓ A UN UNICORNIO

Érase que se era, érase que no era.

Hace mucho tiempo, en aquel bosque ubicado entre los montes Elburz y el mar Caspio, una niña fue a recolectar hongos.

Había llovido el día anterior. La tierra estaba suave y húmeda y el aire olía a suelo franco y musgo. Era un buen día para recoger hongos, y la niña casi había llenado su canasta con melenas de león y grifolas frondosas cuando escuchó un sonido lejano entre los árboles. Se oía como un animal que chillara de dolor.

Había leopardos en el bosque, y chacales, y osos pardos. Pero a esta niña no le gustaba pensar que alguna criatura estuviera sufriendo. Así que se internó en el bosque, en dirección del sonido, para ver si podía ayudar. Un poco alejada del sendero, en un claro del bosque profundo, encontró la fuente de los chillidos.

El unicornio sangraba y estaba asustado, tenía su pata atrapada en la trampa de un cazador. Era una bestia enorme y muy salvaje. La niña nunca había visto un animal semejante, y de inmediato supo que era especial. También supo que en cuanto el cazador volviera para revisar su trampa, el unicornio iba a morir. Así que se sobrepuso a su miedo y se acercó en silencio, tan delicada y cuidadosamente como le fue posible. Para tranquilizarlo le ofreció algunos de los hongos que había recogido. Y cuando sintió que era seguro aproximarse, la niña se agachó y abrió la trampa.

La bestia pareció llenar el claro entero con sus largas patas y su cuerno peligroso y afilado. La niña se quedó allí parada, inmóvil, demasiado sobrecogida y asustada para moverse. El unicornio observó a su salvadora por un largo tiempo. Luego dio un paso cauteloso con su pata lastimada hacia la niña, inclinó su enorme cabeza y le clavó el cuerno en el pecho, justo encima del corazón.

La niña cayó al suelo, y al hacerlo, un pedazo del cuerno del unicornio se rompió dentro de ella. El unicornio la observó por otro rato, entonces se dio la media vuelta y se internó en el bosque, cojeando por la pata herida, y no volvió a ser visto en cien años.

La niña, sangrante y conmocionada, se las arregló para reunir la fuerza suficiente para regresar al pueblo donde vivía, en las orillas del bosque. Allí colapsó y fue cargada hasta su cama, donde yació por varios días. Al principio nadie creyó que sobreviviría. Pero después de un día, el sangrado cedió. Y después de tres, el dolor comenzó a desaparecer. Lentamente la herida se fue haciendo más y más pequeña, hasta que lo único que quedó fue una cicatriz en forma de medialuna, justo encima de su corazón, y un pedacito de cuerno de unicornio alojado entre sus costillas.

El tiempo pasó y la niña se convirtió en mujer. Fue desposada y tuvo hijos, algunos de los cuales, al nacer, también exhibieron una mancha en forma de medialuna encima del corazón, y los hijos de sus hijos, y así sucesivamente. Se dice, aunque nadie puede estar seguro, que algunos de los descendientes de la niña todavía viven al día de hoy, y que unos cuantos aún llevan esa marca sobre su piel, donde el unicornio la tocó por primera vez.

Y se murmura que tal vez, sólo tal vez, todavía queda un poco del unicornio en su interior.

CAPÍTULO DOS

EL TRABAJO

No tendría que haber estado atendiendo la recepción. Una clínica veterinaria no es lugar para una persona impaciente, y yo estaba furiosa con todo y con todos en el Universo. Pero Dominic necesitaba una pausa para almorzar y todos los técnicos estaban ocupados, y como habría dicho papá, "El mundo no se detiene en consideración a nuestros sentimientos, Marjan". Lo cual me dejó como la cara amable de nuestro consultorio. Así que allí estaba yo, rogando para que el teléfono no sonara y la recepción siguiera vacía durante la siguiente media hora, de modo que pudiera estar pacíficamente enojada con el mundo.

Estaba enojada sobre todo por dos cosas. La primera era la clínica en sí. Desde hacía tres semanas, la Clínica Animal de West Berkeley me pertenecía a mí. Yo nunca lo pedí, y la primera semana de mi segundo año en la escuela secundaria no era exactamente el mejor momento para convertirme de pronto en la dueña de una clínica veterinaria sumida en deudas. Además de la escuela, las tareas y lo que escasamente podía pasar por una vida social, ahora pendían sobre mí la nómina de empleados, el pago del alquiler y el seguro, el balance de las utilidades, y un montón de responsabilidades que yo no había buscado ni quería. Incluyendo cubrir a Dominic en la recepción para que pudiera comer su almuerzo.

Y luego estaba la manera en que había ocurrido.

Ésta era la clínica de papá. Él era veterinario y había sido propietario de este lugar desde que yo podía recordar. Los padres normalmente no entregan sus negocios a sus hijas adolescentes. Pero papá no era normal. De cualquier forma, no le había quedado de otra.

La policía no estaba precisamente segura de cómo había sido asesinado. No había ningún arma homicida, pero nadie podía imaginar cómo una persona podía haber hecho *aquello* únicamente con las manos. Escuché a uno de los socorristas decir que parecía que lo había arrollado un camión. Pero ni siquiera eso explicaba las quemaduras.

No había sospechosos. No había huellas dactilares ni pisadas. No había ADN de cabellos ajenos ni restos de piel ni nada de eso que se ve en los programas de televisión. No había grabaciones de la cámara de seguridad. Ni siquiera existía un motivo que alguien pudiera suponer. Nada había sido robado de nuestra casa. Nada había sido alterado, excepto en la habitación donde papá había muerto.

Ésa era la segunda cosa por la que estaba furiosa.

Había estado viniendo a la clínica durante la última semana. Pasaba la mayor parte del tiempo en la vieja oficina de papá, que era tranquila y pequeña y se sentía segura de un modo en que no se sentía ningún otro lugar. O me iba a la sala de procedimientos, donde podía ponerme una mascarilla y desaparecer, y lo único que tenía que hacer era acariciar a los animales y mantenerlos tranquilos. En la recepción me sentía expuesta. Me sentía como un perrito en el aparador de una tienda de mascotas, sólo que en lugar de perrito yo era un lobezno, y uno rabioso.

Pero no había nadie más para desahogarme, así que me senté en la silla de Dominic y me encajé las uñas en las palmas para distraerme, y me dije que estaría bien —no muy bien, ni remotamente— sino sólo bien, en tanto que no tuviera que hablar con nadie.

Me decía eso cuando la puerta se abrió.

Ella vino directo hacia el escritorio, sin prisa, un misil termodirigido con una carita feliz pintada en él. Supuse que tendría unos veintipocos años. Pelo castaño, finas gafas con armazón de alambre, ojos castaños que se clavaron en los míos en el instante en que me vio. Una sonrisa que me hizo sentir un poco como una amiga y un poco como una presa.

No llevaba un animal con ella. Eso nunca es buena señal en una clínica veterinaria.

—Tú debes ser Marjan —dijo—. Siento mucho lo de tu papá.

Y sabía mi nombre. Todavía peor.

—¿Quién eres? —lo afilado de mi voz hubiera podido cortar hueso, pero su sonrisa nunca vaciló.

—No nos conocemos —dijo.

—¿Mi papá te debía dinero? —pregunté—. Porque tendrás que hablar con su contador, y prácticamente puedo asegurarte que…

Ella descartó la pregunta con un ademán, luego metió la mano en su bolso de lona, sacó una tarjeta de presentación y la dejó frente a mí sobre el escritorio de la recepción. No había palabras en ella, solamente un símbolo estampado en bronce: una tetera con una figura serpentina enrollada en su interior. Esperé a ver si ella me explicaba lo que estaba mirando, hasta que fue evidente que ella esperaba a que yo lo reconociera.

—¿No? —dijo por fin. Sacudí mi cabeza. Ella volvió a sonreír, una sonrisa triste—: No te dijo nada. ¿Hay algún lugar donde podamos hablar?

—¿Sobre qué? —pregunté.

—Muchas cosas —dijo—. Tu papá. Lo que le sucedió —hizo una pausa—. El trabajo.

El trabajo.

La manera en que dijo esas palabras removió algo cálido y extraño en mi pecho. Tal vez sólo era más enojo, ira añeja que había estado reprimiendo por un largo tiempo. O tal vez era algo más. Tal vez era curiosidad.

Tal vez era esperanza.

A veces, cuando le llamaban a su teléfono celular, yo contestaba. Papá odiaba eso.

—¿Se encuentra Jim Dastani? —decían, lo cual siempre me sonaba raro. El nombre de mi papá era Jamshid. "Jim" se sentía como una forma especialmente lamentable de rendición cultural, porque aparte de ser agresivamente ordinario, ni siquiera le quedaba. Obviamente él no era un "Jim".

Yo me aseguraba de que quien fuera que llamaba me escuchara gritar "¡PAPÁAAA! ¡Es para TIIIIII!" porque me parecía que era la primera impresión más antiprofesional que pudieras dar a un cliente. Entonces papá bajaba las escaleras pisando fuerte, de dos en dos. Siempre que estaba molesto hacía una mueca como una especie de sonrisa, si las sonrisas fueran físicamente dolorosas. A decir verdad, muchas cosas parecían físicamente dolorosas cuando papá las hacía (comer, reír, dormir). Lo cual es probablemente la razón por la que no hacía esas cosas tanto como hubiera debido.

Mientras me arrebataba el teléfono de las manos me lanzaba una mirada severa, como si yo estuviera a punto de estar en problemas. Pero nunca lo estaba. ¿Qué va a hacer? ¿Castigarme? No puedes castigar a alguien si no estás allí para hacer que se cumpla.

Tomaba la llamada en su habitación sin decirme una sola palabra. Cerraba la puerta, y no importa qué tan fuerte presionara mi oído contra ella, lo único que escuchaba eran murmullos.

Las llamadas nunca duraban mucho. Él abría la puerta en cuanto terminaban y me regresaba el teléfono, ya sin estar enojado conmigo, ni siquiera molesto. En su cabeza ya estaba empacando, ya estaba partiendo, ya se estaba dirigiendo al aeropuerto o a la estación de trenes o a donde diablos fuera que se marchara.

—Bueno, ¿a dónde esta vez? —le preguntaba cuando de veras quería portarme como una malcriada.

Si tenía suerte, decía algo como "Un lugar cálido", o "Un pueblito tranquilo". Eso es todo lo que conseguía. Si realmente me estaba hablando a mí, o si sólo se lo estaba recordando a sí mismo para empacar las cosas adecuadas, nunca quedaba del todo claro. Y después me ignoraba completamente hasta que la maleta estaba lista.

Nuestro ritual, el verdadero ritual, tenía lugar en la puerta. Él se detenía en el umbral, como si justo acabara de recordar algo, y se daba la vuelta. Yo siempre estaba allí, esperando ese momento.

—Marjan —decía—, todo lo que necesitas está…

—Ya sé —no había necesidad de repasarlo todo: tarjeta de crédito en el cajón de la cocina, efectivo en un sobre junto a la tarja. Teléfonos de emergencia (los que sí llamaban a la policía local y a los bomberos, y no a la policía de tránsito) pegados con cinta adhesiva junto a una tarjeta de un servicio local de taxis, y el número de la pizzería que entregaba a domicilio. Todo lo que necesitaba se encontraba donde siempre estaba.

Entonces la promesa.

—Volveré pronto a casa.

"Pronto" podía significar un día, o podía significar una semana. No lo sabría hasta que hubiera pasado.

Entonces dejaba la maleta en el piso y me abrazaba. Supongo que yo lo abrazaba también, cuando era más chica. Difícil recordarlo. Me tenía así durante unos cuantos segundos, y después la disculpa.

—Lo siento. Un día...

Seguro. Un día esto tendría sentido.

Cuando yo era más joven creía que todos los veterinarios tenían clientes como esos. Después de que mamá murió, comencé a darme cuenta de lo extraño que era. Solía enojarme con él por marcharse. Luego, más adelante, me volví agresiva. Lo acusaba de ser toda clase de cosas. Traficante de drogas. Espía. De tener otra familia secreta en algún lugar en el otro extremo del país. O quizá yo era la familia secreta.

—Sólo es gente que necesita mi ayuda —era siempre su explicación. Y como nunca lo había visto preocuparse por alguna cosa más de lo que se preocupaba por su trabajo, le creía. Entonces me decía—: Te amo.

Nunca estuve realmente segura de lo que quería decir con eso. Siempre se estaba yendo cuando lo decía.

Finalmente, una última mirada. La que me hacía sentir como un animal en la mesa de la sala de procedimientos, como si él estuviera tratando de detectar el tumor, la infección, o el gusano en mi ojo. Y luego el pequeño suspiro de derrota, como si cualquier cosa que hubiera encontrado estuviera más allá de su capacidad para solucionarlo.

Así es como se iba y me dejaba desde que tenía diez años: completamente sola, preguntándome qué había de malo en mí.

Y al final, así es como me dejó para siempre.

Ése era el trabajo.

Convencí a la doctora Paulson de que me prestara a su técnico por unos minutos para que cuidara la recepción. Entonces guie a la mujer a la exoficina de papá y cerré la puerta tras de nosotras.

La oficina realmente no estaba diseñada para reuniones. Las paredes eran demasiado estrechas y el escritorio demasiado grande. Podías acomodar dos personas con suficiente comodidad si una de ellas se sentaba en el piso, que era lo que yo solía hacer hacer cuando papá vivía. Pero ésta no era esa clase de reunión, así que ambas rodeamos el escritorio a tropezones acomodando las sillas para poder sentarnos y vernos de frente la una a la otra, y no estar demasiado apretadas contra una pared o un librero. Yo tenía la extraña sensación de que de algún modo papá estaba parado entre nosotras, recargándose aquí y allá, haciendo las cosas más difíciles. Pero, desde luego, aquello era imposible.

Finalmente encontramos la manera de sentarnos las dos sin que chocaran nuestras rodillas. La mujer colocó una mano sobre el escritorio, palma arriba, y me sonrió.

—¿Puedo ver tu mano? —preguntó.

No sé para qué pensé que querría mi mano, pero la confianza con que lo solicitó fue suficiente para que yo colocara la mía encima de la suya, palma arriba. Antes de que pudiera decir nada, me clavó una aguja en la yema de mi dedo índice y apretó para sacar una diminuta gota de sangre.

—¡Auch! —reclamé—. ¿Qué diablos?

No fue sino hasta que traté de jalar mi mano que me di cuenta de lo fuerte que me estaba sujetando.

—Sólo un minuto —dijo tranquilamente—. No hay nada de qué preocuparse.

Frotó la sangre con una delgada tira de papel y dejó ésta sobre el escritorio, en medio de nosotras. Mientras yo miraba cómo la sangre se expandía por el papel, ella me soltó la mano.

—¿Alguna vez has oído hablar sobre la línea hircaniana? —preguntó.

—Mmm, ¿alguna vez has oído hablar sobre preguntar antes de encajarle a alguien un objeto puntiagudo? ¿Qué fue eso?

—Una aguja esterilizada —dijo—. Lo prometo.

Tomó la tira reactiva y la puso en la luz. Era difícil estar segura, pero parecía que una especie de dibujo se formaba en los lugares que había tocado mi sangre. La mujer sonrió para sí misma, una sonrisa de alivio y satisfacción.

—Discúlpame por eso —dijo—. No volverá a suceder. Ahora, la línea hircaniana: ¿has escuchado algo sobre ella?

No había escuchado nada sobre la línea hircaniana.

—Voy a suponer, entonces, que no sabes absolutamente nada al respecto —prosiguió la mujer—, y que lo que voy a decirte te sorprenderá.

Abrió su bolsa y sacó un sobre manila, luego lo deslizó en el escritorio hacia mí.

—Necesito que vayas a Inglaterra —dijo—. Esta noche.

—¿Perdón? —dije.

—Todos los gastos están cubiertos —continuó—. Aquí tienes todo. El único boleto disponible era en primera clase. Supuse que no te importaría.

—¿Estás bromeando? —no parecía que estuviera bromeando—. ¿Quién eres? ¿Qué es la línea hircaniana?

Ella ignoró mis preguntas.

—Un hombre llamado Simon Stoddard te recogerá en el aeropuerto y te llevará a una finca en las Tierras Medias. ¿Todo está claro hasta aquí?

—Por supuesto —respondí—. Vuelo al otro lado del mundo, donde un tipo que no conozco me lleva a un lugar del que jamás había oído hablar. Luego, ¿qué sigue?

—Luego conoces a un grifo —dijo—. Está enfermo. Tienes que ayudarlo.

—Un grifón. ¿Un perro, quieres decir? —pregunté—. ¿Un grifón de Bruselas? Sabes que no soy veterinaria, ¿cierto? Y que tengo quince años.

—Lo sé —dijo—. Y no, no es nada parecido a un perro.

Examiné su rostro en busca de señales que me indicaran que se trataba de algún tipo de elaborada tomadura de pelo, pero lo único que encontré fue una incipiente sonrisa que parecía haber sido insertada a la fuerza en su cara. Finalmente, tomé el sobre y lo abrí. Dentro estaba el boleto de avión —primera clase, como había prometido— y un fajo de coloridos billetes ingleses. Todo se veía muy real.

—Un *grifo* —dije nuevamente—. ¿Qué se supone que tengo que hacer con un grifo?

—Reconocerlo, examinarlo, hacer una recomendación —respondió—. Eso es todo. Y después regresarás aquí.

—¿Una recomendación?

—Ya comprenderás —insistió.

—¿Quién eres? —pregunté—. ¿Qué es todo esto?

Ella se quitó los anteojos, los plegó y los dejó sobre el escritorio.

—Esto —dijo— es el trabajo.

—¿Por qué tendría que creerte? —pregunté—. ¿Por qué tendría que creer en nada de esto?

—Porque si confías en mí, tal vez pueda ayudarte a descubrir quién mató a tu padre.

Su rostro, hasta hacía un momento juguetón, se puso serio de repente.

—Ignoro quién fue —dijo como respuesta a la pregunta que mi cara debía estar planteando—. Pero me gustaría saberlo. Me gustaría ayudar. A nosotros nos gustaría ayudar.

—¿Quiénes son "nosotros"?

Ella se inclinó hacia delante y colocó sus manos sobre el escritorio.

—¿Alguna vez te mencionó a Ítaca? —me preguntó.

—¿Ítaca?

—Sé que es un momento difícil. Y que tienes muchas preguntas. Pero por ahora, es mejor así. Ya podremos platicar más cuando regreses.

—¿Quién dice que voy a ir? Tengo la clínica. Y la escuela.

—Por supuesto —dijo. Ella se levantó para irse, un movimiento que hubiera sido dramático de no ser por lo apretado del lugar. Con la cabeza señaló el sobre y su contenido desplegado sobre el escritorio frente a mí—. Bueno, conserva eso, en caso de que cambies de opinión.

Entonces se dio la vuelta y salió por la puerta.

Técnicamente *sí* tenía la clínica, pero estaba bastante segura de que cerraríamos definitivamente en unos cuantos meses. Cuando miraba los números, no podía entender cómo es que había logrado sobrevivir hasta ahora. Hasta Dominic, que había administrado la oficina con inquebrantable confianza durante los últimos dos años, comenzaba a recordarme a un viejo perro de albergue que ha renunciado a toda esperanza de ser adoptado.

Y la escuela, bueno. No había asistido desde que papá murió. Y tampoco es que tuviera muchos deseos de regresar. No necesitaba que todos mis compañeros me miraran lastimosamente sin saber qué decir.

Aun así, recogí las cosas que la mujer había dejado y las metí de nuevo en el sobre. Era más fácil ser razonable cuando no estaba viendo un montón de dinero y un boleto de primera clase para irme a cualquier otro lado. Me puse en pie y caminé de vuelta a la recepción.

Había una fotografía de papá en la pared. La doctora Paulson la había colgado ahí luego de su muerte, después de preguntarme si estaba de acuerdo. Era la misma fotografía que él había utilizado para todo, como su semblanza en el sitio web y los folletos que las compañías de medicamentos nos imprimían gratis. La había visto un millón de veces. Traía puesta su bata blanca con una camisa azul claro debajo. Su rostro era largo y delgado y del color de la castaña. Tenía una expresión seria, como de alguien de una foto de hace cien años a quien nunca le habían tomado un retrato. El ceño fruncido, la boca apretada, el pesado cabello negro alejado de la cara, sus brillantes ojos negros suavizados por las largas y delicadas pestañas. Jamshid Dastani, un hombre de educación y sabiduría, un hombre de compasión, el sujeto a quien le confiarías tu mascota.

Era una ilusión convincente. Pero si mirabas con atención, los ojos la rompían. Eran pesados y atormentados, los ojos de un alma perdida. El secreto de aquella fotografía —el que sólo descubrías si la estudiabas un millón de veces, como yo lo había hecho— era que él en realidad no estaba viendo a la cámara. Su rostro estaba inclinado hacia el lado correcto y el eje de la mirada se encontraba demasiado cerca para engañar casi a cualquiera. Pero sus ojos realmente estaban fijos en algo lejano y triste, justo como estaban cuando él aún vivía.

Observé la fotografía. Demandaba mi atención, como si acabara de aclararse la garganta, como si tuviera algo que decir. Pero no decía nada. Los ojos de mi padre miraban algo fuera del marco, me atravesaban para ver cosas en la distancia, cosas de las que nunca habló.

Sería, por supuesto, increíblemente temerario tomar un vuelo internacional, rumbo a un destino misterioso, para administrar cuidados que no estaba calificada para dar, a una criatura que no existía. Ninguna persona en su juicio haría algo tan peligrosamente estúpido.

Observé la imagen de mi padre hasta que ya no pude soportarlo. Todo esto era su culpa. Todo. Esta clínica, esta pérdida de tiempo y dinero que ahora legalmente era mi responsabilidad: su culpa. Esta extraña mujer y sus absurdas peticiones: su culpa. El hecho de que siquiera las estuviera considerando: su culpa.

Alguien lo había asesinado una tarde en su propia casa: su culpa.

Me dirigí al Consultorio Uno, donde la doctora Paulson acababa de terminar con un paciente. Toqué ligeramente a la puerta, luego abrí un poco.

—¿Pasa algo malo? —preguntó la doctora Paulson.

Siempre me había simpatizado la doctora Paulson. Era franca, pero de una forma que se sentía compasiva. Amaba a todos los animales, pero como nuestra especialista en aves, quería a los pájaros en particular. Tenía un par de loritos del amor llamados Tristán e Isolda y un yaco llamado Hemingway que recitaba a T. S. Eliot y a Emily Dickinson con maniaca alegría siempre que lo traía a la oficina. Tenía una copia de *La guía Sibley de las aves* en su escritorio y dos impresiones enmarcadas de *Las aves de Norteamérica de Audubon* colgadas en su pared. A veces incluso ella misma me recordaba un poco a un ave, a una quieta, paciente y precisa, una garza quizá. Era alta, delgada y seria, pero no era por eso. Era el sosiego, la manera en que cierto tipo de aves cazadoras pueden quedarse inmóviles y volverse parte del paisaje. Así es como se me figuraba en ese momento. Tranquila y alerta, analizando todo en busca de información.

—Creo que me iré a casa, doctora P —dije.

Sí, eso era: me iría a casa y pensaría las cosas de una manera racional, y habiendo hecho eso, vería que abordar un avión a Inglaterra, sin la menor idea de quién o qué me esperaba allí, era imprudente e irresponsable.

—Estoy segura de que nos las arreglaremos —dijo la doctora P—. ¿Todo está bien?

—Sip —mentí—. Todo en orden. Creo que sólo necesito descansar un poco.

Y dejar de pensar ideas delirantes sobre volar al otro lado del mundo.

—Tienes que cuidarte —dijo la doctora Paulson.

—Ah, y puede que me tome un par de días libres.

Espera, ¿qué? ¿Yo dije eso?

—Desde luego —me dijo—. Haz lo que tengas que hacer.

—Gracias, doctora P —contesté.

Debo haber hecho una cara extraña. Me parecía demasiado esfuerzo hacer una cara normal.

—¿Marjan? —preguntó—. ¿Te sientes bien?

—Sí —dije—. Estoy bien —no creo que sonara bien.

—Si alguna vez quieres hablar —dijo—, aquí estoy.

Ella parecía como si quisiera hablar, lo que me hacía querer hablar aún menos. Lo último que necesitaba era escuchar cómo alguien más estaba sobrellevando la muerte de mi padre.

—Gracias —dije—. Estoy bien.

Antes de que ella pudiera decir otra cosa, salí de la sala y cerré la puerta. Me detuve una última vez frente a la fotografía de papá, y traté de colocarme de tal modo que de verdad me mirara a los ojos. Pero de cualquier forma que ladeara o inclinara la cabeza, seguía mirando a través de mí.

—Si muero —dije a la imagen—, será tu culpa.

Sí fui a casa, así que eso no fue una mentira.

Vivía en una casona de cincuenta años con acabados de estuco en las llanuras del norte de Berkeley. Desde la calle era simplemente un muro gris con dos ventanas, un porche de cemento y una puerta bajo la farola de un poste de teléfono y un arce que crecía en un cuadro de tierra en la banqueta. El Civic de papá estaba estacionado en la entrada, acumulando hojas en la base del parabrisas. No había sido encendido desde que él murió.

Subía mi bicicleta por los escalones que van de la calle al porche cuando escuché mi nombre detrás de mí.

—Marjan, ¿cómo estás, querida? —preguntó una voz cálida y precavida.

Mi vecina de al lado, una bulliciosa mujer llamada Francesca Wix, era ahora mi tutora legal. Vivía en una vieja casita que había heredado de su abuelo, con un cambiante elenco de perros adoptados que papá había atendido sin jamás cobrar, un jardín que todo el año daba frutas y vegetales y una impresionante colección de novelas románticas. Era unos ocho centímetros más baja que yo pero su voz, endurecida por años de protesta pacífica, compensaba la diferencia. Usaba gruesos y brillantes ponchos con diseños africanos, y unos anteojos grandes y redondos que hacían que sus ojos parecieran estar a punto de rebotar graciosamente de su cabeza. Cuando no estaba haciendo sondeos telefónicos o carteles de protesta, Francesca trabajaba en una librería anarquista. Yo nunca había estado allí, pero a menudo me preguntaba si tendrían una sección de novelas románticas.

Se había ofrecido como voluntaria a ser mi tutora en parte porque sentía que tenía una deuda con papá por todos esos años de atención veterinaria gratuita, y en parte porque era la clase de persona que se ofrecía como voluntaria para hacer cosas. El día que llegó la autorización de la corte, trajo empanadas y Coca-Cola mexicana y expuso sus reglas.

—El duelo es extraño —dijo—. Haz lo que tengas que hacer. No necesitas avisarme o pedirme permiso. Pero —y aquí hizo una pausa, se limpió unas migajas de la mejilla y se puso seria— nada de drogas.

La mayor parte del tiempo estaba demasiado ocupada con sus perros, sus plantas y su anarquía para hacer mucho tutelaje legal. Aun así, firmaba todos los documentos que tenían que ser firmados y ocasionalmente dejaba comida frente a mi puerta. Fuera de eso, se mantenía al margen de mi vida excepto para asegurarse, cada vez que me veía, de que estaba bien y de que no estaba consumiendo drogas.

—Estoy bien —dije.

—Regresaste a casa temprano —dijo ella, subiéndose los anteojos para colocarlos encima de su recortado pelo afro.

—Estoy cansada —sip, eso era todo. Cansada. Definitivamente no a punto de hacer algo increíblemente estúpido.

—¿Necesitas algo?

Me encogí de hombros y sacudí la cabeza. Había muchas cosas que necesitaba, pero no las iba a obtener de Francesca Wix. Agitando la mano y con una sonrisa forzada, la dejé al pie de la escalera y cargué mi bicicleta dentro de la casa.

El interior era tan deprimente como el exterior. Una pequeña cocina con una vieja estufa eléctrica y un ruidoso refrigerador que probablemente violaba el Acuerdo de París; una sala de estar donde se había estado muy poco; y un oscuro piso superior con dos alcobas, un baño y una habitación extra repleta de cajas apiladas con cosas que nunca usábamos para nada.

Sólo una chica que regresa a casa temprano. El hecho de que estuviera vaciando mi mochila y llenándola otra vez —algo de ropa, artículos de aseo, un pasaporte (jamás utilizado)— no significaba nada.

Encontraron a papá en su dormitorio. Alguien había llamado al 911 y después había colgado. La puerta principal estaba abierta. El primer día toda la casa fue rodeada con precinto policial, y los detectives iban y venían, reuniendo y catalogando evidencias. Entonces guardaron su equipo, me entregaron un recibo por las cosas que se habían llevado, cerraron la puerta de su habitación y desaparecieron. Yo no la había abierto desde entonces.

Me detuve un momento frente a ella. Justo entonces sentí como si la puerta fuera todo aquello que papá había sido en vida. Cerrada. Silenciosa. Llena de oscuros y probablemente desagradables secretos que hasta entonces había logrado evitar.

Quería que siguiera cerrada para siempre. Y también sentía deseos de derribarla de una patada.

Mis oídos zumbaban y mi corazón latía enloquecido. Mis pies morían por moverse. Sentía como si todo mi cuerpo vibrara lleno de electricidad, de preguntas, de ansias. Tenía una maleta en una mano y un boleto de avión en la otra. ¿Qué estaba haciendo?

Nada de lo que sucedió durante las siguientes horas se sintió real.

Desde el trayecto al aeropuerto —me senté en la parte trasera de una camioneta de enlace, sumida en una silenciosa y asombrada incredulidad de que hubiera llegado tan lejos— hasta el hecho de que la aerolínea estuviera dispuesta a hacer válido el pedazo de papel que les entregué como si de verdad fuera un boleto, y además uno de primera clase, me sentí como si me adentrara más y más profundo en un sueño febril en cámara lenta, hasta que realmente estuve en un avión, observando cómo las puertas se cerraban y el mundo que creía conocer dejaba de existir al otro lado de la ventanilla.

No tenía idea de a dónde iba, ni qué se esperaba de mí cuando llegara allí. No tenía idea de cómo prepararme, y ni siquiera de si cualquier preparación ayudaría en algo. Cuando repasaba mi conversación con la mujer, deseaba haber hecho más preguntas, o haber hecho las mismas preguntas una y otra vez hasta que me las hubiera respondido. ¿Un *grifo*? ¿De verdad era eso lo que había dicho? ¿La había escuchado mal? Y en cualquier caso, ¿por qué yo? ¿De qué podría servirle yo a alguien, mucho menos a un grifo?

Pero por todas las preguntas que hubiera deseado poder hacerle a ella, había un millón más que desearía poderle hacer a papá. Zumbaban y me susurraban en los oídos y en la cabeza y en el corazón, todo el tiempo, todos los días. Me hacían enojar, y toda esa ira me dejaba exhausta. Y si al menos no intentaba responderlas, probablemente seguirían zumbando y susurrando por el resto de mi vida. Probablemente estaría enojada para siempre.

En algún punto sobre la bahía del Hudson, el agotamiento superó al enojo y la extrañeza y me quedé dormida, y soñé con una historia que papá me había contado cuando yo era muy niña.

CAPÍTULO TRES

LA PLUMA DE SHIRDAL

Érase que se era, érase que no era.

En las grandes estepas de la vieja Escitia, en la temporada del año cuando los pastos mueren y el viento aúlla a través de las planicies, un joven nómada descubrió una extraña y patética criatura hecha un ovillo bajo una saliente de rocas.

La pequeña criatura no se parecía a nada que el joven hubiera visto hasta entonces. Tenía el negruzco cuerpo de un gato, pero el pico y las garras y las alas de un ave rapaz. Estaba débil y temblaba de frío. Sus costillas se notaban a través de su piel. Si el joven no la hubiera encontrado, seguramente habría muerto. Pero el joven la tomó, la envolvió en una manta y la cargó hasta el cálido fuego de su campamento.

Este joven provenía de una pobre tribu errante. Tenían un rebaño de ovejas, y con su lana tejían alfombras que llevaban al sur para comerciar con las grandes caravanas mercantes. Vivían a merced de los lobos y del clima, y ninguno de ellos era compasivo. Su vida era dura y nunca tenían suficiente. A duras penas podían permitirse alimentar otra boca, así que cuando el joven trajo a la criatura al tibio hogar, los ancianos de la tribu le dijeron que tendría que dejarla ir.

Pero el joven no quiso escuchar. En lugar de soltarla, alimentó a la criatura con su propia ración de comida y le hizo un lugar para dormir en la tienda de su familia.

Esa noche, la criatura, con el estómago lleno, durmió sobre una alfombra de tibia lana. Al día siguiente, los ancianos volvieron a ordenarle al joven que se deshiciera de la criatura, y nuevamente él respondió ofreciéndole a la bestia su propia comida y haciéndole una cama en la alfombra de su tienda.

Al tercer día, la criatura ya estaba lo suficientemente fuerte para extender sus alas y volar. El joven, debilitado por el hambre, fue incapaz de detenerla mientras se elevaba al cielo y desaparecía, dejando tras de sí solamente una pluma.

Todos los días, el joven observaba el cielo en busca de alguna señal de la criatura, y todos los días terminaba decepcionado. La temporada cambió, el suelo se congeló, y pronto llego la hora de que la tribu partiera hacia las tierras más cálidas del sur. El joven se lamentó de que nunca volvería a ver a la pequeña criatura.

El invierno fue rudo ese año. Las caravanas mercantes eran pocas y muy espaciadas, y las alfombras nunca redituaban lo suficiente al comerciarlas. Los ríos y arroyos apenas fluían. Había poco para que las ovejas pudieran pastar, y poco para que la gente de la tribu pudiera comer.

Pero un día, el joven vio una figura familiar volando en el cielo y la siguió. Lo guio hasta un manantial burbujeante y el verde oasis que lo rodeaba. Y por el resto de aquella temporada, el joven y su tribu tuvieron suficiente agua, y sus ovejas tuvieron bastante hierba y maleza para pastar, y aunque el comercio era lento, estuvieron suficientemente cómodos.

Cuando la estación volvió a cambiar, la tribu se dirigió al norte, hacia las altas estepas. Su rebaño había engordado por los ricos pastos que brotaron ese año. Pero una noche, los lobos atacaron y se llevaron diez ovejas.

A la noche siguiente, los hombres y los muchachos de la tribu montaron guardia para cuidar al rebaño, vigilando la vasta oscuridad en busca de predadores. Pero no llegó ningún lobo. En lugar de eso, la gente de la tribu escuchó un terrible sonido que provenía de algún lado en la noche profunda. Por la mañana descubrieron cinco lobos, hechos pedazos. Después de eso, ningún lobo volvió a molestar a su rebaño.

Ya estaba muy avanzada la temporada en el norte cuando a la tribu se le acabó la comida. Habiendo perdido tantas ovejas por culpa de los lobos, no podían permitirse sacrificar una más. Y aunque pusieron trampas para conejos y aves de caza, éstas siempre estaban vacías. Desesperada, la tribu mandó partidas de cazadores a las estepas, pero siempre regresaban con las manos vacías.

La gente de la tribu comenzó a temer al viaje rumbo al sur. Sin comida, seguramente algunos de ellos perecerían durante el trayecto. Pero si se quedaban donde estaban, el invierno sería igual de cruel. No había otra opción más que intentar llegar a las tierras del sur.

En vísperas de su partida, todos fueron sorprendidos por el sonido de unas alas enormes batiendo en el aire encima de ellos.

No había ninguna duda de que la criatura que descendía del cielo era un grifo, un "shirdal", como los llamaban los antiguos persas. Aferrado en cada una de las garras había un antílope recién cazado. El grifo aterrizó en medio del campamento de los nómadas y dejó sus presentes a los pies del joven que lo había salvado.

Los nómadas sobrevivieron a ese invierno, y a muchos otros después. El joven llegó a convertirse en el jefe de su tribu, y aunque para ellos la vida nunca fue fácil bajo su liderazgo, quizá sí fue un poco menos dura. Muchas estaciones después, cuándo él pasó el mando a la siguiente jefa, también le entregó la pluma del shirdal. Y ella, a su vez, la entregó al siguiente líder, y luego fue entregada al siguiente, hasta que nadie pudo asegurar si se trataba de una pluma de águila, o de buitre, o tal vez de shirdal, o si la historia del joven era verdad, o sólo un cuento para narrar alrededor del fuego cuando las frías noches se prolongaban. Pero la gente de la tribu entendía que algunas cosas pueden ser y no ser verdad al mismo tiempo, y que una historia es un hilo que se puede tejer en el mundo hasta volverse tan sólido como una alfombra bajo nuestros pies. Así que conservaban la pluma y la historia que la acompañaba, y pasaban ambas de generación en generación.

Y entre los diseños de las alfombras que tejían siempre se podía encontrar un shirdal, cerca de los bordes, invisible para todos, excepto para el ojo más agudo.

CAPÍTULO CUATRO

KIPLING

Aterrizamos en el aeropuerto de Londres Heathrow en una mañana gris, bajo un cielo de bajas nubes planas. Me cerré más el abrigo para combatir el frío de septiembre y fui temblando hasta el control de pasaportes, donde, a pesar del lamentable esfuerzo por explicar la razón de mi viaje (amigos de mi familia, de apellido "Grifo"), el agente aduanal selló mi pasaporte y me lo devolvió.

El área de llegada estaba llena de gente, toda muy apurada: corriendo para saludar a su familia, corriendo para alcanzar un taxi, corriendo para tomar el tren o el autobús. Sentía como si un río fluyera alrededor de mí y yo estuviera parada justo en la parte más profunda. Mi corazón comenzó a acelerarse. ¿Qué estaba haciendo allí? Parecía imposible que pudiera estar a un océano y un continente de distancia de todo lo que hasta entonces había conocido. Podría sucederme cualquier cosa y nadie se enteraría. Podría desaparecer y nadie pensaría siquiera dónde comenzar a buscarme.

Volteé para lanzar una última mirada a las puertas de seguridad que se cerraban a mis espaldas, preguntándome si habría forma de que pudiera escurrirme entre ellas para regresar al avión y volver a casa.

—Tú debes ser Marjan.

El hombre parecía de la edad de papá. Tenía rasgos estrechos, una constitución delgada, brillantes ojos azules y una piel que parecía que podía arder bajo algo más intenso que la luz de una vela. Su saco de *tweed* y sus pantalones pardos habrían parecido anticuados de no haber estado tan perfectamente confeccionados.

Dudé. ¿Tal vez debería mentir? *Nop, definitivamente no soy yo. Chica totalmente equivocada.*

Pero aunque me sentía perdida y sola, aunque no tenía ninguna razón para confiar en este extraño que estaba parado frente a mí, vi algo en sus ojos que reconocí: preocupación, acumulada en los pliegues de su estrecho rostro. El mismo tipo de preocupación que veía en el rostro de papá cuando me miraba antes de decir adiós. Y de alguna forma sentí que podía confiar en este hombre. Necesitaba ayuda, y por alguna razón pensó que yo podía proporcionársela.

De repente los muros de silencio que papá había construido a su alrededor se sintieron más delgados que nunca. Casi podía escuchar todos esos años de secretos arañando para salir a la luz del sol. Tenía que saber. Tenía que saber todo lo que significaba aquello.

—Soy yo —dije.

—Mi nombre es Simon Stoddard —dijo el hombre—. Me alegra que hayas venido.

Afuera nos encontró un Mercedes negro. El conductor descendió y nos abrió la puerta, y esperó.

Mi instinto de supervivencia se activó. Un auto extraño, hombres extraños, un país extraño, todo por una mujer extraña y su extraño sobre. Me detuve, tan súbitamente que Simon casi choca conmigo.

—Lo siento —dije a Simon—. No te conozco. No lo conozco a él. No sé a dónde vamos. Yo…

Simon pareció tan avergonzado que comencé a sentirme mal por él.

—Oh, querida —dijo—. Esto no está bien, ¿verdad? Despacharé al chofer. Tomaremos un taxi en su lugar, y le diremos que te espere todo el tiempo que sea necesario. ¿Eso está mejor?

Despidió a su chofer agitando la mano y llamó un taxi negro. Simon me indicó con un gesto que abordara primero, luego se deslizó al asiento frente a mí. Dentro del taxi, un botón controlaba un altavoz bidireccional con el conductor. Simon le dio una dirección y después, mientras arrancábamos, educadamente apagó el comunicador.

—Tengo entendido que no te han dicho mucho —me dijo en un tono tranquilizador. Nos integramos a una tranquila carretera recta que se dirigía al norte. Mientras las afueras de Londres pasaban al otro lado de la ventanilla, Simon empezó a contarme una historia.

El grifo había estado al cuidado de su familia durante trescientos años. Un ancestro de Simon, un marino mercante llamado Aloysius Stoddard, lo había rescatado de un nido abandonado cerca de la ciudad de Alepo, en la Siria otomana, cuando apenas era un polluelo.

—Debe haber sido el más débil de la camada —dijo Simon.

A partir de aquel día, ninguna infancia de los Stoddard transcurrió sin la mansa presencia del grifo. Aloysius, un hombre de raíces humildes, había sido nombrado caballero por el mismísimo rey de Inglaterra. El patrimonio de la familia crecía a un paso constante y respetable. Sus descendientes fueron bendecidos con belleza, inteligencia y compasión.

Salimos de la carretera y tomamos un camino más estrecho. A ambos lados se veían manchones de verdes setos. A la distancia, las ovejas moteaban las laderas bajas. Muros de piedra que deben de haber tenido cientos de años marcaban los linderos de las propiedades. Cortijos y palacetes se levantaban lejos del camino. Caballos trotaban con dificultad en potreros lodosos.

¿Así era con mi padre? ¿Se sentaba en la parte trasera de autos desconocidos viendo pasar paisajes extraños? Por un segundo, mientras el campo se desplegaba fuera de la ventanilla, me sentí más cerca de él. Si no hubiera muerto, habría sido él quien estuviera sentado aquí. La imagen de mi padre viajando en este auto en mi lugar agitó una inesperada ola de resentimiento. Si él hubiera estado aquí, yo habría estado en casa, completamente sola, comiendo sándwiches de crema de cacahuate tres veces al día y fingiendo ante cualquier persona que me encontrara que todo estaba bien.

Volteé a ver a Simon, quien también estaba mirando por la ventanilla.

—¿Cómo me encontraste? —pregunté.

—Es un método muy antiguo —dijo—. Cuando Kipling está enfermo, izamos cierta bandera sobre la casa.

—¿Kipling es el grifo? —Simon asintió—. Entonces izan una bandera, ¿y luego qué?

Me miró como si estuviera bromeando.

—Bueno, y luego ustedes vienen —dijo—. Algunos mensajes son transmitidos. Intermediarios. Sin nombres, desde luego. No sé quién arregla estas cosas. No me interesa saber. Sólo me importa Kipling.

—No sé qué esperas que haga por ti —dije.

—Kipling no está bien —dijo Simon—. Estoy consciente de tu falta de experiencia, pero según entiendo, podrías serle de ayuda —encendió el altavoz el tiempo suficiente para decir—: Dé vuelta a la izquierda aquí, por favor.

Giramos hacia un camino todavía más angosto sombreado por un dosel de abedules arqueados. Podía sentir el crujir de la vereda rural bajo las ruedas.

—Aquí empieza la propiedad —dijo Simon.

El camino hizo una curva y luego siguió por un puente de madera que cruzaba sobre un ondulante arroyo. El bosque parecía volverse más espeso conforme avanzábamos. Una maleza de helechos y zarzas brotaba a orillas del arroyo y continuaba a ambos lados bajo los delgados abedules. El aire olía a otoño y lluvia.

—¿Todas éstas son tus tierras? —pregunté.

—Aquí hay unas cuarenta hectáreas de bosque silvestre —dijo Simon—. Solían usarse para cazar zorros y urogallos. Pero nosotros ya no cazamos, excepto Kipling, que hace lo que le place.

Con una gran floritura, los árboles se abrieron para revelar un palacete de piedra rojiza con hastiales, más grande que cualquier casa que hubiera visto, llena de madreselvas y flanqueada por cuidados jardines de un lado y por un largo estanque salpicado de diminutos nenúfares del otro. El conductor nos llevó hasta la entrada principal, una gigantesca puerta de roble lacado con una enorme aldaba de bronce en el centro, y descendimos.

—¿Tú… vives aquí? —pregunté a Simon, temblando un poco en el frío de la tarde gris.

Simon rio para sí mismo.

—A veces también me siento así. Hemos tenido mucha, mucha suerte.

Subió los escalones, asió el pomo de la puerta con ambas manos y lo giró. Un pesado pestillo se corrió con un ruido apagado. Empujó la puerta y me hizo una seña para que entrara.

Al final de un largo recibidor, el gran salón de la mansión Stoddard resplandecía con una calidez cavernosa. Las paredes estaban recubiertas con paneles de caoba de donde salían acogedores candelabros amarillos de vidrio esmerilado. Una alfombra de cachemira color crema y granate se extendía a lo largo de la inmensa habitación. Numerosas ventanas alargadas se alineaban en un muro, dejando entrar la débil luz del día. En la pared opuesta, una chimenea de mampostería estaba rodeada de retratos familiares de generaciones pasadas. Un fuego abrasador susurraba y crepitaba en el hogar.

En el centro del salón había un grifo.

—¿Kipling? —dijo Simon en la titilante penumbra—. ¿No vas a saludar?

Las enormes alas de Kipling estaban parcialmente plegadas sobre su cuerpo. Sus cuartos traseros, apretados debajo de sus costillas, eran las zarpas de un león, y tenían el color del pelaje de un león. Sus patas delanteras eran unas elegantes garras de ave de rapiña, dobladas sobre sí mismas a la altura de las muñecas. Cuando Simon se aproximó, Kipling levantó la cabeza del suelo muy ligeramente. Chasqueó su pico una vez cuando Simon estuvo cerca, y después empujó suavemente su cabeza emplumada contra la mano estirada de Simon. Su cola felina dio unos golpecitos sobre el suelo alfombrado. Simon se arrodilló al lado de Kipling y le susurró algo rozando su plumaje. Entonces le rascó la cabeza al grifo y volvió a ponerse en pie.

—Señorita Dastani —dijo—, le presento a Kipling.

Por un segundo mi cerebro se apagó por completo. No estaba asustada. No estaba sobrecogida. No estaba nada de nada. Sólo tenía un pensamiento, y era la única cosa que mi cabeza podía contener.

Los grifos existen.

Lentamente reconstruí el mundo en mi cabeza. Seguía siendo Marjan Dastani. Seguía en secundaria. Mis amigas seguían siendo Carrie Finch y Grace Yee. Papá seguía muerto y yo seguía en Inglaterra. Todo permanecía igual, sólo que ahora había grifos.

Y al parecer, se suponía que yo debía examinar a éste.

Los ojos de Kipling se entornaron hasta volverse dos rendijas desconfiadas. Sus alas se desplegaron por completo, llenando casi toda la habitación de un extremo al otro. Con gran esfuerzo levantó su cuerpo hasta incorporarse. Su cabeza, emplumada y con pico como el de un águila, estaba rodeada por una magnífica melena de león que continuaba hasta internarse entre sus omóplatos. Sus garras se crisparon sobre la alfombra y sus uñas rasgaron el intrincado diseño. *Quizá también había shirdales ocultos allí.*

Esas garras fácilmente me podrían haber destrozado. No tenía para dónde correr. Estaba a merced de Kipling. Así que, sin siquiera pensarlo, hice lo que hacía papá cuando se aproximaba a animales con los que no estaba familiarizado. Extendí mis manos vacías para mostrarle que no tenía nada que esconder, y bajé la mirada para dejar que Kipling reafirmara su dominio.

Después de un momento, Kipling resopló en mi dirección a través del pico, indiferente. Entonces pareció derrumbarse sobre sí mismo. Sus ojos se cerraron, su pecho se expandió, su cuello se encogió, sus alas se enroscaron. Todo se reunió en una bola apretada, hasta que de repente una fuerte tos salió como una explosión, agitando sus costillas y reverberando en lo profundo de sus pulmones. Sus alas se abrieron, chocando en el techo y el piso. Su pecho jadeaba. Todo su cuerpo se contorsionaba y sacudía.

Cuando el trance pasó, las patas de Kipling estaban trémulas. Él se volvió a dejar caer sobre el suelo, incapaz de soportar su propio peso, y quedo allí, exhausto.

De pronto ya no vi a una criatura imposible. Lo que vi fue a un animal como cualquier otro que hubiéramos tratado en la clínica. Un animal que necesitaba ayuda.

Lentamente, un paso a la vez, me acerqué. Kipling me miró con un receloso pero desganado interés. Tenía el olor a caspa como el de los pericos, pero estaba mezclado con el olor de la savia de árbol y las agujas de pino, y algo más intenso y potente que no podía identificar con exactitud.

Volteé a ver nuevamente a Simon. Su rostro estaba serio a causa de la preocupación. Reconocí el momento. Aquí era cuando se suponía que yo empezaba a hablar. Imaginé a papá parado allí, confiado y seguro, diciendo cosas inteligentes, o incluso solamente haciendo preguntas razonables.

¿Pero qué se suponía que *yo* tenía que decir? No tenía idea de cómo funcionaba un grifo. Yo no era papá. Ni siquiera era una veterinaria. No debería haber venido.

Kipling también parecía escéptico. Me observaba con aburrida resignación, incluso cuando otro microespasmo de tos agitó su pecho. Sus dudas eran extrañamente reconfortantes. Simon esperaba resultados, respuestas, pero Kipling no esperaba nada de mí. Era imposible decepcionarlo.

De cerca pude ver que en algunas partes había mudado de plumas. Su pelaje era irregular, como una alfombra vieja.

Sus ojos estaban lechosos y con costras en las orillas. Estiré la mano y acaricié las plumas de su cuello, siguiendo la suave textura hasta la cruz, donde éstas se convertían en pelo.

Al principio lo sentí como un cosquilleo en la punta de los dedos. Como se sentiría la estática de un televisor, si fuera una sensación. El cosquilleo subió por mi brazo como un rayo, se fragmentó en mi pecho e irradió hacia el resto de mi cuerpo, hasta que fue lo único que pude sentir. La sensación se volvió más intensa. Un impetuoso sonido llenó mis oídos. Me quedé clavada en donde estaba. No hubiera podido moverme si lo hubiera intentado.

Entonces, como una burbuja que revienta, la sensación de cosquilleo desapareció. En su lugar quedó un montón de sentimientos distintos que me llegaron todos a la vez. Me esforcé por darles un sentido.

Allí estaba, en primer lugar, una feroz y obstinada voluntad que se sentía como si yo me inclinara contra un viento demasiado fuerte. Había un anhelo melancólico que me hizo buscar el cielo con la mirada a través de una de las ventanas. Había una amarga y dispersa frustración, como si el mundo entero tuviera demasiados baches y esquinas y todos los espacios dentro de él se volvieran de pronto demasiado pequeños.

Pero, sobre todo, había dolor.

Lo sentí en mis pulmones, en mi estómago, en cada latido de mi corazón. Algo espeso y asfixiante se agolpó en mis costillas y se enredó como una serpiente alrededor de mi columna vertebral. Un sabor corrosivo me quemó la boca. Me sentí enferma más allá de toda esperanza, y demasiado débil para luchar. Cada sensación, cada sonido, cada respiración, cada contacto me provocaba dolor.

Retiré mi mano, y todos los sentimientos se evaporaron. Por un momento estuve en una habitación brillante y cerrada —demasiado brillante, demasiado cerrada— y todo estaba quieto, y todo se estaba rompiendo.

Y entonces ya no sentí nada, y el mundo volcó a un costado.

Simon me atrapó antes de que cayera y me depositó suavemente en el piso. Un momento después, unas manos gentiles pusieron un vaso de agua entre las mías. Bajo una maraña de rizos castaños, un par de ojos azules, mucho más jóvenes que los de Simon, me miraron con preocupación.

—¿Sebastian? —dijo Simon en algún lugar del espacio flotante detrás de mí—. ¿Qué haces aquí? —los ojos miraron por encima de mi hombro durante un segundo, después volvieron a mí.

—La tía Chelsea dijo que estaba enfermo —respondió Sebastian.

—Por supuesto, la tía Chelsea —dijo Simon.

—¿Lo está?

—Eso es lo que estamos tratando de determinar.

—¿Cómo te encuentras?

Me tomó un momento darme cuenta de que la voz de Sebastian ahora me hablaba a mí. Intenté responder, pero tenía la garganta seca. Bebí el agua del vaso demasiado rápido, como si tratara de llenar un espacio vacío en mi interior, y me atraganté.

—Con calma —añadió él. Comenzó a decir algo más, pero entonces fue cuando me desmayé.

Una mañana tuvimos una pelea, papá y yo. Él acababa de regresar de algún lado, y estaba de mal humor. Supongo que no le había ido bien en el viaje. Yo tenía trece años.

Comenzó con unos waffles de tostadora que estaban fríos.

—Asqueroso —dije, y los retiré de un empujón.

—Entonces tú misma prepáratelos —dijo, antes de beber un gran trago de café de su taza—. O puedes comer de mi desayuno.

Él tenía un plato de queso feta, rábanos y pan ácimo, y creo que ya sabía cuál sería mi respuesta.

—Iuu —exclamé—. Nadie come rábanos en el desayuno —pude haberlo dejado allí, pero estaba enojada—. ¿Por qué nunca cocinas comida de verdad? —pregunté.

—Ésta es comida de verdad —dijo él. Hizo una pausa, luego añadió—: Ésta es tu cultura, Marjan.

Mi mamá, una estadounidense, había sido más entusiasta sobre la cultura iraní de lo que mi papá jamás lo fue. Desde que ella murió, él casi casi nunca mencionaba el tema. Y ahora que hablaba de eso, en ningún momento sentí como si de verdad me estuviera hablando a mí. Había otra conversación teniendo lugar en su cabeza. Yo creo que estaba teniendo lugar desde que ella murió. Que todo el tiempo estaba teniendo lugar. Usualmente la reservaba para sí mismo, pero a veces se le escapaba.

Cuando eso ocurría, su voz cambiaba muy ligeramente, de una forma que hacía que algo se retorciera en mi pecho. Como si yo no debiera estar allí. Como si estuviera escuchando a escondidas una incómoda conversación entre adultos, pero como si me obligaran a hacerlo, sin darme ninguna otra opción. Y eso siempre me hacía enojar.

—Mi cultura son los waffles —dije—. Tostados. No fríos. Y *eso* —señalé su desayuno con un movimiento de cabeza— muy apenas es *tu* cultura, *Jim*.

Papá no se enojaba, no exactamente. No gritaba ni perdía los estribos. En lugar de eso, su voz se volvía aguda, fría y hueca, el filo de una aguja hipodérmica que penetra la piel en busca de una vena. Dolía, y al mismo tiempo me hacía sentir lástima por él. Cuando se ponía así, podía ver a través de él, podía ver lo destrozado que estaba.

—El mundo no se detiene en consideración a nuestros sentimientos, Marjan —me dijo. Su inglés era perfecto, excepto por su acento—. No te debe nada. Mucho menos una explicación.

Entonces volvió a su café y no dijo una palabra más. Yo puse a tostar los waffles y los quemé. Me supieron horrible, y estuve enojada todo el día.

Después de la escuela pedaleé en mi bici hasta la clínica, que era a donde iba todos los días después de clases, enojada o no. Aun si estaba furiosa con papá, me seguían gustando los animales. Cuando llegué allí, la recepción estaba llena, los consultorios estaban vacíos y la sala de procedimientos bullía con una caótica actividad.

—Un bóxer ingirió veneno para ratas —dijo una de las técnicas que pasó rozándome y cargando una pila de toallas recién sanitizadas.

Me encerré en la oficina vacía de papá y me puse a hacer mi tarea. Él llegó después de un rato, vestido con su bata blanca. Su cabello estaba un poco más despeinado de lo habitual, y se veía sólo un poco más exhausto de lo que normalmente se veía.

—Ven conmigo —exclamó.

Me guio por el corredor hasta el Consultorio Tres.

—Abre despacio —dijo en voz baja—. Y cierra detrás de nosotros.

Dentro las luces estaban bajas. Un *arf* se escuchó desde la mesa de examen. Un momento después, otro. Sobre la mesa yacía el bóxer, con los ojos a medio cerrar y la lengua colgando por un lado del hocico. El perro, una hembra, estaba conectado a un suero intravenoso.

Papá acercó una silla y la colocó junto a la mesa, procurando no hacer ruido. Se sentó con cuidado, y después me hizo una seña con la cabeza para que trajera otra silla para mí.

—Estricnina —dijo en un susurro cuando me senté a su lado. Volteó a verme para asegurarse de que estaba poniendo atención—. Indujimos el vómito. Le dimos carbón activado. La sedamos. Entonces… —hizo una pausa, con los ojos puestos en el perro dormido— ¿qué estamos haciendo ahora?

Me estaba poniendo a prueba.

Reflexioné por un segundo. El envenenamiento por estricnina en los perros provoca convulsiones violentas que conducen a la muerte si no se trata de inmediato. Papá había hecho todo lo posible, todo lo que se haría con un perro envenenado. Ahora estábamos…

—Estamos vigilando —contesté—. Estamos vigilando si tiene espasmos.

—Bien —dijo papá—. ¿Y si comienza a tener ataques?

Tuve que pensar todo un minuto.

—¿Más sedantes? —aventuré. Era más como una suposición.

—Muy bien —replicó él—. ¿Y por qué la habitación a oscuras y los susurros?

—Porque… —empecé, esperando que la respuesta llegara a mí. Cuando no lo hizo, papá terminó la idea.

—Porque las luces brillantes y los ruidos fuertes pueden iniciar las convulsiones.

—¿Está…? —pregunté.

—Llegamos a tiempo —respondió, y escuché algo parecido al alivio en su voz.

Y entonces nos quedamos sentados a escuchar la respiración del bóxer, observando cómo subía y bajaba su pecho.

Arf.

Arf.

Arf.

—El mundo no te debe una explicación —dijo—. Pero yo sí. Cuando estés lista, te la diré.

—Tal vez sólo se trata de algo que requiere práctica.

Estábamos en un estudio al final del pasillo del gran salón. Yo estaba acostada en un estrecho sofá. Mi consciencia, mi fuerza y mi equilibrio volvían a mí. El chico llamado Sebastian —parecía tener mi edad— estaba de pie junto a la ventana, con las manos metidas en los bolsillos, mirando fuera hacia el campo. Supuse que él había ayudado a traerme aquí, pero estaba demasiado apenada para preguntar. Simon no se veía por ningún lado.

—Podría estar de acuerdo contigo —dije—, si cuando menos supiera qué fue eso.

—¿Te sientes mejor?

—Un poco. ¿Dónde está Simon?

—Creo que justo ahora está hablando a mi escuela. Corroborando mi historia, espero.

—Simon es tu…

—Tío —dijo—. Yo estaba en el internado, pero cuando escuché que Kipling estaba enfermo, me… Bueno, aquí estoy.

Pareció como si acabara de recordar algo, luego caminó rápidamente al otro lado de la habitación, hasta una mesa donde había una jarra con agua. Sirvió un vaso y me lo dio. Esta vez bebí lentamente, y cuando hube terminado descubrí que tenía la fuerza para sentarme.

Mis nervios seguían chirriando por la sorpresa y la conmoción y el dolor. Las sensaciones en sí habían desaparecido, pero sentía una reverberación hueca de ellas en mis huesos. Cuando por fin presté atención, me di cuenta de que respiraba cautelosamente, anticipando el tenso ardor que había sentido antes.

Sebastian se sentó frente a mí. Era alto, un poco demasiado alto para la silla que había escogido. Sus piernas eran demasiado largas, de modo que sus rodillas se elevaron lo suficiente para afincarse donde sus brazos naturalmente habrían podido descansar. El resultado final era un descorazonado pretzel de cara pecosa y desaliñado corte pelirrojo de preparatoriano. Probablemente resultaba un poco extraño en cualquier lugar a donde fuera, pero era un tipo encantador de peculiaridad. Codos y rodillas, y a pesar de ellos, un rostro tan perfectamente intenso que te atrapaba como un faro. Ésa fue mi primera impresión real de él.

—¿Qué fue *exactamente* lo que sucedió allá dentro? —preguntó—. Si no te molesta que pregunte.

—No estoy segura —contesté. Parecía demasiado tonto para decirlo en voz alta.

Sentí a Kipling.

En ese momento, Simon entró.

—Ah, estás despierta —dijo—. Y ya conociste a mi sobrino descarriado —lanzó a Sebastian una mirada reprensiva.

—Y volvería a hacerlo —añadió Sebastian poniéndose en pie, retador—. Por Kipling.

—Estoy seguro que es así —continuó Simon—. Pero necesitarás una mejor excusa la próxima vez. Las abuelas enfermas despiertan demasiadas preguntas. Debemos ser cuidadosos de no atraer ese tipo de atención.

—¿Qué les dijiste? —preguntó Sebastian.

—Que mientes con todos los dientes —dijo Simon—. Que eres un niño malcriado que estará de regreso en la escuela mañana y que toda la familia, incluyendo tu perfectamente saludable abuela, está mortificada por tu comportamiento.

—¿Mañana? —dijo Sebastian, consternado.

—Agradece que no te envíe esta misma noche —Simon se giró hacia mí, y su expresión cambió de seriedad a ruego y esperanza—. Ahora, respecto a Kipling. Dime.

Respiré hondo, disfrutando la ausencia de dolor en mis pulmones. *¿Era esto lo que hacía papá? ¿Era esto* el trabajo*?*

—Está sufriendo —dije.

Simon agachó el rostro. Intenté imaginar lo que mi padre habría hecho con todo ese dolor. Lo visualicé yendo hacia Kipling con una aguja en la mano, susurrándole al grifo que no se preocupara, que los próximos momentos serían difíciles, pero que después de eso la agonía, la infección, todo eso desaparecería para siempre.

Y entonces...

No, eso no estaba bien.

—Necesita analgésicos —ya estaba diciendo yo—. Necesita nutrientes. Aliméntenlo con suero intravenoso si no quiere comer. Tomen radiografías, resonancias electromagnéticas, análisis de sangre, muestras de heces. Traten cualquier cosa que encuentren.

Las palabras sonaban superficiales, como si fueran anguilas en mi estómago y yo tuviera que escupirlas tan rápido como pudiera para que no me mordieran. Ni siquiera miré a Simon o a Sebastian hasta que hube terminado, hasta que hube derramado cada sílaba culebreante sobre la alfombra. Cuando finalmente me volví a verlos, esperaba notar algo de repugnancia.

Pero cuando vi alivio, también fue alivio lo que sentí.

—Entonces es tratable —dijo Simon—. Podemos ayudarlo, después de todo.

—Podría mejorar —añadí. *Anguilas.*

—¿Tú puedes ayudarlo? —preguntó Simon—. ¿Con… lo que acabas de sugerir?

—Todavía voy a la escuela secundaria —dije.

Simon permaneció en silencio por un momento.

—Por supuesto —exclamó—. Entonces tendré que buscar otro doctor —asintió, satisfecho—. Supongo que tengo trabajo que hacer —dio la media vuelta y salió de la habitación.

Sebastian, aún de pie ahí, me miró por un momento más y después salió dando grandes zancadas detrás de su tío. Oí sus voces desde el pasillo, hablando en susurros. Con gran esfuerzo, me levanté y caminé hasta la puerta abierta para escuchar.

—Al menos déjame quedarme otra noche —dijo Sebastian—. Para estar con él.

—Necesita descansar —replicó Simon—. Cuando esté mejor, podrás tener todo el tiempo que quieras. Quizá reunamos a toda la familia para celebrar.

—Pero…

—Sin peros —dijo Simon—. Ya has levantado suficientes sospechas con tus acciones. Una abuela enferma… de verdad.

Atisbé hacia el pasillo. Sebastian tenía la cabeza gacha. Parecía como si estuviera a punto de irse, pero algo lo detuviera.

—¿Y si ella está equivocada? —preguntó—. ¿Qué pasa si él no mejora?

Anguilas, anguilas, anguilas.

—No debes pensar semejantes cosas —dijo Simon, un poco demasiado rápido—. Él es fuerte. Mejorará. Y mientras tanto, debemos continuar con nuestras vidas. Es la única forma de mantenerlo a salvo.

—Podríamos protegerlo mejor si no tuviéramos que hacerlo en secreto —añadió Sebastian, con la voz aguda por la frustración.

—Estás alterado —replicó Simon—. Kipling significa mucho para todos nosotros. Nos encargaremos de que tenga todo lo que necesita.

Sebastian miró con furia a su tío por un momento, después echó a andar de regreso a la habitación donde me había dejado. Yo volví al sofá y me acosté otra vez. La ira seguía en sus ojos cuando regresó, pero luego de respirar profundo, logró serenarse y entonces se sentó en una silla.

—No es una mascota, sabes —dijo Sebastian—. No nos *pertenece*. Podría irse cuando quisiera, pero nos ha escogido. Por cientos de años ha confiado en nosotros. ¿Va a estar bien? —preguntó.

No me invadió una nueva ronda de anguilas, así que sólo asentí, impotente, y esperé que eso fuera suficiente para convencerlo.

—¿Qué hay de ti? —cuestionó, después de un momento—. ¿Estás bien?

Cuando miré esos ojos azules y no vi en ellos más que compasión, algo pareció fragmentarse dentro de mí.

No había llorado cuando papá murió. Ni en el funeral, ni ningún día desde entonces. Simplemente nunca llegó. Pero ahora, en este lugar desconocido, los sollozos surgieron de la nada. No había forma de contenerlos, nada que pudiera hacer sino sentarme allí a llorar y sentirme estúpida y avergonzada y pequeña. Ni siquiera podía saber exactamente la razón de mi llanto: papá, el extraño y hermoso animal en la otra habitación, lo injusto de todo aquello, el interminable eco *por qué, por qué, por qué.*

—He estado mejor —dije, enjugándome las lágrimas cuando lo peor de la marea comenzó a amainar. Sebastian seguía observándome, y para mi sorpresa, no parecía completamente molesto por el gimoteante desastre que tenía frente a sí.

—¿Qué tal un poco de aire fresco? —me preguntó.

Había senderos peatonales por todo el derredor de la mansión. Sebastian me guio a través de un jardín de rosas y un campo de césped diseñado para un juego del cual nunca había oído hablar. Mientras caminábamos me iba soltando pedacitos de historia: esta ala fue completada en 1836, esta fuente fue un regalo del rey Jorge, esos vitrales fueron hechos en Flandes usando unos químicos que volvían loca a la gente.

—¿Cómo sabes todo eso? —pregunté.

—Mi familia toma muy en serio su historia —dijo—. Supongo que en parte es porque uno de nosotros ha vivido todo eso.

—Escuché lo que dijiste hace rato —añadí—. En el pasillo.

Se notó avergonzado.

—No quise decir…

—Está bien —repliqué—. Yo no sé cómo funciona nada de esto. Deberían hablar con alguien más.

—Él no lo hará —dijo Sebastian—. Cree en… algo. Para el cuidado de Kipling, piensa que las cosas deben hacerse de un cierto modo, o la alianza se rompe.

—¿Qué alianza?

Sebastian rio.

—Algunos piensan que Kipling nos ha dado todo lo que tenemos, que él nos escogió porque de alguna manera lo merecíamos, y que debemos continuar viviendo como siempre lo hemos hecho o de lo contrario se irá, llevándose toda nuestra buena suerte con él.

—Pero tú no crees eso.

—Para mí —dijo Sebastian—, Kipling es familia. Lo alimentamos y le damos un refugio porque es uno de nosotros. Lo demás no importa.

Al final del campo de juego había un viejo muro de piedra como los que había visto cuando llegamos en el automóvil. Al otro lado del muro, el campo se extendía en una suave pendiente verde, y más allá, en un bajo y espeso bosque. Bajamos por la cuesta hasta que ésta terminó en un arroyo murmurante. En un estanque poco profundo, diminutos peces nadaban a toda velocidad entrando y saliendo de la luz.

Durante las últimas tres semanas el tiempo se había sentido más pesado, como la gravedad en otro planeta mucho más grande. Un minuto en este mundo extraterrestre donde ahora vivía pesaba tanto como diez minutos en el tiempo normal, y cuando miraba demasiado lejos en el futuro, el peso de todo ese tiempo superdenso hacía que me dolieran los huesos. Así que mantenía la vista en el suelo, buscando dónde dar el siguiente paso, y no me preocupaba demasiado por lo que viniera después.

Pero aquí, en la fresca tarde gris frente a la mansión Stoddard, lejos de cualquier cosa que me resultara familiar, el tiempo volvía a sentirse ligero otra vez. Podía ver más lejos, y con más claridad. Y no dolía tanto mirar hacia delante. Quizá debería —ahora me daba cuenta— regresar a la escuela. Debería vender la clínica antes de que se agotara el dinero. Tal vez alguien más sabría qué hacer con ella.

—Debe haber otros por ahí —insistió Sebastian—. Como Kipling. Supongo que no somos tus únicos clientes.

—No lo sé —contesté.

—Seguramente no podrías decirme, aun si lo supieras —dijo.

—Papá nunca habló de nada de esto.

—Por supuesto que no —dijo Sebastian. Hizo una pausa—. Lo siento. Yo no conocí a tu papá. Sólo conozco a mi familia. Todo el secretismo, las mentiras. Simplemente lo detesto. Quizá tu padre te estaba ahorrando problemas.

—¿Ahorrándome problemas?

—Los Stoddard crecimos aprendiendo a mentir, a guardar secretos. Hay días en que simplemente quiero decirle a todos. Kipling es una maravilla tan grande… ¿por qué ocultarlo sólo para nosotros? Pero probablemente no sea tan simple, ¿cierto? —Sebastian suspiró—. Como sea, mi tío tiene razón. Debí haber sido más cuidadoso. Pero sí desearía que me hubiera concedido un día más o dos.

Recogió una piedrita y la lanzó al agua. Los peces huyeron en todas direcciones, formando un diminuto juego pirotécnico iridiscente. El dulce y relajante rumor del riachuelo inundaba el aire frío.

—Los bosques de Kipling —exclamó Sebastian, señalando los árboles con un movimiento de cabeza. Intenté imaginar al grifo vagando por ese bosque. A Sebastian de niño, vagando a su lado. La imagen me hizo sonreír.

—¿Cómo es? —pregunté—. Crecer con un grifo.

—Yo no conozco otra forma de crecer —dijo Sebastian—. Él siempre está aquí. Sabes que lo verás cada vez que regreses.

Es difícil tener un secreto como él, pero eso mantiene a nuestra familia unida.

—Algo sé de eso —dije.

—Imagino que sí —repuso él.

Fuera lo que fuese que haya querido decir, lo que sea que haya pensado, seguramente estaba equivocado. Pero en ese momento no me sentía con ánimos de corregirlo. Porque incluso si él pensaba que el secreto que yo compartía con mi reducida familia de dos personas era el mismo asombroso secreto que su familia había atesorado por tanto tiempo, y no el pequeño, caótico y frustrante secreto de un errático y poco confiable padre soltero que quizá me amaba, pero que también desaparecía por días enteros, sin contacto y sin explicaciones, incluso si Sebastian había pensado eso, él me entendía mejor que cualquiera de mis amigos.

Y tal vez yo también lo entendía a él muy bien.

—¿Sebastian? —dije. Su nombre, cuando lo pronuncié por primera vez, sonó como un pequeño castillo sobre una colina, cálido y seguro.

—¿Qué pasa? —me miró con expresión radiante y espontánea.

Algo familiar y raído y sin embargo verdadero flotaba justo frente a mí, una brillante desgarradura en la tela del universo rogando ser vista, ser reconocida, ser mencionada. Ya la había visto antes, cuando sentí a Kipling. Quería que Sebastián la viera, que supiera. Pero lo que fuera que estuviera intentando ver, estaba demasiado cerca y era demasiado brillante y estaba demasiado fracturado. Y lo que fuera que estuviera intentando decir, simplemente se convertía en anguilas ondulantes en mi estómago.

Me encogí de hombros:

—Estoy cansada.

El chico me miró de una manera extraña, tratando de desentrañar con sus ojos qué era lo que yo no había dicho. Le dediqué una débil sonrisa y miré hacia otro lado. Luego de un largo rato se dio por vencido y regresó a contemplar los árboles.

—Eres bienvenida si quieres quedarte aquí —dijo—. Hay muchas habitaciones.

Deseaba seguir hablando con él. Lo deseaba desesperadamente. Alguien que entendiera, que no hablara por medio de misterios. Lo necesitaba.

Pero no me quería quedar. La idea de regresar a la mansión y volver a ver a Kipling hacía que el mundo se estremeciera como ondas en un estanque. Quería estar lejos de allí. Quería estar en casa.

—Tal vez en otra ocasión —contesté—. Todo esto es verdaderamente extraño para mí.

Sebastian sonrió comprensivamente, pero pude ver que estaba un poco decepcionado.

—Espero que sigamos en contacto —dijo—. No pasa muy seguido que pueda ser brutalmente honesto con alguien que no sea mi pariente.

—Hasta ahora tú has sido la única persona con quien he podido hablar de esto —añadí—. Apúntame en eso de la honestidad brutal.

Me sonrió. Parecía como si quisiera decir algo más, pero no lo hizo.

Cuando volvimos a la mansión, Simon me ofreció un cheque que parecía mucho más grande de lo que yo merecía. Él insistió en que era la tarifa negociada, y finalmente acepté. Un auto me llevó a un hotel del aeropuerto, donde pasé la mayor parte de la noche dando vueltas en mi habitación, mientras la lluvia escurría por la ventana.

Había sentido toda clase de cosas desde que regresé a casa aquel día hacía tres semanas y me había enterado de lo de papá. Conmoción, incredulidad, culpa, enojo; tanto enojo. Nada de eso había sido tan simple y tan puro como las lágrimas que me habían brotado en la mansión Stoddard. Y ahora que las lágrimas se habían ido, me sentía vacía.

Algo en mí estaba roto y ávido. Podía sentirlo en el pecho, detrás de mis costillas, detrás de la marca con forma de medialuna encima de mi corazón. Se sentía *correcto* simplemente estar triste. Se sentía natural y honesto y reconfortante de una forma que nada se había sentido durante esas últimas tres semanas. Pero ya no pude encontrar ese sentimiento. Cuando lo intenté, sólo me sentí enojada y perdida.

CAPÍTULO CINCO

ZORRO

La noche que regresé a casa me quedé parada frente a la puerta de la habitación de papá por un largo tiempo, preguntándome qué secretos podían ocultarse detrás de ella. ¿Había otros animales como Kipling? ¿Otras personas como los Stoddard? ¿Cuántos? ¿Dónde? ¿Qué clase de animales? ¿Podía yo conectar con ellos, de la misma forma que lo había hecho con Kipling? Papá me había llenado la cabeza de historias cuando yo era chica. ¿Cuántas de ellas eran verdad? Y la pregunta más grande de todas, la que me provocaba un vuelco en el estómago cada vez que me la hacía:

¿Por qué nunca me contó?

Estiré mi mano temblorosa hacia el pomo de la puerta, pero me detuve antes de que mis dedos tocaran el metal.

¿De verdad pensaba que yo no podría guardar un secreto?

Dirigí mis preguntas llenas de ira hacia la puerta, a través de ella, como si la puerta fuera el fantasma de mi padre, como si pudiera abrirse por voluntad propia y contestarlas. Pero, desde luego, no lo hizo.

Está bien, pensé. *Ya verás. Ya verás cómo guardo un secreto.*

Dos días después de que volví de Inglaterra, fui en bici a la escuela y me colé tarde a la primera clase. Mi mejor amiga, Carrie, me miró desde su asiento en la primera fila con el gesto universal de "Qué diablos, Marjan", que en parte me merecía, pues básicamente me había convertido en un fantasma desde que papá murió. Le dediqué mi mejor "Lo siento" no verbal y Carrie me lanzó una corta mirada fulminante, seguida de inmediato por un sincero y sentido "¿Cómo estás?" Le mostré el pulgar arriba, que luego se convirtió en un más o menos, y acordamos a señas vernos después de clases.

Carrie Finch había sido mi primera amiga en la escuela secundaria. Día uno del primer año, cuando todos trataban de descubrir dónde podían encajar, Carrie y yo terminamos sentadas una al lado de la otra en el salón de la señorita Ascherman. Mi primera impresión de ella fue su cuidadosa pulcritud. Todo, desde la apretada trenza en su cabello rubio hasta el dorado bronceado que había adquirido en las vacaciones de verano y la manera en que deslizó su mochila bajo el asiento, todo parecía estar en el lugar correcto. Comenzó a tomar notas en cuanto la clase empezó. Su caligrafía era pequeña y rápida y limpia, y con ella llenó una página entera antes de que la primera hora hubiera terminado. Yo nunca había tomado notas en clase. Nunca había visto a nadie de mi edad esforzarse tanto en el simple hecho de escuchar. Y eso que sólo era clase de *tutoría*. Quedé fascinada.

Su papá era profesor titular en la Universidad de Berkeley, su mamá administradora en un hospital, y su hermano Kyle un desgarbado alumno de primero también bajo la tutoría de la señorita Ascherman. Los Finch vivían en una casa grande y luminosa cerca de la universidad, tomaban vacaciones familiares en Yosemite y Hawái e invitaban gente a sus cenas de gala, todo lo cual a mí me parecía bastante exótico.

Cuando terminó la clase, Carrie me dio un gran abrazo. Sus brazos eran inusualmente largos. Era una de las pocas cosas en ella que no eran insoportablemente perfectas, pero ella sabía sacarle provecho. Había estado nadando para el equipo juvenil desde que entró en el colegio. Y sus abrazos siempre eran grandes.

—Estaba muy preocupada por ti, Marjan —dijo—. Creí que te habías embarcado rumbo a algún lugar desconocido y no volveríamos a verte jamás —Carrie podía conjurar los más catastróficos escenarios con asombrosa elocuencia.

—Lo siento, Osita Cariñosita —contesté—. Han sido unas semanas muy extrañas.

Un momento después se nos unió Grace Yee, quien llegó corriendo desde el otro extremo del pasillo y casi me tacleó.

A pesar del peinado estilo Pompadour, a rape en los costados, con el que debutó el primer día de escuela, Grace era la más baja de las tres. Pero de algún modo era siempre la que la gente notaba primero. Tenía una voz fuerte y ronca que cortaba el ruido de fondo como un escalpelo bien afilado, y una forma de caminar —e incluso simplemente de pararse— que parecía crear una especie de carga eléctrica a su alrededor. Y siempre vestía con colores brillantes —ese día era una sudadera verde con capucha y cremallera que hacía juego con un par de tenis Chuck Taylor.

—Te extrañamos, torpe —dijo dándome un puñetazo en el brazo—. ¿Por qué nunca contestas los mensajes?

—Sólo necesitaba algo de tiempo, G —repliqué.

Grace era la razón por la que las tres nos habíamos hecho amigas. Durante la tutoría de aquel primer día de primero de secundaria, ella se las ingenió para integrarse al mismo grupo de lectura en el que estábamos Carrie y yo, principalmente porque, al igual que a mí, la mataba la curiosidad sobre cómo y por qué Carrie había logrado escribir tanto cuando en realidad era tan poco lo que había sucedido. Pero, a diferencia de mí, a ella no temía preguntar.

Y cuando Carrie explicó que no podía evitarlo porque se sentía físicamente mal si no tomaba notas detalladas, Grace de inmediato declaró que ahora nosotras tres éramos un grupo de estudio.

—Tú —le dijo a Carrie— vas a asegurarte de que no se nos pase nada —ese día todas aprendimos dos cosas. Una, que la hermosa y perfecta Carrie era en realidad un manojo de nervios por dentro. Y dos, que era imposible discutir con Grace Yee.

El timbre sonó anunciando el comienzo de la siguiente clase y un rebaño de chicos de primer año pasó corriendo junto a nosotras.

—Esperen —dijo Grace antes de que nos separáramos en distintas direcciones—. ¿A dónde van ustedes?

—Química —dijo Carrie.

Yo tuve que pensarlo. Habían pasado tres semanas desde que lo había tenido que recordar por última vez.

—Español, creo.

Grace miró a su alrededor. El pasillo comenzaba a vaciarse.

—Felicidades —dijo—. Las dos están equivocadas. La siguiente clase es un té de burbujas. Vamos.

Carrie soltó un gemido de preocupación. Estoy bastante segura de que saltarse una clase le habría provocado urticaria. También estoy segura de que en este caso, lo habría hecho.

—No puedo, G —añadí—. Hoy no. Tengo que arreglar las cosas con la administración. No puedo estar faltando a clases mientras trato de convencerlos de que no me hagan repetir el año.

Carrie suspiró aliviada y Grace frunció la cara.

—Ustedes no son divertidas, ninguna de las dos —dijo. Entonces giró altivamente sobre sus talones y echó a andar con exagerada indignación. Por encima del hombro, gritó—: Almuerzo, afuera —no era una sugerencia.

A la hora del almuerzo, Carrie, Grace y yo nos sentamos en el patio del campus. Era un día soleado y muchos chicos estaban afuera reunidos en grupos, riendo, gritando, mirando sus teléfonos. Una bolita de alumnos de teatro se amontonaba alrededor de una chica que tocaba el ukulele y cantaba una canción de Halsey. Algunos chicos, incluyendo uno que era el *crush* de Grace desde primer año, hacían dominadas con un balón de futbol. Casi se sentía como un día ordinario.

Carrie traía pechuga de pollo cortada en rebanadas gruesas y una lata de café expreso helado. Grace, fideos fríos picantes con vegetales que su mamá había cocinado la noche anterior. Mi almuerzo era pan blanco con crema de cacahuate. Al menos eso era hasta que Grace lo vio.

—Absolutamente no —dijo. Y entonces mi almuerzo fueron fideos fríos picantes con vegetales que la mamá de Grace había cocinado la noche anterior.

—¿Y dónde has estado, por cierto? —preguntó Grace mientras contemplaba mi sándwich aplastado con una repugnancia embelesada.

—En casa —dije—. Y luego en la clínica. La cual, por cierto, ya me pertenece. Hurra —la respuesta no bastaba, y pude percibirlo—. Estoy tratando de reorganizarme. No pretendía dejarlas fuera, chicas. Sólo que no estaba lista para esto —señalé con la cabeza la escuela y el campo cubierto de césped—, hasta ahora.

—No puedo creer por lo que has pasado —dijo Carrie. Sacudió la cabeza y bajó la mirada. Me pareció ver lágrimas saliendo de sus ojos.

—De veras, chicas —insistí—, estoy bien.

—¿Saben quién lo hizo? —preguntó Grace. Tuve la sensación de que iba a preguntarme lo mismo cada tantos días hasta que contestara que sí.

—Todavía no —dije. *Y ni siquiera están cerca de averiguarlo.*

Intenté recordar si alguna de ellas había conocido a papá. ¿Tal vez Grace había pasado por la clínica una vez o dos? ¿Quizás él me había recogido de la escuela de danza en una ocasión? Yo siempre había tratado de mantenerlo al margen del resto de mi vida. Temía que él arruinara las cosas siendo demasiado serio, o demasiado triste, o demasiado extraño.

—¿Quieres hablar de él? —aventuró Carrie—. Me refiero a que si te ayudaría.

Yo sí quería hablar de él. Pero nunca sería capaz de decir las cosas que necesitaba decir, no a Carrie ni a Grace.

Tenía toda una historia en mi cabeza, y no dije nada. Grace posó una mano compasiva en mi brazo. En ese momento, el balón de futbol botó hasta nuestro picnic y el *crush* de Grace llegó corriendo a buscarlo, se disculpó con las tres, pero con Grace en particular, y ella se puso de un color rojo intenso. Nos reímos y la conversación prosiguió, pero la historia se quedó dónde estaba.

Era una mañana de verano y yo tenía once años. Papá se había ausentado y había regresado. Un viaje corto, creo, pero todos me hacían sentir del mismo modo: enojada, sola y aterrada.

Habíamos pasado la noche anterior jugando a las cartas. Cuando era pequeña, papá me había enseñado un juego persa llamado Pasur. No jugábamos a menudo, pero de vez en cuando uno de nosotros sacaba la baraja y jugábamos unas cuantas manos. Era un mazo ordinario, pero papá nombraba la figura y el palo de las cartas por su nombre persa y llevaba la cuenta en farsi, y de alguna forma esto hacía que las cartas parecieran distintas.

Papá también parecía distinto. Se transportaba a otro lugar cuando jugaba. No sé si a Irán, o a la infancia, a algún lugar del que nunca me contó. Donde quiera que fuera, allí era más feliz y tenía más esperanzas que en el lugar donde pasaba el resto de su vida.

Aquella noche me fui a acostar sintiéndome segura y a salvo. Ya no estaba sola. Al día siguiente, al despertar, encontré sobre mi silla una nota escrita con la letra afilada y precisa de mi padre:

Me fui a trabajar temprano. No quise despertarte.
—Papá.

Mi pecho se tensó. Todo lo que había estado sintiendo cuando él se iba volvió de inmediato, sólo que peor esta vez. Estaba incluso más enojada, más sola, más asustada. Ése fue el día que me di cuenta de que esa rutina jamás terminaría. Siempre sería de ese modo, y nunca iba a mejorar.

Rompí la nota, volqué mi silla de una patada, azoté la puerta de mi cuarto y bajé las escaleras.

Me quedé parada en la cocina sintiéndome caótica y peligrosa, y por debajo de todo eso, vacía, como si en algún lugar en el centro de mi corazón hubiera un agujero negro que ansiara ser llenado. Algo me faltaba en lo más profundo, algo que yo necesitaba.

Fue entonces cuando comencé a preparar los sándwiches.

Usé una hogaza completa de pan blanco, y a cada uno le puse tanta crema de cacahuate como me fue posible. No sabía cómo preparar nada más. Los apilé, los aplasté y los metí nuevamente en la bolsa del pan, y luego puse la bolsa en mi mochila. Me colgué la mochila en la espalda, y partí. No sabía a dónde me dirigía.

Cuando alguien me encontró al día siguiente, había caminado más de treinta kilómetros. Tenía las piernas rígidas y adoloridas. Había comido todos los sándwiches y me sentía mal del estómago. Tenía frío y estaba confundida y asustada, y no me había acercado ni un poco a lo que fuera que estuviera buscando.

Papá me recogió al día siguiente y me llevó a casa.

—Me alegra que estés bien —dijo, y eso fue todo.

Cuando llegamos a casa, me miró del mismo modo que lo hacía siempre que me dejaba. Como si hubiera algo malo conmigo, algo que ningún médico en el mundo sería capaz de remediar. Ni siquiera creo que se haya enojado.

Creo que estaba avergonzado.

Grace me alcanzó al terminar la escuela y enganchó su brazo con el mío mientras caminábamos hacia la salida.

—Iremos a casa de la Osita Cariñosita —dijo—. Y tú vienes con nosotras.

La sala de estar de la casa de Carrie era nuestro lugar de reunión preferido. Era cálida y limpia y tenía montones de lugares cómodos para sentarse. Podías dejarte caer en cualquier lugar, abrir tu mochila donde fuera, conectar tu computadora en casi cualquier lado y acceder a la red de wifi EquipoFinch (contraseña: Fringilidos216).[1] Además había bocadillos, y el refrigerador estaba lleno de latas de bebidas refrescantes de sabores frutales. Y todas éramos siempre bienvenidas para cenar. Era exactamente lo opuesto a mi casa.

—No lo sé, G —dije—. Iba a ir a la clínica.

—Anda, vamos —dijo Grace—. Tienes que conocer la Ballena Azul.

Había estado escuchando sobre la Ballena Azul desde semanas antes de que papá muriera, un viejo Subaru con trescientos veinte mil kilómetros a cuestas que los padres de Grace habían comprado para regalárselo por su cumpleaños número dieciséis, el cual...

—¡Oh no! —dije, parándome en seco—. ¡Falté a tu cumpleaños!

—Faltaste a una pequeña cena, nada más —contestó—. No te preocupes. Pero ahora te voy a hacer sentir culpable para que vengas, porque, *oh Dios, Mar, no puedo creer que hayas faltado a mi cumpleaños.*

La Ballena Azul era de algún modo cuadrada y redondeada a la vez, con faros que parecían como si estuvieran entornados y una parrilla que lucía como una mueca fruncida. Era larga y baja, como si tratara de colarse debajo de otro auto más grande. El interior también se sentía muy bajo, y la tapicería estaba desgastada y con fisuras. Pero era un auto, y Grace era la única de las tres que tenía permiso para conducir.

---

[1] *Finch* significa pinzón en español, y esta ave pertenece a la familia de los fringílidos. [N. del T.]

Sólo para confirmar, llamé a la clínica. Dominic me aseguró que iban a estar bien sin mí.

—Ve a ver a tus amigas —dijo—. Los técnicos barrerán la recepción, yo guardaré las medicinas y apagaré las luces.

Había suficiente espacio para mi bicicleta en la parte trasera de la Ballena. Carrie se ofreció para sentarse en el asiento trasero, a pesar de que sus piernas eran más largas y esos asientos eran muy estrechos. Cuando nos hubimos abrochado el cinturón de seguridad, Grace salió en reversa del cajón de estacionamiento, un poco demasiado rápido, pero de una forma divertida, y las tres nos reímos. Después giramos las manivelas para bajar las ventanillas, porque dentro de la Ballena Azul había un olor a moho, y porque se sentía bien conducir con todas las ventanillas abiertas y sólo con tus mejores amigas en el auto, y en pocos minutos ya estábamos estacionándonos frente a la casa de Carrie.

—Bienvenida otra vez, Marjan —dijo el papá de Carrie cuando me vio—. Es bueno verte de nuevo.

Esperé a que me preguntara sobre papá, o a que me dijera que lo lamentaba mucho. Fue un alivio que no lo hiciera. Sólo un movimiento cómplice de cabeza, y eso fue todo. Los padres de Carrie eran amistosos y de buen trato, y nunca hacían preguntas incómodas.

Tomé una lata de soda de frambuesa del refrigerador, me acurruqué en un puf y contemplé las tareas que había acumulado durante mi ausencia. Eran muchas. La escuela aseguraba que me habían perdonado mis semanas de ausencia, pero ahora comenzaba a preguntarme si en realidad eso había sido cierto después de todo.

Carrie se sentó en su lugar habitual, sobre una almohada bajo la ventana, a estudiar su libro de gramática suajili. Había ido a una escuela de inmersión al chino durante seis años antes de que nos conociéramos, y todavía le gustaba practicar su mandarín de vez en cuando con Grace. Contando el francés que sus padres en ocasiones hablaban en casa, ella sabía cuatro idiomas.

Grace hacía ecuaciones químicas en un cuaderno de ejercicios con los audífonos puestos y un gesto de seria determinación en el rostro. Estaba recostada en el sofá, sin zapatos, tamborileando con los dedos de los pies mientras avanzaba a través de las páginas de diagramas moleculares. Sólo una vez se quitó los audífonos para decir "Esto es sólo química de mentiras", antes de volver a su música y al trabajo.

Podíamos quedarnos así por horas, cada una de las tres perdida en sus propios proyectos y deberes. Y estando así, el mundo parecía casi normal. Casi podía fingir que no acababa de estar al otro lado del mundo, cara a cara con un grifo, sintiendo lo que él sentía.

Casi, pero no del todo.

Esa noche, después de que Grace me llevó a casa, me senté en mi cama y tecleé en mi teléfono el número de Sebastian. Cuando pensaba en Kipling, enfermo y débil en esa habitación oscura, algo se tambaleaba dentro de mí. Pero cuando Sebastian se había sentado conmigo mientras yo sollozaba, cuando habíamos caminado por el campo, cuando habíamos contemplado el bosque, el mundo se había sentido un poco menos confuso. Un poco más cálido.

Yo quería menos confusión. Quería más calidez. Y más que nada, quería alguien con quien realmente pudiera hablar.

Hola, escribí. Soy la chica americana que estuvo llorando sobre tu costoso mobiliario.

Me quedé viendo las palabras que acababa de enviar al otro lado del océano, y esperé.

En el teléfono sonó una notificación. Una burbuja apareció debajo de la mía.

Espero que hayas logrado recuperarte.

Sonreí.

Sigo en el hoyo, escribí.

Agradece que no tendrás que lavar doscientos platos por noche durante toda la semana.

?

Castigo de la escuela por faltar a clases. Ya no tienen permitido golpearnos, así que tratan de matarnos con lesiones por estrés repetitivo.

Una pausa. Entonces otra notificación. ¿Puede una notificación ser significativa? Ésta lo fue.

¿Cómo estás?

Regresé hace apenas dos días y ya es agotador.

Después se vuelve más fácil, escribió. Te acostumbras.

A Sebastian no necesitaba explicarle nada. Él entendía exactamente de lo que hablaba.

¿Cuánto tiempo tarda?

Como siete años.

No me sirve, gracias.

Por suerte para ti, decía su burbuja de diálogo, ahora tienes línea directa con un experto certificado en el tema de Guardar Grandes Secretos.

Yei, qué suerte tengo.

Hubo una pausa larga, lo suficientemente larga para que yo me preguntara si había sido demasiado sarcástica. ¿Lo había hecho enojar? ¿Había lastimado sus sentimientos? ¿Acaso decidiría que no valía la pena el esfuerzo? ¿Era eso realmente lo que yo quería, después de todo? Sería menos complicado, menos inestable, si yo simplemente pudiera dejar en el pasado a Kipling y a todas las personas relacionadas con él.

Nueva notificación.

Hablo en serio, escribió. Siempre puedes hablar conmigo. Puedes contarme cualquier cosa.

Comencé a escribir. Escribí dos palabras, las miré, y no las envié. Se quedaron allí en la pantalla, la verdad más verdadera que jamás hubiera escrito en cualquier lugar.

Tengo miedo.

Miré esas palabras durante largo rato mientras mi pulgar planeaba sobre la tecla para enviar. ¿Podía decírselo? ¿Podía confiar en él?

Nueva notificación. De Sebastian.

Bueno, tengo que lavar los platos del desayuno.

Borré lo que había escrito.

Más te vale que queden impecables, escribí. Y gracias.

Al cabo de unos cuantos días comencé a reajustarme al ritmo de la escuela. La gente dejó de notarme en los pasillos. De alguna forma logré ponerme al corriente con la mayoría de mis tareas faltantes. Algunos días estudiaba con Grace y Carrie en la sala de la familia Finch hasta que oscurecía. Otros días estaba en la clínica, lidiando con aburridas responsabilidades de adulto que yo no había pedido. Facturas de proveedores, pagos de nómina, de renta, balance de utilidades. Una máquina de rayos X que estaba en sus últimos días. Teníamos dos hipotecas. Siempre se debía algo. Siempre se pagaba tarde. Y a nadie le importaba que la única razón de que yo tuviera que ocuparme de todas esas cosas era que mi papá acababa de ser asesinado.

A veces, cuando la clínica estaba tranquila, sacaba la tarjeta que me había dejado la extraña mujer —la de la tetera con la serpiente enrollada en su interior— y la estudiaba en busca de alguna clave. Un número de teléfono escondido, una dirección de correo electrónico que no hubiera visto, algún mensaje secreto codificado en el compacto diseño. Pero no había nada, y entre más la observaba, más desprovista de significado me parecía.

A veces se me figuraba que nada de aquello había sucedido en realidad.

Una vez a la semana Carrie, Grace y yo íbamos al lugar de té de burbujas cerca de la escuela y charlábamos de cosas ordinarias. Escuela, música, chicos. El tema más importante era el *crush* de Grace, un chico que jugaba futbol llamado Howie.

—Claro que hoy te sonrió durante la asamblea con los profesores.

—Así sonríe a todos —dijo Grace—. ¡Eso no significa nada! Marjan, dile que una sonrisa no significa nada.

A lo cual yo sonreí y sorbí mi té.

—¿Qué es tan gracioso? —preguntó Grace.

Lo que era tan gracioso era ver a Grace, normalmente tan serena y segura, comportarse como lo hacía Carrie antes de un examen. Esto había estado ocurriendo por semanas, y yo comenzaba a pensar que Grace disfrutaba secretamente el drama y la atención.

Se sentía casi como había sido antes de que papá muriera. Pero había cosas que no podía decir. Había historias que ardían por salir, pero que no podía contar. A veces sólo quería gritar *¡Los grifos existen! ¡Grifos reales y vivos!* Sentía como si las tres fuéramos muy pequeñas y sólo yo pudiera verlo.

Afortunadamente también estaba Sebastian.

Hablábamos todos los días. A veces por video, a veces sólo con mensajitos tontos. Era increíble cuánto esperaba ver aparecer su nombre en mis notificaciones. Increíble lo reconfortante que era no tener que ser cuidadosa, no sentir que estaba escondiendo la mitad de mi vida cada vez que hablaba con él.

—Me enojo con la gente por no saber las cosas que nosotros sabemos —dije—. Como si de alguna manera fuera su culpa el hecho de que yo no pueda contarles nada. ¿Alguna vez has sentido eso?

—Todo el tiempo —respondió—. Tienes que ser capaz de ser dos personas distintas. Una que sabe y una que no sabe.

—En cierto modo odio a la que no sabe —añadí.

—Yo también —dijo Sebastian.

Hablábamos por video. Yo estaba en la oficina trasera de la clínica y él en una sala de estudio vacía en su elegante internado. Bajo la maraña de su cabello, el rostro de Sebastian, un poco blanqueado por la cámara, un poco distorsionado por la lente, y un poco soñoliento, seguía teniendo la misma intensidad que yo recordaba de cuando lo conocí. Había algo en sus facciones y en la manera en que encajaban entre sí que no podía retener del todo en mi cabeza, que siempre estaba tratando de entender, como si fuera una especie de misterio sin resolver. En video podía estudiar su cara con más atención sin parecer rara, sin parecer que me le quedaba viendo. Lo hacía todo el tiempo, y no estaba ni remotamente cerca de comprender por qué no podía obligarme a mirar a otro lado.

—¿Y entonces qué haces? —pregunté—. Cuando te enojas.

—Busco a Kipling —dijo—. Me siento con él. Me recuerdo a mí mismo por qué vale la pena.

—¿Y qué pasa si no tengo a Kipling a la mano?

—Aquí eres bienvenida siempre —replicó Sebastian.

—¿Me estás invitando a salir? —pregunté.

—¿Estás libre?

Sonrió. Bromeaba, por supuesto, y yo también.

—¿Sebastian? —dije—. ¿Crees que tengo permiso de hacer esto?

—¿Hacer qué?

—Hablar contigo.

—¿Por qué no habrías de tener permiso?

—No lo sé. Sólo que parece que hay ciertas reglas o algo así. Quizá no para ti, pero para mí. Por ejemplo, no creo que papá hablara así con sus clientes jamás.

—¿Quieres parar? —preguntó Sebastian—. ¿Ya no debería escribirte?

—No —contesté—. Literalmente creo que explotaría si no pudiera hablar con nadie. Como sea, no es tan malo. No saber. Lo hace más divertido.

Sebastian sonrió.

—¿Qué? —pregunté—. ¿Dije algo?

—Dijiste que esto es divertido —respondió él—. Yo siento lo mismo.

Cuando me fui de la clínica esa noche seguía viendo el rostro de Sebastian, esa sonrisa, esos ojos, esa *cosa* que tenían que no lograba captar del todo. Seguía escuchando su voz a través del altavoz. Y me sentía bien. Me sentía esperanzada. Mientras pedaleaba a casa, una diminuta y confusa calidez centelleaba en mi pecho.

Había una pizza esperando frente a mi puerta cuando llegué, así como una notita de papel con una carita feliz.

Grité un "Gracias" en dirección a la casa de Francesca, lo que provocó un gran coro de perros. Llevé la pizza adentro, con la intención de subirla a mi cuarto para comer.

Mientras caminaba por el pasillo de arriba, sentí la alfombra más mullida de lo habitual. Era como si estuviera despertando de algo, como si volviera a la vida. Entonces vi la puerta a la habitación de papá —cerrada, como siempre— y el enojo creció y ahogó cualquier buen sentimiento.

Las semanas pasaron. Todos —mis amigos, el consejero académico que vi en algunas ocasiones, la doctora P y los técnicos de la clínica— dieron por sentado que yo iba a vender el negocio de papá. Yo ni siquiera lo había intentado aún.

No podría explicar exactamente por qué era tan difícil separarme de la clínica. Yo no era veterinaria. Además, el negocio iba pésimo. David Ginn, el contador de papá —y ahora mío—, me lo confirmó una noche.

—No se ve nada bien —me confió David al teléfono.

—¿Qué debería hacer? —pregunté.

—Deshazte de él, en la primera oportunidad que tengas —dijo David.

David había comenzado a trabajar con papá en los extraños y radiactivos meses posteriores a la muerte de mamá. No había mucha gente que por voluntad propia se adentrara en la nube de confusión que fue nuestra vida durante ese año. David fue el único que se quedó.

Sabía qué él tenía razón. Usualmente así era. Pero yo estaba esperando, deseando que el teléfono sonara, que la extraña mujer que me había llevado hasta Kipling se asomara de nuevo por la puerta de mi oficina. Quería ser útil. Quería otra oportunidad.

Pero la siguiente vez no fue ella.

—Lo primero que tienes que saber de mí es que soy una bruja.

Ésas fueron las primeras palabras de Malloryn Martell después de presentarse. No había nadie en la recepción fuera de nosotros dos y de Dominic, quien acababa de contestar una llamada telefónica. Habían transcurrido tres días desde Halloween y casi dos meses desde que había conocido a Kipling, y en ese tiempo no había pasado nada ni remotamente inusual. Y entonces, una tarde, fui a la clínica después de la escuela y la encontré esperándome en la recepción, tomaba discretamente los restos de los dulces de "truco o trato" del tazón del escritorio.

Malloryn Martell parecía como si alguien hubiera transformado un cachorrito ansioso en una adolescente en fase *emo*. Usaba una camiseta con la imagen de Totoro, una chamarra de mezclilla deslavada, mallas negras y botas verdes Doc Martens. Una vieja mochila cubierta de parches y símbolos aparentemente brujeriles dibujados con marcador despintado colgaba cansinamente de uno de sus hombros. Tenía cabello rizado color rubio oscuro en un dinámico corte con fleco y cálidos ojos avellana que se rehusaban, a pesar de la recargada sombra que usaba, a hacer otra cosa que no fuera resplandecer con brillantez.

Una transportadora para gatos hecha de cartón descansaba a sus pies, quieta y silenciosa. El aliento se me atoró en la garganta. *¿Llegó el momento? ¿Es ella? ¿Ésta es mi oportunidad?*

Sin decir más, le indiqué con una seña que me siguiera a mi oficina.

Una vez que estuvimos allí, dejó la transportadora en el suelo. Desde el interior escuché el breve movimiento de algo peludo que se reacomodaba en el estrecho espacio y luego se echaba. Pero no pude ver nada a través de los agujeritos para respirar en el cartón.

—Una bruja —dije luego de cerrar la puerta tras de nosotras.

—Pero no una malvada —replicó ella con una risa—. No te preocupes.

Intenté reír a mi vez, pero no estaba segura de haber comprendido la broma. ¿Acaso había brujas malvadas? ¿Debería preocuparme?

O hablaba con una bruja o con una loca. Ya fuera una o la otra, había algo en esa transportadora para gatos. Y yo quería saber lo que era.

—Entonces, umm, ¿ahí dentro está tu gato negro? —pregunté.

Fue la pregunta equivocada.

Su rostro se puso serio. La sonrisa desapareció. Sus ojos se opacaron a causa del cansancio. Pude haber jurado que gruñó de decepción.

—Claro —dijo—, porque *todas* las brujas tienen gatos negros.

—Quiero decir… sí, ¿no?

—*No* —me fulminó con la mirada—. No todas tenemos gatos negros. No todas volamos en escobas. Y tampoco flotamos en el agua. ¿Eso aclara tus prejuicios?

Tuve la sensación de que no era la primera vez que ella tenía esta conversación. Antes de que yo pudiera responder cualquier cosa, su expresión se suavizó.

—Lo siento —dijo—. Fue muy grosero de mi parte. Ha sido una semana difícil. Para mí y para Zorro.[2]

—Zorro es...

—Mi "familiar" —dijo. Debo haber parecido muy confundida, porque hizo un comprensivo movimiento de cabeza y continuó en un tono paciente—. No puedes hacer magia sola. Es demasiado poderosa. Necesitas un médium espiritual para conectar con el éter.

—Un médium espiritual —dije yo.

—Sip, y entonces invocas a un familiar. Es el primer gran hechizo que conjuras, y es como una especie de iniciación, o... o un examen final. Es el tipo de trato de todo o nada. Pasar-reprobar. Tienes una oportunidad y, si te equivocas, se acabó. Si no eres capaz de invocar a un familiar, entonces las puertas están cerradas y nunca harás magia. Pero si el hechizo funciona, entonces sabes que eres una bruja. Has sido elegida.

Cuando hablaba, todo en ella parecía bailar. Sus manos se movían. Sus bucles rubios se balanceaban justo por encima de sus resplandecientes ojos. Unos hoyuelos diminutos aparecían y desaparecían en sus mejillas rosadas.

—Elegida —dije—. ¿Elegida por quién?

—Bueno, por tu familiar, para empezar. Pero también los poderes más grandes, los espíritus, los que están detrás del velo del mundo, en el éter. Ellos tienen que aceptarte, y si no lo hacen, entonces no hay familiar, y no hay magia.

—Pero tú fuiste aceptada.

—Lo fui —dijo ella con orgullo. Su mano descansaba suavemente sobre la transportadora.

---

[2] En español en el original. [*N. del T.*]

—¿Dónde aprendiste todo eso? —pregunté.

Ella sonrió, se quitó la mochila del hombro, la abrió y sacó una pila de libros de bolsillo muy leídos y maltratados con nombres como *El llamado de la bruja* y *La hermandad de medianoche,* impresos en sinuosas y compactas fuentes tipográficas de los años mil novecientos setenta. Las portadas eran diseños psicodélicos y fotografías *new age* de cristales y de siluetas de cuerpos desnudos contra la luna. Hojeé algunos de ellos, y no quedé convencida.

—Entonces usaste estos libros para invocar —dije.

—No a un gato —replicó Malloryn.

Ella se agachó y abrió la trasportadora. El interior estaba oscuro y estrecho y lleno de mantas, pero pude ver que algo peludo y liso se desenrollaba. Unas orejas puntiagudas se levantaron. Una patita delgada se estiró y tanteó ligeramente la pared de la transportadora. Un largo y elegante hocico se asomó unos cuantos centímetros.

Zorro era un zorro gris.

—Es el zorro mejor entrenado que jamás conocerás —dijo Malloryn—. Incluso está adiestrado para ir al baño. Apuesto a que no esperabas eso.

Alcé la mirada para verla.

Ella me estaba observando, y no sonreía.

—No soy tonta, ¿sabes? Sé cuando alguien no me cree.

Zorro parpadeó debido a la repentina luminosidad. Apoyó dos delicadas patitas contra el borde de la transportadora y recargó su peso en ellas hasta que la volcó. Se arrastró fuera, bastante orgulloso de su pequeño truco, y trepó por la pierna de Malloryn para enroscarse entre sus brazos hasta colocar su hocico sobre el hombro de su bruja. Con una mano, ella le rascó el mechón de pelo naranja-plateado entre las orejas.

—¿Cómo me encontraste? —pregunté.

—Rubashkin —respondió.

—Eh, ¿gesundheit? —dije.

—¿El *Hechizo Selector* de Rubashkin? —como si me lo estuviera recordando, como si yo debiera saberlo. Negué con la cabeza, y ella suspiró—. Puse los nombres de todos los veterinarios de la ciudad en una bolsa, y el tuyo... bueno, el de tu papá... es el que saqué. Y ya que él no está, imagino que eres tú a quien debía encontrar.

—¿Eso se llama Hechizo Selector de Rubashkin?

Otro suspiro, una punzada de inquietud.

—Lo sé, lo sé, Rubashkin fue desmentido en los ochenta —añadió—. *Técnicamente* no es un hechizo. Pero aun así funcionó, ¿no es cierto? —sonrió ampliamente, llena de esperanza.

De pronto me llegó un pensamiento mezclado con pánico.

—¿Alguien sabe que lo trajiste aquí?

—Fui cuidadosa, por Dios —dijo Malloryn—. No es como si fuera la primera vez que tengo que llevarlo a algún lado. Conozco la ley. Sé que se supone que no debería tenerlo.

—¿Tus padres te dejaron quedártelo?

Permaneció callada unos instantes.

—Ellos no lo saben —exclamó—. Ni lo sabrán.

Sus ojos me dijeron que la historia era más larga, pero también que no conocería el resto en ese momento.

—¿Cómo lo conseguiste, para empezar? ¿Cómo lo entrenaste? ¿Qué no se supone que los zorros son imposibles de domar?

—Si tienes que domar a tu familiar, es que estás haciendo algo mal —dijo Malloryn—. Y no lo *conseguí*. Lo *invoqué*.

—Lo invocaste. ¿Así como que de la nada?

—No sé de dónde salió —dijo Malloryn—. ¿Verdad, Budgins? Un día apareciste frente a mi puerta, ¿no es así? —ella le dio al zorro un apretón, y él hizo un ruido como de cacareante ronroneo—. Yo lo invoqué, él llegó, y yo lo amo. Sí, así —ella ya no hablaba conmigo, en realidad. Nadie le hablaría a otra persona con esa voz, a menos que fuera muy pequeña—. No es un zorro cualquiera, ¿sabes? —añadió—. Él es especial.

—Apuesto a que sí —dije yo.

Malloryn respingó.

—No me crees —exclamó—. Ya verás. Puedes creer lo que quieras. Ya estamos acostumbrados.

Le dio a Zorro un abrazo apretado y protector, y a mí me lanzó una mirada que me retaba a cuestionar su devoción a él.

—Bueno, ¿qué es lo que le pasa? —pregunté.

La expresión de Malloryn se suavizó. Miró a Zorro con ojos de amor.

—No lo sabemos, ¿no es así? —respondió ella, acariciándole las orejas. Se inclinó hacia mí, como si estuviera a punto de confiarme un secreto—. Pero tengo una teoría.

—¿Y cuál es? —pregunté.

Ella bajó la voz.

—Creo que le echaron un embrujo.

—¿Un embrujo?

—Sí, como si lo hubieran hechizado —dijo Malloryn.

—¿Quién haría eso?

—Demonios menores, espíritus incidentales, un hechicero celoso —dijo Malloryn—. Podría ser cualquiera.

Zorro abrió el hocico y comenzó a jadear. Es difícil leer las expresiones en los rostros de los cánidos, pero si has visto bastantes de ellos —por ejemplo, si creciste frecuentando una clínica veterinaria— comienzas a notar cuando muestran sus sentimientos. Pude ver cómo parecían colgarse las comisuras de sus ojos donde esperarías verlas afiladas, cómo su ceño parecía cansino y pesado. Pude ver que su boca, a pesar de estar abierta, no *sonreía*. En lugar de eso permanecía plana y laxa, una expresión que podía indicar dolor o malestar.

Algo le estaba causando problemas. Dudaba seriamente de que fuera causado por "demonios menores", pero sólo había una manera de asegurarme.

—¿Puedo acariciarlo? —pregunté.

Malloryn movió los brazos para que Zorro quedara de frente a mí. Cuando acerqué la mano, él cerró los ojos y bajó el hocico para que lo tocara. Recorrí su nariz con mis nudillos, entre sus orejas, y al principio no sentí nada. Entonces, en el grueso e hirsuto pelo de la base del cráneo, comencé a sentir el cosquilleo en mis dedos. Malloryn empezó a decir algo. La callé con mi mano libre, y cerré los ojos al tiempo que la sensación se extendía.

Sentí una opresión en el pecho, como si el aire no tuviera a donde ir, sin importar qué tan fuerte inhalara. Mi corazón golpeaba contra mis costillas, una sensación desagradable, demasiado lenta y demasiado fuerte. Malloryn podía no ser ninguna clase de bruja, pero estaba en lo cierto en al menos dos cosas. Había algo especial en Zorro. Y algo andaba muy mal con él.

—¿Qué tiene? —preguntó Malloryn—. ¿Son demonios?

—Está enfermo —contesté—. Podría ser serio.

—¿Entonces qué hacemos?

No tenía idea de cómo convertir las sensaciones que acababa de experimentar en un diagnóstico apropiado. Hasta donde sabía, Zorro padecía el embrujo de un demonio. Y fuera lo que fuese, estaba casi segura de que por el simple hecho de tenerlo en la oficina ya estaba violando unas cuantas leyes estatales sobre la vida silvestre. Pero podía ver el miedo en los ojos de Malloryn. No era solamente miedo por la seguridad de Zorro. Era miedo a que yo los rechazara. Y yo sabía que, si yo no la ayudaba, nadie más lo haría.

—En este momento no puedo hacer nada por él —dije. Eran casi las cuatro, y no iba a arriesgarme a realizar ningún tipo de examen exhaustivo hasta que todos se hubieran ido de la clínica—. Tendrá que pasar la noche aquí.

Cerramos a las cinco. Poco después, escuché la bicicleta de la doctora Paulson rodar por el pasillo. Los técnicos veterinarios siguieron haciendo cosas durante la siguiente media hora o algo así, limpiaron las superficies, barrieron los pisos, organizaron expedientes, y almacenaron el inventario para el día siguiente. Entonces, uno a uno, se fueron yendo, cerrando la puerta principal tras de sí.

Malloryn y yo habíamos decidido que sería menos sospechoso si ella se marchaba llevando la transportadora con la que todos la habían visto entrar, incluso si eso significaba que Zorro quedaría libre para deambular. Así que ella lo abrazó y le susurró una despedida, y después me volvió a asegurar que él no haría nada estúpido. Afortunadamente estaba en lo correcto. Zorro se acurrucó en la esquina detrás de mi escritorio y ahí se quedó, sin hacer ningún ruido.

Una vez que todo estuvo en silencio, asomé la cabeza y miré a ambos lados del pasillo. Zorro y yo estábamos solos en la clínica. Abrí la puerta por completo y le hice una seña a Zorro para que me siguiera. Juntos caminamos rápidamente hasta la sala de procedimientos. El sonido de las garras del zorro chocando contra el linóleo en la clínica vacía era extrañamente reconfortante.

Sabía cómo operar la máquina de rayos X porque había estado allí el mes pasado, cuando el agente de ventas lo había explicado. Pero realmente no sabía cómo interpretar una radiografía, ni lo que tenía que buscar. Lo único que sabía era que algo le estaba dificultando a Zorro respirar. Y algo estaba volviendo pesados los latidos en su pecho. Tal vez una radiografía me diría qué era ese algo.

La nueva máquina era un sistema de un blanco resplandeciente que consistía en una pistola de rayos X, una placa receptora en una armazón ajustable y un monitor donde se mostraban las imágenes. Zorro fue más cooperativo que la mayoría de los animales. En pocos minutos ya tenía tres ángulos distintos de su pecho. Levanté a Zorro de la mesa de procedimientos y lo coloqué cuidadosamente en el suelo. Se sentó a mis pies y observó mientras yo abría las imágenes en la pantalla y daba clic en ellas, una por una, y trataba de encontrar un sentido a lo que veía.

Bajo las franjas de cebra de su caja torácica, el corazón de Zorro era una oscura presencia traslúcida suspendida en una pálida nube lechosa de masa orgánica. Desde otro ángulo, los vasos sanguíneos y los alveolos se ramificaban sobre el fondo con forma de alas de ángel de sus pulmones. A lo largo de los segmentos de su espina dorsal pude seguir la ruta de sus nervios hasta su cerebro. A pesar de lo que Malloryn pensaba de él, por dentro Zorro se veía prácticamente igual que cualquier otro pequeño mamífero.

Los ojos ámbar de Zorro se encontraron con los míos. No le importaba que aún no tuviera ni la más remota idea de lo que hacía dirigiendo una clínica. No le importaba que estuviera enojada la mayor parte del tiempo. No le importaban las deudas ni las hipotecas. No le importaban las cosas que yo ocultaba a la gente más cercana a mí. Cuando los animales te observan no ven todas las complejidades de tu vida. Sólo te ven como eres en ese momento exacto, y no sienten vergüenza, y no sienten miedo.

Yo no sabía mucho sobre rayos X, pero algunas cosas resaltaban. Una mancha brillante que probablemente no debería estar allí. Una delgada y ondulante línea oscura que parecía sospechosa. Un panorama general en su cavidad torácica que no se veía del todo bien. Estaba segura de que todo eso era importante. Pero no sabía nada más. Habíamos sobrepasado mi experiencia como veterinaria. Observé las radiografías, una tras otra, una y otra vez, esperando que algo en mi mente hiciera *clic*. No sucedió.

—Lo siento, Zorro —dije—. No sé lo que tienes.

Zorro me miró sin demandar nada. Y en ese momento supe que tenía que curarlo.

Tomé fotos de las radiografías y se las envié por mensaje a la doctora P. Un momento después sonó mi teléfono, tan fuerte en la sala de procedimientos vacía que mi corazón pegó un brinco.

—¿Qué es eso que me mandaste? —preguntó.

—Mi amiga trajo a su, mmm, perro —respondí—. Sólo quiero echarle una mano. ¿Notas algo malo?

Hubo un silencio al otro lado de la línea.

—¿Sigues en la oficina? —dijo la doctora P.

—Sí —contesté, haciendo mi mejor esfuerzo para no permitir que el pánico se escuchara en mi voz—. No es, mmm, no es la gran cosa. Yo sólo... Mi amiga vino de pasada, y yo...

Otro largo silencio.

—Quizá debería ir para revisarlo yo misma —dijo la doctora Paulson.

Me quedé helada por un segundo. Sentí que las paredes se cerraban a mi alrededor. Ella vendría a la clínica y me encontraría tomando radiografías de una especie restringida. Llamaría a Protección Animal, porque eso era lo responsable. Se llevarían a Zorro y la pobre de Malloryn Martell nunca me perdonaría.

—No tienes que hacerlo —añadí—. Justo por eso te envié las imágenes. Para que no tengas que venir. ¿Todo se ve en orden? ¿O algo se ve mal? Puedo sacar más radiografías, si quieres. Yo...

El silencio crepitó al otro lado de la línea telefónica.

—Hay fluido en la cavidad torácica —dijo al fin la doctora Paulson—. Se puede ver.

—Oh —repliqué, tratando de contener mi alivio—. ¿Eso qué significa?

—Eso dificultará su respiración.

—Sí —afirmé, y rápidamente corregí mi entonación—. Quiero decir, ¿sí?

—Marjan —añadió—, esto realmente sería mucho más fácil si yo pudiera examinar al perro.

—No se trata de un cliente, doctora P —dije. *Ni tampoco de un perro*—. Sólo... dígame qué hacer.

Debió percibir la desesperación en mi voz. Casi podía escucharla decidiendo qué hacer a continuación. Hasta Zorro prestaba atención ahora, como si presintiera que algo importante estaba pendiendo de un hilo. Finalmente, la doctora Paulson habló.

—¿Sabes cómo extraer una muestra de sangre? —preguntó.

De hecho, papá me había mostrado cómo sacar sangre tanto de gatos como de perros.

—¿Y sabes dónde están los kits de pruebas de antígenos?

Yo misma los había almacenado apenas tres días antes.

—Okey —dijo la doctora P—. Entonces vamos a sacar un poco de sangre y a realizar una prueba.

Un minuto más tarde, estaba frotando con alcohol la pata delantera de Zorro e introduciendo una aguja en su vena cefálica. Zorro dio un respingo y luego se relajó. La sangre subió por la manguera, y cuando alcanzó la boquilla inserté un vial de recolección. Una vez que tuve suficiente, giré el vial para liberarlo y extraje la aguja.

Una gota de sangre cayó en el kit de pruebas, donde se expandió lentamente hacia la tira de antígenos. La última vez que había contemplado algo parecido, la mujer que me envió a ver a Kipling me había estado interrogando sobre la línea hircaniana.

—La prueba tarda diez minutos —dijo la doctora P.

Puse el temporizador y me senté a esperar. Zorro deambuló perezosamente por la sala de procedimientos, moviendo su majestuosa cola de un lado para otro. Se escuchaba que la doctora P hacía algo al otro lado de la línea, la cena quizás, o limpiar un cuarto desordenado, o tal vez sólo sentarse y respirar.

—Sabes —añadió la doctora P luego de unos minutos—, esto es bastante inusual... traer al perro de una amiga fuera de horario y hacerle un diagnóstico tú sola.

—Simplemente se me ocurrió que sería más fácil así —repuse.

—Quizá lo es —pude adivinar que ella tenía mucho más que decir al respecto, pero lo que fuera que estuviera pensando, se lo guardó para sí, y en lugar de eso, cambió de tema—. Y a propósito, ¿cómo estás? ¿Cómo va la escuela?

—Bien —contesté.

—¿Sólo "bien"? —preguntó la doctora P. *Un ave al acecho, paciente y precisa.*

—Regresando a la normalidad, supongo —añadí. Tenía que decir algo, y además era verdad—. Quiero decir, lo normal es totalmente distinto a como solía ser, pero creo que estoy empezando a reconocer cómo se ve.

—Me parece que todos estamos en eso —dijo la doctora P. Se quedó callada por un minuto. Entonces añadió—: Lo extrañamos mucho. Todos lo extrañan mucho.

—Yo también —dije, y deseé que mis sentimientos pudieran ser así de simples.

Permanecimos sentadas en silencio hasta que el temporizador sonó. Tomé el kit de prueba y analicé los resultados. La sangre se había deslavado, y en su lugar había dos brillantes puntos azules.

—Justo lo que pensaba —exclamó la doctora P cuando le dije lo que veía—. Enfermedad del gusano del corazón.

—¿O sea que entonces no se trata de un embrujo?

Ni el impacto de la noticia ni el ruido de la defectuosa conexión del celular pudieron atenuar la cantarina cadencia de la voz de Malloryn. Yo estaba de vuelta en mi oficina, preparando el tratamiento que la doctora P había recomendado. Zorro estaba acurrucado en un rincón.

—No hay ningún demonio menor involucrado —exclamé—. Sólo un mosquito. Y algunos gusanos.

—Oh —se oía casi decepcionada—. Entonces… ¿qué hacemos?

Transmití a Malloryn lo que la doctora P me había dicho: tomaría meses de medicación y descanso para que las arterias de Zorro estuvieran limpias. Primero, una ronda de antibióticos. Después una inyección lumbar de arsénico, un mes de reposo, y luego otras dos inyecciones.

—¿Meses? ¿Arsénico? ¿Estás segura de que necesitamos hacer eso?

Conté a Malloryn todas las cosas maravillosas que sabía sobre los gusanos del corazón: cómo pueden crecer hasta alcanzar unos treinta centímetros de largo, cómo podría haber cientos de ellos viviendo en sus arterias y sus pulmones y su corazón, cómo después de que la medicina los mata, sus cuerpos en descomposición se rompen en pedazos, y si el animal es demasiado activo, esos pedazos pueden bloquear los vasos sanguíneos y provocar una muerte repentina.

—No puedes dejar que muera —dijo Malloryn—. Él es todo lo que tengo. Y es muy especial.

—Nadie va a dejar que muera —repliqué—. Regresa mañana y elaboraremos el plan de tratamiento.

Zorro me miró en cuanto dejé el teléfono, con la cabeza ladeada como si hiciera una pregunta.

—Ya me oíste, Zorro —dije—. No voy a dejar que mueras.

Caminé hasta él y le acaricié el pelo. Estiró el cuello bajo mi palma y sentí todas las sensaciones recorriéndome: la pesadez de su respiración; el lento y desagradable ritmo de su corazón; y, en algún otro lado, el centelleante resplandor de su mente de zorrito silvestre, saltando y corriendo, escabulléndose entre la hierba, cazando grillos y ratones.

Se levantó y arqueó la espalda. Su pelo, moteado de rojo y gris con prevalencia de gris, brillaba allí donde lo alcanzaba la luz. Su cola se doblaba y se torcía, hacia la derecha, hacia la izquierda, se levantaba sobre su cuerpo como una ola, se deslizaba entre sus delicadas patas negras. Parecía estar por todos lados a su alrededor. Parecía tener su propia mente, su propia infatigable voluntad. Era tan grácil como una voluta de humo.

Y entonces, como humo, se empezó a separar. Se dividió primero en dos, luego en tres, luego en cuatro, cada mechón se desanudó, liberándose en una elegante espiral. Se movían y fluían a su propio ritmo especial —éste balanceándose tan suave y uniformemente como un río, aquél retorciéndose como si lo atravesara una corriente eléctrica— hasta que el espacio alrededor del enjuto cuerpecito de Zorro estuvo vivo, lleno de movimiento y color.

Retrocedí unos pasos y me senté en el piso.

Zorro tenía nueve colas.

CAPÍTULO SEIS

EL ZORRO CON NUEVE COLAS

Érase que se era, érase que no era.

Hace mucho tiempo vivió una bruja que habitaba una cabaña de bambú en la ladera de una montaña.

Nadie se atrevía a aventurarse cerca de su cabaña por miedo a que la bruja los encantara, o los convirtiera en sapos, o secara sus arrozales, o los cocinara en un estofado y se los comiera. No tenían razón para preocuparse: ella no tenía intención de dañarlos, ni a ellos ni a su ganado ni a sus cosechas. No obstante, ellos procuraban mantenerse alejados.

Así que esta bruja nunca veía otra alma, excepto por los animales que vivían en la ladera de la montaña: los ciervos, los conejos y los zorros. Pero el silencio le daba la paz que necesitaba para concentrarse en sus labores, y por lo tanto se sentía agradecida. Pasaba los días leyendo los grandes libros antiguos de magia, y por las noches ideaba hasta perfeccionar nuevos y poderosos hechizos. Así vivió por muchos años, hasta que se convirtió en una anciana.

Una mañana sintió una extraña sensación. A pesar de que el día era cálido y soleado, una oscuridad se instaló en la periferia de su mirada y un escalofrío le caló los huesos. Reconoció al instante la sensación, como lo haría cualquier bruja.

Era la Muerte, que venía por ella.

De pronto una gran tristeza invadió su corazón. Había dedicado su vida a un propósito: el ejercicio de la gran magia. Había inventado nuevos hechizos, encontrado nuevas formas de aprovechar la magia. Y todo aquello la hacía sentir orgullosa.

Y sin embargo, no había nadie con quien pudiera compartir su conocimiento. No tenía hijos, ni estudiantes, ni amante, ni aprendices. Estaba completamente sola. Cuando muriera, toda su sabiduría desaparecería del mundo. Su trabajo quedaría borrado de la historia. Sería como si ella nunca hubiera existido.

Con la Muerte acercándose a paso veloz, caminó hasta un prado en la montaña y gritó en el lenguaje de las bestias. Un joven zorro que estaba en un campo de crisantemos escuchó el llamado y vino a su lado, y ella lo levantó y lo abrazó fuerte.

Entonces le susurró un hechizo al oído. Las palabras de la bruja descendieron por la espina dorsal del zorro y se envolvieron en su cola. Susurró otro hechizo, y su cola se dividió en dos. Cada nuevo hechizo desprendía una parte de la cola del zorro, hasta que hubo nueve colas y nueve hechizos. Con su último aliento, la bruja le ordenó que llevara su sabiduría, hasta los confines de la tierra si fuera necesario, hasta encontrar a alguien digno de aprender los hechizos.

Esto sucedió hace muchos años y, aunque nadie puede estar seguro, se dice que el zorro sigue buscando.

CAPÍTULO SIETE

SONRISA SECRETA

Estuve sentada un momento en silenciosa admiración mientras las colas de Zorro se agitaban y sacudían. Se volvió nuevamente para verme, con una mirada tan estable y quieta como la que había tenido cuando le tomaba las radiografías. Cuidadosamente, pues no quería alarmarlo, estiré una mano, de manera que sus colas rozaran la punta de mis dedos. Cada vez que me tocaban, sentía la vigorizante acometida de una poderosa corriente y escuchaba en mis oídos el ininteligible y sordo susurro de una palabra.

—Ella no sabe —dije, como si Zorro pudiera responder. Y él no lo hizo, desde luego, pero no tenía que hacerlo. Yo ya había comprendido: Zorro era mucho más especial de lo que Malloryn Martell pudiera imaginar. Y por encima de todo, yo quería curarlo.

Este anhelo era una corriente eléctrica formando un arco entre mis huesos, crepitando en la punta de mis dedos y ardiendo en mi pecho. Yo quería que él se liberara de los gusanos que bloqueaban sus arterias y llenaban sus pulmones. Todo en el mundo sería un poquito mejor si tan sólo yo pudiera hacer esto bien. Si tan sólo yo pudiera ayudar a este animal.

Teníamos un par de jaulas para perro por ahí. Tomé una y la llevé a mi oficina, la acondicioné con una manta limpia y coloqué dentro un cuenco con agua. En cuanto Zorro vio la jaula, pareció entender la idea y entró sin rechistar. Se acurrucó y cerró los ojos. Él también estaba cansado.

Me senté en el piso junto a Zorro y lo observé dormir por un minuto. Su respiración era ligera y superficial, y cuando inhalaba profundo hacía un ruido como de ronquido entrecortado que no sonaba para nada apacible ni confortable.

—No te preocupes, Zorro —susurré—. Yo voy a curarte.

Él no se movió. Me puse de pie, lo miré una última vez y me aseguré de que tuviera todo lo que necesitaba para pasar la noche. Entonces salí de la clínica y cerré la puerta tras de mí.

Por fuera, la Clínica Animal de West Berkeley no tenía nada de especial. Estaba pintada de un discreto tono de beige y tenía un letrero de vinilo iluminado por parpadeantes tubos de neón. Había telarañas bajo los aleros y grumos de polvo en las esquinas del letrero. En un costado de la clínica había un restaurante hindú. En el otro, un negocio de fotocopiado. En un buen día, la calle olía a vindaloo y hornos tandur. En un mal día, a tóner.

Algo se movió entre los arbustos que había cerca de la puerta, de forma tan inesperada que me hizo saltar. Un momento después, una sombra escurridiza salió de entre el follaje y caminó por la acera sobre unas patas flacuchas y temblorosas. Cuando llegó al haz de luz que proyectaba una farola, se detuvo y me miró.

Era salvaje, sarnoso y de pelambre gris, calcetines blancos y costillas que se notaban a través de la piel. Merodeaba por el vecindario desde que yo era una niña, siempre hambriento, siempre desconfiado de quien tratara de acercarse. Debía tener diez años, al menos; un anciano en la escala de vida de un gato callejero. Era un milagro que siguiera vivo. No lo había visto desde que papá murió.

Nunca me gustaron los gatos, pero a éste siempre lo sentí distinto, lo cual, supongo, es la forma en la que la gente acaba teniendo gatos en su vida. A veces, por las noches, le dejaba un cuenco con comida para gatos en los escalones frente a la clínica. Si las aceras estaban vacías, él se acercaba y comía con pequeños bocados, voraces y crujientes, hasta que algo lo asustaba y salía corriendo para ponerse a salvo. Nunca me dejó acercarme lo suficiente para tocarlo. Tampoco tuve nunca la sensación de que me tuviera miedo, y con el tiempo aprendí a respetar su necesidad de espacio y libertad. Teníamos una especie de entendimiento silencioso. Podíamos vernos el uno a la otra a la distancia, sin miedo ni desconfianza. Ocasionalmente un gorrión muerto aparecía en la puerta de la entrada, uno de esos inescrutables regalos gatunos que son a la vez horrorosos y conmovedores.

—Hola —dije—. ¿Cómo va la vida?

El gato me miró por un momento más, después se escabulló nuevamente entre las sombras. Ésa era nuestra relación, en resumen, y yo no estaba segura de lo que obteníamos, pero era reconfortante saber que seguía por ahí.

Esa noche la casa se sentía enorme y vacía. Deambulé de cuarto en cuarto, demasiado acelerada para dormir. Había aquí una versión anterior y más simple de mí, en las paredes, en los espejos, en las alfombras. Podías verla en las viejas fotografías que colgaban de las paredes, ésas donde mi mamá aparecía. Siempre estaba sonriendo, esa chica, siempre riéndose.

A veces me preguntaba si yo igual habría sido de ese modo si mamá no hubiera muerto, si papá no se hubiera replegado en sí mismo y en su trabajo. Pero en algún punto yo me había separado de esa niñita y había dejado algo irremplazable detrás. A veces podía sentir que ella estaba cerca. Casi podía sentir a la persona que yo había comenzado a ser. Casi podía distinguir la silueta de aquello que había perdido.

Me encontré de pie en mi habitación, contemplando todos los detalles ordinarios y familiares. El escritorio donde hacía mi tarea. La silla de madera de respaldo recto donde me sentaba. El tocador donde guardaba mi ropa y me maquillaba cuando trataba de sentirme sofisticada. El taburete donde papá se había sentado junto a mi cama durante mis primeros años, noche tras noche, a contarme historias sobre criaturas fantásticas, historias sobre cicatrices de unicornios y hechizos de zorros de nueve colas y plumas de grifos y cientos de otros animales imposibles. Historias que siempre comenzaban con el viejo estribillo persa *"Yeki bood, yeki nabood"*. Nunca aprendí mucho farsi, pero sí aprendí el significado de esas palabras.

Érase que se era, érase que no era.

Cuando mi padre decía esas palabras, creaba un lugar que al mismo tiempo era y no era real. El mundo que venía después de esas palabras era más grande y más antiguo que aquél en el que yo vivía. Tenía más luz y sombras más profundas, y había espacio para que las cosas fueran extrañas y maravillosas. Y de algún modo, incluso cuando las historias terminaban, ese mundo nunca se iba del todo.

Las historias seguían claras, seguían vívidas, seguían sonando en mis oídos en la antigua voz de papá, la confiada, la curiosa, la que desapareció cuando mamá murió. Tantas cosas sobre ellos se habían desvanecido, pero esas historias permanecían. Eran pilares, los únicos pilares que tenía. Quizás él había intentado contarme sobre todo esto. Quizá me estaba preparando para comprender.

Mi mamá creció en una localidad agrícola en la Montana rural, hija única de ascendencia noruega. Sus dos padres murieron antes de que ella cumpliera los veinte. Luego de que su papá murió —de un súbito aneurisma—, ella vendió la granja y se mudó a Oakland, donde encontró un empleo como técnica veterinaria. Cuando se abrió una plaza en el hospital veterinario UC Davis ella la tomó, pensando que podría convertirse en veterinaria. Fue allí donde conoció a papá.

Conocí a mi mamá principalmente por sus fotografías. Tenía unos ojos oscuros que siempre parecían encerrar una chispa en el centro. Tenía una sonrisa que se ensanchaba más de un lado de su rostro que del otro. En sus fotos parecía que había un misterio escondido detrás de esa sonrisa, algo maravilloso y sabio y un poco travieso. Tal vez ella sabía sobre *el trabajo,* los grifos y los zorros y las demás cosas que pudiera haber. Tal vez en aquel tiempo se sentía distinto saber, cuando papá era la persona que solía ser.

Yo tenía la misma sonrisa. Podías verla en las fotos de cuando era pequeña: una relajada luna menguante con un leve giro y un hoyuelo en uno de sus extremos. Recuerdo que mi mamá estaba orgullosa de ello, orgullosa de habérmela heredado. La llamaba "nuestra sonrisa secreta". Pero desde que murió, siempre se sintió más como una mueca. La misma forma, pero sin alegría. Y definitivamente yo no me sentía sabia ni maravillosa.

Yo tenía siete años cuando le detectaron el cáncer en los huesos. Para entonces ya se había extendido a sus pulmones, y tras un par de meses murió. Todavía era difícil para mí asimilar esa época de mi vida. Sabía que las cosas habían ocurrido en un cierto orden —mamá estaba muy cansada, entonces fue al hospital, después regresó— y yo apenas si podía imaginar cómo habían sido esos momentos, pero la verdad es que no podía *recordar* que hubiera sucedido ninguna de esas cosas. Cuando traté de imaginarlas, cuando intenté visualizar cómo lucía mi mamá cuando ya no se podía levantar de la cama, me hallé con estas imágenes mal dibujadas que no se parecían a nadie. Ni siquiera podía recordar el día en que murió.

En las semanas y meses que siguieron vi a mi padre derrumbarse, una y otra vez. Lo vi batallar para encontrar las palabras en inglés, y luego pasar al farsi, no sólo conmigo, sino también en la tienda de abarrotes o con los clientes. La gente se le quedaba viendo, desconcertada e incómoda. Lo vi frustrarse por pequeñas cosas —una puerta atorada, un auto circulando despacio en la carretera—. Vi el dolor golpearlo como un rayo, dejarlo mudo y sollozante en la mesa de la cocina, en su habitación, en el pasillo de nuestra casa. Yo no sabía cómo consolarlo. Su tristeza era un lenguaje distinto. Y yo no hablaba ese idioma.

Entonces cesaron sus historias. Él estaba cansado, siempre. Y el mundo se sentía demasiado pequeño y cruel para shirdales bondadosos y unicornios salvajes. No sé si tan siquiera me tomé la molestia de dejar de creer en ellos. Simplemente me dejó de interesar. Ellos no importaban.

Érase que se era, érase que no era.

CAPÍTULO OCHO

TODAS ELLAS, TODAS A LA VEZ

Antes de la escuela me encontré con Malloryn en la clínica, y la llevé de vuelta a la oficina. Zorro, acurrucado en su jaula, alzó la cabeza cuando ella entró. Sus colas —ahora firmemente entrelazadas— se agitaron, golpeando las paredes de la jaula. Malloryn se arrodilló y le pellizcó los cachetes, después vino al otro lado del escritorio y me dio un fuerte abrazo.

—Gracias —añadió.

Malloryn hizo una inclinación de cabeza. En su jaula, Zorro dirigió su pequeño hocico de Malloryn hacia mí, y luego de regreso a ella.

—Hay… eh… hay algo que tengo que decirte —dijo Malloryn.

—Okey…

—No puedo pagarte mucho —aseguró—. De hecho, en realidad no puedo pagarte nada. Lo siento. Tenía que habértelo dicho antes de dejarlo. No sé cuánto cuesta todo esto normalmente, pero… —sus palabras se desvanecieron y ella evitó mirarme a los ojos.

—Para serte sincera, yo tampoco sé cuánto cuesta —dije. Malloryn parecía avergonzada, y yo me sentí mal por ella—. No te preocupes —agregué. Pero siguió sin mirarme.

—Hay algo más —añadió—. La razón por la que lo traje, por la que pensé en buscar ayuda, es que Zorro hizo unos arañazos en mi pared. Él nunca hace eso. Creo que trataba de decirme que se sentía mal. Como sea, mis padres son superreligiosos y han estado hablando de una escuela, o sea, como si me amenazaran con mandarme a esa escuela a causa de la brujería, y... ellos no saben que tengo a Zorro. Como sea, esta escuela está en medio del desierto y ellos vienen a recogerte en una camioneta a mitad de la noche y... Como sea, cuando vieron los arañazos supe que... —hizo una pausa, y cuando volvió a hablar, su voz sonó suave y frágil—. ¿Hay por aquí algún lugar donde nos podamos quedar? ¿Sólo hasta que se mejore? No puedo pagar nada por el momento, pero puedo cocinar y limpiar, y no ocuparé mucho espacio.

Yo no conocía ningún lugar donde aceptaran a una bruja adolescente fugitiva con su zorro mascota, y gratis.

—Lo siento —contesté.

Ella asintió con la cabeza como si no pasara nada.

—No hay problema —dijo—. Gracias, de todos modos.

Una sonrisa orgullosa y quebradiza se abrió paso dificultosamente en su rostro. Sacó a Zorro de su jaula y suavemente lo depositó en su caja de cartón. Entonces, con la cabeza en alto, salió rápidamente de la oficina. Deseé poder hacer más por ella.

En ese momento se me ocurrió una idea.

No puedes hacer eso, fue mi primer pensamiento. *Papá no te dejaría.*

Era un pensamiento sorprendente, y había salido de quién sabe dónde. No había necesitado para nada el permiso de papá en meses, y de pronto estaba diciéndome qué podía y no podía hacer. El enojo se encendió en mi pecho. Él no tenía ningún derecho a decirme cómo vivir mi vida.

Súbitamente sentí una gran libertad, como si me hubieran quitado un peso de encima. Ya no tenía por qué escuchar a papá. No tenía por qué hacer las cosas del modo en que él las hacía. Ahora yo podía ponerme mis propias reglas. Corrí detrás de Malloryn, la alcancé al final del pasillo y tiré de su brazo para llevarla de regreso a mi oficina.

No había razón para confiar en Malloryn. No sabía casi nada sobre ella. Pero confiaba en Zorro. Y si él había escogido a Malloryn, entonces tal vez era una buena chica.

Más que nada, yo ya no quería estar sola en casa.

—Puedes quedarte conmigo —dije.

—Oh, no… —balbuceó—. No era mi intención…

—No hay problema —añadí—. Mientras no te importe estar en una casa donde murió alguien.

—Conozco algunos rituales para eso —replicó—. Si quieres limpiar esa energía oscura.

—Okey —dije—. ¿Por qué no?

—¿Estás segura? —preguntó—. Quiero decir, ¿acerca de todo esto? No quiero imponerte nada, sobre todo después de lo que has hecho por Zorro. ¿De verdad estás segura?

—Sí —aseguré—. Será bueno tener algo de compañía. Y limpiar esa energía oscura.

Su rostro se iluminó de inmediato.

—No te vas a arrepentir —exclamó. Y con la misma velocidad, adoptó una mirada pensativa—. Hay algo que quiero hacer por ti… para agradecerte. Quiero quitarte el embrujo que traes encima —hizo una pausa—. O al menos intentarlo. No hay garantías.

—¿Eh? —exclamé—. ¿Qué embrujo?

—*El* embrujo, tonta —dijo con una carcajada—. El que te rodea por todos lados. ¿No me digas que no sabías de él?

Negué con la cabeza.

Los ojos de Malloryn se abrieron con incredulidad.

—Vaya, vaya —exclamó—. Yo me di cuenta en el instante en que te conocí, pero no quise decir nada porque, bueno, a veces puede ser vergonzoso. Si quieres, puedo intentar deshacerlo. Si funciona te sentirás mejor, lo prometo. Si no, no se pierde nada. Mi regalo para ti. Mío y de Zorro.

—Mmm, ¿gracias? —dije.

—No, gracias *a ti* —replicó—. No tienes idea de lo mucho que esto significa para mí.

Caminé con ellos por el pasillo de regreso hasta la puerta principal.

—Sobre el embrujo —añadió—. No hay prisa. Tienes que estar lista. Mientras tanto, yo me encargo de cocinar. Y de limpiar la energía.

Le di la dirección, le dije cuándo llegaría a casa y la vi colocar a Zorro en la enorme canasta frontal de una vieja bicicleta. Una pluma negra y una sarta de cuentas colgaban del manubrio. Ella sonrió y se despidió con un movimiento de mano mientras montaba. Entonces susurró algo al oído de Zorro, y ambos se fueron pedaleando. Me pregunté qué era lo que acababa de dejar entrar en mi vida.

Esa tarde recibí una llamada de David Ginn. Al ver aparecer su número, el estómago se me tensó. Cuando David llamaba, generalmente era por algo relacionado con dinero, con cómo nunca había suficiente.

—No te preocupes —dijo—. No estás en problemas. Simplemente pensé que deberíamos reunirnos. Ver cómo van las cosas.

La oficina de David se hallaba en un pequeño complejo que siempre olía a pintura fresca. David despachaba en el tercer piso, detrás de una puerta de vidrio esmerilado con un antiguo pomo de bronce y las letras *D. Ginn* impresas en hoja de oro a la altura de los ojos. Se sentía un poco como entrar a la oficina de un detective privado en una novela *noir*, pero en cuanto estabas dentro, la ilusión desaparecía.

La oficina consistía en una sola habitación estrecha, repleta de pared a pared de archiveros y con un escritorio que ocupaba la mayor parte del espacio restante. Un falso plafón colgaba apenas unos centímetros demasiado bajo. Tubos fluorescentes iluminaban el cuarto con una intensa luz fría.

Cuando llegué allí, David me saludó agitando la mano cansadamente. Su rostro lucía redondo y pálido y fatigado. Su ropa estaba arrugada y tenía las mangas enrolladas. En cuanto entré, alisó con la mano las arrugas de su camisa y se puso de pie para recibirme.

David nunca se veía precisamente feliz. Siempre parecía exhausto. Su barba estaba un poco descuidada, sus ojos siempre un poco oscuros y hundidos. En su oficina se sentía el cansancio y el agotamiento. Todo estaba apilado encima de alguna otra cosa: la computadora de escritorio; montones de expedientes de clientes; fotografías de su esposa, Elizabeth, y de sus hijos, Cole y Ramsay; recuerdos de un viaje al Gran Cañón. Todo parecía como si estuviera a punto de colapsar en cualquier segundo.

—¿Cómo estás, Marjan? —preguntó en esa forma en que ahora la gente me hacía esa pregunta.

—En serio, David —dije—. Estoy bien. Totalmente bien. Ya han pasado casi tres meses. Me siento bien.

Me dedicó una mirada larga y curiosa y finalmente aceptó mi respuesta con un movimiento de cabeza, después hizo una seña para que nos sentáramos. Abrió una hoja de cálculo y la revisó con atención.

—Veamos… —añadió—. La máquina de rayos X. ¿Te está funcionando bien?

Acabamos de diagnosticar gusanos del corazón en un zorro de nueve colas, así que…

—Sí, bastante bien hasta ahora —respondí.

—Entonces asegurémonos de que puedas conservarla —dijo. Entornó los ojos analizando la hoja de cálculo—. Este mes estará un poco apretado, pero alcanzarás a librarlo apenas.

—Bueno, eso fue fácil —repliqué.

David hizo el monitor a un lado y juntó las manos sobre el escritorio.

—Debes estar muy ocupada estos días —dijo—. La clínica. La escuela. ¿Qué más hay en tu vida?

—Eeeh… —un grifo. Una bruja. Lo de siempre.

—Marjan —añadió—. ¿Puedo decirte algo? ¿Sin que me lo tomes a mal?

—Dispara.

—No tienes por qué hacer todo esto.

—¿A qué te refieres?

—Me refiero a la clínica —exclamó—. Esto es… y no me malinterpretes, siempre es un gran placer verte… pero esto es cosa de tu papá. Era de tu papá. No tiene por qué ser tuya.

—Lo sé —dije. Excepto que, ¿tal vez sí lo fuera? Era difícil saberlo.

—Confía en mí —dijo David—. La vida se va muy rápido. Antes de que te des cuenta habrán pasado tres, cinco años —hizo una pausa para mirar el cuarto a su alrededor—. Todavía eres una niña, Marjan. No tienes por qué ser ya una adulta.

—No me siento como una niña —repliqué.

—Has pasado por mucho —continuó él—. Por mucho más de lo que cualquier niño tendría que pasar. Pero mira, ésta es una época de oro. Ahora es cuando el mundo te pertenece, así que asegúrate de estar poniendo atención. Que no se te escape. Un día despertarás y serás una contadora en una pequeña oficina, haciendo lo mejor que puedas por tu familia, y nada más. ¿Entiendes lo que digo?

—El mundo no se detiene en consideración a nuestros sentimientos —dije.

—Ahora suenas como tu papá —añadió David—. Lo comprendo. Es difícil superarlo. Pero entre más tiempo esperes, sólo será peor —hizo una pausa, con una expresión melancólica. Después sonrió—. Llévate las cosas con calma, si quieres. Pero no con demasiada calma, o te perderás de todo el… ¡ups!

Estiró un brazo como para ilustrar lo que me perdería y golpeó el monitor de su computadora, tirándolo casi del escritorio. Brincó para sostenerlo, y ambos reímos.

—¿Ves a lo que me refiero? —cuestionó—. Eso es lo que ocurre cuando no estás poniendo atención. Como sea, no me hagas caso. Sólo soy un don nadie.

—Oye, David —añadí—. ¿Me veo… no sé… hechizada?

Él inclinó la cabeza hacia un lado.

—Te ves un poco cansada —fue lo que dijo.

—Quizá sólo es eso.

Entonces se puso en pie.

—Deberías venir a casa a cenar con nosotros alguna vez, cuando las cosas se hayan tranquilizado —dijo—. Elizabeth me ha estado insistiendo para que te invite, y a los chicos les encantaría verte. Extrañan a su niñera favorita.

"Niñera" era una descripción bastante generosa. Luego de que mamá murió, yo a veces pasaba algunas noches en casa de David cuando papá salía de viaje. David y Elizabeth tenían su cena de adultos en la planta baja, mientras que yo me divertía con Cole y Ramsay en el piso de arriba. Ellos eran unos chicos dulces y curiosos que adoraban jugar e inventar mundos. Cuando construía con ellos pistas para canicas y castillos de Legos en las tranquilas noches en casa de los Ginn, la extrañeza de las ausencias de papá se sentía siempre un poco más lejana, un poco menos real. Y entonces, un día, David preguntó a papá por qué viajaba tanto. Ésa fue la última vez que me quedé ahí.

—Suena genial ir a cenar —acepté—. Y gracias por el consejo.

—Nah —exclamó—. Sólo vale lo que pagaste por él.

Yo también me puse en pie. Mientras me dirigía a la puerta, David volvió a hablar.

—¿Alguna novedad sobre lo que le pasó a Jim? —preguntó—. ¿Alguna pista?

—Nada —no había tenido noticias de la policía en semanas.

—No sé cómo lo haces, Marjan —añadió—. No sé cómo puedes ser tan fuerte ante todo esto.

La verdad es que yo tampoco lo sabía. Y ni siquiera estaba segura de estar siendo fuerte. Ahora hablaba con las puertas y dejaba que cualquier extraño se mudara a mi casa sólo porque confiaba en sus mascotas. Nada de eso parecía una señal de fortaleza.

Me encontré con Malloryn frente a mi casa justo cuando Francesca regresaba de un paseo con su nuevo perro adoptivo, una mezcla de pitbull llamado Buster de patas cortas y gruesas y sonrisa bobalicona.

—¿Quién es tu amiga? —preguntó Francesca, comportándose por una vez como una verdadera tutora legal.

Malloryn se colocó de modo que su cuerpo ocultara la caja de Zorro, que seguía en la canasta de la bici.

—Ella es Francesca —dije a Malloryn—. Es mi tutora legal. Francesa, te presento a Malloryn. Se va a quedar conmigo por un tiempo.

Francesca miró a Malloryn de arriba abajo con suspicacia.

—¿Estás en problemas o algo? —preguntó. Buster olisqueó el aire, percibió el olor de Zorro y gimió.

—Algo así —respondió Malloryn.

—¿Tus padres saben que estás aquí?

—Es complicado —dijo Malloryn.

Los ojos de Francesca se entornaron.

—¿Consumes drogas?

Malloryn hizo una mueca.

—No. Y después exclamó—: Iuu —cuando vio que Francesca no parecía muy convencida, añadió alegremente—: Soy una bruja.

—Ah —dijo Francesca, claramente aliviada de escuchar aquello—. Bueno, entonces está bien —se dirigió a mí—. Samosas. Te dejé unas —señaló mi puerta con un movimiento de cabeza. Entonces se dio la media vuelta y jaló a Buster de regreso a su casa. Por encima del hombro, gritó—: ¡Nada de embrujos!

Ver a Malloryn Martell meter la caja de Zorro y una bolsa de samosas por la puerta de la casa en la que crecí fue como ver a alguien tomar mi vida y doblarla por la mitad como un trozo de papel, de modo que las dos puntas más alejadas de pronto se tocaban. No creo que ningún paciente ni ningún cliente, ni siquiera otro doctor, haya venido a nuestro hogar en todos los años que papá estuvo ejerciendo.

Pero no solamente los clientes. Yo nunca invitaba a nadie a venir. No podía predecir lo que podría pasar y no quería que hubiera alguien allí si, digamos, papá tenía que ejecutar uno de sus actos de desaparición. O si no había nada más que cátsup en el refrigerador. Demasiadas explicaciones, demasiadas preguntas.

Y ahora aquí estaba Malloryn, una clienta que pertenecía a la clínica, y Zorro, el cual, mientras salía de la caja, me recordaba lo mucho que aún no sabía o entendía sobre la vida y el trabajo de mi padre. Ellos estaban dentro de mi casa, y en ese momento sentí que cada parte importante de mi vida me aplastaba, tan fuertemente que por un segundo me resultó difícil respirar.

—Normalmente no tengo invitados —dije.

—Nada como tener que explicarle tu familia rara a alguien nuevo, ¿cierto? —contestó Malloryn.

Se rio con una risa natural y conocedora y le dio unas palmaditas a Zorro en la cabeza. Sentí que la tensión dentro de mí se relajaba un poco. Tal vez realmente sí era una bruja.

Justo en ese momento, su teléfono sonó. Ella lo miró y su expresión se ensombreció. Respiró profundo, y después tomó la llamada.

—Hola —dijo—. Estoy viva y a salvo. No me llamen. No me busquen. Yo los llamaré cuando esté lista —colgó y se quedó viendo el teléfono por un largo rato—. Mi familia rara —aclaró por fin. Sonrió nuevamente, dejó el teléfono a un lado y se arrodilló para acariciar el pelaje de su mascota—. Por ahora no puedo volver a casa. Probablemente no en un buen tiempo. Si en algún momento necesitas que me vaya, por un día o para siempre, lo entenderé.

Pero ahora que estaba allí, yo no quería que se fuera. El sólo hecho de escuchar otra voz al interior de esas paredes, después de semanas de silencio, era reconfortante.

—Estoy segura de que eso no va a suceder —contesté.

—Gracias —dijo Malloryn. Se levantó, muy derecha y orgullosa, y sus ojos brillaron—. Tengo un plan, ¿sabes? Hay una tienda de ocultismo en Oakland. Ellos aún no lo saben, pero van a contratarme. Cuando consiga algo de dinero comenzaré a pagarte renta y todo lo que te deba por ayudar a Zorro. Y voy a regresar a la escuela, para no causar problemas a mis padres. Probablemente a la misma escuela que tú vas... ya me las arreglaré. No te preocupes, ni siquiera te darás cuenta de que estoy ahí. Soy muy buena para volverme invisible. Mientras tanto, déjame ocuparme de la cena.

Y eso fue todo. Ahora Malloryn Martell era mi *roomie*.

El cuarto de huéspedes siempre había sido un lugar para guardar cosas y olvidarse de ellas. Ropa que nadie usaba. Cajas de papeles inútiles. Viejas tareas escolares. No había estado en esa habitación en años. Nunca necesité de nada que guardáramos allí. Pero ahora que Malloryn y yo movíamos cajas para que no estorbaran, sentí una vaga incomodidad, como si una parte distante de mí estuviera siendo puesta patas arriba.

—Te daría la otra habitación —aclaré—, pero era la de papá. Y en cierta forma aún lo es.

—Comprendo. Estaremos perfectamente bien aquí —dijo. Zorro ronroneó y sonó a que manifestaba su acuerdo.

Desenrollamos un saco de dormir y le busqué a Malloryn una almohada. Zorro se acurrucó en un rincón y envolvió su cola bajo su mentón, con ojos cansinos y vigilantes.

—Ahora —añadió Malloryn—, la cena.

Le mostré la cocina, metí las samosas al refrigerador y me dirigí arriba, a la puerta de papá. Ya no parecía tan impenetrable. Era una puerta normal, como todas las demás puertas en la casa. Una que podría abrir o cerrar cuando se le antojara.

Era un alivio, no sentir la oscura gravedad de la habitación que estaba al otro lado. La casa se sentía un poquito más grande. Pero en alguna parte de esa gravedad estaba papá, y si ahora ya no era tan fuerte, era porque él estaba un poco más lejos, un poco más muerto.

El aroma de algo delicioso subió desde la cocina. La última vez que la cocina había olido a comida de verdad fue la primavera siguiente a la muerte de mamá.

Ese año fuimos a una fiesta de Noruz.[3] No habíamos festejado el Año Nuevo persa el año anterior. Quizá nadie nos invitó. Acostumbrábamos asistir cada año antes de que mamá muriera. A ella le gustaba, lo recuerdo bien.

Papá conocía a un montón de persas de la Bahía Este, pero no era realmente cercano a ninguno de ellos. Creo que simplemente le gustaba tener la posibilidad de hablar farsi, ser la persona que podía ser cuando no tenía que gastar tanta energía en intentar recordar palabras en inglés para nombrar las cosas. Como sea, alguien nos invitó ese año, y nosotros fuimos.

Papá se puso traje y a mí me compró un vestido nuevo. Recuerdo que era una casa grande, llena de música y ruido y risas y olores de todo tipo: azafrán, agua de rosas, perfume,

---

[3] Año nuevo del calendario persa, se celebra en coincidencia con el equinoccio de primavera. [*N. del T.*]

cigarros. Los adultos usaban traje y vestidos elegantes, bailaban y bebían cocteles con vodka. Los mayores se sentaban en sofás a conversar, comer golosinas y fumar cigarrillos. Los niños vestían sacos deportivos —de esos que llaman *blazers*— y vestidos y miraban la película animada *Grandes héroes* en una gigantesca pantalla de televisión y comían platos colmados de arroz, kebab y un rico estofado dulce hecho de granada y nuez. Más tarde, algunos de los chicos mayores se escabulleron fuera y lanzaron cohetes junto a la piscina hasta que fueron reprendidos a gritos. Todos parecían conocerse. Los niños platicaban de otros niños que todos conocían, niños de los que yo nunca había oído hablar. Cantaban juntos canciones que yo no conocía. Entraban y salían del farsi sin ningún esfuerzo aparente. Una palabra aquí, otra allí, una broma, un remate. Esa noche me di cuenta de que yo no tenía idea de lo que significaba ser iraní. Era la mitad de mí, y yo no entendía absolutamente nada al respecto.

Cuando partimos, me sentía mareada y abrumada. Papá nos condujo a casa, y yo apoyé mi cabeza contra la ventanilla del lado del copiloto mientras los ecos de la fiesta retumbaban en mis oídos.

—¿Te divertiste? —me preguntó.

—La comida era buena —dije.

Dos días después, él estaba cocinando.

—Deberías conocer tu cultura —explicó. Yo no había pedido conocer mi cultura. Pero, desde luego, él no me hablaba realmente a mí. Sólo que entonces yo aún no lo sabía.

Preparó arroz con azafrán y mantequilla. Rebanó papas y cubrió el fondo de la olla con ellas, de modo que éstas quedaran crujientes y el arroz no se quemara. Picó montones de hierbas hasta que sus manos quedaron salpicadas de trocitos verdes, y las mezcló en un guiso de frijoles rojos. Ese día la cocina olió a alholva, a limón negro, a azafrán, a zumaque. Y esa noche, nos sirvió una cena persa tradicional.

Y sabía horrible.

Él supo que había quedado mal en el instante en que la probó. Demasiada sal, demasiado calor. Las papas estaban quemadas, el arroz estaba seco y el guiso sabía amargo.

Papá tiró la comida y me llevó a un restaurante persa. El mesero nos saludó en farsi. Papá contestó en inglés, el mesero entendió la señal y también empezó a hablar en inglés. La comida estaba mejor, pero papá siguió refunfuñando que no sabía bien.

Ésa fue la última vez que papá cocinó algo que no hubiera salido de una lata o del congelador.

Pienso que estaba intentando ser una versión de sí mismo que ya no existía, una versión que había caducado cuando mamá murió. Pienso que se estaba dando cuenta de que era diferente, de que sería diferente para siempre. No creo que haya descubierto qué hacer con la parte que quedó.

Me di la vuelta para dirigirme a las escaleras. Mientras lo hacía, vi que Zorro me observaba desde la penumbra al final del pasillo. Me pregunto a quién vio. ¿Quién era yo en ese momento exacto? ¿Era la chica valiente y segura que había invitado a una bruja a su casa? ¿Era la chica con la cicatriz del unicornio, noventa y nueve partes humana y una parte de magia? ¿Era la niña perdida y confundida que hablaba con las puertas que aún tenía demasiado miedo de abrir? ¿O la chica en el rincón en la fiesta de Noruz, aturdida y deslumbrada e incapaz de comprender cómo era posible que perteneciera allí, o a cualquier otro lado? Tal vez era la niñita que alguna vez había sido, la que aún vagaba por estos pasillos, plena y feliz. Yo las sentía a todas ellas, a todas a la vez, y también algo más. Algo que no podía nombrar.

Puede ser que no tuviera nombre.

CAPÍTULO NUEVE

MUNDOS PARALELOS

—Te ves distinta, Marjan.

Carrie tenía la cabeza inclinada hacia un lado y los ojos entornados. Grace estaba parada a su lado, intentando ver lo que fuera que Carrie veía. Era de mañana, por los casilleros; nuestra clásica reunión antes de clases. Nada extraño en eso, excepto que la noche anterior yo había invitado a una bruja y su zorro a quedarse en mi casa.

Las dos me observaban con atención. Yo me preguntaba qué era lo que veían. Quería explicarles, pero no sabía por dónde empezar. Contarles la verdad no parecía una opción.

Así que me encogí de hombros, y después de un segundo, Carrie lo hizo también.

—¿Dónde estuviste anoche? —preguntó Grace—. Creí que íbamos a estudiar.

—Se me atravesaron unas cosas en el trabajo —dije—. Cosas aburridas.

—¿Cuándo vas a vender ese lugar? —preguntó Grace.

—¿Pronto, quizás? —aventuré.

—Toma ese dinero, chica —añadió ella.

—Sí, sí.

Ambas sabían sobre la clínica. Cada cierto tiempo me preguntaban por ella, y yo les contaba un poco y veía cómo se les ponía vidriosa la mirada. Por eso trataba de no hablar más del tema.

—En serio, ¿qué estás esperando?

En ese momento, Howie pasó caminando con un par de amigos del futbol. Le sonrió a Grace, y ella le devolvió la sonrisa.

—Hola, Grace —dijo él.

—Hola, Howie —dijo ella.

Era la oportunidad perfecta para cambiar de tema.

—¿Es en serio? —pregunté cuando él se marchó—. ¿Por qué todavía no sales con él?

—¡Cállate! contestó ella, dándome un empujón—. Me estoy tomando mi tiempo, ¿de acuerdo?

—Le voy a decir que te gusta —amenazó Carrie.

—No lo hagas —repuso Grace—. Si lo haces juro que ya no seré tu amiga.

—¡Finch! Vamos a la primera clase.

Tres nadadores pasaron frente a nosotras rumbo a su salón. Todos en el equipo de natación se llamaban por su apellido, lo que a mí siempre me sonó extraño y falso. Los nadadores no eran amigos nuestros, sólo eran amigos de Carrie.

—Ya voy —dijo ella. Se despidió de nosotras agitando la mano y fue a reunirse con sus compañeros de equipo.

Grace me miró.

—De verdad te gusta ese lugar, ¿no es cierto? —preguntó.

Pude haber inventado cualquier cosa, pero Grace no era fácil de engañar.

—Nunca entendí realmente a papá —comencé—, y siento como que debo hacerlo. La clínica era una gran parte de él. Y justo apenas está empezando a hacerme sentido. Así que no puedo alejarme, G. Todavía no.

—Entiendo —aceptó—. Sólo prométeme que no te volverás loca.

—Lo prometo.

—Y si necesitas ayuda con lo que sea... —sonrió, agitó la mano y se señaló a sí misma.

Grace y yo teníamos algo en común que Carrie no entendía. Los padres de Grace habían migrado aquí desde Taiwán. Ella hablaba mandarín en casa, iba a la iglesia china los domingos y desaparecía por una semana cada Año Nuevo lunar. Compartía algo de su cultura con nosotras —la maravillosa comida de la cual su madre siempre cocinaba demasiado, los ocasionales fragmentos de mandarín con Carrie, las listas de reproducción de melosas canciones pop taiwanesas que inexplicablemente yo me encontraba tarareando una semana después—, pero había partes de esa cultura que nosotras nunca veíamos. Quizá no éramos bienvenidas, o quizá simplemente no sabía cómo invitarnos a participar. Si alguien hubiera podido entender cómo vivía yo al mismo tiempo en dos mundos paralelos, intentando ser una persona completa en ambos, ésa era Grace.

—Okey, G —dije—. Serás la primera a quien llame. Ahora ve a hablar con tu chico futbolista.

Ella me fulminó con la mirada. Sus ojos se estrecharon.

—Está bien —contestó con voz desafiante—. Lo haré —respiró profundo, se alisó el cabello con las manos, giró sobre sus talones y echó a andar apresuradamente detrás de Howie y sus amigos futbolistas.

Me quedé parada allí por un momento, sintiéndome insegura y expuesta. Mis dos amigas tenían otros amigos, otros lugares dónde estar. Tal vez yo también los tenía.

Más tarde esa mañana, me metí a una sala de estudio y saqué mi teléfono. Le escribí a Sebastian, y cuando me contestó, inicié una videollamada. Él estaba en su dormitorio, detrás se veía una litera.

—¿Cómo estás? —preguntó.

—Sola —dije—. Incomprendida. ¿Y tú? —era verdad. Y también lo era que estaba sonriendo. Se sentía tan bien ser sincera.

—Básicamente yo estoy igual —añadió él y echó a reír.

—¿Qué haces? —pregunté.

—Matemáticas —dijo, haciendo una pirueta con su dedo.

—Ah, sí, la absolutamente innecesaria palabra completa.

—Mate —dijo con un falso acento norteamericano—. Simplemente suena más fácil.

—Ahora tengo una *roomie* —exclamé—. Es una *B-R-U-J-A*.

—Suena complicado —dijo Sebastian—. ¿Por qué?

—Ella necesitaba un lugar dónde quedarse —expliqué—. Y supongo que yo necesitaba compañía. Como sea, creo que es buena persona, pero si de repente empiezo a convertirme en rana, ya sabes por qué fue.

Sebastian permaneció un momento en silencio.

—Espera —dijo en voz baja—, ¿de verdad puede hacer eso?

Había olvidado con quién estaba hablando. Sebastian tenía mejores razones para creer en la magia que la mayoría de la gente.

—Era una broma, Sebastian —le aclaré—. Y aunque ella quisiera hacerlo, no creo que pudiera. No creo que pueda hacer nada.

—Bueno, qué alivio —añadió—. Porque yo no sé convertir una rana de vuelta en una chica.

¿Estaba preocupado por mí?

—¿Crees que estoy cometiendo un error?

—No tengo idea —dijo—. Ahora tu vida es oficialmente más extraña que la mía, y eso ya es decir algo.

—Genial —añadí, riendo—. Muchas gracias. Eso es exactamente lo que buscaba con esta llamada: sentirme como un bicho raro.

Era fácil bromear con Sebastian.

—Sabes que puedes contarme todo, Marjan —añadió—. Yo siempre te creeré.

Por la forma en que lo dijo, por la manera en que me miró, incluso a través del teléfono, sentí que quería decir algo más. La sala se encogió a mi alrededor, como si las palabras ocuparan todo el espacio. De pronto me encontré pensando en Kipling, en sus alas llenando la gran sala, en el dolor y la enfermedad que devastaban su cuerpo. Tenía la sensación de estar contemplando algo terrible al acecho, algo que no podía distinguir porque era más brillante que el sol, y quemaba. Un agujero en el Universo, y tras él, nada tenía sentido.

Eso es lo que no puedo decirte.

Las anguilas comenzaron nuevamente a nadar, como lo hacían siempre que el tema de Kipling se sentía demasiado cercano. Por el rabillo del ojo vi a Grace caminando por la biblioteca, en busca de un asiento vacío.

—Me tengo que ir, Sebastian —dije—. ¿Nos vemos esta noche?

—Siempre —se despidió sonriendo, agitando la mano. Yo respondí agitando la mía mientras cortaba la llamada.

Un momento después, Grace entraba a la sala de estudio con el libro de texto engargolado de historia mundial bajo el brazo, y yo me guardaba el teléfono en el bolsillo.

—¿Con quién hablabas, Mar? —preguntó.

—Con nadie —respondí.

Me lanzó una mirada incrédula.

—Mmm, podría jurar que estabas hablando con alguien.

—Ah —exclamé—, este, sí. Era... —vacilé por un segundo— mi contador.

—Tu contador —no me había creído.

—De verdad —le aseguré.

—Marjan Dastani —dijo Grace con una sonrisita traviesa—. Creo que estabas ligando.

—Te lo juro —insistí—. *No* me estoy ligando a nadie —y entonces, como resulta mucho más fácil ocultar algo si se dice la verdad sobre algo más, agregué—: Muchos menos a mi contador. Iuu.

—¿Entonces a quién? —preguntó.

—A nadie, ¿okey? —respondí con una voz más aguda.

La sonrisa de Grace desapareció.

—Okey —aceptó—. Olvida que dije algo. Dios —se sentó al otro lado de la mesa frente a mí y comenzó a sacar libros—. Por cierto: lo hice —confesó, y una sonrisita pícara se extendió por su cara.

—¿El futbolista?

Ella asintió.

—¿Y?

—Es un amor —dijo—. Ya veremos —se encogió de hombros, y yo me sentí orgullosa de ella.

—No siempre fui una bruja, ¿sabes?

Estábamos terminando de cenar: la segunda comida casera que ella había preparado para nosotras en dos noches. Malloryn casi siempre estaba deseosa de platicar, y yo estaba ansiosa por llenar la casa con otra cosa que no fuera silencio, dudas y miedo. Ella había quemado salvia la noche anterior para ahuyentar las malas energías. Yo no sabía si las energías negativas habían desaparecido, pero la casa se sentía más acogedora estando ella aquí.

—¿Entonces qué eras? —pregunté.

—Sólo una chica —dijo Malloryn—. Una chica ordinaria llamada "Mallory".

Mallory Martell había crecido en un deprimente pueblito del norte de California donde había una gran iglesia, un equipo de futbol americano de preparatoria, un aserradero clausurado y un serio problema de abuso de metanfetaminas del que nadie quería hablar.

—Hay dos tipos de personas en una iglesia —continuó—. Están los que van para estar más cerca de lo que aman, y están los que van para esconderse de las cosas que les asustan. Mi pueblo era más bien del segundo tipo. Por un tiempo estuvo bien, porque yo tenía mi propia iglesia.

Su iglesia era el viejo bosque de secuoyas que subía por la colina desde el pueblo. Podía perderse en él por horas, acostarse en el suelo, mirar por entre las ramas los cambiantes fragmentos de cielo, escuchar el viento silbar a través de las antiguas ramas, el ruido de los ciervos y los coyotes, los sonidos agitados de la vida. Ahí en el bosque sintió por primera vez los indicios de una fuerza que llegó a conocer como magia.

—Aunque, quién sabe —añadió encogiéndose de hombros—, tal vez yo también me escondía.

Cuando no estaba en el bosque, sentía que no encajaba en ningún lado. Siempre hacía las preguntas equivocadas ("Si Dios tuvo que descansar al séptimo día, ¿cómo sabemos que no se sigue tomando un descanso de vez en cuando, y cómo sabemos que no se está tomando uno ahora?"; "Los extraterrestres en los otros planetas, ¿creen en un Jesús extraterrestre o se van todos al Infierno extraterrestre?"; "Si el diablo puede tomar cualquier forma, entonces podría tomar la forma de un pastor, y en ese caso, ¿cómo sabemos que usted no es el diablo, pastor Chris?"), preguntas que hacían que los pastores juveniles tuvieran conversaciones amables pero serias con sus padres. Preguntas que hacían que los demás niños la miraran de una forma extraña. Preguntas que hacían que los adultos sacudieran la cabeza con desaprobación.

Cuando era chica, el bosque era suficiente refugio, un lugar donde se sentía libre y viva. Pero para cuando cumplió catorce, hasta el bosque le parecía demasiado pequeño, y demasiado cercano a todo lo demás como para sentirse segura. El pueblo, sus padres, su escuela, los pastores, todos trataban de moldearla para convertirla en una persona que ella no quería ser, de obligarla a creer en cosas que ella no creía. No parecía existir una salida y tampoco tenía sentido luchar, porque nadie quería a la persona que ella intentaba ser.

Entonces, un día, descubrió la brujería en las páginas de un libro de bolsillo en una venta de garaje, y súbitamente encontró una manera de dar un propósito a su vida. Una bruja, le dijo el libro, podía aprovechar el poder escondido que fluía a través de todas las cosas. Una bruja podía ver las cuerdas que mantenían unido al mundo, podía torcerlas y darles nueva forma, deshacer viejos nudos, tejer nuevas conexiones. Una bruja tenía poder. Una bruja tenía libertad.

Pasó un año devorando cualquier libro sobre el tema que cayera entre sus manos. Los amontonó en el fondo de su armario, donde esperaba que sus padres no los encontraran. De noche, cuando todos dormían en su casa, los leía a la luz de una linterna o de una vela, absorbiendo cada detalle. O estaba aprendiendo, o estaba durmiendo. Cada momento libre lo dedicaba a su arte.

Una noche sin luna, cinco meses atrás, se paró en la cima de una colina e invocó a los espíritus por primera vez. Se presentó con su nombre de bruja: un nombre similar al que le habían puesto al nacer, pero al mismo tiempo transformado. Esa noche, Mallory se convirtió en Malloryn, y su primera acción fue lanzar una súplica al cielo oscuro para que le mandaran un acompañante y una conexión con el mundo detrás del velo.

Pasó un día. Luego otro. Esperaba alguna respuesta, algún tipo de señal de que el hechizo había funcionado. Y con cada día que transcurría, albergaba cada vez menos esperanzas. Transcurrió una semana. Pero nunca perdió la fe. Había hecho correctamente el hechizo, tan correctamente como era posible. Tenía que funcionar.

Fue a medianoche, diez días después de que había lanzado el conjuro, que la despertaron unos arañazos en su ventana. Cuando fue a investigar encontró a un zorro, cansado y sucio y hambriento, pero aparentemente amigable. Lo acogió y le hizo una camita secreta en un rincón del armario, junto a su colección de libros prohibidos.

Los espíritus la habían aceptado y habían sellado su vínculo enviándole a Zorrocious Budgins McCrazypants. Malloryn Martell ahora era una bruja.

—Cuando Budgins llegó, pensé que mis problemas habían terminado —dijo Malloryn. Después se rio—. Resulta que las brujas tienen los mismos problemas que los demás.

Ser una bruja no era muy distinto de su vida anterior. En cierta forma, incluso, era más difícil. Seguía atrapada en su pequeño pueblo. Seguía sin encajar. Todas las cosas que había esperado cambiar con magia seguían exactamente igual. Sólo que ahora también tenía un familiar zorro al que había que alimentar y mantener oculto de sus padres.

—¿Entonces la magia no funciona? —pregunté.

—Oh, sí funciona —respondió—. Siempre está en funcionamiento. Sólo que es muy muy difícil lograr que actúe de la manera que quieres.

Ella y Zorro lanzaron conjuros para la suerte, el amor y la prosperidad. Ejecutaron ritos para los espíritus y para las estaciones y para la Tierra. Realizaron encantamientos para la salud y hechizos contra el mal y la enfermedad.

—Pero nunca maldijimos a nadie —dijo Malloryn, mirándome enfáticamente por encima de un plato de lasaña rellena de calabacín y requesón—. Aunque no puedo decir que no estuviera tentada a hacerlo.

Incluso si hubieran intentado lanzar una maldición, probablemente no habría pasado nada. Ninguno de sus hechizos había funcionado. Ni uno solo. Sus proporciones estaban siempre un poco erradas, o le faltaba una palabra en los conjuros, o ejecutaba un paso en el orden equivocado. Por mucho que lo intentara, por más cuidadosa que fuera, los espíritus permanecían en silencio.

Pero no importaba. No para Malloryn.

—La mayoría de las brujas pasan toda su vida tratando de hacerlo bien, aunque sea una vez —dijo—. Así que yo ya estoy por encima del promedio.

Aunque nunca en su vida volviera a realizar correctamente un hechizo, ya había invocado a Zorro, y con eso bastaba.

Por supuesto, ella no tenía idea de lo especial que en verdad era Zorro.

• • •

Un sobre acolchado llegó a la clínica por mensajería una semana después de que Malloryn se mudó conmigo. No iba dirigido a nadie, pero estaba marcado con el logotipo de la tetera y la serpiente. Firmé de recibido y lo llevé a mi oficina. No había acabado de cerrar la puerta cuando comenzó a sonar en mi mano. Lo abrí y saqué su único contenido: un teléfono de los que se pliegan. Seguía sonando.

—¿Hola? —saludé.

—Un auto está de camino a recogerte —dijo una voz que sonaba mecánicamente distorsionada—. El nombre del conductor es Sam. Él no sabe nada. Tu cliente es Horacio Prendergast. Tiene un gnomo de casa —una pausa. Y tal vez, sólo tal vez, un suspiro mecánicamente distorsionado—. Padece de incontinencia.

—¿Quién habla? —pregunté—. ¿Eres la mujer que estuvo antes aquí?

Silencio.

—¿Así es como funciona? ¿Simplemente me llamas y yo voy? ¿Dejando botado todo lo demás?

Silencio.

—¿Qué se supone que tengo que hacer por él? —pregunté.

Silencio.

—¿Le hago una recomendación o qué?

Silencio.

—¿Hola?

—Sigo aquí —dijo la voz.

—¿Qué hago? ¿Qué hago por un —bajé la voz hasta convertirla en un susurro— "gnomo" incontinente?

La voz se quedó callada por un largo rato. Iba a preguntar otra vez, cuando habló.

—Lo que puedas.

Entonces la llamada se cortó.

La bocina de un auto sonó en el exterior.

CAPÍTULO DIEZ

EL HOMBRE MÁS SOLO DEL MUNDO

Sam tenía ojos cálidos y un amigable rostro tostado por el sol. Conducía con diligente calma, alternando entre una charla ligera y un silencio cortés. Me contó que su familia era de México. Se había mudado de San Diego hacía un mes para tomar este empleo. La paga era buena y los conductores aquí eran menos agresivos. Y Horacio Prendergast era un jefe decente, aunque a veces un tanto distante.

—Pero ¿quién es él? —pregunté.

—¿Has oído hablar de Menagerie? —negué con la cabeza—. No sabrías lo que es hasta que lo necesitaras, y entonces definitivamente sabrías lo que es. Es una plataforma informática diseñada para procesar cantidades realmente grandes de información. Las compañías petroleras lo usan. Los militares, los bancos, los institutos de investigación; tiene esa clase de clientes. Como sea, Horacio la creó e hizo un montón de dinero con ella.

Una búsqueda rápida lo puso justo en medio de esas listas de las "Personas más ricas del mundo". Las pocas fotografías que había en internet mostraban un llamativo rostro de rasgos marcadamente angulosos, revuelto cabello gris, una barba recortada y ojos que desaparecían bajo un pronunciado entrecejo.

—Ése es Horacio —dijo Sam cuando le mostré una de las fotos.

Por alguna razón, me sentía más segura que cuando fui por primera vez a encontrarme con un animal. Quizá porque no era tan lejos. Quizá porque mi cliente tenía un nombre y una reputación. O quizá porque simplemente me estaba acostumbrando a este *trabajo*.

Cruzamos el estrecho de Carquinez y nos dirigimos hacia el este, pasando por las viejas refinerías hasta que tomamos la interestatal. Atravesamos Fairfield, Vacaville y Davis, y bordeamos Sacramento, hasta que finalmente salimos de la carretera y llegamos a un suburbio de casas bajas y verdes céspedes. Un bonito lugar para vivir, sin duda, pero difícilmente territorio de millonarios.

—¿A dónde vamos? —pregunté.

—No falta mucho —respondió Sam.

Las casas se fueron espaciando más y más. Había robles y álamos y grandes extensiones de pasto seco vacías. Pronto nos encontramos en un camino rural flanqueado a ambos lados por campo abierto, salpicado de manchones de árboles oscuros. Más adelante, una angosta franja de pavimento que no tenía señalización se desviaba hacia la derecha, hacia un burdo muro de sauces. Sam bajó la velocidad y dio vuelta allí.

—Aquí no hay nada —dije.

—No se ve desde el camino —contestó Sam.

Cruzamos un pequeño puente hecho de vigas de madera. Al otro lado se levantaba una cerca muy alta con un gran portón de metal que se abrió hacia dentro cuando nos aproximamos. Al otro lado de la cerca había edificios, anodinos edificios de departamentos que se veían todos iguales. Había gente aquí, caminando o sentada bajo los árboles, con la vista fija en la pantalla de una computadora portátil, o de pie, conversando en pequeños grupos. Sam saludó con la mano a uno de esos grupos cuando pasamos, y ellos sonrieron y también saludaron y lo llamaron por su nombre. Tenían el rostro bronceado por el sol y tierra en sus pantalones de mezclilla.

—Bienvenida a Menagerie —dijo Sam con una sonrisa de orgullo.

A la distancia, sobre una pequeña colina, pude ver un edificio que sobresalía del resto. No era cuadrado, y no era anodino. Era un palacio resplandeciente de cristal y acero, con muros blanquísimos y un techo prominente que se elevaba sobre la cima de la colina como un gran barco surfeando una ola. Dos alas lo envolvían por ambos lados, de modo que parecía que abarcaba toda la cumbre con un gran abrazo de vidrio y metal.

—¿Qué es este lugar? —pregunté.

—Solía ser una base militar —dijo Sam—. Pero él lo arregló. Tiene departamentos, cafeterías, espacios de trabajo, todo.

—¿Tú vives aquí?

—Venía con el trabajo —contestó—. Departamento, comidas, todo está incluido. Hay un gimnasio, una alberca. Los departamentos no son de lujo, pero están limpios, y la comida es buena. Y es gratis.

—¿Qué se hace aquí? —pregunté—. ¿Quiénes son todas estas personas?

—Todos aquí trabajan para Horacio —respondió Sam—. Para Menagerie. Hay una oficina corporativa. Servidores. También hay una granja, un poco de ganado, algunas ovejas. Muchas cosas distintas.

Nunca había visto nada parecido. En cierta manera me recordaba a la escuela, a la forma en que los grupitos se formaban solos con cierta naturalidad. Pero la escuela era desordenada. Cada quien seguía su propio plan, incluso en un grupo pequeño. Tus amigos podían marcharse en medio de una conversación, detrás de algo o alguien completamente diferente, y lo único que podías hacer era ver cómo se iban. Pero Menagerie se sentía como un lugar donde todos trabajaban en lo mismo. Los granjeros, los cocineros, los ingenieros, los choferes, todos en la misma página, o al menos todos leyendo el mismo libro.

—¿Horacio también vive aquí? —pregunté.

—Vive, trabaja, todo aquí —repuso Sam.

Cuando nos detuvimos frente a la entrada principal del palacio sobre la colina, la puerta de metal se abrió sobre sus bisagras silenciosas y una mujer de piel oscura, altos pómulos brillantes y cara de soldado salió a recibirnos. Usaba anteojos y un traje muy serio, y llevaba una tableta debajo del brazo. Me invitó a entrar con un gesto fugaz, casi frenético, lo que me hizo sentir que yo iba tarde y que yo era importante, ambas cosas a la vez.

Dentro los techos eran altos, y cada superficie resplandecía bajo la luz del sol que inundaba el interior a través de las enormes ventanas y los tragaluces. Había unos cuantos muebles —sofás y canapés y mesas impecables— pero era difícil imaginar estar cómodo en ningún lugar de esa habitación. Cada ángulo parecía lo suficientemente afilado para sacarte sangre. De ambos lados surgían pasillos que continuaban hasta perderse de vista.

—Vamos —dijo la mujer, tomando un de esos largos corredores—. No tiene todo el día.

La oficina de Horacio era una amplia habitación con grandes ventanales. Un enorme lienzo, en una de las paredes, estaba salpicado con una sola mancha de pintura roja, como si una arteria gigantesca hubiera sido abierta con ese propósito. En el centro del cuarto había un largo escritorio negro. Al momento que entramos, un sillón de cuero al otro lado del escritorio giró lentamente hasta quedar de frente a mí. En él estaba el rostro de las fotografías que acababa de contemplar.

Horacio Prendergast se levantó para saludarme. Era alto y delgado, y tan singular como cualquiera de los muebles que yo había visto en el vestíbulo. Su cabello gris estaba peinado hacia atrás, dejando ver su ceño fruncido y un vampírico pico de viuda, y terminaba en una salvaje nube de rizos en la base de su cuello. Su barba marcaba el perfil de una quijada fuerte. Llevaba un traje gris claro sin corbata con los dos botones superiores de su camisa abiertos. Un par de gruesas gafas negras reflejaba la luz azul de las pantallas de su computadora —el único rastro de color en él—. Una sonrisa descansaba cómodamente en su ancha boca. Lanzó una rápida mirada a la pintura a sus espaldas.

—Ten cuidado —dijo—. Es hipnótica. Gracias, Ava —la mujer salió de la oficina con una ligera inclinación de cabeza y cerró la puerta tras de sí.

—Lamenté mucho escuchar lo de tu padre —añadió.

—Gracias —respondí.

Señaló una silla frente a él, al otro lado del escritorio, y luego me observó mientras iba a sentarme en ella.

—También quedé muy preocupado por las noticias —dijo—. La manera en que fue… Bueno. Me gustaría ayudarte. Ya llegaremos a eso.

—Ella mencionó que usted está ocupado —repliqué.

Soltó una risita.

—Es un estado permanente. El mundo no se va a arreglar solo.

Había una broma en algún lado en sus palabras. Vi que iluminaba sus ojos oscuros, pero no la comprendí.

—Me dijeron que había un gnomo —dije.

Horacio volvió a reír. Hizo un movimiento abrupto con su mano para quitarse los lentes y depositarlos suavemente sobre el escritorio.

—Lo hay —dijo—. Pero no es por él por lo que estás aquí.

—No entiendo —repliqué.

—¿Estás familiarizada con el trabajo?

—Un poco —dije—. Estoy aprendiendo.

—Todos estamos aprendiendo, creo —añadió Horacio.

Se recargó en su asiento y no dijo nada durante un tiempo que me pareció interminable. Entonces me miró con sus ojos muy abiertos y brillantes por el asombro.

—En la selva del Amazonas —dijo— existe una criatura a la que le crece un rubí gigante en el centro de la frente. A este animal lo llaman el carbunco. ¿Conoces al carbunco, Marjan?

—¿Carbunco? —*¿alguna vez mi padre me había contado una historia parecida?* No podía recordarlo.

—No pasa nada —añadió Horacio—. Muy poca gente lo conoce. El carbunco es tímido y desconfiado. No se sabe casi nada de sus hábitos en estado salvaje. Lo que sí sabemos es que, una vez al año, el carbunco muda. Su piedra se desprende y comienza a crecerle una nueva. Uno pensaría entonces que la selva está tapizada de gemas —continuó—, pero algo trágico le ocurre al rubí durante el proceso de desprendimiento. Queda destruido. Una invaluable piedra preciosa se convierte en polvo sin valor a los pocos momentos de haber sido mudada —hizo un gesto suave con la mano, abriendo el puño como si un viento repentino separara sus dedos, exponiendo su palma hacia mí—. Si la piedra se arranca a la fuerza, o si el carbunco muere, ocurre lo mismo —observó su palma abierta—. Se dice que la única manera de obtener un rubí de carbunco es si el propio carbunco está dispuesto a dártelo. Y el carbunco sólo daría la piedra a un alma sincera.

Descansó ambas manos sobre el escritorio y me dedicó una mirada por demás significativa.

—Entonces —continué—, ¿usted quiere que yo vaya a Sudamérica, encuentre al carbunco y lo convenza de entregarme el rubí? —la idea de que por alguna razón yo pudiera calificar como un "alma sincera" me hizo sonreír.

Sus ojos se abrieron con satisfacción.

—Bueno —dijo—. Estás ávida de un reto, ¿no es así? Casi estoy tentado a decirte que sí, sólo para ver lo que encontrarías —rio entre dientes—. Pero no. No será necesario que vayas tan lejos.

Entonces se puso de pie y me hizo una seña para que lo siguiera.

Me guio fuera de su oficina, a través del largo corredor. Al fondo había un ascensor. Horacio presionó un botón y las puertas se abrieron. Me hizo un gesto para que entrara y luego entró él. Las puertas se cerraron. Presionó otro botón con uno de sus largos dedos. Comenzamos a descender.

—¿A dónde vamos? —pregunté.

—¿Alguna vez te has preguntado cómo nos escogen? —dijo Horacio—. ¿Las criaturas? Yo me lo pregunto todo el tiempo. He tenido el privilegio de conocer a otros como yo, otros que también fueron elegidos. Nadie está del todo seguro. No son una recompensa, aunque pueden ser gratificantes. Y tampoco son un castigo, aunque pueden convertirse en uno. No están aquí para salvarlos ni para condenarnos. Y ellos no dan explicaciones. Simplemente un día entran a nuestras vidas, y ahí están, verdaderos e innegables.

A medida que descendíamos, el aire se iba enfriando y resecando, parecía endurecerse. Era como respirar piedrecillas.

—Los pocos que contamos con ellos en nuestra vida no somos necesariamente los más inteligentes del mundo —continuó—. Tampoco los más valientes, ni los más bondadosos, ni siquiera los más admirables. Simplemente somos personas. Y, sin embargo, estas criaturas nos convierten en algo más. Es difícil no ver que hay una suerte de destino en juego, no sentir que has sido seleccionado para algún propósito importante. Es difícil no imaginar que, de alguna forma, eres excepcional.

—Eres rico —exclamé—. ¿Eso no te hace un poquito excepcional?

Horacio sonrió.

—Me han sugerido —dijo—, que el común denominador es la soledad —el ascensor comenzó a ir más lento, y los ojos de Horacio brillaron con travieso placer—. Si eso es verdad —continuó—, yo debo ser el hombre más solitario del mundo. Probablemente ésa también es una cualidad excepcional.

Finalmente, el ascensor se detuvo. Estábamos muy profundo bajo tierra. La puerta se abrió para revelar un largo y ancho corredor, cubierto por un elevado techo en bóveda de roca bruta. El piso era de frías baldosas de mármol pulido.

Casi toda la luz del pasillo surgía de las paredes, y al salir del elevador pude ver por qué. A ambos lados del corredor había paneles de vidrio de piso a techo. La luz —distintos tipos de luz— brillaba a través de los cristales, creando una especie de mosaico de suaves colores anaranjados, azules, verdes.

—¿Qué es este lugar? —pregunté, y el eco de mi voz recorrió la larga cámara.

—En una vida pasada esto fue parte de un depósito de misiles —respondió—. Ahora es… otra cosa.

Se giró y comenzó a caminar por el pasillo.

Detrás de los paneles de vidrio había cámaras de diferentes tamaños y formas. Algunas eran pequeñas y poco profundas, mientras que otras se extendían hasta perderse en la oscuridad. Todo el lugar me recordaba a esas salas dedicadas a la sabana africana en los museos de historia natural, ésas con leones y ñus disecados y colocados en pastizales falsos con el cielo pintado en el fondo.

A medida que caminábamos, comencé a percibir formas deslizándose o escondiéndose o acechando entre las rocas y los árboles de sus recintos. Al principio eran demasiado tímidas o demasiado rápidas para que yo pudiera distinguirlas claramente. Ni siquiera estaba segura de que en verdad las estuviera viendo. Entonces, en una de las habitaciones, un diminuto resplandor voló hasta el cristal y se quedó flotando a la altura de mis ojos, sin ningún temor. Parecía querer que me aproximara.

Me acerqué un poco. Luego un poco más. Y finalmente otro poco, hasta que mi rostro tocó el vidrio. Hasta que no pudiera haber duda de lo que había al otro lado.

Volaba con unas alas de libélula que zumbaban muy suavemente a través del cristal. Estaba desnuda y desprovista de pelo de la cabeza a los pies. Su cuerpo parecía casi como un humano en miniatura, pero sus brazos y patas eran más largos de lo normal, y sus genitales —lo que por su posición supuse eran sus genitales— no me resultaban conocidos. Sus pálidas extremidades colgaban, sueltas y relajadas, balanceándose ligeramente en el aire. Sus ojos centellaban como curiosos diamantes negros en su redonda carita blanca como un lirio.

—Es un hada —dijo Horacio, y el mundo pareció revelarse a mi alrededor.

Me retiré del vidrio y sentí el peso de unos ojos extraños y maravillosos cayendo sobre mí.

En un recinto, unas aves con alas que parecían hechas de sol revoloteaban entre las ramas de un árbol de yeso, gorjeando excitadamente.

—Alicantos —susurró Horacio—, de Chile.

En otro, una gamuza blanca de astas doradas levantó la mirada de un manchón de brezos.

—El Zlatorog o Cuerno Dorado, originalmente de Eslovenia —dijo Horacio.

Más adelante, una criatura con escamas plateadas y una melena oscura se deslizaba bajo la superficie de un estanque claro como el cristal.

—Un mákara, de un lago en las montañas Annapurna —añadió Horacio.

Y así sucesivamente. Cada historia que papá me había contado, viva y respirando, mirándome frente a mí.

—¿Qué te parece? —preguntó Horacio.

—¿Cómo…? —cuestioné.

—Ha tomado años —dijo Horacio—. Mucha paciencia, mucha investigación. Pero eso también es parte de la diversión. Peinamos zonas a través de fotos satelitales, registros laborales, certificados de defunción. Buscando ese pequeño detalle que simplemente no encaja del todo —observó el largo pasillo, las hileras de cuartos rebosantes de criaturas extrañas e imposibles—. Todas ellas ocupan espacio en algún lugar de la vida de las personas, si sabes cómo encontrarlo.

Cada recinto era una caja llena de maravillas. Una salamandra, negra y lisa, se arrastraba en un foso de piedra entre brasas encendidas, lo que hacía que su piel brillara con un lustre de anfibio. A la orilla de una caverna oscura, un par de enormes manos nudosas de cuatro dedos se cerraron lentamente para convertirse en puños.

—Gigante de roca —susurró Horacio—, muy feroz —un gran felino, que nos observaba desde lo alto de una roca, movió la cola y sonrió.

—¿Mi padre sabía? —pregunté.

—Por supuesto —respondió Horacio—. Cuidó de varios de ellos.

—¿Cuántos son? —pregunté—. ¿Cuántos hay aquí?

—Ciento cuarenta y cinco —contestó Horacio.

A mi izquierda, una delgada serpiente de ojos color azul zafiro se desenrolló de la rama de un árbol y se lanzó al aire como si se deslizara en agua. Horacio observó a la serpiente planear con elegancia alrededor del tronco del árbol, sacando su lengua plateada por entre sus exquisitas mandíbulas.

—¿Sabes por qué existen? —preguntó Horacio. Yo negué con la cabeza—. No creo que nadie lo sepa. Pero yo tengo una teoría. Creo que son más de lo que aparentan. No son solamente carne y hueso, aunque, como lo prueba el trabajo que realiza tu familia, *sí son* carne y hueso. Pero hay algo más. Yo pienso que...

Guardó silencio. Se quedó contemplando a la serpiente que ondulaba a través del recinto, a varios centímetros por encima del suelo cubierto de hojas. Entonces se volvió hacia mí.

—Bueno —dijo—. Me recuerdan que todo es posible, y ése es un tesoro más grande que cualquier fortuna —no era eso lo que había estado a punto de decirme un momento antes.

Se giró y siguió caminando hasta que llegamos a un recinto más grande que la mayoría de los demás, y totalmente oscuro. Se detuvo. Respiré profundo, y el aire se sintió espeso y podrido en mi pecho. Se me debilitaron las piernas. Creí que me iba a desmayar.

—Lo puedes sentir, ¿no es cierto? —cuestionó Horacio—. Te ves pálida.

Traté de recuperarme. La oscuridad al otro lado del vidrio parecía latir con maldad. Quería alejarme de ella tanto como fuera posible. Pero no podía dejar de mirar. Las sombras bullían con horrores invisibles.

—¿Qué diablos hay ahí dentro? —pregunté.

—Eso —repuso Horacio— es la mantícora.

Me pareció ver que algo se movía, tal vez el flanco de un animal, largo y sinuoso y depredador. El leve indicio de un rostro emergiendo por un instante de la oscuridad. Pero si de verdad había algo de eso allí, desapareció antes de que pudiera ver más.

También en Horacio se había producido un cambio. Parecía más alto, como si la cambiante oscuridad tras el vidrio alimentara algo dentro de él.

—Es horrible, ¿no es cierto? —dijo. Pero no hizo ningún movimiento con intención de marcharse—. A veces, cuando me siento especialmente valiente, me gusta pararme aquí, a ver si se muestra.

—¿Por qué haces eso?

—Todos debemos enfrentar nuestros miedos, si queremos crecer. Ella es la suma de muchos miedos, la pesadilla de la que nadie despierta —hizo una pausa, como si en ese momento estuviera enfrentando sus propios miedos en la oscuridad.

El sonido de unas pisadas sobre el duro suelo hizo eco desde el fondo del pasillo. Dos personas se aproximaban: un hombre bajo de piel olivácea y una mujer alta. El hombre usaba una bata blanca de médico y caminaba orgulloso y arrastrando los pies, como un reyecito supervisando sus tierras.

La mujer era dura y de una mirada fría que brillaba por su inteligencia. Había una gracia despiadada en sus largos pasos, en su postura, en el corte de su cabello. Usaba una chamarra de cuero en un tono púrpura al borde mismo del espectro visible. Su piel era pálida como sin sangre, blanca como el hielo. Debajo de un brazo llevaba un portafolio de piel.

—Ah —dijo Horacio—. Doctor Batiste, Ezra. Gracias por acompañarnos. Ésta es Marjan Dastani. Vino por lo del carbunco.

El hombre, el doctor Batiste, se paró junto a Horacio. Me echó una mirada de arriba abajo con evidente desprecio. La mujer —Ezra— se quedó atrás, lejos del recinto de la mantícora. Me dedicó una inclinación de cabeza y tal vez sonrió, pero era difícil saberlo debido a las sombras.

—El doctor Batiste es el jefe de nuestro equipo médico —dijo Horacio—. Él cuida de todos estos animales.

—¿Incluso de ése? —pregunté, apuntando hacia la oscuridad.

El doctor Batiste me dedicó una mirada desdeñosa. Creo que estaba a punto de hacer un comentario sarcástico, pero antes de que pudiera hablar, algo latigueó dentro del recinto y golpeó en el vidrio, fuerte, justo debajo de mi cara. Yo brinqué y lancé un grito. El doctor Batiste también se sobresaltó. Me pareció escuchar que Ezra reía; aunque si de mí o del doctor, no podía saberlo. Horacio se quedó quieto, imperturbable, mientras la punta negra de una cola de escorpión se detenía sobre el suelo arenoso del cubículo, y luego se apartaba nuevamente a la oscuridad.

—Retiramos las vesículas de veneno —dijo el doctor, recuperando la compostura—. Pero el aguijón todavía puede atravesar una arteria.

Me aproximé un paso al vidrio. Lo que había creído que era oscuridad en realidad era un lúgubre tono naranja. Pegué mi cara contra el grueso panel y observé la débil luz. Un calor seco irradiaba de ella. Al principio no pude ver nada. Luego la oscuridad cambió y apareció un rostro.

La leyenda dice que la mantícora tiene cola de escorpión, cuerpo de león y cara de humano. Yo diría que, a grandes rasgos, eso es verdad, excepto por el rostro. Tiene piel, dos ojos, una nariz y una boca, más o menos en los lugares que uno esperaría. Pero no hay nada de humano en él.

Quienquiera que lo haya puesto allí no tenía idea de para qué sirve un rostro, ni para qué lo utiliza la gente. No te das cuenta de cuánto se mueve un rostro humano, ni cuánta humanidad hay en esos pequeños tics y contracciones, hasta que ves uno que no lo hace. La frente de la mantícora era tan lisa como una piedra de río. Los párpados no se cerraban. Las fosas nasales no se abrían, ni siquiera un poco. Había una ligerísima curvatura en las comisuras de sus labios, pero fuera de eso, el rostro de la mantícora era completamente inexpresivo, una máscara mortuoria de piel pálida. E incluso ese rastro de sonrisa parecía congelado en su lugar. El rostro de la mantícora carecía de emociones, no tenía vida.

Excepto por sus ojos. Rojos, como de gato, que se fijaron en mí y siguieron cada uno de mis movimientos. Por un largo rato simplemente nos observamos mutuamente, tratando de entendernos el uno al otro. Entonces, muy lentamente, la mantícora salió de la oscuridad. La luz cayó sobre su cuerpo de león por primera vez. Bajo su piel oscura se notaban unos gruesos músculos. Se paraba sobre unas patas anchas y planas, y sus ojos nunca dejaron de ver los míos.

Un terror enfermizo me recorrió. No quería acercarme ni un poco a ese animal. No quería sentir lo que él sentía, ni saber las cosas que sabía. No lo quería dentro de mi cabeza.

Cuando apoyó su pata en el suelo, la mantícora dejó escapar un sonido agudo y suave, como un gimoteo. Los músculos de su pata se contrajeron. Dio otro paso, y nuevamente emitió un leve gemido. Su rostro no mostraba emoción alguna.

—¿Qué es eso? —pregunté—. Ese ruido.

—Ella lo hace siempre cuando se mueve —respondió el doctor.

Otro paso. Otro silbante gemido de dolor.

—Cuando camina —corregí.

—Eso es lo que dije —repuso el doctor.

—No, usted dijo "cuando se mueve". Pero es "cuando camina".

Otro paso cauteloso. Otro quejido, que soltó exactamente cuando la pata se apoyó en el suelo. Experimenté una frívola sensación de triunfo, casi tan intensa como para ahogar el terror. Sabía exactamente lo que le pasaba. Volteé hacia el doctor.

—¿Le quitaron las garras, doctor Batiste?

El doctor se puso tenso.

—Espero que no estés cuestionando nuestras capacidades. Tenemos el equipo quirúrgico más avanzado del mundo, las mejores instalaciones y personal mejor preparado que en cualquier otra clínica privada.

—¿Le quitaron las garras? —insistí.

—Realizamos un procedimiento estándar mínimamente invasivo.

Pude haber parado allí. Probablemente habría sido mejor para todos. Pero no me pude resistir.

—Le realizaron una tendonectomía —Horacio me lanzó una mirada de interrogación. Le expliqué—. Le cortaron los tendones que le permiten extender las garras. ¿No es así, doctor?

Observando más de cerca las patas de la mantícora pude ver unos diminutos triángulos de queratina negra saliendo de cada dedo.

—Colocaron las garras donde puedan verse pero no arañar, y luego cortaron los tendones. ¿Es correcto?

El doctor permaneció en silencio.

—Las uñas le están creciendo dentro de la piel —dije. Era obvio. No podía ser más claro. Nuestra clínica había tratado al menos a una docena de gatos caseros con el mismo padecimiento a lo largo de los años, y eso siempre hacía enfurecer a papá—. Pueden estar creciendo contra un musculo o un hueso. Tienen que tratarla, o sufrirá dolor por el resto de su vida.

El doctor dejó de verme para ver a Horacio.

—Esto es ridículo —dijo—. Esta niña tiene… ¿cuántos años? ¿Doce? Ni siquiera tendría que estar aquí.

—Tengo quince, idiota condescendiente —exclamé—. Y sabes que tengo razón.

Horacio no dijo nada durante un minuto. Miraba a la mantícora, que seguía observándonos con plácida malicia. Miraba al doctor. Me miraba a mí.

—¿Estás segura?

—Pueden tomarle una radiografía y verlo por ustedes mismos —dije—. Pero sí, estoy segura.

Horacio reflexionaba, el doctor Batiste me miraba con odio, y Ezra, en algún lugar de la penumbra, probablemente disfrutaba sus palomitas de maíz.

—Interesante —dijo Horacio por fin—. Hablaremos de esto más tarde.

Entonces se encogió de hombros y nos hizo seguir adelante. La sensación de malestar permaneció mucho tiempo después de que el cubículo negro de la mantícora desapareció de nuestra vista.

Nos detuvimos frente a un panel de vidrio que daba a un bosque denso y húmedo. Plantas trepadoras colgaban de las ramas de gruesas higueras y brotes más pequeños se elevaban hacia el dosel arbóreo y más allá de la luz artificial. La humedad que empañaba el vidrio le otorgaba a todo el paisaje una especie de apariencia suave y difuminada.

—El carbunco —dijo Horacio—. Generalmente está atrás.

—¿Qué se supone que tengo que hacer? —pregunté.

—Haz que te entregue la piedra —respondió—. Tiene que dártela libremente, de lo contrario no servirá.

—¿Qué te hace pensar que lo hará? —pregunté.

—Tu alma sincera —dijo Horacio con una sonrisa.

—Seguramente no me conoces muy bien —repliqué.

—Bueno, eso y tus talentos únicos —Horacio estaba a punto de decir algo más, pero el aliento se le atoró en la garganta—. Allí está —susurró.

Apuntó hacia un grupo de helechos. Una figura, tan grande como un perro de mediano tamaño, se mostró en los profundos recovecos del recinto. Un rayo de luz cayó sobre algo redondo y rojo que resplandeció con tanto brillo como el fuego. Entonces la criatura saltó hacia otro arbusto y desapareció.

—¿Podrás hacerlo? —preguntó Horacio.

—Creo que puedo intentarlo —le respondí.

Una pequeña puerta en el espacio entre dos recintos daba a un estrecho pasillo con otras puertas que permitían el acceso a los encierros. El doctor Batiste me siguió por el corredor y destrabó el pestillo de la puerta del carbunco.

—Buena suerte —dijo, y me entregó un par de guantes quirúrgicos. Después abrió la puerta y yo entré a una selva tropical.

El aire era vaporoso, dulzón y fragante. El agua goteaba desde las amplias frondas de plantas de aspecto prehistórico. Arriba, grupos de radiantes luces creaban la ilusión de que había luz de sol, y una malla de hojas como dosel arbóreo proyectaba al suelo una sombra moteada. Mis zapatos se hundieron en la tierra húmeda.

Lejos, al otro lado del recinto, la gema volvió a brillar. La carbunco corrió detrás de una higuera, a través de una zarza y finalmente llegó a un pequeño claro, donde se detuvo, se sentó en sus cuartos traseros y me observó con recelo.

La carbunco se veía y se movía como una gran liebre. Tenía pelaje oscuro, orejas largas y ojos grandes y redondos, negros como el alquitrán. Su cuerpo era largo y estilizado. En el centro de la cabeza, justo debajo del nacimiento de las orejas, tenía una suave protuberancia roja que parecía una herida, hasta que reflejaba la luz con un brillante resplandor carmesí. Y lo mejor de todo: este animal no era una mantícora.

—Hola, pequeña —quise saludarla.

La carbunco olisqueó el aire.

—Yo soy Marjan —anuncié—. Marjan Dastani, en caso de que eso signifique algo para ti.

La carbunco lucía indiferente.

—No te culpo —dije—. Tampoco significa mucho para mí.

Hice un gesto en dirección a la ventana y la carbunco se apoyó en las patas traseras, alerta, lista para salir corriendo. Yo dejé de moverme y las dos nos quedamos allí por un largo rato, desconfiadas y vigilantes y completamente quietas.

—Ahora voy a moverme —la previne—. Pero voy a moverme muy despacio, y prometo que no haré nada para lastimarte.

Di un solo paso, a un lado, no hacia el animal. La carbunco se sobresaltó, pero no corrió. Intenté dejar que la tensión en mis músculos se relajara. No resultó muy difícil lograrlo en el sofocante calor de la selva, todo se sentía laxo y flexible.

Di otro paso, esta vez acortando un poco la distancia entre el animal y yo. Sus ojos como botones negros me siguieron. La piedra en su cráneo volvió a brillar.

—No te culpo por no confiar en mí —le dije—. Seguramente estás acostumbrada a que te persigan.

La carbunco se mantuvo en su lugar, así que avancé otro paso. Miré hacia el vidrio. Horacio parecía un espectador en algún juego deportivo, con las manos en los bolsillos y una expresión de embelesada atención en el rostro. Cuando hicimos contacto visual, me dedicó un motivador asentimiento de cabeza. Junto a él, el doctor Batiste fruncía el ceño, indiferente. Ezra también me observaba, pero su expresión era más difícil de interpretar.

Otro paso. La carbunco inclinó la cabeza a un lado y me observó atentamente con un ojo negro como la brea. Un paso más. El espacio entre nosotras se reducía. Pude sentir cómo mi corazón se aceleraba en el pecho. Hablé a la carbunco con una voz tan reconfortante como me fue posible emitir.

—No quiero lastimarte —le dije—. Si esto te duele, no lo haré. Lo prometo. Simplemente les diré que no pude hacerlo. Pero si hay una manera de tomar esa piedra sin lastimarte, si hay una forma de que me dejes tomarla, entonces me gustaría tenerla, con tu permiso.

Otro paso. El aire se sentía espeso en mis pulmones. El sudor o la condensación —no podría decir cuál— formaba perlas en mi frente, y yo las limpiaba con el dorso de mi mano.

De repente la carbunco salió disparada. Con tres grandes saltos puso tres metros de distancia entre nosotras y desapareció tras un manchón de helechos. Un momento después reapareció al levantarse sobre sus patas traseras, con el pecho agitado y el rubí resplandeciendo en su frente.

Volteé hacia el cristal protector a tiempo para ver cómo el doctor Batiste murmuraba algo a Ezra por encima del hombro. El doctor sacudió la cabeza y se alejó del vidrio, pero Ezra permaneció en su lugar. Me pareció que tal vez asentía en mi dirección, así que le devolví el gesto.

La carbunco estaba en alerta total, tenía las orejas tensas, el cuerpo listo para salir corriendo en cualquier momento. Yo no me moví. Ni siquiera quería hacer contacto visual con ella. Algo de lo que yo había hecho la había asustado, y estaba determinada a no hacerlo otra vez. Repasé los últimos segundos en mi mente. Me había quedado quieta entre cada paso. No había hecho ninguna mueca inusual. Había estado hablando con la carbunco, pero mi tono no había cambiado.

Volteé a ver mis manos y descubrí los guantes. Entonces miré por encima del hombro hacia Horacio y el doctor Batiste

—que nuevamente me observaba con gesto adusto—, y por primera vez me di cuenta de la forma en que estos animales los veían: a través de la gruesa pared de vidrio de su encierro. Algo se revolvió en mis tripas. La carbunco me observaba con atención.

—Ya entiendo —le dije—. Yo no soy como ellos.

Me quité los guantes y me los guardé en los bolsillos. Entonces, muy lentamente, le mostré a la carbunco mis manos. Le mostré que estaban vacías. Le mostré que estaban hechas de carne, no de látex azul. La carbunco las observó, y no corrió.

Di un paso hacia la criatura, y luego otro, y cuando vi que no se iba, uno más. Me arrodillé para que ambas estuviéramos casi a la misma altura. Yo contemplaba lo negro de sus ojos pequeños y brillantes y me preguntaba qué pensamientos conejiles rondarían su cabeza.

Ella levantó la barbilla y sacó el pecho, y si hubiera sido un ser humano, se podría haber dicho que parecía orgullosa y desafiante. Le mostré nuevamente mis manos, y entonces, muy despacio, extendí una en su dirección. Sus ojos giraron hacia abajo, llegando el borde de sus cuencas, y rastrearon hasta el más pequeño de mis movimientos, hasta que mi palma quedó abierta justo debajo de su nariz y yo pude sentir su aliento en cortos resoplidos entrecortados sobre mi piel.

—Lo quiero sólo si tú estás dispuesta a entregarlo —dije—. Me contaron que puedes hacer crecer otro.

Volteó la cabeza hacia el lado contrario a mí, como si supiera lo que yo quería y me lo estuviera negando. Aun así, me siguió observando con un ojo, y esperó.

—A decir verdad —añadí—, si realmente estás buscando un alma sincera, probablemente yo no cumplo con el requisito.

La carbunco seguía mirándome.

—A mis amigos les digo que estoy bien —continué—, pero no es así. No le he contado a Malloryn sobre su extraño zorro. Y creo que probablemente estoy mintiendo a Sebastian y su familia con respecto a Kipling, pero no estoy segura de por qué, y ahora tengo demasiado miedo de confesárselos. No tienes ni idea de lo que estoy diciendo.

El animal dio un paso atrás, aumentando el espacio entre nosotros. Pero no huyó, sólo levantó la cabeza y me observó con ambos ojos.

—Y tampoco estoy segura de lo que hago aquí, contigo, con nada de esto —admití—. Creo que estoy tratando de probarle algo a mi papá. Creo que estoy tratando de probar que él podía haber confiado en mí. Que tendría que haber confiado en mí. Pero ya ni siquiera importa lo que él piense, porque está muerto.

Los ojos de la carbunco se entornaron, pero la criatura no corrió.

—Y ni siquiera estoy triste por eso —continué—. Sé que debería estarlo, pero no es así. Estoy enojada, y confundida, pero no triste. Así que, además de no ser la persona más sincera, tal vez simplemente no soy una buena persona en absoluto.

La carbunco cavó con su pata una zanja poco profunda en el suelo blando. Su nariz se contrajo. Sus orejas se levantaron, luego volvieron a bajar. La luz se reflejaba en la suave superficie redondeada de la piedra. Sus ojos nunca me abandonaron.

Volteé hacia atrás para ver a Horacio, a Ezra y al doctor Batiste, quien había regresado junto al cristal. Me sentía torpe, pero no podía saber por qué. Sentía como si algo íntimo y privado estuviera teniendo lugar, como si la carbunco me estuviera confesando algún secreto personal simplemente por prestarme su atención. Me parecía injusto —para mí, para la carbunco—, pero no podía saber por qué. Súbitamente dejé de querer el rubí.

—Quédatelo —dije a la criatura—. Quédatelo otro año. Yo no lo merezco.

Me levanté, volteé hacia los rostros sorprendidos al otro lado del vidrio y sacudí la cabeza. Horacio comenzó a hacer una mueca y el doctor Batiste sonrió con secreto regocijo, pero luego los tres pares de ojos se abrieron desmesuradamente.

Algo cayó en la tierra a mi lado, produciendo un ligero *plinc.*

Algo redondo y liso y cálido rodó contra mi pie y se quedó allí, sin convertirse en polvo.

Miré de nuevo a la carbunco. Me contemplaba con expresión serena. Donde había estado la piedra había una pálida hendidura sin pelo, y en el centro, una diminuta protuberancia roja: la nueva piedra ya comenzaba a formarse.

La carbunco me observó por un momento más, después se agacho tras el sotobosque y se fue saltando hacia el extremo opuesto del recinto. Me giré de nuevo hacia el cristal y sostuve en alto el rubí. Horacio aplaudió en silencio. El doctor Batiste frunció el ceño. La expresión en el rostro de Ezra parecía ser de asombro.

CAPÍTULO ONCE

EL TRABAJO DEL LOBO

El doctor Batiste tomó el rubí de mi mano sin decir una palabra y lo metió en una bolsa de plástico.

—Límpialo, después lo traes a mi oficina —ordenó Horacio. El doctor Batiste asintió, me lanzó otra mirada de desprecio y giró sobre un talón para luego echar a andar muy ofendido por el pasillo.

—Ya se le pasará —me dijo Horacio—. Vamos, quiero enseñarte uno más —le dio la espalda al recinto de la carbunco y empezó a caminar por el pasillo. Ezra dejó de recargar el hombro contra la pared cuando pasamos a su lado y nos siguió, unos pasos detrás. Definitivamente sonreía.

—No entiendo para qué los necesitas —añadí.

—Porque cada uno es único —dijo mientras caminábamos.

Se detuvo frente a un recinto que parecía contener el dormitorio algo pasado de moda de un chico. Una ventana de buhardilla daba a un cielo falso. Un desteñido póster de un esquiador estaba clavado en la pared sobre una cama individual. Un globo terráqueo de colores opacos descansaba encima de una cómoda de madera. En un rincón había un escritorio con una lámpara de lectura y un libro de texto de álgebra.

—¿Qué es esto? —pregunté.

Horacio sonrió.

—Ésta era mi habitación —respondió.

—¿Por qué está aquí?

—Mira —dijo, y señaló una sombra encorvada que acechaba debajo de la cama. Horacio dio unos golpecitos en el vidrio y sonrió como un niño pequeño. Luego saludó a la silueta agitando la mano—. ¡Sturges! —gritó—. ¡Sturges, sal y di hola!

La figura salió bamboleándose de debajo de la cama. Parecía una persona pequeña y de una complexión un poco extraña. Sus patas eran cortas y plegadas hacia delante y hacia atrás, como las de una rana. Sus brazos eran largos y delgados. Su piel era del color y la textura del papel viejo. Su cara era redonda y sus ojos redondos, grandes y tristes. Se acercó a la ventana y agitó la mano con una cansina expresión de derrota en el rostro.

—Éste es Sturges —dijo Horacio—, y fue el primero que tuve. Lo descubrí viviendo bajo mi cama cuando yo tenía doce años.

—El gnomo de casa —dije.

Horacio sonrió.

—¿De verdad es incontinente? —pregunté.

Horacio negó con la cabeza.

—Algo tenía que decirles a ellos —contestó.

—¿Quién son "ellos", por cierto?

—¿No sabes? —Horacio se rio entre dientes—. Se hacen llamar los Fell. Se creen los protectores de estos increíbles animales. "Estafadores" se acerca más a la verdad. Ellos saben de Sturges, desde luego. No hay nada que pueda hacerse al respecto. Y vigilan a tu familia, de eso estoy seguro. Entonces, cuando necesito la ayuda de tu padre, simplemente les digo que Sturges otra vez está enfermo. Ha sido mi tapadera todos estos años. Mi pobre, querida e incontinente tapadera.

De pronto, comprendí.

—Ellos no saben —dije—. No saben de la mantícora, ni de la carbunco —una sonrisa de orgullo cruzó por el rostro de Horacio—. No saben de ninguno de ellos —insistí.

—¿Y por qué tendrían que saberlo? —exclamó Horacio—. No es asunto suyo.

Observé a Sturges. Estaba parado frente al vidrio, cabizbajo y con los hombros caídos. Ni una sola vez levantó la mirada para verme a los ojos.

—No parece muy feliz de estar aquí —dije.

—Siempre ha sido así —repuso Horacio—. Durante mucho tiempo fue mi único amigo. Yo ni siquiera sabía que existían otros. Fue tu padre quien me abrió los ojos a este mundo.

Horacio se giró y emprendió el largo camino de regreso a través del pasillo. Yo lo seguí, pero no pude evitar voltear para ver nuevamente a Sturges. Seguía parado frente al vidrio, mirándonos partir, con sus ojos vacíos de toda esperanza.

Horacio nos guio hasta el ascensor, donde Ezra finalmente nos alcanzó. Pensé que diría algo. En lugar de eso, entró al ascensor sin decir una palabra y se paró en un rincón, con las manos en los bolsillos de su chamarra, silenciosa pero claramente atenta y escuchando.

—Conocí a tu padre hace doce años —dijo Horacio cuando el ascensor comenzó a subir—. Entonces sólo tenía a Sturges, y él tenía un padecimiento en la piel. Hice algunas pesquisas discretas y alguien me recomendó a Jim, tu padre.

Estoy seguro de que los Fell tuvieron algo que ver. Ellos están en todas partes, ya lo verás. Como sea, simpaticé con Jim. Me pareció un poco disperso, tal vez, un poco abrumado, pero siempre cálido. Tú eras apenas una niña, supongo. Solicité sus servicios varias veces a lo largo de los siguientes años. Disfrutaba de su compañía, y creo que él llegó a disfrutar de la mía —hizo una pausa y, por primera vez, se giró para quedar cara a cara conmigo—. Entonces tu madre murió.

El ascensor se detuvo y las puertas se abrieron. Horacio salió y detuvo las puertas para mí. Nos condujo por el pasillo, más allá de su oficina, hasta una pequeña sala de conferencias con vista a los antiguos cuarteles al pie de la colina.

—La siguiente vez que vi a Jim —continuó— fue poco tiempo después. El asombro y la alegría habían desaparecido. Estaba confundido, perdido, atemorizado. Me ofrecí a ayudarlo. Al principio se rehusó. Entonces, un día, me buscó.

—¿Para qué? —pregunté.

Horacio me sonrió.

—Yo estaba tan sorprendido como tú —dijo él. Ezra se deslizó silenciosamente dentro de la sala y se recargó contra una pared—. Quería un préstamo. Deseaba expandirse, contratar otro doctor para su clínica, poder ser capaz de hacer más por la gente que realmente lo necesitaba. Y entonces me contó algo que habría de cambiar el curso de mi vida. Me contó que había otros animales como Sturges.

Permaneció en silencio por un momento para dejar que asimilara lo dicho.

—Por supuesto que ya se me había ocurrido la idea de que Sturges no estaba solo en el mundo —añadió—. Pero nunca imaginé que podría llegar a conocer a otro como él. Yo ayudé a tu padre en su misión y, en el proceso, descubrí la mía.

—¿Cuál es tu misión? —pregunté.

—Quiero que sean libres —respondió—. Estos animales merecen un mundo que los acepte y los respete. Merecen ser protegidos, andar a la luz del sol sin miedo a los cazadores furtivos o a los coleccionistas o a los científicos o a quien sea que quiera llevárselos.

—No parecen muy libres aquí.

—Aún no —dijo Horacio—. Todavía no es seguro. Pero lo será. De cualquier forma, tengo con tu padre una gran deuda de gratitud. Y es por eso que Ezra está aquí.

Cuando él miró por encima de mi hombro, Ezra dio un paso al frente y extendió una mano.

—Yo estoy contigo —dijo ella, mirándome directo a los ojos—. El doctor Batiste es un idiota condescendiente.

—Ezra Danzig, mi investigadora privada —nos presentó Horacio—. Como decimos en la sala del consejo: ella hace el trabajo del lobo.

—Grrr —gruñó Ezra sin mucho entusiasmo.

—Bueno —continuó Horacio—, yo las dejo. Jim era alguien a quien consideraba cuando menos como un colega. El tiempo de Ezra es mi regalo para ti, y para él —y con una inclinación de cabeza final, se marchó y cerró la puerta tras de sí, dejándonos a mí y a Ezra solas en la sala, a la que de cierta forma sentí más pequeña que antes.

A la luz del día, Ezra era mayor de lo que me había parecido bajo tierra. Al menos con suficiente edad para ser mi madre. Su rostro era macilento y demacrado y su piel tenía una palidez de apariencia enferma, pero la vida fluía bajo su superficie, iluminando cada rasgo. Sus ojos se clavaron en mí con la intensidad de unas bengalas, crepitantes de calor.

—Entonces —dijo al fin. Su voz tenía el tono áspero de las ansias—. Descubramos quién mató a tu padre.

Se sentó en el asiento opuesto al mío, abrió el portafolio de piel y extrajo una delgada carpeta. La deslizó hasta el centro de la mesa.

—¿Qué es eso? —pregunté.

—El reporte de la policía —contestó—. Puedes revisarlo. Aunque no hay nada que ver.

—¿Qué quieres decir?

—No hay huellas, ni ADN, no tienen indicios. No saben nada. Y nunca lo sabrán. Pero allí está, en caso de que quieras echarle un ojo.

—Genial —exclamé—. Si no existe ninguna evidencia, ¿cómo vamos a resolverlo?

—Primero vamos a olvidar que esto existe —tomó la carpeta, la miró brevemente y la puso a un lado—. Vamos a empezar desde cero —se inclinó sobre la mesa, y un pequeño estremecimiento de emoción me recorrió la espina dorsal, como si ella y yo estuviéramos a punto de planear el robo de una joya—. He estado revisando algunos antecedentes.

—¿Antecedentes? —pregunté.

—La única manera de que resolvamos este caso es entendiendo el móvil. Y empezamos con lo que sabemos, que en este caso es la víctima. Así que, antecedentes —se detuvo por un momento—. Dime, Marjan, ¿te gustaría saber sobre tu papá?

Sus ojos se clavaron en mí como alfileres en una mariposa. Me quedé helada en mi asiento. Quería golpearla, pero mi cuerpo no se movió. Luego yo la miré del mismo modo, sintiéndome infame, y también un poco asustada.

Sin previo aviso, saltó de su silla y se colgó la chamarra de un hombro.

—Demos un paseo —dijo.

Salimos y caminamos colina abajo. La tarde estaba muy avanzada y el sol comenzaba a descender hacia los sauces que marcaban los linderos de la mansión de Horacio. Los barracones y los jardines rebosaban de vida. El olor a comida y el ruido de las conversaciones y el tintineo de la cubertería flotaban fuera de lo que parecía un comedor. Carritos eléctricos de golf cargados con herramientas de jardinería o cajas llenas de paquetes de comida circulaban por los caminos laterales que se desprendían de la calle principal. Un rebaño de ovejas pastaba en una pequeña loma detrás de una cerca de alambre. Pasamos junto a algunas personas solitarias que estaban inclinadas sobre sus computadoras portátiles, con los audífonos puestos y los ojos entornados frente a líneas de código escritas con los colores del arcoíris. Programadores de Menagerie. Estaban sentados sobre bloques de piedra bajo el sol, o a la sombra al pie de los anchos robles que crecían aquí y allá.

—Jamshid Dastani. ¿Lo dije bien? —inquirió Ezra, rompiendo un silencio que se sentía como si hubiera sido diseñado para ser roto. Asentí con la cabeza y ella sonrió, satisfecha—. Nacido en Rasht, Irán, un par de años antes de la revolución. El más joven de cuatro hijos. Su padre era ingeniero estructuralista. Su madre crio a los hijos. Un hermano es profesor, el otro, arquitecto. La hermana es bibliotecaria. Se las arregló para evitar el servicio militar, gracias a un tío bien posicionado, y en lugar de eso vino a los Estados Unidos con visa de estudiante para aprender Medicina. Y entonces, seis meses después de haber comenzado, se cambió a Ciencias

Veterinarias —hizo una pausa y me miró—. A su familia le *encantó* eso, estoy segura.

Durante la mayor parte de mi vida consideré a la familia de papá como unas personas pixeladas que me saludaban por Skype unas cuantas veces al año. La primera vez que conocí a alguno de ellos en persona fue después de que murió. Uno de sus hermanos vino: Hamid, el profesor. Se parecía mucho a papá, pero era un poco menos alto y tenía un poco más de calidez en los ojos. Se hospedó en un motel del aeropuerto por cuatro días. Fue amable conmigo, pero estaba constantemente nervioso, por el inglés, por el desfase horario, por la pérdida de su hermano. Todo parecía un poco más complicado cuando él estaba cerca. Para cuando se fue, me parece que ambos estábamos más confundidos que cuando había llegado.

—En realidad nunca hablo con ellos —dije.

Ezra sonrió. Era una sonrisa encantadora, y por un segundo suavizó el fuego frío detrás de sus ojos. Pero también había algo rudo en ella. Era la sonrisa de alguien que te retaba a que le dijeras que no sonriera. Era la sonrisa de alguien que te retaba a que le dijeras que no hiciera nada.

Yo no sabía demasiado sobre la familia de papá. Sabía que les enviaba dinero, y tenía la impresión de que nunca era el suficiente. No eran las cantidades que un doctor en medicina hubiera enviado. Las llamadas por Skype siempre se volvían serias cuando yo salía de la habitación. Papá hablaba en un tono oscuro y amargo, su farsi sonaba áspero y rencoroso. Siempre parecía estar tratando de justificar algo ante ellos. Siempre parecía frustrado. Pienso que ellos querían algo de él, algo que él no podía darles. Pienso que papá estaba resentido con ellos.

Ezra volvió a meter las manos en los bolsillos y la sonrisa desapareció de su rostro. Nuevamente era toda avidez.

—Como sea —añadió—, estoy segura de que podemos descartarlos como sospechosos.

—¿Te pagan por tener esas ideas tan brillantes? —dije.

Me fulminó con una mirada de acero que se suavizó un momento después con una risita. Luego se giró y siguió hablando, como si yo no hubiera dicho una palabra.

—Se casó durante la escuela veterinaria. Sophie. Técnica veterinaria. Muy trabajadora. Ingeniosa. Sin lugar a duda, estaban muy enamorados. Dos años más tarde nació una hija. Tú, obviamente. Familia feliz, quiero suponer —me lanzó una mirada interrogante. Yo no le di nada, y ella se encogió de hombros.

—¿Cómo puede algo de esto ayudar a resolver el asesinato?

—Son antecedentes —dijo Ezra. Pude sentir que me observaba, pero yo mantuve mi mirada al frente.

—Jamshid, que para ese momento ya se hace llamar "Jim" —continuó—, ejerce un par de años como veterinario suplente y después abre su propia clínica. La hija ya tiene tres o cuatro años para entonces. Sophie le ayuda: contesta teléfonos, lleva las cuentas, todo. Es un gran riesgo. Ya están endeudados: hipoteca, préstamos estudiantiles. Ahora se endeuda más. El negocio no va muy bien. Pero es una familia feliz —hizo una pausa, una pausa respetuosa—. Y luego, tres años después, osteosarcoma. Intratable. De rápido deterioro. Lo siento. Debe haber sido difícil.

Había compasión en sus ojos, podía sentirlo. Pero también había otra cosa más calculadora y sagaz. Estaba observándome, estaba estudiándome. Tal vez era curiosidad mórbida.

Mucha gente se vuelve mórbidamente curiosa cuando se entera de que tu mamá ha muerto. Es como si ese solo hecho cambiara todo lo demás sobre ti, como si todo lo que hicieras o dijeras significara algo ligeramente distinto. Algunas veces siento que las personas me hablan en código para tratar de descubrir alguna especie de sabiduría emocional secreta que piensan que he adquirido. Estoy segura de que hay una manera de responder cortésmente en esos momentos.

Pero la cortesía nunca ha sido mi fuerte.

No me gusta hablar de esos meses. Y no me importa quién seas. No puedes preguntarme sobre mi mamá sin que yo sienta que me has clavado una aguja e intentas sacarme toda la sangre de mis venas con una jeringa oxidada.

—Supongo que a ella también podemos descartarla —dije.

Si logré incomodarla de algún modo, Ezra no lo mostró. Me observó durante un momento más. Su rostro adquirió una expresión pensativa y no pronunció palabra durante un largo tiempo.

Yo tampoco dije nada. Sentía que ya había dicho demasiado.

Ezra no volvió a mencionar a papá por un rato. Caminaba con un paso rápido y feroz, pero su expresión era calmada y paciente. Después de unos minutos, por fin habló.

—Estás enojada —añadió, y no era una pregunta—. Está bien estar enojada. Tienes derecho a estarlo.

Esperaba que me diera algún consejo inútil después de su observación, algo que me diera una razón para empezar a odiarla.

Nadie quiere que estés enojada. Triste sí, desde luego. Pero nadie quiere ver tu enojo. El enojo es feo y asusta. Te convierte en una persona distinta, en algo difícil de predecir.

La mayoría de la gente trata de convencerte de que no debes estar enojada. Pero Ezra dejó sus palabras flotando allí, como un frío nudo de verdades que no podía ser deshecho con sentimientos simplones de tarjeta de felicitación. De cierta forma, eso me agradó.

—¿A dónde vamos? —pregunté.

—Me gusta caminar —dijo Ezra—. Me ayuda a pensar. Podemos detenernos cuando sea —por la manera en que lo dijo, sonó como una oferta de paz.

Los barracones estaban llenos de vida y movimiento. Una familia captó mi atención: una niña y un niño pequeños, una mamá y un papá jugaban futbol en una pequeña área con césped afuera de uno de los edificios. Cuando pasamos a su lado, miré a los niños jugando y pensé, *¿Sabrán lo que hay allá abajo? ¿Sabrán de la mantícora, acechando en su prisión de oscuridad sobre unas garras heridas? ¿Sabrán de la carbunco, o de cualquiera de los otros?*

Ezra siguió mi mirada y se rio entre dientes.

—Menagerie es una compañía algo extraña —admitió—. La gente que llega a trabajar aquí normalmente no se va. Nunca ha habido un despido. La mayoría de estas personas probablemente llevan mucho tiempo aquí. Y ellos saben. Incluso si nunca los han visto —aquí señaló con la cabeza hacia el suelo y las criaturas imposibles que había debajo—. Saben que hay algo especial en este lugar.

Observé los rostros a mi alrededor. Reían, sonreían o se encontraban sumidos en la concentración. No se diferenciaban en nada de cualquier otra persona que pudieras encontrar en la calle de cualquier ciudad. No había un brillo especial en su mirada ni una curvatura misteriosa en su sonrisa.

—Hace falta acostumbrarse un poco —dijo Ezra— a la manera que tiene Horacio de hacer las cosas.

—¿Qué es exactamente lo que trata de hacer? —pregunté.

—Quiere hacer del mundo un mejor lugar.

—¿Cómo puede esa *cosa* mejorar al mundo?

—¿Te refieres al Cara de Muerto? —preguntó Ezra—. Eso tendrás que preguntárselo a Horacio. A mí tampoco me gusta.

Dejé de caminar.

—¿Por qué estás aquí? —le pregunté.

Ella se detuvo unos pasos más adelante y meditó mi pregunta, de espaldas a mí.

—Porque me gusta encontrar cosas que estaban ocultas —dijo. Se volteó para quedar de frente a mí, y vi algo más que avidez en su mirada. Vi esperanza—. Y porque el mundo podría ser un mejor lugar.

Permaneció en silencio hasta que dimos la vuelta y regresamos al comedor. Estaba a medio llenar con una mezcla de programadores codificando en silencio, vendedores conquistando clientes y obsequiando generosos halagos a través de sus teléfonos, y familias en diversos estados de un caos casual. Al cabo de unos minutos estuvimos instaladas en un par de asientos junto a una ventana que daba hacia las ondulantes colinas doradas de la propiedad de Horacio, cada quien con un plato de chili vegetariano y una gruesa rebanada de humeante pan de maíz frente a nosotros.

—Bueno —dijo Ezra—, ¿seguimos con nuestra historia?

Me miró en busca de aprobación o desaprobación. Yo estaba decidida a no mostrarle ninguna de las dos, a no mostrarle nada en absoluto mientras hurgara en mi pasado. Ella continuó.

—No creo que Jamshid se haya recuperado del todo de la muerte de su esposa, pero regresa a trabajar. Consigue mantener la clínica abierta.

Ezra volvió a hacer una pausa para tomar un sorbo de Coca-Cola.

—La vida familiar, diría yo, comienza a degradarse —dijo.

Algunos granjeros, unas cuantas mesas más allá, chocaban sus botellas de cerveza y compartían una sonora carcajada por un chiste que no alcancé a escuchar. Un chico de nueve o diez años pasó corriendo, perseguido por quien parecía ser su hermano mayor.

—La niña, la hija de Sophie y Jamshid —aquí Ezra me dedicó una sonrisa conspiratoria—, tiene algunos problemas. Todos piensan que es una chica lista, muy inteligente, pero está batallando. Once años, huye de casa sin nada más que una mochila llena de sándwiches de crema de cacahuate. La encuentran al día siguiente, durmiendo sola en un parque a más de treinta kilómetros de su casa. Nunca dice por qué se fue, nunca dice cómo llegó allí, ni a dónde se dirigía. Los Servicios Sociales se involucran brevemente, pero deciden no emprender ninguna acción. Es una situación triste, pero nada que pueda calificarse de criminal.

Ezra se detuvo y me miró, esperando a ver si yo decía algo.

Pero ¿qué podía decir, en realidad? ¿Cómo explicarlo? Yo buscaba algo. Algo me *faltaba*, y yo tenía que encontrarlo. Tenía tanta necesidad de encontrarlo que estaba dispuesta a marcharme y seguir caminando hasta que eso que estaba mal se sintiera bien otra vez. Creía que podía caminar más rápido que el hambre en mis tripas.

—De vuelta a nuestro héroe —prosiguió Ezra—. No sale con nadie. Viaja por trabajo, pero no toma vacaciones. Se aleja de sus amigos. Parece que vive para trabajar y nada más. No parece ir a ningún lado fuera de su casa y la clínica. Y con esos clientes foráneos, desde luego. Debe ser difícil, un papá como éste. ¿Tal vez hay momentos en los que te sientes invisible? —otra pausa, otra mirada penetrante—. Ha contratado a otro veterinario, pero el negocio sigue lento. De alguna forma, sin embargo, logra salir adelante, apenas lo suficiente, año tras año.

Se detuvo y me lanzó una mirada dura y fría. Yo no la dejé entrever nada, y después de un momento, se dio por vencida.

—Excepto que, al final —dijo—, no lo logra, y está muerto, y aquí estamos, hablando de eso.

—Gran historia —añadí.

—Aquí viene la parte donde yo te pregunto si sabes algo sobre lo que le ocurrió. Cualquier cosa que pueda no estar en el reporte de la policía. Cualquier cosa que se les pueda haber escapado entre los dedos.

No podía decir si Ezra me agradaba o no, y no estaba segura de poder confiar en ella. Pero había hecho su tarea, y era la primera persona con quien hablaba que parecía a la vez interesada en resolver el asesinato de papá y capacitada para hacerlo.

—Ítaca —dije—. La mujer de los Fell me preguntó sobre eso. Es todo lo que sé.

—¿Algo más?

Negué con la cabeza.

—Ítaca —repitió Ezra, sintiendo la palabra, balanceándola en la cabeza—. Eso es nuevo.

Volteó la cara para mirar por la ventana y no dijo más.

—Entonces, ¿eso es todo? —pregunté.

—Por ahora —dijo. Se levantó, llevando su bandeja con ella.

—¿A dónde vas? —pregunté.

—Tengo una pista que seguir —respondió, y por un segundo pareció que había plasma ardiente corriendo bajo su piel.

A pesar de lo aterradoras que parecían, sus ansias eran contagiosas. Y de pronto quise tener lo que ella tenía, más que cualquier otra cosa. Lo sentí como una fiebre: también quería seguir pistas hasta que todas las preguntas fueran contestadas, todos los secretos revelados, y todas las cosas ocultas, encontradas.

—¿Puedo ayudarte? —pedí.

Mi voz se sintió desnuda y pequeña, como si de alguna forma acabara de contarle absolutamente todo sobre mí en solamente dos palabras.

Ezra sonrió con tristeza.

—Ya lo has hecho —dijo.

—Pero…

—Éste es trabajo de lobos —replicó Ezra—. Y no creo que tú seas un lobo.

Y diciendo eso, se dio la media vuelta y se alejó a grandes zancadas, dejándome con unas ansias que no podrían satisfacerse con nada ante un paisaje de suaves pendientes cubiertas de pasto seco, llenas de secretos.

Exactamente así es cómo Ava me encontró, unos minutos después.

—Horacio quiere verte —dijo.

Cuando llegamos a su oficina, Horacio Prendergast sostenía en alto el rubí con dos dedos. La luz del sol se refractaba en él, pintando una esfera carmesí sobre su ojo entornado.

—Magnífico —susurró.

Colocó el rubí sobre su escritorio.

—Es raro —dijo—, incluso en mi vida, encontrar la verdadera perfección. Cuando puedes tener todo lo que quieres, comienzas a darte cuenta de que todo es defectuoso. Pero esto… —pasó los dedos por sus prístinos contornos—. Ni una sola imperfección.

Se recargó en su silla.

—Estabas dudosa de entrar en su jaula —añadió—. Pero supiste exactamente qué hacer. Quizás a ti te entienden mejor de lo que nos entienden a los demás.

—En realidad no estoy segura —repliqué—. Simplemente pasó.

Horacio asintió.

—Una vez tu padre sugirió que había una especie de vínculo entre tu familia y ellos. Yo pienso que él tampoco lo entendía del todo. Pero sabía cómo utilizarlo, y al parecer, tú también.

—Supongo —admití.

—Aquí hay un empleo para ti, Marjan, si tú quieres. Podríamos aprovecharte, y creo que tú podrías aprovecharnos también. Tienes una conexión con estos animales que ninguna cantidad de estudios veterinarios podría igualar. Ven a trabajar con nosotros, ayúdanos a cuidarlos, y nosotros te ayudaremos a perfeccionar esa habilidad. Estoy convencido de que el doctor Batiste se sentiría honrado de ser tu mentor.

—Ja —exclamé.

—Él es orgulloso, pero a final de cuentas, también es justo. Hay alojamiento gratuito aquí en la propiedad. Comidas incluidas. Todos los beneficios. Y no quiero sonar presuntuoso —sonrió—, pero soy un jefe generoso.

Con un dedo empujó el rubí, y éste giró suavemente sobre su eje. En el rincón más ávido de mi corazón se encendió una chispa.

—Ahora yo me encargo de la clínica —dije—. Y tengo escuela. No puedo irme así, sin más.

—La gente lo hace todo el tiempo —reviró Horacio.

Sacó una chequera y un bolígrafo y llenó el cheque de hasta arriba. Luego lo desprendió de la talonera y lo deslizó sobre el escritorio hasta dejarlo frente a mí. Cuando lo vi, la boca se me secó. Era más dinero del que había visto en toda mi vida. Era más dinero del que tenía derecho a merecer.

—¿Por qué? —susurré.

—Porque te quiero aquí —dijo—. Porque le tuve un gran respeto a Jim durante todos los años que lo conocí. Porque siempre quise hacer más por él, y por tu familia, de lo que me fue posible. Él era un buen hombre, aunque testarudo, y yo siempre sentí que sufría a causa de eso.

—Yo… tengo que pensarlo.

—Tómate todo el tiempo que necesites —añadió Horacio Prendergast.

CAPÍTULO DOCE

CARA DE MUERTO, CON LAS GARRAS

Era de noche cuando Sam me dejó en casa. Malloryn estaba fuera. Tal como había prometido, dos días antes había ido a la tienda de ocultismo y había solicitado empleo. Hoy era su primer turno de entrenamiento. Me había enviado un mensaje de texto avisando que se quedaría hasta tarde.

Zorro estaba acurrucado junto a la puerta. Cuando entré, levantó la cabeza animadamente. Y cuando vio que era yo, soltó un pequeño aullido de decepción y volvió a apoyar la barbilla sobre su costado.

—Pronto regresará a casa, Zorro —le dije. El zorro resopló, incrédulo, pero me dejó rascarle la cabeza una vez antes de alejarme con una sacudida. Mis dedos cosquillearon al contacto con su piel. La impaciencia, la frustración y el aburrimiento subieron por mi mano hormigueando en espiral. Aunque también estaba mejorando, pude sentirlo. Pude sentir sus deseos de correr, de acechar una presa, de escabullirse entre las zarzas. Me pregunté si acaso podría llegar a ser feliz viviendo en una de las jaulas de Horacio.

Tomé el cheque de Horacio y lo extendí sobre la mesa de la cocina. Se sentía pesado, y cuando lo miré a la luz de la vieja lámpara que había estado colgando allí durante toda mi vida, me pareció tan extraño e improbable como el rubí de la carbunco, e igual de inmerecido. Yo no lo quería, como no había querido aquella gema.

Tómate todo el tiempo que necesites, me había dicho, con la confianza de alguien que podía permitirse ver el mundo como una serie de ecuaciones; que podía, con los números adecuados, convertir cualquier negativa en una afirmación.

Ezra tenía razón. Yo estaba enojada. Enojada con Horacio por poner este terrible tesoro en mis manos, por pensar que yo lo querría, por intentar hacerme quererlo, por hacerme sentir como una idiota porque no lo quería. Estaba enojada con el cheque, con los números en él, simplemente por existir. Estaba enojada con papá por haberse dejado matar antes de que hubiera podido explicarme todo esto. Estaba enojada incluso con Zorro por levantar la vista para observarme. Por verme en este estado.

—Déjame en paz —exclamé al zorro. Estrujé el cheque y subí las escaleras corriendo.

Me detuve frente a la puerta del cuarto de papá. Dudé por un instante. Entonces la abrí, con tanta fuerza que golpeó contra la pared.

El silencio dentro de la habitación me hizo detenerme. Detrás de esa puerta había quedado atrapada la ausencia de mi padre, había quedado preservada. El enojo se disolvió en algo tranquilo y minúsculo, algo que no podía nombrar adecuadamente. Me quité los zapatos, y por vez primera caminé en la habitación donde él había muerto.

El cuarto poseía una quietud que sentí más densa que en el resto de la casa, como si hubiera estado ganando masa durante los últimos meses tras la puerta cerrada. Me senté en la cama y curvé los dedos de los pies contra la alfombra, como solía hacer cuando era más pequeña.

Estaba en primero de secundaria, y papá se vestía para ir a trabajar... Era mi primer día de escuela, y él empacaba una maleta, preparándose para desaparecer una vez más... Era una niña pequeña, y mamá —una borrosa, tenue idea de mamá— estaba sentada en el lado de la cama que solía ser el suyo, levantando la vista de un libro, sonriendo a través del halo de la lámpara de buró que repentinamente se volvía imposiblemente brillante.

Parpadeé para disipar los recuerdos.

—¿Qué se supone que debo hacer? —pregunté.

En el armario, diez versiones invisibles de papá, una por cada camisa colgada, estaban formadas como soldados. Una parte de mí pensó —deseó, esperó— que alguna de ellas podría estar observando, que podría estar lo suficientemente presente para ver a su hija en esta habitación, que podría ser capaz de enviarle algún tipo de mensaje, alguna clase de respuesta.

Pero la única respuesta fue el silencio y la quietud, lo cual me hizo enojar más que el cheque todavía hecho bola en mi mano. Me paré, arrojé la oferta de empleo de Horacio contra la pared y tomé las sábanas, arrancándolas de la cama hasta dejar desnudo el colchón. Tiré de él para tratar de lanzarlo al piso pero sólo logré moverlo hasta la mitad, lo que hizo que la furia que había dentro de mí ardiera más. Fui hasta el armario y saqué las camisas, las arrojé al suelo y las pisoteé.

Sonidos jadeantes y desprovistos de palabras salían de mí. Agarré un zapato y lo lancé contra la pared tan fuerte como pude. El impacto produjo un ruido intenso, y yo respondí con un grito más intenso aún, seguido de más zapatos, más impactos, más gritos. Tomé la mesita de noche y la volqué, haciendo que los cajones se abrieran y derramaran su contenido. Sujeté un lado del angosto librero que colgaba en una esquina del cuarto y tiré de él. La madera aglomerada crujió. Los libros cayeron por todas partes. Encontré un cinturón y comencé a fustigar las paredes. Cuando la hebilla golpeó contra el espejo, el vidrio se partió y vi mi reflejo en él, fracturado, con la mirada salvaje y el rostro enrojecido.

Por un largo rato me quedé parada allí, respirando agitadamente, con el cinturón colgando laxamente de mi mano. Entonces miré alrededor. El colchón, la mitad arriba, la mitad abajo. La base de la cama, movida. Sábanas, almohadas, ropa, zapatos por todos lados. La mesita de noche volcada, sus cajones abiertos. Un último acceso de furia me recorrió y arrojé el cinturón sobre el montón de objetos como si fuera una serpiente venenosa. Después salí de la habitación, asqueada de mí misma y de todas las cosas del mundo.

Salí, y de inmediato volví a entrar.

Porque lo mínimo que podía hacer era limpiar el desastre que yo acababa de provocar.

Empecé por luchar contra el colchón para acomodarlo sobre su base, y entonces vi que Zorro me observaba desde la puerta con ojos llenos de curiosidad.

Ya no estaba enojada con él.

—Siento haberte gritado —dije.

Cuando volví a ocuparme del colchón, se me ocurrió que Malloryn preferiría una cama a un saco de dormir sobre el suelo, y que tal vez era posible convertir en algo útil mi acto de destrucción sin sentido. Con gran esfuerzo arrastré el colchón por el pasillo, después busqué un juego limpio de sábanas y de almohadas.

Una vez que la cama de Malloryn estuvo lista, comencé a sentirme nuevamente como un ser humano. Regresé a la habitación de papá y volví a colocar la mesita de noche en su lugar, después tomé uno de los cajones y me puse a guardar las cosas que se habían salido. Tapones para los oídos, un cargador de celular, una diminuta lámpara de lectura, un par de gafas de sol, bolígrafos, una libretita en blanco de una cadena económica de hoteles.

Y algo más. Un sobre. Al parecer estaba remetido entre los cajones y la mesita. Cuando lo levanté, sentí una pequeña descarga de avidez en la punta de mis dedos, y entendí lo que Ezra había dicho sobre encontrar cosas que estaban ocultas.

El sobre estaba impecable. En su interior había un par de papeles doblados, pero no estaba sellado, lo que hacía que se sintiera casi casual: algo que papá había tomado por comodidad. Saqué los papeles y los desdoblé.

Eran boletos de avión. De Oakland a Ítaca, con una escala en San Luis, Misuri. Estaban fechados para dos días después de que papá murió. Uno era para él, cosa que ya me esperaba. El otro hizo que se me detuviera el corazón.

El otro era para mí.

Algo importante había ocurrido en Ítaca. Algo que significaba tanto para los Fell, que me habían preguntado por ello. Algo que significaba tanto para papá, que había estado listo para llevarme con él.

Algo que era tan importante, que tal vez había provocado que asesinaran a papá.

¿Por qué no dijiste nada, papá? ¿Por qué no me contaste?

No podía entregar esta información a la policía. Harían las preguntas equivocadas. No verían los indicios. Otra cosa sobre la que Ezra había tenido razón: ellos no iban a ayudarme de ninguna forma. Aun así, por primera vez desde que sucedió, me sentí más cerca de saber por qué papá estaba muerto. Y quería que la gente lo supiera.

Sebastian lo entendería. Ni siquiera tendría que explicarle demasiado. Pero era mitad de la noche en Inglaterra. Seguramente estaba dormido. Cualquier persona cuerda estaría dormida.

Sin embargo…

Le escribí, hola.

Y esperé. Afuera cantaban los grillos. Fui a mi habitación y me senté en la cama. La pantalla del teléfono seguía inmóvil, con mi palabrita colgando al final de nuestra conversación, un pequeño globo flotando al borde de un pozo sin fin.

Ninguna respuesta.

Suspiré y dejé el teléfono a un lado, y cuando lo hice, sonó una notificación.

hola

El corazón me dio un vuelco ante una sola palabra de un chico al que había visto en persona exactamente una vez.

¿estás despierto?, escribí.

Sí. No puedo dormir. ¿Y tú?

Aquí no es tan tarde, dije. Así que también despierta.

¿Qué hay de nuevo?

Déjame contarte, Sebastian, sobre papá y todos sus secretos. Déjame decirte lo enojada que estoy, ahora y en todo momento. Déjame platicarte de las cosas que encontré y de las personas que conocí hoy.

No sentí que fuera lo correcto. Ni siquiera con él. No me sentía segura de contarle las cosas que había visto.

Háblame, escribí, de cualquier cosa, sólo quiero tener una conversación normal.

Un momento después me marcó por videollamada. Rápidamente revisé mi apariencia en el tocador, enmarqué mi cuarto de manera que no fuera demasiado vergonzoso, y acepté la llamada.

No me hizo ninguna pregunta. En lugar de eso me contó del mejor *curry* en Londres, y yo terminé platicándole de los burritos más deliciosos de Berkeley y de la forma correcta de tomar el té de burbujas (mastica siempre las perlas, o de lo contrario te dará dolor de estómago), y por un rato casi me sentí como una chica con un chico que le gusta, hasta que escuché que Malloryn regresó y recordé que tenía una bruja hospedándose en mi casa y un millonario intentando contratarme. Entonces me invadió una cálida y humilde gratitud por el hecho de que hubiera alguien con quien pudiera ser normal; que entendiera, de la misma forma que yo, cuán extraño resultaba lo normal.

—Me tengo que ir —anuncié—. Me da gusto que estuvieras disponible esta noche.

—Siempre puedes hablar conmigo —dijo él. Ambos sonreímos y nos despedimos agitando la mano, y la llamada terminó.

—Hola, Budgins —exclamó Malloryn en la planta baja—. Es bueno verte, sí que lo es.

La escuché subir las escaleras, seguida de las delicadas pisadas de Zorro. Pareció vacilar afuera del cuarto de papá, como si pudiera sentir algún cambio de energía allí. Entonces prosiguió y, cuando llegó a mi cuarto, se detuvo, asomó la cabeza y me saludó con la mano.

—¿Qué tal tu primer día en la tienda mágica? —pregunté.

Hizo una pausa para reunir las palabras necesarias, logrando apenas contener el resplandor en sus ojos.

—Existen —dijo con una voz suave llena de reverencia y asombro—, *otras brujas*.

—Pues claro, es una tienda para brujas, ¿no?

—No entiendes —dijo Malloryn—. Yo nunca había *conocido* a otra bruja. Y hoy conocí, no sé, como a diez. Fueron *amables* conmigo.

—Eh… ¿felicidades? —dije.

—Gracias —dijo Malloryn.

—Bueno, ¿y luego qué? —pregunté—. ¿Formarán un equipo o algo así?

—¿Un *equipo*? —repitió Malloryn. Una sonrisa paciente cruzó por su rostro—. ¿Te refieres a un *aquelarre*?

—Yo no sé nada acerca de brujas, Malloryn, lo siento.

—Un grupo de brujas que practican juntas se llama aquelarre —dijo Malloryn—. Y no. No *formas* un aquelarre así nada más. Y tampoco te puedes anotar. No es como si te unieras al equipo de robótica. Por cierto, ¿a poco no está genial que nuestra escuela tenga un equipo de robótica? —al parecer, Malloryn también se había inscrito en mi escuela y ya estaba asistiendo a las clases, aunque yo no la había visto ni una vez. Era invisible, como lo prometió.

—Bueno, ¿y cómo es? —pregunté.

—Un aquelarre es una fuerza poderosa —me explicó—. Si se va a crear, sucede. Tú no lo planeas. No lo organizas. Si tiene que ser, será. Un verdadero aquelarre se encuentra a sí mismo. De ahí proviene su poder.

En ese momento, una expresión de desconcierto cruzó por su cara, como si hubiera percibido algo.

—Tu aura parece distinta —dijo—. Está nublada. ¿Estás confundida por algo?

Solté una carcajada.

—En realidad, "por todo".

—Podría ser tu embrujo —dijo.

Dudaba seriamente que fuera eso. Estaba segura de que una adolescente sin embrujos, en mi situación, también estaría confundida. Por otro lado, es posible que una adolescente sin embrujos no se encontraría en mi situación, para empezar. No era fácil saberlo cuando se trataba de las interpretaciones de Malloryn sobre la magia. Siempre era lo suficientemente vago para que de hecho pudiera ser verdad.

Empezó a dirigirse a su cuarto.

—Malloryn —dije, y ella se detuvo—. Tengo una pregunta para ti.

—Por supuesto —contestó.

—¿Cómo estás tan segura de todo? —pregunté—. ¿Cómo lo haces?

Ella reflexionó por un momento.

—Quizás es la magia —sonrió y se encogió de hombros, y continuó su camino por el pasillo con Zorro detrás. Un momento después, gritó—: ¡Vaya, qué linda cama!

Sonreí. Después extendí los boletos de avión sobre mi propia cama.

¿Qué significaban? ¿De verdad había planeado llevarme con él? ¿Por qué? ¿Realmente había estado tan cerca de conocer todas las respuestas?

¿Y qué había en Ítaca?

Por un momento, sólo escuché, con los ojos cerrados, en lo profundo del silencio, tan profundo como mis oídos podían percibir. El pasto se agitaba con la leve brisa nocturna. Un avión pasaba por encima. Oí el sordo murmullo de la humanidad, el gruñido del tránsito nocturno. Pensé en Zorro, en Kipling, en los cientos de criaturas detrás de un vidrio bajo tierra. Pensé en mi padre, conduciéndome a casa luego de recogerme en un parque donde finalmente había dejado de correr, mirándome de reojo, en silencio, como si no me reconociera. ¿Me habría mirado así en el avión a Ítaca? ¿Seguía siendo yo esa niña? ¿Seguía él teniendo miedo de lo que veía? Intenté pensar en mi mamá, pero las imágenes no conservaban su forma y su rostro insistía en transformarse en el rostro inexpresivo y frío de la mantícora.

Había un hueco abierto. Algo hacía falta.

Fue el doctor Batiste quien me llamó, a principios de la semana siguiente, durante un receso entre clases. Me metí al salón de música, que estaba vacío y silencioso.

—Tenías razón —dijo. Su tono era hosco—. Sobre la... Se supone que no debemos decir sus nombres por teléfono. Pero tú sabes cuál.

—Cara de Muerto —dije—. Con las garras.

—Cuando llegó aquí, yo tomé la decisión para seguridad de mi equipo —explicó—. Vamos a realizar un procedimiento correctivo, y quiero que estés aquí —hizo una pausa—. Bueno, *Horacio quiere* que vengas.

—No puedo en días de escuela —repliqué.

—Eso es exactamente lo que le dije a Horacio —añadió el doctor Batiste—. Lo haremos el sábado. Sam te recogerá el viernes por la noche.

Yo no quería estar cerca de la mantícora, ni el viernes, ni el sábado, ni nunca. Si jamás volvía a ver esos ojos ni esa cara, mi vida se volvería mejor por ese simple hecho. Pero antes de darme cuenta de lo que hacía, acepté estar presente mientras el doctor Batiste y su equipo la operaban.

Al menos estará dormida, pensé. Pero no podía imaginar a ese monstruo durmiendo. No podía imaginarlo haciendo nada más que cazando o comiendo, que eran dos cosas que en realidad no quería imaginarlo haciendo.

Debo haberme visto alterada cuando salí del salón de música, porque Carrie pasaba rumbo a una de sus clases y se detuvo.

—¿Te sientes bien? —preguntó—. Pareces un fantasma.

—Sólo estoy estresada —contesté.

—Tómate una noche libre —dijo—. Ya sabes del viernes, ¿verdad?

—¿Qué hay el viernes? —pregunté, esperando que la respuesta me facilitara decir que no.

—Fiesta —dijo—. De uno de los amigos de Howie. Grace va a ir. También deberíamos ir nosotras.

Yo no conocía a los amigos de Howie. Y realmente tampoco conocía a Howie. Pero su mundo, cualquiera que éste fuera —deportes, sonrisas, un gusto razonable para la música— se nos había ido haciendo familiar a medida que él y Grace se volvían más cercanos.

Una buena amiga probablemente habría ido a la fiesta del amigo de Howie, aunque fuera sólo para cuidar de sus chicas.

—No puedo —dije—. Tengo algo que hacer —cuando Carrie me miró de esa forma extraña, agregué—: Es para papá.

Aquella frase era como la carta de "Salga de la cárcel gratis" del Monopoly, y yo me sentí miserable por jugarla. Pero sabía que funcionaría.

Carrie asintió, comprensiva, empática.

—Yo iré con Grace —añadió. Sus ojos me ofrecieron todo el apoyo del mundo.

No habría estado tan dispuesta a ayudar si hubiera tenido la menor idea de lo que yo estaba a punto de enfrentar.

CAPÍTULO TRECE

EL APETITO DE LA MANTÍCORA

Érase que se era, érase que no era.

Un joven vivía con su padre y su madre y varios hermanos y hermanas en un pueblo a la orilla del desierto que se extiende a lo largo de la provincia de Kerman. Ellos eran pobres y la vida era dura, pero todos trabajaban juntos, y las personas del pueblo se cuidaban unas a otras, y así sobrevivían y eran felices año tras año.

Un día fatídico, una banda de maleantes llegó cabalgando desde el desierto y atacó al pueblo. Prendieron fuego a las casas y robaron todo el ganado y el alimento de la gente. Asesinaron a cualquiera que se interpusiera en su camino, y también a muchos que no lo hicieron. Y luego se marcharon, dejando la población en ruinas.

De entre toda su familia, sólo el joven sobrevivió. Su padre, su madre, todos sus hermanos y sus hermanas fueron asesinados. Su casa era un montículo de cenizas humeantes. Su comida había desaparecido. El pozo de donde los habitantes del pueblo sacaban el agua había sido envenenado por los cadáveres.

Los pocos sobrevivientes gemían y lloraban y se lamentaban por su suerte. Pero el joven no podía sentir tristeza. En su lugar, únicamente sentía una ardiente furia en su interior, e hizo un oscuro juramento de que los maleantes pagarían por sus atrocidades. Se fue del pueblo ese mismo día, y él solo se aventuró al desierto en busca de venganza.

Durante todo el día siguió el rastro de los maleantes a través de las dunas, y a pesar de lo abrasador del sol y del calor que irradiaban la arena y las rocas, no sintió necesidad de comida ni de agua. Su furia lo alimentaba y lo hacía seguir adelante. Y cuando el sol se puso y el desierto se enfrió, siguió caminando por horas, y la furia en su interior ardía como un fogón, y eso lo mantuvo caliente. Por fin, cuando la luna llegó a lo alto y los cielos estuvieron tapizados de estrellas, el sueño lo venció, y el joven se derrumbó entre las cambiantes dunas.

Por la mañana, cuando despertó, se encontró con una mantícora parada frente a él, que lo observaba.

El joven había escuchado historias sobre las mantícoras que merodeaban por aquel desierto. Había escuchado que eran criaturas de un apetito insaciable, que devoraban enteros a hombres y mujeres y niños, que se regocijaban con el terror de sus víctimas. Hasta ese momento, el joven siempre les había tenido pavor. Pero ahora no sentía nada, nada excepto su furia, así que enfrentó a la mantícora sin miedo, y extendió una mano hacia ella.

La mantícora se acercó. Inclinó su gran cabeza sin pelo y olisqueó la palma abierta del joven. Y cuando el joven miró a los ojos a la mantícora, vio que había allí una avidez más antigua que el mundo mismo, y supo que era la misma avidez que él sentía en su propio corazón.

—Tú y yo somos muy parecidos —dijo el joven, con su mano todavía extendida frente al monstruo—. Únete a mí, y derramemos juntos sangre de asesinos.

La mantícora observó al temerario e iracundo joven durante un largo rato. Al fin, después de pensarlo mucho, la criatura abrió la boca. El joven, creyendo que había llegado su final, rugió a la mantícora con todo su coraje y su furia, negándose a huir. Pero la mantícora no lo devoró. En lugar de eso, con la más delicada de las mordidas, le arrancó al joven sólo el dedo meñique de la mano extendida, mismo que frente a él devoró. Luego se inclinó ante el joven y le permitió que trepara a su lomo, y juntos cabalgaron en busca de los maleantes.

Con la mantícora como su montura, el joven avanzaba mucho más que sobre cualquier caballo, y al cabo se encontraron con un pequeño campamento de hombres que cocinaban entera, sobre un asador, una de las ovejas robadas del pueblo. El joven reconoció entre ellos a uno que había masacrado a sus hermanos. Le gritó a la mantícora que atacara. La mantícora se lanzó contra los hombres, uno a uno los hizo pedazos, y se los comió.

Esa noche, el joven durmió entre los huesos de sus enemigos, y por la mañana, cuando despertó, la mantícora estaba parada a su lado.

—Vamos —dijo el joven—. Nos queda mucho trabajo que hacer —estiró la mano, la misma a la que le faltaba un dedo, y la mantícora de inmediato se la arrancó entera de un mordisco. Luego se inclinó ante él, y juntos cabalgaron en busca del resto de los maleantes.

Al cabo se encontraron con otro campamento. En él los hombres vestían la ropa que habían robado a la gente del pueblo. El joven vio entre ellos a uno que había asesinado a sus hermanas. Le gritó a la mantícora que atacara. Una vez más, la mantícora se lanzó contra ellos, uno a uno los hizo pedazos, y se los comió.

Esa noche, el joven envolvió con telas y trapos el muñón de su mano mutilada, y se acostó entre los huesos de sus enemigos. La herida punzaba y dolía. Estuvo despierto durante muchas horas, hasta que finalmente el sueño lo arrastró.

Por la mañana, la mantícora estaba parada junto a él.

—Vamos —susurró el joven—. Aún tenemos qué hacer.

Levantó el muñón de su mano, y la mantícora le arrancó el brazo a la altura del hombro. Entonces se inclinó ante él, y con gran dificultad, el joven trepó a su lomo. Juntos cabalgaron en busca de los maleantes.

Al cabo se encontraron con otro campamento. En él los hombres se habían adornado con las joyas de los habitantes del pueblo. El joven vio entre estos hombres a uno que había matado a su madre. Le gritó a la mantícora que atacara. La mantícora se lanzó contra los hombres del campamento, uno a uno los hizo pedazos, y se los comió.

Esa noche, el joven se acostó entre los huesos de sus enemigos y, apretando el muñón de su brazo, trató de dormir. Pero el dolor era demasiado atroz, y el joven permaneció en vela toda la noche. Y cuando el sol comenzó a levantarse, la mantícora se levantó también y vino a pararse a su lado.

El joven batalló para incorporarse.

—Vamos —dijo con una voz débil y entrecortada—. Aún tenemos más por hacer.

Extendió el brazo que le quedaba, y la mantícora lo arrancó de una mordida a la altura del hombro, y se lo comió. Entonces se arrodilló ante él para que pudiera trepar sobre su lomo, y cuando el joven hubo encontrado la manera de equilibrarse sin brazos, la mantícora se volvió a levantar. Juntos cabalgaron en busca de los maleantes.

Al cabo se encontraron con otro campamento. Éste era más fino que los otros. Sus tiendas eran mucho más grandes, y sus hombres estaban mejor alimentados y mejor vestidos. Entre ellos, el joven vio al jefe que había guiado a los maleantes en su masacre, y que había dado muerte a su padre con sus propias manos y había prendido fuego a su casa. El joven aulló de furia y gritó a la mantícora que atacara.

Una vez más, la mantícora se lanzó contra el campamento. Uno a uno hizo pedazos a los hombres y se los comió, hasta que sólo quedaba el jefe, lastimado e incapaz de defenderse. El joven se acercó a él y se sentó a su lado y escuchó al hombre herido gemir de dolor y miedo y suplicar por su vida.

Pero la mantícora también fue por el jefe, y mientras tanto el joven observaba. Cada grito de dolor, cada crujido de los huesos alimentaba su furia.

Cuando el jefe estuvo muerto y devorado, el joven se acostó entre los huesos de sus enemigos, aún insatisfecho. Deseaba poder matarlos una y otra vez, cien veces más, mil. Pero ellos ya estaban muertos, y no iban a morir otra vez, y en cualquier caso, el joven se encontraba demasiado débil y agotado para moverse.

Acostado entre los huesos, descubrió a la mantícora parada a su lado. En sus ojos vio una avidez más antigua que el mundo mismo, y supo que era la misma avidez que aún ardía en su corazón.

—Tú y yo somos muy parecidos —dijo el joven.

Pero si la mantícora entendió lo que decía, no le importó. También se comió al joven, o lo que quedaba de él. Luego dejó el campamento silencioso y sus huesos solitarios para que se blanquearan al sol, y se adentró en el desierto en busca de otra presa, porque su hambre no había sido aún satisfecha.

CAPÍTULO CATORCE

LA OPERACIÓN

Sam me recogió el viernes por la tarde. Cuando llegamos al complejo, los jardines estaban muy concurridos por los empleados de Menagerie y sus familias. En la cafetería estaban sirviendo la cena, pero yo no tenía hambre.

Encontré a Ava en el vestíbulo de la casa principal.

Con un par de enérgicos toques en su tableta, me encontró un lugar para dormir y me dirigió a uno de los barracones al pie de la colina.

—Mañana, a las ocho de la mañana —dijo—. A esa hora comenzarán la preparación.

Recorrí el pasillo con la vista en busca de Horacio.

—Estás en su agenda —añadió Ava sin levantar la mirada—. Después de la cirugía.

—Marjan —la voz llegó de detrás de mí, tan cercana que me hizo saltar. Ezra. Había salido de la nada, tan silenciosa que ni siquiera la había escuchado aproximarse.

Me llevó a una sala de juntas con una ventana con vista a las inmensas instalaciones de Menagerie.

—Encontré algo sobre Ítaca —dijo—. Es el tipo de cosas a las que nos gusta poner atención.

Ella abrió su portafolio y me deslizó una carpeta.

—Éstas las tomó el guardabosque del parque —dijo—. Justo afuera de Ítaca.

—¿Qué es?

—Era —hizo una pausa— una jauría de coyotes —abrí la carpeta. Había varias fotografías dentro—. Oficialmente fue obra de un oso *grizzly* o de seres humanos. Pero los osos grises no viven ahí.

—¿Cuándo fueron tomadas? —pregunté.

—En junio —respondió.

No mucho antes del viaje con el que papá aparentemente planeaba sorprenderme, hecho que no tenía deseos de compartir con Ezra.

—¿Hay otra mantícora suelta? —pregunté.

—No habría dejado tantas sobras —dijo Ezra—. Probablemente no es nada. Pero estaré vigilante, por si acaso. Y hay algo más —tomó las fotografías y me tendió otra carpeta—. ¿Te dice algo el nombre de Vance Cogland?

—No —admití. Abrí la carpeta. Un rostro descarado y furioso me miró con odio desde el frente de una pared de ladrillos color beige. Tatuajes bajo sus pequeños ojos malvados. Una sonrisa burlona en sus labios.

—Considérate afortunada —dijo Ezra—. Era un delincuente. Drogas, robos, agresiones. Cosa interesante, nunca fue encarcelado. Hace años que está muerto. Lo encontraron en la trastienda de una casa de empeños en Lubbock, Texas, donde comerciaba con objetos robados. Lo habían… bueno, como sea que le llames a lo que le hicieron a tu papá, eso mismo le hicieron a él.

—¿Crees que tiene algo que ver con lo que le sucedió a mi papá? —pregunté.

—Tal vez.

—¿Y quién mató a ese tal Cogland?

—Cogland era una escoria sin familia —Ezra sonrió, fue una sonrisa apenas—. No había muchos incentivos para llevar a cabo una investigación seria. No sé quién lo mató. Pero me gustaría saberlo. Así que, si por casualidad ves que su nombre salta en algún lado, o si encuentras alguna conexión con Lubbock, tendríamos que hablar.

No me podía sacudir la sensación de que Ezra seguía midiéndome, leyéndome con cada palabra que me decía.

—Yo... eh... claro. Yo te aviso.

—Y sobre Ítaca —dijo. Por un segundo me pareció que podía ver a través de mis ojos los boletos sin usar que había escondido bajo la cama en mi habitación—. Cualquier cosa que puedas encontrar sobre Ítaca.

Sonrió, fue una sonrisa fría y cruel. La sonrisa de un animal al acecho. Entonces, con la misma rapidez, la sonrisa desapareció de su rostro, y se incorporó lista para retirarse.

—Mañana —añadió—, espero que todo salga bien —hizo una pausa—. Y si no, espero que la única baja sea ella.

La noche caía cuando recorrí el camino hacia las habitaciones. Pálidas luces a ras de suelo marcaban los senderos que cruzaban por la propiedad. La gente con la que me cruzaba me saludaba con una sonrisa amable. Yo intentaba sonreírles también, pero por dentro me sentía pesada.

En el barracón, una mujer amigable y maternal me llevó a una sencilla y limpia habitación en el segundo piso. Horacio quería que todos se sintieran como en casa, me explicó. Luego de que me hubo mostrado la habitación, me entregó una llave.

—Tú eres invitada de Horacio, ¿no es así? —preguntó.

—Ehh, sí —contesté.

Sonrió, y sus ojos centellearon con entusiasmo.

—¿Te los ha mostrado?

—¿A quiénes?

Señaló el piso con la mirada.

—Allá abajo.

—Ah —dije—. Ehh, sí. ¿Tenemos permitido…?

—¿Hablar de ellos? —exclamó—. No. Pero se nota. Siempre se nota cuando alguien los ha visto. ¿Qué te parecieron?

—No estoy segura —admití—. No sé qué pensar.

—A mí ya me han invitado tres veces a verlos. Nunca se vuelve aburrido —dijo, hinchándose de orgullo.

—¿Y usted…? —no estaba segura de qué preguntarle—. ¿Usted qué piensa de ellos?

—Pienso que son la gloria más grande del mundo, por supuesto —dijo como si no se pudiera concebir otra respuesta—. Las semillas del futuro, ¿no es cierto? —sonrió, una leve risa que encendió sus mejillas—. Mis favoritas son las hadas. ¿Sabías que todas las noches se cantan unas a otras? Es verdad. A veces, incluso desde acá arriba, si pones mucha atención, es posible escucharlas —sus ojos se dirigieron a algún lugar a su derecha, como si en ese momento las estuviera escuchando cantar, o lo intentara. Luego de unos segundos volvió a mirarme, sonrió, cálida y cortés, y añadió—: Bien, espero que tengas buena noche.

Cerró suavemente la puerta al salir, y yo quedé sola. La quietud fue súbita y total.

Al día siguiente íbamos a abrirle las zarpas a una mantícora, a la altura de los nudillos. Mi estómago se puso tenso ante la idea de todo lo que podía salir mal. Sentí como si de algún modo hubiera perdido el control de algo importante, como si no debiera estar allí.

Aun así, me recosté sobre la cama, cerré los ojos y traté de escuchar la canción de las hadas. Pero si esa noche estaban cantando, no era una canción para oídos humanos.

• • •

Trasladaron a la mantícora a la sala de operaciones en una camilla del tamaño de una mesa de comedor formal. Estaba sedada. Sus patas estaban atadas a la camilla por medio de cintas de cuero, y sus patas habían sido rasuradas para exponer las zarpas. Su cola estaba enrollada alrededor de su cuerpo y había sido amarrada en varios puntos. El puntiagudo aguijón descansaba cerca de su plácido rostro inexpresivo.

El quirófano era una enorme habitación blanca iluminada desde arriba por un haz de halógeno. Una enramada de lámparas quirúrgicas montadas en armazones articulados colgaba desde el aparato de iluminación, una araña gigante hecha de acero. La mesa fue llevada al centro de la sala, bajo el haz de luz, y asegurada en su lugar.

El doctor Batiste comandaba la sala con una calma arisca. Usaba ropa quirúrgica verde, mascarilla y gorro, y estaba parado a la cabecera de la mesa, en tanto varios hombres y mujeres más, igualmente enmascarados y con uniforme verde, trajinaban a su alrededor, respondiendo en voz queda a las sucintas órdenes del doctor. Batiste era casi cómicamente bajo en comparación con sus asistentes, pero el constante movimiento de ellos, combinado con la confiada inmovilidad de él, los hacía parecer casi invisibles, mientras él se veía tan poderoso e imponente como la cosa que yacía sobre la mesa.

En un extremo del quirófano, Horacio Prendergast se estaba colocando una mascarilla quirúrgica. Con él había varios hombres de gran corpulencia y mirada alerta, armados con rifles de distintos tamaños. Detrás de ellos estaba Ezra. Horacio observaba los procedimientos con un silencio respetuoso. Los hombres que lo acompañaban también estaban callados, pero el suyo era otra clase de silencio.

Yo sabía que no pertenecía a ese grupo, pero tampoco había un lugar para mí en el remolino de actividad alrededor de la camilla que soportaba a la mantícora. Terminé parada en un rincón, entre una estantería llena de material quirúrgico y un respirador que no había sido usado. Nadie me pidió que hiciera nada. Con excepción de una breve mirada fulminante del doctor Batiste, y de una inclinación de cabeza por parte de Horacio, nadie había siquiera reparado en mi presencia.

Lo cual me parecía bien. Yo tampoco tenía idea de lo que hacía en ese lugar.

El torbellino de actividad alrededor de la mesa alcanzó un punto culminante, y después se volvió silencioso.

—Damas y caballeros —dijo el doctor Batiste con una voz suave y extrañamente formal. Le hablaba exclusivamente a su equipo, no a Horacio, y ciertamente no a mí—. Hoy realizaremos amputaciones de la primera a la quinta falange distal en cada una de las zarpas del paciente. Luego de la incisión inicial, cauterizaremos la herida, removeremos el hueso y cerraremos la herida con sutura. El paciente permanecerá completamente sedado durante todo el procedimiento. Hablen lo menos posible, únicamente cuando sea indispensable. Gracias a todos, y buena suerte.

Entonces, con una ligera inclinación de cabeza dirigida a su equipo, tomó un escalpelo de una bandeja que tenía a su lado y la operación comenzó.

Trabajaban en un silencio casi total. Las herramientas pasaban de mano en mano y de regreso. La respiración de la mantícora marcaba el ritmo, y pronto el doctor Batiste y su equipo comenzaron a moverse siguiendo su cadencia.

Se murmuraban uno al otro, una palabra aquí, una palabra allá, a veces una pregunta, rara vez una frase completa. Sus pies se arrastraban sobre el piso. Un pulsioxímetro emitía un pitido. Uno a uno, los huesos distales de la mantícora iban cayendo en un cuenco de metal. Tomé uno y lo examiné, luego le limpié la sangre y se lo llevé a mostrar a Horacio, señalando sin palabras el lugar donde la garra había crecido, retorcida y nudosa, contra el hueso. Asintió, comprendiendo, y posiblemente un poco impresionado. El doctor Batiste nos ignoró.

Dormida, la mantícora no parecía tan terrible. Era sólo una masa, un bulto de pelo, quitina y piel, amontonado en la mesa. El miedo enfermizo que irradiaba de su prisión la primera vez que nos encontramos había desaparecido. El aire a su alrededor estaba tan inerte como su rostro.

La primera vez que se movió, fue apenas una contracción. Dobló una pata, muy ligeramente, luego aflojó y volvió a quedar inmóvil. El doctor Batiste y su equipo se quedaron quietos, depositaron lentamente su instrumental y se retiraron de la mesa. El doctor volteó a ver a la anestesióloga, quien a su vez revisó el oxímetro —que seguía emitiendo pitidos intermitentes y regulares—, sacudió la cabeza y se encogió de hombros.

—Estremecimiento muscular —dijo el doctor Batiste luego de que la mantícora siguió inmóvil durante otro minuto. No sonaba enteramente convencido, pero asintió para convencerse a sí mismo y se acercó nuevamente a la camilla. Su equipo lo siguió, y continuaron con la operación.

Volvió a contraerse un momento después. Esta vez el movimiento fue más violento, más poderoso. Sacudió la mesa, provocando que uno de los asistentes diera un brinco hacia atrás, alarmado. Nuevamente el doctor Batiste interrumpió su trabajo y se retiró unos pasos, sin perder nunca de vista al paciente.

—¿Doctora Laghari? —dijo—. ¿Deberíamos preocuparnos?

La anestesióloga negó con la cabeza.

—Sus signos vitales son estables —aseguró—. No se han modificado. Está dormida.

El doctor Batiste le lanzó una mirada fulminante, haciéndole con los ojos un centenar de preguntas iracundas. Ella señaló las ondas sinusoidales en su pantalla, las cuales fluían con pulsos estables y regulares, una tras otra. Ninguna perturbación, ni siquiera un aleteo.

Pero *yo* sentí que algo aleteaba, apenas por un segundo, con alas negras y hambrientas, contra el interior de mis costillas.

—No lo está —dije. Todos los ojos de la sala voltearon hacia mí. Horacio. Ezra. El doctor Batiste nos miraba alternativamente a mí y a la doctora Laghari.

—Habla —ordenó.

—Sentí... —empecé a decir.

Y entonces, la confianza me abandonó. Sí, había sentido *algo*. ¿Pero qué era? ¿Qué significaba? Tal vez era sólo el desayuno asentándose.

—¿Sí? —dijo el doctor Batiste.

—Yo... —no podía estar segura—. Quizá no fue nada.

El doctor Batiste volteó a ver a Horacio con una presuntuosa microexpresión de triunfo que hizo que se me retorcieran las tripas. Después volvió nuevamente con su equipo.

—Marjan —dijo una voz desde la oscuridad. Horacio—. Tal vez deberías tocarla. No estaría de más.

—¿Es necesario? —preguntó el doctor Batiste.

—Sólo es una sugerencia —repuso Horacio. Pero estaba claro que era más que una sugerencia.

Me aproximé a la mesa. La mantícora olía como un expendio de carne, a grasa y sangre y músculo frío y desnudo. La atmósfera a su alrededor se sentía vacía y falta de aire. Yo nunca había querido estar tan cerca de ella, pero en estas condiciones no producía ningún horror. Se sentía estéril, indefensa, inanimada, muerta. Ni siquiera su profunda y ronroneante respiración creaba la ilusión de vida. Me armé de valor ante la marea de pesadillas que imaginaba dando vueltas tras su plácido rostro, me quité uno de mis guantes de vinilo y delicadamente coloqué una mano sobre su cabeza fría y tersa.

Y no sentí nada.

—Fuera de mi camino —susurró el doctor Batiste, lo suficientemente bajo para que sólo yo pudiera escucharlo. Después se dirigió a sus asistentes—. Denle un poco de espacio.

El trabajo continuó. La mantícora se movió dos veces más. En cada ocasión sentí ese estertor, débil pero insistente. Y en cada ocasión el trabajo se detuvo, el equipo dejó sus herramientas y se alejó de la mesa, tenso y silencioso.

La doctora Laghari se convirtió en mi aliada silenciosa. Podía sentir la agitación un momento antes de que se produjeran las contracciones, apenas el tiempo suficiente para advertirle con un movimiento de cabeza, de modo que ella pudiera revisar los vitales del animal en busca de cualquier fluctuación observable. No hubo ninguna. Los signos de la mantícora eran tan simples y regulares como un metrónomo.

El doctor Batiste había retirado el hueso del último nudillo de la mantícora. Uno de sus asistentes estaba suturando la piel para cerrar la herida. Una calma aliviada había descendido sobre la sala. Podía verla en todas las miradas. Los hombros que se habían mantenido tensos ahora se relajaban. Las respiraciones nerviosas y superficiales cautelosamente se iban volviendo más profundas. El trabajo estaba hecho. El asistente cosió el último punto, ató el hilo con un hábil giro de sus dedos y se puso de pie, quitándose los guantes con una sonrisa que prácticamente resplandecía a través de las fibras de su mascarilla quirúrgica.

Entonces, otra vez aquel *indicio*, pero en lugar de desaparecer, creció dentro de mí como un torrente que recorrió cada uno de mis nervios, tan rápido que ni siquiera alcancé a abrir la boca. El sonido de huesos quebrándose hizo eco en el interior de mi cráneo. Saboreé sangre cruda y tuétano en mi boca. Sentí carne desgarrándose y cartílago crujiendo entre mis dientes. El hambre, pura e infinita, me devoró.

Ella estaba despierta.

Las correas se rompieron. Su cola golpeó el aparato de iluminación. Los armazones se balancearon salvajemente. El vidrio se hizo añicos. Llovieron chispas por todos lados. El doctor Batiste y su equipo se dispersaron buscando refugio, en tanto que Horacio y Ezra y los guardaespaldas se escondieron detrás de una puerta. Conmocionada, llena de náuseas, llegué tambaleándome hasta un rincón de la sala, fuera de la vista de la mantícora.

Ella estaba agazapada encima de la camilla, los músculos tirantes y abultados bajo su piel, sus ojos sondeando la sala parpadeante, el rostro vacío, plácido, ilegible. Sin embargo, yo sabía lo que había en su corazón. Lo sentía.

Vi lo que ocurrió a continuación como si fueran instantáneas capturadas con un estroboscopio en la oscuridad. La mantícora se levantó, sacudiéndose las ataduras. El doctor Batiste se escondía cobardemente tras una bandeja plateada. La cola salió disparada. La bandeja cayó al suelo y el doctor gritó de terror. El aguijón regresó despacio, deslizándose suavemente por el hombro del doctor, pasando a pocos centímetros de su garganta expuesta.

Cuando se preparaba para atacar otra vez, la boca de la mantícora comenzó a abrirse en un terrible corte plano que partió su cara en dos. Ese rostro inerte se separó limpiamente, como si tuviera una bisagra, y la mandíbula inferior se mostró completa, exponiendo tres filas concéntricas de filosos dientes serrados. Una lengua gigante se enrollaba contra el abovedado techo rosa de sus cavernosas fauces. Casi como una sonrisa. El doctor Batiste suplicaba entre sollozos.

—¡Dispárenle! —gritó alguien—. ¡Que alguien le dispare! —Se escuchó el chasquido de las armas preparándose para buscar su blanco. La mantícora se irguió. Era una criatura antigua y no conocía el miedo. Sus ojos brillaban en la oscuridad, retando a los hombres a dispararle.

—¡ESPEREN!

La voz sonó fuerte y penetrante. Rebotó en las paredes e hizo que todos se quedaran quietos en esa sala llena de gritos.

Me sorprendí al descubrir, en el silencio que sobrevino a continuación, que era mi propia voz, y que de hecho no quería que esta horrible criatura muriera. No allí, no de esa manera.

Muy despacio me incorporé, justo cuando las luces de emergencia pintaban la habitación con un lúgubre tono verduzco. La mantícora había olvidado al doctor Batiste, y ahora su atención estaba puesta en mí. Su espantosa sonrisa se desvaneció. Sus dientes desaparecieron bajo la inexpresiva fachada de su máscara. Me observó con una mirada aletargada. Su cola, todavía lista para atacar, se agitaba y retorcía en el aire. La boca se me secó por completo.

—Hola —dije.

La mantícora no respondió, pero tampoco me atravesó, así que continué:

—Nadie quiere lastimarte, pero si tú intentas lastimar al doctor o a alguien más, algo muy malo va a pasar.

Sus ojos rojos se entornaron. Su cola levantada adoptó una forma como de signo de interrogación. ¿Estaba escuchando?, me pregunté, ¿o calculando la distancia? El aguijón colgaba del extremo de la cola, balanceándose perezosamente entre la vida y la muerte, la suya y la mía. Sentí que esa sensación enfermiza me invadía nuevamente. Apreté los dientes para contener una ola de náuseas y sentí que mi cuerpo se tambaleaba.

Me pregunté si las manos humanas serían lo suficientemente rápidas para eliminar a la mantícora antes de que ella me matara. Decidí que lo más probable era que no. Cerré los ojos, contuve la respiración, y esperé.

No pasó nada.

La sensación de malestar se esfumó. Abrí los ojos. La mantícora seguía observándome con su rostro perfectamente ilegible. Entonces encogió los hombros hacia dentro, dobló las patas debajo de su cuerpo y su cola descendió, segmento por segmento, hasta el suelo.

—Bien —dije. Por encima del hombro de la mantícora vi que la doctora Laghari preparaba una jeringa—. Vamos a llevarte de regreso a tu lugar. Pero necesitamos que duermas otro poco, para que no lastimes a nadie. ¿Está bien?

Nada.

La doctora Laghari dio un paso en su dirección. Los ojos de la mantícora se movieron de inmediato hacia ella, y la doctora se quedó inmóvil en su lugar.

—Todo va a estar bien —dije—. Un poco más de sueño, y entonces te sentirás mejor.

La mantícora volvió a mirar hacia mí. Le hice una seña con la cabeza a la doctora Laghari y avancé un paso en dirección al animal, justo en el momento en que la doctora llegaba hasta la criatura y le clavaba la aguja en el costado.

Coloqué mi mano sobre la pata más cercana de la mantícora y ella se tensó por la sorpresa. Por un momento volví a sentir su hambre, intensa y clara, y vi los restos de sus comidas pasadas en una sucesión de imágenes de huesos y sangre. Entonces, a medida que el sedante se propagaba, todo se volvió elástico, blando y volátil, como sebo siendo vertido al drenaje, hasta que lo único que sentí fue una nada gris. El aliento de la mantícora salía en lentas ráfagas calientes que reverberaban dentro de mi cráneo. Bajo mis dedos, no sentía nada. Detrás de mis ojos, no veía nada.

Cuando desperté, la luz del sol brillaba a través de mis párpados. La cabeza me punzaba y sentía pesadas las extremidades. Abrí los ojos.

Estaba acostada en un sofá junto a una ventana, en lo que parecía una sala de estar en la mansión de Horacio. Empezaba a atardecer. Me senté despacio y miré a mi alrededor.

—Bienvenida de vuelta —dijo Horacio. Estaba sentado en una silla, al otro lado del sofá. Me ofreció un vaso de agua. Yo lo bebí de un trago. Tenía un sabor horroroso en la boca, y me sentí inmensamente agradecida cuando el agua se lo llevó.

—¿Cuánto tiempo...? —pregunté.

—Sólo un rato —contestó Horacio—. No estoy totalmente seguro de cómo funciona, tú y ellos. Pero supongo que recibiste una dosis de ketamina.

—Oh —dije. Mis pensamientos seguían pastosos.

—Ella está a salvo, por si te lo estabas preguntando. No satisfecha, pero a salvo. Gracias a ti. De hecho, yo diría que hay unas cuantas personas que te deben bastante por lo que hiciste hoy. Yo entre ellos —se rio—. Creo que te has ganado el respeto del doctor Batiste, si eso te sirve de algo.

Miré a mi alrededor, tal vez esperando ver al doctor observándome con odio. Pero Horacio y yo estábamos solos.

—No has aceptado mi oferta —dijo Horacio—. Pensé que era generosa. ¿Será que estás esperando a que la mejore?

—No creo que quiera trabajar aquí —repuse.

—¿No? —cuestionó él—. Tu papá tampoco aceptó nunca mi oferta. Él también era testarudo. Pero con el tiempo encontramos puntos en común. Tal vez tú y yo también llegaremos a un acuerdo, o quizás a un contrato formal.

—¿Por qué tiene esa cosa? Ni siquiera debería existir. Ninguno de ellos debería.

—Y sin embargo... —dijo con una sonrisa triste—. Aunque no son perfectos, Marjan, son *reales*. Y cada uno de ellos nos cuenta una verdad.

—Entonces tal vez algunas verdades no merecen la pena ser dichas —añadí—. Tal vez algunas verdades no le hacen ningún bien a nadie.

—Yo alegaría que esas verdades en particular son las más importantes —dijo Horacio—. El mundo está lleno de oscuridad, y la oscuridad es aterradora. Pero si le pones un rostro a la penumbra, entonces puedes hablar con ella. Y si puedes hacer eso, entonces es posible que puedas controlarla. Y después de todo, ¿no fue por eso que inventamos los monstruos?

—¿Nosotros los inventamos? —pregunté.

—Vaya acertijo, ¿no es cierto? —dijo Horacio con una sonrisa.

—Esto no está bien —insistí—. Ese lugar, allá abajo. No es correcto.

—No —reviró Horacio—. No lo es.

—Entonces, ¿por qué?

—Porque —añadió— no están a salvo. Aquí, afuera —con un gesto señaló más allá de la ventana—. El mundo no está listo para ellos. Alguna vez lo estuvo, creo. Hace mucho tiempo. Pero ya no es seguro. Están en peligro, cada segundo. Y son demasiado preciosos para perderlos. Yo sé que tú puedes sentir eso.

—¿Entonces simplemente vas a mantenerlos en tu sótano para siempre?

Horacio se rio.

—Si lo dices así, parece que el monstruo soy *yo* —dijo—. No planeo conservarlos para siempre. Cuando sea el momento adecuado… estaba pensando en Wyoming.

—¿Un rancho?

Horacio sonrió.

—No —replicó—. Quiero decir, todo el estado de Wyoming. ¿Te sorprende? Suena como una idea loca, lo sé. Pero no debemos limitar el alcance de nuestros sueños. ¿Sabes cómo llegué a ser quien soy?

—¿Menagerie? —pregunté.

Soltó una risita.

—Ésa es una respuesta —dijo—. Te diré otra: orden.

—¿Orden?

—El mundo es un lugar caótico —dijo—. Guerra: caos. La propagación de enfermedades: caos. La desigual distribución de los recursos... Tenemos suficiente comida para llenar todos los estómagos en este planeta, y sin embargo... —sacudió la cabeza—. Y ése es solamente el caos humano. Hay huracanes girando en el Atlántico, tifones soplando en el Pacífico. Hay depósitos de metano bajo el hielo del Ártico, volcanes acumulando presión. Todos ellos impredecibles, incontrolables. Cualquiera de ellos podría romper los frágiles lazos que mantienen unida a la sociedad. Cualquiera de ellos podría destrozarnos en cualquier momento.

"Siempre he aborrecido el caos, desde que era joven. Un dormitorio desordenado, una clase llena de estudiantes indisciplinados. En el mejor de los casos, esas cosas me hacían sentir incómodo. En el peor, me aterraban. Tal vez es instintivo en algunos de nosotros, la necesidad de traer orden a nuestro entorno. Las computadoras me fascinaban. ¡Un sistema que funciona exactamente como se le programó! No hay nada más seductor para una mente que ansía el orden en el universo.

"Por la misma razón creé Menagerie. ¿Qué servicio más grande puede haber que entender el desorden, cuantificarlo, controlarlo? Seríamos un mundo mejor, pensé, si tan sólo tuviéramos mejores herramientas para entender el caos que nos rodea. Yo era joven e idealista. Creía que todos deseaban las mismas cosas que yo. Creía que estaba construyendo una herramienta que ayudaría a los científicos a hacer del mundo un lugar mejor. Eso es lo que se suponía que iba a ser Menagerie. ¿Sabes quién lo compró?

Hizo una pausa. Una sonrisa amarga y pesarosa apareció en su rostro. Negué con la cabeza.

—Compañías petroleras y mineras —dijo—, para buscar nuevas reservas, nuevos campos que pudieran taladrar y explotar. Bancos y empresas de comercio, para afinar sus algoritmos de mercado. Contratistas de defensa —hizo una pausa, y su expresión se ensombreció—. Todos ellos me aseguraron que compartían mi visión. Yo les creí, porque quería que fuera verdad. Pero usaron mi tecnología para construir sistemas de navegación para misiles. Yo creé algo para intentar salvarnos de la autodestrucción, y ellos lo convirtieron en un arma. Me volví rico. Construí —señaló a su alrededor— esto. Pero también aprendí una lección valiosa. Eres un tonto si no aprovechas las oportunidades cuando se te presentan. Pero nunca puedes confiar en que los demás comparten tus sueños.

Ava entró a la habitación, tomó mi vaso vacío y me entregó uno lleno. Lo bebí de un solo trago, derramando un poco sobre mí al hacerlo. Por un segundo me supo a sangre. Nuevamente comenzaba a sentirme mareada.

—Eres bienvenida a quedarte aquí el tiempo que lo desees —dijo Horacio.

—Tengo que irme —me puse en pie y caminé vacilante por el pasillo. Ava asintió cuando salí a la brillante luz del sol de esa tarde de sábado. La cabeza me seguía punzando, pero no quería pasar un momento más en el complejo de Horacio.

Sam me condujo a casa. Traté de charlar con él, pero no pude. En mi cabeza seguía repasando el súbito despertar de la mantícora. Por momentos sentía como si estuviera ocurriendo otra vez, en el auto, su cola llenando de repente el asiento trasero, sus ojos brillando en cada sombra y en cada rincón oscuro, su cuerpo irguiéndose frente al parabrisas.

Cuando llegué a casa, Malloryn estaba colocando una cierta cantidad de piedritas en el suelo, siguiendo un diagrama de uno de sus libros de brujería.

—No es nada malo, no te preocupes —dijo—. Un hechizo de adivinación. Sólo estoy practicando. Tienes que… —dejó de hablar cuando vio mi cara, después juntó las rocas y las metió en un saquito de piel—. No te ves bien —añadió—. Déjame prepararte un poco de té.

—Estoy bien —contesté, pero no era verdad, y cuando me llevó a una silla y me sentó en ella, no opuse resistencia.

—¿Pasó algo malo?

—No… —dije—. ¿O sí? No lo sé. Nadie resultó herido. Todos están bien. Supongo que nada malo pasó. Creo que hoy salvé la vida de alguien.

—Eso suena como algo bueno —respondió Malloryn—. La próxima vez deberías empezar por ahí.

No dije nada por un rato, al igual que Malloryn. La tetera comenzó a silbar, y ella sirvió el agua caliente en una taza con una bola de té de hojas sueltas. Lo miró reposar por unos minutos, después me puso la taza entre las manos.

—Es oolong —dijo—. Tiene propiedades curativas.

Bebí un sorbo. Calentó el interior de mi rostro. Ignoro si se trataba de auténticas propiedades curativas que estaban actuando, pero se sintió bien.

—Estoy haciendo algunas cosas —exclamé— con las que no me siento del todo bien. No sé si sean buenas o malas, y no hay nadie a quien pueda preguntar. Hay gente a la que quiero ayudar, y no sé si lo merezcan. Pero tampoco sé si tengo la posibilidad de elegir. Y si la tengo, no sé cómo hacerlo.

Malloryn también se había servido una taza de té, y mientras yo hablaba, vino a sentarse frente a mí.

—Y he visto algunas que desearía no haber visto —continué—. Quiero que desaparezcan. Quiero que muchas cosas desaparezcan.

La cara de Malloryn era amable, su expresión suave y llena de preocupación.

—Hay algo especial en ti, Marjan —dijo—. No sé qué es ni cómo funciona, pero es poderoso. Y ni siquiera te estás esforzando. Me da envidia. Eso no hará que te sientas mejor, pero es verdad.

—Yo no quiero ser especial —reviré—. Yo no pedí nada de esto.

—Tu don, por qué lo tienes, y qué significa, es mucho más de lo que yo pueda entender —añadió Malloryn—. Así que tómalo como prefieras. Si hay una voz en tu cabeza diciéndote que algo no está bien, deberías hacerle caso. Es tu corazón el que te habla. Y cuando no haya una clave, tu corazón es la clave. Cuando no existan reglas, tu corazón conoce las reglas.

—Mi corazón es un gran desastre —dije.

Se estiró por encima de la mesa y puso su mano sobre la mía.

—Lo sé —susurró.

Después me abrazó, con un feroz y luminoso abrazo que olía a pachulí, y por un segundo sentí que tenía cinco años otra vez.

—Lo sé —repetía una y otra vez—. Lo sé, lo sé.

Malloryn podía haberse equivocado con respecto a la magia, pero tenía razón sobre todo lo demás.

—Malloryn —dije recargada en su hombro—, no sé si creo en los embrujos.

—Está bien —aceptó Malloryn.

—Y no sé si creo en la brujería —añadí.

—No tienes que hacerlo —concedió ella.

Me solté del abrazo para que pudiera ver mi cara y supiera que hablaba en serio.

—¿Seguirás intentando deshacer mi embrujo? —pregunté.

Sus ojos se iluminaron.

—Siempre —me dijo.

CAPÍTULO QUINCE

DESENREDO

Pasé la mayor parte del domingo durmiendo. Mis pesadillas fueron de un terror fuera de toda proporción. Podía ver los ojos de la mantícora en cualquier sitio adonde mirara. Estaba llena de dudas sobre mi responsabilidad en haber mantenido a ese monstruo con vida.

Cuando le conté a Sebastian sobre la eliminación del embrujo, él fue todavía más escéptico que yo.

—¿O sea que es como quitarse un tatuaje? —preguntó, medio en serio, medio en broma—. Porque así es como suena.

—Creo que es un poco menos doloroso.

Pero no estaba segura, y Malloryn no me había contado demasiado, únicamente que estuviera lista el viernes por la noche.

Toda la semana me senté con Carrie y Grace a la hora del almuerzo, pero no se sentía como antes. Cada una de las tres estábamos en nuestro propio mundo. Carrie acababa de empezar sesiones de entrenamiento de dos veces al día con el equipo de natación. Grace estaba en la luna por Howie, con quien ya oficialmente estaba saliendo (al parecer me perdí de una fiesta llena de acontecimientos). Y mientras tanto, yo veía la mantícora a la vuelta de cada esquina.

El viernes, después de la escuela y la clínica, Malloryn me recibió en la entrada de la casa y me llevó al sofá.

Me trajo una humeante taza de algo que sabía gratamente como a regaliz. Ella también se sirvió una taza, le dio un sorbo y se sentó frente a mí.

—Bueno —dijo—, ¿quieres saber sobre tu embrujo?

—¿Qué es?

—Un embrujo es un hechizo vinculante —dijo—. Mantiene las cosas dentro, o las mantiene fuera. Los embrujos pueden ser amigables, pero también pueden ser crueles. Yo puse algunos en mi habitación en casa, para mantener alejados a los espíritus malos más comunes, pero tuve que hacerlo muy disimuladamente para que mis padres no se dieran cuenta. Nunca soñaría con lanzarle uno a otra persona. Es demasiado peligroso —se rio de tal manera que la palabra "demasiado" se alargó algunas sílabas extra. Después se controló—. Lo siento —añadió, avergonzada.

—¿Y qué hace el mío? —pregunté.

—¿En verdad no lo sabes? —cuestionó Malloryn.

—No tengo idea —dije—. No sé quién pudo haberme embrujado, y no sé lo que hace ese embrujo. Y para ser honesta, ni siquiera estoy segura de que las brujas sean reales.

—Confía en mí, ésta es real —dijo Malloryn—. Y no te está haciendo ningún favor. Hay demasiada energía negativa alrededor de ti. Eso no puede ser bueno.

—¿Entonces qué es?

Malloryn inhaló profundo, como si estuviera a punto de contar una historia, y luego se detuvo abruptamente.

—No tengo ni la más remota idea —sentenció categóricamente—. Pero sé que está allí.

Su confianza era, cuando menos, un poco contagiosa. Comenzaba a preguntarme si de verdad había sido embrujada.

—El escenario más común es un ex resentido —dijo.

—No puedes tener un ex si nunca has salido con nadie —repuse.

—Eso es un alivio —exclamó Malloryn—. Los ex y los embrujos son una pésima combinación. Afortunadamente, aunque no sepamos quién fue, podemos tratar de deshacerlo.

—¿Y cómo, exactamente, hacemos eso? —pregunté.

—Estaba pensando en el Desenredo de Gelsin —dijo Malloryn.

—¿El qué de quién?

Malloryn soltó una carcajada.

—En algún momento a principios del siglo veinte —dijo—, un joven brujo armenio que había huido del Imperio Otomano se estableció en Londres junto con su familiar, una liebre llamada Oslo —ella había comenzado a recolectar algunas cosas en la cocina, y hablaba mientras iba de un lado a otro—. Se hacía llamar Armand Gelsin, y él solo aprendió suficiente inglés para ganar dinero ejecutando actos de magia. Accidentalmente se ahogó cuando intentaba desarrollar un hechizo para respirar bajo el agua, así que existen algunas dudas sobre si el Desenredo de Gelsin realmente funciona.

Zorro estaba sentado en su cama, muy atento, mirándola con un brillante y ansioso anhelo.

—Hoy no vienes con nosotras, Budgins —añadió—. Lo siento. Órdenes del doctor —me miró y me guiñó un ojo.

—¿Esto será seguro?

—Probablemente —dijo Malloryn—. Como sea, Gelsin no era muy bueno con el agua, pero era realmente bueno con los nudos. Tan bueno que daba miedo. Dicen que podía atar y desatar quinientos tipos distintos de nudos, sin ver. Podías ponerle una venda en los ojos y darle cualquier nudo que se te ocurriera, y él sabía exactamente qué hacer.

Alcancé a ver algo de lo que hacía. Un montón de hierbas, pesado en una balanza granataria, luego cardado en una bolsita de cáñamo. Una astilla de cristal, sostenida en alto junto a la ventana para que absorba los últimos rayos de sol, luego rápidamente envuelta en terciopelo. Una tetera silbando, luego su contenido siendo vertido. Un olor a lavanda quemada.

—¿Qué tienen que ver los nudos con el hechizo? —pregunté.

—Los embrujos son un tipo de atadura. Las ataduras necesitan nudos, o de lo contrario se sueltan. Obviamente los nudos que mantienen los embrujos en su lugar son mucho más extraños que cualquier nudo ordinario. Pero Gelsin también podía deshacerlos. O eso dicen. Como sea, ha habido al menos dos conjuros exitosos, razonablemente verificados, del Desenredo de Gelsin en los últimos cincuenta años.

—¿Eso es mucho?

—Sí —dijo Malloryn—, es mucho.

—¿Qué fue de Oslo? —pregunté.

—Estofado de liebre —dijo Malloryn—. O tal vez un par de orejeras. Nunca se confirmó. Es un mundo difícil para las criaturas pequeñas.

Luego de un poco más de alboroto, Malloryn aplaudió tres veces sobre el pequeño montón de provisiones que había metido en una canasta de mimbre para picnic que sacó de un anaquel de la cocina. Revisó la hora en un viejo reloj de bolsillo. Entonces agarró el asa de la canasta con ambas manos, se dio la media vuelta y pasó a mi lado en dirección a la puerta.

Los celulares estaban prohibidos. Según Malloryn, las ondas de radio interferían con la energía mágica, lo cual era una razón de por qué la magia era mucho más difícil ahora que en tiempos antiguos. Empaqué una linterna y una pequeña navaja de bolsillo. No tenía idea de qué esperar, y quería estar preparada.

Nuestro destino era un pequeño lago artificial ubicado en uno de los ángulos que se formaban en la intersección de dos carreteras. Había venido algunas veces cuando era más joven, con mi mamá. Nos sentábamos en la pequeña área de playa y construíamos castillos con la arena que había sido traída en camión. Habían pasado años desde la última vez que estuve en el lugar. Nunca fue tan genial. Solía haber personas sospechosas vagando, y la mitad del tiempo ni siquiera podías meterte al agua debido a la proliferación de algas.

Esta vez, sin embargo, las personas sospechosas éramos nosotras, estacionando nuestras bicicletas entre los arbustos, escabulléndonos por las orillas del parque. Me hizo preguntarme si la gente que recordaba haber visto aquí no intentaba simplemente deshacer los extraños nudos de su propia vida.

Caminamos hasta la orilla del agua. Comenzaba a oscurecer. Malloryn iba delante, siguiendo un desgastado sendero que llevaba a una plataforma para pescar. Depositó la canasta con cuidado sobre las tablas, y luego se sentó a su lado con las piernas cruzadas.

—¿Ahora qué? —pregunté.

—Esperamos —dijo Malloryn.

Yo también me senté. Sentí la urgencia de quitarme los zapatos y los calcetines y dejar que mis pies colgaran dentro del agua. Pero estaba preocupada de que eso pudiera arruinar el hechizo, así que me senté exactamente como Malloryn lo había hecho.

El crepúsculo dio paso a la noche. Entre los postes de luz repartidos por el parque, las sombras eran profundas. Me alegré de haber traído mi linterna.

—¿Qué estamos esperando? —pregunté a Malloryn.

—El perigeo —dijo, señalando a la luna que se levantaba tras las colinas.

De tanto en tanto, Malloryn revisaba la hora. Mis rodillas comenzaban a doler, pero Malloryn no se había movido, así que yo también permanecí en la misma posición. El zumbido del tránsito de las carreteras se redujo a un susurro. En su lugar, comenzó a escucharse el ligero golpeteo del agua contra la plataforma, el canto de los grillos, el ruido de los ratones y las ratas al escabullirse, el llamado de una solitaria ave nocturna.

Por fin, Malloryn se movió. Relajó la flexión de sus piernas y abrió la canasta.

—Gelsin quería vivir para siempre —añadió Malloryn—, así que se transcribió a sí mismo en un hechizo. A su espíritu, quiero decir. De esa forma, una parte de él nunca moriría. O ésa era su teoría.

Sacó una vieja fotografía enmarcada. Era de un joven de ojos oscuros con un espeso bigote y cabello peinado hacia atrás con una marcada partición. Malloryn la colocó en la plataforma. Por alguna razón, yo había imaginado a Gelsin como un anciano, pero en la imagen él no parecía ser mucho mayor que nosotras.

—No estoy segura de cómo se ha de sentir su espíritu por tener que desatar nudos hasta la eternidad, pero ése no es mi problema, ¿o sí? —dijo Malloryn. Sacó la bolsita de hierbas que la había visto rellenar antes y la dejó frente a la foto. Junto a ella colocó el cristal envuelto en terciopelo, un termo y un perro de juguete maltratado que debe haber pertenecido a Zorro. Después sacó una tetera china y tres tazas y platitos. Puso una taza frente a cada una de nosotras, y la tercera en un punto entre las dos.

Abrió la tetera y colocó la tapa a un lado. Entonces tomó el termo, lo abrió y vertió su contenido humeante sobre las tazas, y agregó la bolsita.

—Arman Gelsin —dijo, con una voz fuerte y extrañamente formal—, hay té para beber. Ven y siéntate con nosotras.

Volteó a un lado, luego al otro, como si esperara ver a alguien parado allí. Pero no pasó nada. Volvió a mirar la fotografía, murmuró algo en voz baja, luego dibujó una cruz con un dedo sobre el rostro adusto de Armand Gelsin.

—Dulce té —dijo. Tomó el cristal y lo dejó caer dentro de la tetera, donde comenzó a disolverse. Rocas de azúcar.

Un avión pasó volando. Las luces de sus alas parpadeaban.

—Armand Gelsin, nosotras te invocamos —volvió a decir Malloryn—. Invocamos tu espíritu para que te sientes con nosotras y bebas té, y bendigas estas manos con tus habilidades.

La superficie del lago estaba lisa y oscura. La luna llena brillaba. Un escalofrío nos recorrió. Pudo haber sido simplemente un viento nocturno, pero Malloryn lo tomó como una señal de algo, así que sujetó la tetera por su delicada asa y sirvió tres tazas humeantes.

Entonces se dirigió nuevamente a la noche.

—Armand Gelsin —repitió—. Tu camino está iluminado. Por tus propias promesas, selladas con tu propia sangre, yo convoco a tu espíritu para que se nos una.

Tal vez fue sólo el vapor que salía de mi taza lo que me produjo un cálido cosquilleo en la piel, o tal vez fue que el aire a nuestro alrededor se estaba enfriando y succionaba el calor de mi cuerpo. El olor ahumado a té negro fuerte llegó a mi nariz.

—Si estás cerca —dijo Malloryn—, muéstrate y bebe con nosotras, para que podamos pedirte nuestro favor.

Esperó. Definitivamente hacía más frío ahora. Era difícil saber si se trataba únicamente del frescor usual de la noche o de algo más. Pero era fácil, demasiado fácil, imaginar todo tipo de siluetas moviéndose en la oscuridad a nuestro alrededor.

Malloryn alzó la fotografía como si intentara llamar la atención de alguien, luego se sentó junto a la tercera taza.

—Armand Gelsin, si estás cerca, danos una señal.

Observó la tercera taza con gran intensidad. Debe haber pasado una brisa, porque la superficie del té se agitó por un segundo.

—Él está cerca —dijo.

Una alegría desenfrenada se había instalado en los contornos de su voz. Yo también la experimenté: la sensación de que el mundo se quebraba como el cascarón de un huevo, revelando el deslumbrante tesoro en su interior.

Algo se movió entre los arbustos. Un mapache, quizás. O un ciervo. O tal vez un espíritu de ultratumba. ¿Por qué no? Ambas nos sobresaltamos. Miré a mi alrededor, pero no vi nada.

—Adelante —dijo Malloryn—. Puedes revelarte.

Tomé mi linterna, pero Malloryn me detuvo delicadamente con una mano sobre mi brazo.

—No —susurró—. Tiene toda la luz que necesita—. Señaló la luna con un ligero movimiento de cabeza.

Armand Gelsin nos miraba fijamente desde su marco. Me recordaba un poco a papá: ambos eran inmigrantes, ambos cargaron sus secretos por medio mundo. Ambos tuvieron una muerte sin sentido.

El fotógrafo había capturado una ira áspera en sus ojos, en el delineado de sus cejas, en la furiosa perfección de su pelo. Por un momento fui capaz de verlo fuera de la historia, como si aún estuviera vivo, de esa misma edad, el día de hoy. Era joven y orgulloso y temerario y lleno de misterios y más cerca de su muerte de lo que él imaginaba.

Se volvió a escuchar el ruido en la oscuridad, ahora más cerca.

Pisadas en el sendero. Una sombra moviéndose entre sombras. Una silueta oscura se separó del resto de la penumbra y se dirigió hacia nosotras. Escuché que Malloryn inhalaba con fuerza.

—Aquí estamos —le gritó a la sombra, con una expresión de triunfo en su mirada. Dio una palmaditas frente a la taza de té que le había servido—. Éste es tu lugar.

La presencia oscura se acercaba. Tenía forma humana. Iba siguiendo el sendero en dirección a donde nosotras estábamos. Malloryn temblaba de emoción. Pero cuando la cosa se acercó más, algo se volvió amargo en mis entrañas.

—Malloryn... —susurré.

—Shh —me pidió silencio—. Aquí está. Es él.

La silueta estaba parada al comienzo de la plataforma de pesca, bloqueando nuestra salida. Estábamos atrapadas entre el agua fría y atestada de algas, y lo que fuera que estuviera allí en la oscuridad. Avanzó un paso. Luego otro. Recordé la navaja en mi mochila, y esperé no llegar a necesitarla.

—Muy bien —dijo Malloryn—. Puedes sentarte con nosotras.

Las tablas crujieron bajo sus pies. La plataforma se ladeó.

—Malloryn, no creo que sea él —exclamé.

—Lo es —ella reviró—. Tiene que ser.

Pero yo sabía que no era. Podía sentir lo peculiar de su energía, y era una peculiaridad confunsa, pero humana. Era alguien aventurándose a donde no había sido invitado, a donde no pertenecía.

—Malloryn, esto está muy mal —dije cuando la silueta dio otro paso.

—Arruinarás el hechizo —replicó.

La sombra dio otro paso.

—Al carajo con el hechizo —exclamé. Tomé la linterna y saqué la navaja de mi mochila.

Malloryn gritó, un grito decepcionado de angustia y frustración. Desplegué la navaja y dirigí el haz de luz de la linterna hacia la figura. No era Armand Gelsin.

Era un tonto chico de mi escuela llamado Eli Hatch.

Había un par de cosas que todos sabían sobre Eli Hatch. Era un niño mimado. Conducía una Land Rover y vivía en una mansión. Su madre había heredado una fortuna petrolera, y su padre era cabildero. Siempre sacaba las peores notas, pero seguramente, gracias a la magia del nepotismo y el dinero, terminaría en una prestigiosa universidad de la Liga Ivy. Y, como era de esperarse, era un redomado cretino.

Y justo en este momento, entornaba los ojos bajo el chorro de luz de mi linterna.

—¿Qué diablos? —murmuró.

—Tú no eres Gelsin —dijo Malloryn, consternada.

Otros tres chicos surgieron de la oscuridad a espaldas de él, un chico y dos chicas. No reconocí a ninguno de ellos.

—¿Quién es Gelsin? —preguntó Eli Hatch.

—¿Quiénes son estas raritas? —preguntó una de las chicas.

—¿Y quién eres tú? —reviré.

—Esperen —intervino Eli—. Yo te conozco. Eres la chica cuyo papá fue asesinado.

—Oh, sí, escuché sobre eso —añadió la otra chica—. Escuché que lo encontraron todo...

—¿Todo qué? —me impuse.

Las chicas se rieron.

—Vámonos de aquí —dijo Malloryn, cabizbaja, juntando sus cosas.

—¿Qué hacen aquí, para empezar? —dijo la primera chica—. ¿Eso es té? ¿Se juntaron a tomar el té?

Demasiado tarde, Malloryn recogió el perro de juguete y lo metió a la canasta.

—Ooh —dijo la otra chica—. Están jugando con muñecas.

—No pasa nasa —susurró Malloryn; si a mí o a ella, no podía estar segura. Su voz se quebró por las lágrimas—. Todo va a estar bien.

Las chicas se estaban riendo, y los chicos nos observaban con una sonrisa estúpida. Los odié a todos. No podían ver lo duro que Malloryn había trabajado, lo mucho que esto significaba para ella. No podían ver el cuidado, la paciencia, el amor. En vez de eso, veían una bobada de la cual burlarse.

Sentí la misma electricidad que había sentido aquella noche en la clínica, cuando contemplé a Zorro y supe muy dentro de mí que necesitaba curarlo. Sólo que esta vez era una oscura corriente de furia que me azotó como un latigazo.

—Déjenla en paz —dije, adelantándome hasta que mis ojos quedaron a centímetros de los de la primera chica. Olía a humo de manzana de vapeador.

—No tienes que... —replicó Malloryn.

—Cállate —dije.

La chica volvió a reírse, pero fue otra clase de risa. La furia dentro de mí no le temía. No le tenía miedo a nada, y creo que ella pudo ver eso. Yo hablaba en serio, y ella no. Ninguno de ellos tomaba en serio nada.

—Fenómeno —fue lo único que dijo. Su voz fue superficial, y no había nada detrás. Malloryn terminó de meter nuestras cosas en la canasta.

—Vámonos —me dijo.

Pedaleamos de regreso a casa en un silencio lúgubre. Podía ver que Malloryn se sentía avergonzada. Y yo sentía una oscuridad bullendo en mí que no quería desaparecer.

Cuando llegamos a casa, Malloryn sacó las cosas de la canasta y las guardó. Yo me ofrecí a ayudarla, pero ella me rechazó. Zorro nos miraba con preocupación.

—Lo lamento, Malloryn —dije. No estaba segura de qué era lo que lamentaba. Que algunas personas fueran horribles. Que el hechizo hubiera fallado. Que Malloryn hubiera visto el enojo que día tras día trataba de controlar. Lamentaba todo eso.

Ella hizo una pausa en lo que estaba haciendo.

—Nunca nadie me había defendido —exclamó—. Gracias —vertió en el fregadero el resto del té que había preparado para Armand Gelsin—. Por si te lo estabas preguntando: no habría funcionado.

—¿El hechizo?

Malloryn sacudió la cabeza.

—¿Por qué no? —pregunté.

—Yo me equivoqué —contestó.

—¿Sobre Gelsin?

—Sobre ti —me miró fijamente—. No es un embrujo.

—Okey… —dije—. Entonces ¿qué es?

—No lo sé —admitió—. No hay nada atándote. Simplemente… —hizo una pausa, buscando las palabras.

—¿Qué? —insistí.

Se veía perpleja y derrotada.

—... algo hace falta —dijo por fin.

CAPÍTULO DIECISÉIS

UN EXTRAÑO CORAZONCITO

El lunes, cuando regresé a la escuela, me encontré con un nuevo rumor que decía que yo sacrificaba cachorritos a medianoche.

—Claro que no es verdad —se apresuró a desmentir Grace. Estábamos en el patio. Grace estaba sentada en el regazo de Howie, y Carrie miraba nerviosamente a su alrededor.

—Obviamente —la secundó Carrie, aunque cuando la miré, no parecía una opinión que todos compartieran.

—Pero en serio —dijo Howie con una sonrisa despistada en el rostro—, ¿qué fue lo que pasó?

—Bueno, para empezar —dije—, no eran cachorritos —Carrie quedó boquiabierta. A Howie la sonrisa se le petrificó en la cara. Decidí que él no me agradaba.

—No pasó nada. Es un estúpido rumor y Eli Hatch es un cretino —añadió Grace—. Nosotras te apoyamos, chica. No te preocupes —le lanzó a Howie una mirada fulminante, y él hizo uno de esos tontos encogimientos de hombros que significan *¿Qué?*

El resto del día sentí que me rodeaba una burbuja hecha de miradas curiosas y juzgadoras de gente que ni siquiera conocía. Dentro de la burbuja era difícil pensar. Los sonidos llegaban apagados y con reverberación. Tal vez era así como Malloryn se había sentido antes de huir de casa. Tal vez era así como papá se había sentido cada día de su vida.

Carrie y Grace venían a buscarme siempre que podían. Grace se dedicó a mirar amenazadoramente a cualquiera que se nos quedara viendo, lo que redujo significativamente la cantidad de personas que se nos quedaban viendo. Me di cuenta de que Carrie estaba incómoda. Aun así, se mantuvo cerca y no hizo preguntas. Se supone que eso es lo que hacen los amigos.

Cuando el último timbre sonó, me reuní con las chicas en el patio.

—Tengo que ir a nadar —dijo Carrie—. Pero estudiemos más tarde. Le diré a papá que nos lleve fideos dan dan.

La sala de Carrie, con toda su comodidad, sonaba atractiva, y el restaurante chino de por ahí cerca preparaba los fideos dan dan de manera artesanal, pero una vez que nada más estuviéramos las tres solas, habría preguntas que responder. Como, "¿Por qué Eli Hatch está inventando rumores extraños? ¿Qué fue lo que pasó en realidad?". Yo no quería tener que explicar. No quería mentir, y definitivamente no quería decir la verdad.

—Estoy cansada, Osita Cariñosita —contesté—. Sólo quiero ir a casa.

Pero no fui a casa. Y tampoco estaba cansada. Monté en mi bici y rodé hasta la clínica. Los pedales bajo mis pies me daban un lugar donde dejar mi enojo. Los empujé con fuerza hasta que el viento golpeó veloz contra mi cara y la pesadilla de los chismosos de la escuela pareció lejana.

Cuando me detuve en el estacionamiento detrás de la clínica, una grácil sombra se movió en la periferia de mi visión.

El viejo gato gris estaba merodeando por la orilla del techo de la clínica, majestuosa y despreocupadamente. Se detuvo en el alero sobre la puerta y se sentó sobre sus cuartos traseros. Movió su cola perezosamente en el aire mientras me observaba por un momento, luego continuó por el canalón de la lluvia hasta que desapareció de mi vista al doblar la esquina.

—Paquete para ti —dijo Dominic levantando un sobre, cuando entré. Ni siquiera tuve que mirar. Ya sabía lo que era.

Lo llevé a la oficina de papá, lo abrí, dejé el teléfono sobre el escritorio y esperé. Un minuto después, comenzó a vibrar.

—¿Ya está mejor? —preguntó la voz—. ¿El incontinente?

—Eh, sí, está bien.

—Excelente —exclamó la voz—. Pronto recibirás una visita. Otro cliente.

—¿Y si digo que no?

Silencio.

—Okey. Digo que no. No esta vez —silencio. Esperé.

Por fin, la voz al otro lado respondió.

—¿Por qué no?

—Alguien tiene que explicarme todo esto —dije—. Quiero saber quiénes son ustedes. Quiero saber lo que saben sobre papá.

Un sonido pesado y denso llenó la conexión, el sonido de las opciones siendo consideradas.

—Recibe a tu visita —antes de que pudiera protestar, continuó—: Atiende al paciente.

—¿Y luego qué? —pregunté—. Dije que no lo haría.

—Luego —dijo la voz— trataré de ayudarte.

El teléfono hizo clic y quedó en silencio. Lo metí a un cajón y fui a la recepción.

—Y aquí llega ya —dijo Dominic a un extraño que estaba parado frente al escritorio de la recepción con un estuche de violín en una mano y una jaula para pájaros cubierta con una toalla en la otra. Cuando Dominic señaló con la cabeza en mi dirección, un joven y pálido rostro enmarcado por una revuelta cabellera negra giró sobre un hombro flacucho. Un par de ojos tristes y desconfiados se cruzaron con los míos.

Era un muchacho como de mi edad, de rasgos frágiles, brazos delgados como plumas, huesos de pájaro y piel tan pálida y fina como escarcha. Un viento fuerte probablemente se lo habría llevado volando, de no ser por sus ojos. Lucían pesados por la aflicción, y por algo más que reconocí al instante.

Enojo.

—Hola —dije—. ¿Puedo ayudarte?

Él levantó el estuche y luego la jaula, como si eso fuera una respuesta lógica a mi pregunta. Tras él, Dominic sacudió la cabeza y se encogió de hombros.

—Okey —añadí—. Sígueme.

Cuando estuvimos en la oficina, con la puerta cerrada, el chico dejó el estuche y la jaula cubierta, una cosa al lado de la otra, sobre mi escritorio. Entonces destrabó los seguros del estuche y lo abrió. No estoy segura de lo que esperaba ver, pero un violín acomodado entre el suave acolchado índigo no había sido mi primera opción.

Dejó cubierta la jaula. Ya había notado que ningún sonido surgía de ella.

—Soy Kent Hayashi —se presentó al fin.

—¿Tocas el violín? —pregunté.

—Desde que tenía tres años —dijo sin mirarme.

El violín se veía bien cuidado y de buena manufactura. Sus contornos eran limpios y sinuosos. Era de color caoba.

Un fino grano veteaba la madera de su superficie. Las cuerdas eran lustrosas y tirantes, la espiral de madera en la cabeza del instrumento se enrollaba con elegante precisión.

Kent pulsó una cuerda. Aunque ahogado por el estuche, el sonido era brillante y pleno. La nota hizo eco en mis oídos por un largo tiempo, más largo de lo que parecía posible, como si el sonido se hubiera quedado estancado. No era desagradable, pero resultaba extraño.

Mientras la nota iba decayendo lentamente hasta convertirse en silencio, Kent observaba la jaula. Parecía como si esperara algo. Pero no surgió ningún sonido.

—Vivaldi es... —hizo una pausa para corregirse— era el más dulce, el más amable... —se detuvo.

—¿Vivaldi? —pregunté.

Suspiró y quitó la toalla para descubrir la jaula. Estaba vacía.

—Podía cantar Schubert —añadió—. Estaba tan orgulloso de sí mismo.

—¿Se escapó? —pregunté.

El chico sacudió la cabeza.

Una capa de plumas amarillas descansaba encima del reguero de cáscaras de semillas y excremento de pájaro al fondo de la jaula. Demasiadas plumas, y demasiado recientes.

—Lo siento —dije.

Los ojos de Kent eran fríos y feroces, y su rostro estaba marcado por el sufrimiento y por una furia impotente.

—Sea lo que sea —exclamó—, no lo quiero. Quiero que tú te lo lleves.

—No comprendo —dije.

Dio unos golpecitos en un costado del estuche con los nudillos de su puño apretado. Por un momento, nada pasó.

Entonces el violín aspiró profundo y me observó.

Sus ojos estaban a ambos lados de la espiral en la cabeza del violín. Eran unas cosas curiosas, redondas y anchas que brillaban con intensidad. La parte blanca era amarillenta e inyectada en sangre. Sus párpados no tenían pestañas. Cuando se cerraban, su tersura hacía que se confundieran con los contornos naturales del instrumento. Si ella —supe, sin lugar a duda, que era hembra— los dejaba cerrados y contenía la respiración, no podías ver que había vida allí.

Pero ahora me estaba observando, y estaba respirando, inhalando y exhalando, su cuerpo expandiéndose y contrayéndose como una caja torácica, con las ranuras en forma de f a ambos lados de las cuerdas dejando pasar el aire a manera de branquias. Después de un momento levantó el cuello, revelando detrás del diapasón unos nervios y venas oscuras que descendían hasta una especie de clavícula donde se juntaba con el cuello.

—Él despertó hace unos días —dijo Kent—. De la nada.

—Ella —dije—. Es hembra.

—¿Cómo podrías saberlo?

—Simplemente lo sé. ¿De dónde vino?

—Me lo regalaron —contestó Kent—. Tengo un mecenas. Anónimo.

—"La" —insistí—. No "lo".

Frunció el ceño.

—Sólo es un violín —dijo—. Hasta hace pocos días, es lo único que era.

La violín parpadeó, observándonos alternativamente. ¿Sabría que estábamos hablando de ella?

Un recuerdo distante se desprendió. ¿Me había contado papá una historia, una noche de hace muchísimo tiempo? No podía recordar los detalles. Objetos cotidianos —teteras, escobas, sillas— abriendo los ojos, cobrando vida luego de cien años de una existencia inanimada, llenos de ingenio y voluntad y travesuras. ¿Cómo se llamaban?

Yokai.

—Llévatelo —dijo Kent—. Véndelo. Rómpelo. Quémalo. No me importa. No lo quiero.

Estuve a punto de volver a corregirlo.

La violín me miró, inocente, sin darse cuenta de nada.

—Debí saberlo —añadió Kent, casi para sí mismo—. Debí haber visto la manera en que él… en que ella lo miraba. Pude haber hecho algo. Pude haber…

Guardó silencio y dejó caer la cabeza. Creí que se pondría a llorar.

—¿Qué sucedió? —pregunté.

—Él… —le lancé una mirada filosa, y él suspiró—. Ella. Ella se lo comió. Se comió a Vivaldi.

Fijó en la violín una mirada suplicante, como si aún ahora intentara deshacer el crimen. Justo en ese momento, la violín hipó. Una pluma amarilla salió volando por una de sus delicadas ranuras en el vientre.

Todos la observamos caer al suelo con una lenta e incriminadora delicadeza. Mis dos visitantes voltearon a verme, primero Kent, después la yokai. Los ojos de Kent eran unos apretados trozos de carbón ardiente. Los de la yokai eran grandes y brillantes y libres de culpa. En ese momento, ambos parecían como una vieja pareja de cómicos de carpa, y yo casi esperaba que se arrancaran con algún tipo de rutina de ventrílocuo. Pero ninguno de los dos dijo nada.

—Vivaldi era… —comencé a decir.

—Un canario —contestó Kent—. Se lo comió de mi mano. Estaba apoyado en mi hombro mientras practicaba.

Sabía cantar diez canciones distintas. Él confiaba en mí. Y yo dejé que esa... cosa...

Dejó escapar un grito de auténtica desesperación y se estiró para agarrar a la violín. Por un momento pensé que la estrellaría, o la estrangularía, o la despedazaría. La yokai respingó. Sus cuerdas se aflojaron. Una de ellas se desenredó de la clavija y se levantó como un delgado tentáculo frente a su cabeza de espiral, alerta, trazando eses defensivas en el aire.

Kent vaciló, y acabó por desistir. La yokai se relajó un momento después. Su cuerda se volvió a enrollar en la clavija; seguía floja, según me di cuenta, pero tranquila.

—Necesito ayuda —dijo Kent. Se dejó caer al piso y recargó pesadamente su espalda contra un costado del escritorio. Yo me senté a su lado. Luego de un momento, la yokai se nos unió; salió del estuche y descendió al suelo con ayuda de sus cuerdas, y también apoyó su cuello curvándolo graciosamente contra el costado del escritorio. Durante un buen rato nos quedamos allí sentados los tres, y nadie habló.

—Mis dos padres son músicos concertistas —continuó al fin Kent con una voz lejana—. Querían que yo siguiera sus pasos. Crecí tocando escalas hasta que me sangraban los dedos. Ellos decían que yo tenía que trabajar más duro que los demás. Decían que era la única manera de sobresalir —sacudió la cabeza—. Decían que un día se los iba a agradecer —más que hablar, escupía las palabras.

—Debes ser bastante bueno —exclamé.

—Soy mejor tocando el violín —dijo Kent— de lo que la mayoría de las personas serán para cualquier cosa en su vida.

—Es una afirmación muy atrevida —reviré.

—He ganado concursos nacionales —agregó—. Becas, apoyos. He sido invitado a tocar en Londres, Moscú, Pekín.

Tengo mecenas. Tengo admiradores —hizo una pausa. Cuando volvió a hablar, su voz era grave y amarga—. Lo odio.

—Entonces, ¿por qué sigues haciéndolo?

—Me he preguntado lo mismo por años —dijo—. Y nunca he sido capaz de responder. Así que dejé de hacerlo.

—¿Dejaste de preguntarte?

—Dejé de tocar —aclaró—. Hace seis meses. No he tocado una sola nota desde entonces. Pensé que me sentiría mejor. Pero siento como si hubiera perdido un brazo.

Volvió a guardar silencio. La violín, mientras tanto, había comenzado a explorar la oficina. Se movía como un pulpo, con sus cuatro cuerdas tirando de ella como látigos con una elegancia acuosa. Su cuerpo aún parecía el de un violín, más o menos, pero tenía una delicadeza especial, una pesadez que sugería entrañas bajo la piel lisa y oscura. Cuando no estaba examinando los textos veterinarios de mi padre o rascando una sección de la alfombra, giraba su cuello para observarnos con sus grandes ojos.

—Yo tampoco pedí nada de esto —dije—. Me lo impusieron, sin que nadie se molestara en preguntarme si yo lo quería.

—¿Cómo sabes qué es lo que tienes que hacer? —me preguntó.

—Yo no lo sé —contesté—. No en realidad. Tengo que averiguarlo cada vez. Lo siento si esperabas un buen consejo médico.

Kent se rio. Fue una risa auténtica.

—De verdad me gusta la música —dijo—. Solía pensar que una vez que me volviera lo suficientemente bueno, no me sentiría con el estómago revuelto cada vez que levantara el violín —sus ojos estaban llenos de enojo y angustia—. Pero nunca se es suficientemente bueno.

Sus delicados dedos se cerraron hasta volverse puños, después se relajaron.

—Mis padres sabían que yo estaba deprimido —continuó—. Dijeron que era normal, y me regalaron a Vivaldi para que me ayudara a sentirme mejor. Se sentaba en mi hombro mientras yo tocaba. Cantaba conmigo. Me hizo disfrutar el hecho de tocar, por primera vez desde que tengo memoria.

La yokai regresó al lado de Kent y se dejó caer. Parpadeaba mirándonos alternativamente a mí y a él, atenta y curiosa.

—No creo que pueda regresarte a Vivaldi, si eso es lo que estabas esperando.

El chico sacudió la cabeza como diciendo que no buscaba eso, pero vi que sus hombros se desplomaban un poco.

—Haré lo único que puedo hacer —dije—. Puede que no te ayude en nada, pero me ayudará a entender mejor a tu violín. ¿Te parece bien?

Kent apenas si levantó la mirada para asentir.

Estiré la mano para tocar el cuerpo de la violín. Si la yokai tenía cualquier duda o miedo, no lo mostró. Me observaba con abierta curiosidad. Sus escasos parpadeos producían un sonido como de un obturador de cámara fotográfica.

Tenía un oscuro y delicioso fulgor que calentó mis nudillos cuando la toqué. Deslicé mi mano por todo su cuerpo, a lo largo de las redondeadas líneas de sus junturas expertamente unidas. No era madera, aunque lo parecía. Seca y firme, era una especie de piel. Si la apretaba, cedía. La yokai no parecía incómoda por que la tocara. Simplemente seguía volteando alternativamente hacia mí y hacia Kent, mirándonos con ojos tan redondos y brillantes como dos canicas.

Se sentía confundida. Abrumada. Inquieta. Anhelante e impaciente, llena de deseos. *¿Qué podría querer un violín?*, me pregunté. *¿Por qué se comería un canario?*

¿Y qué se suponía que yo tenía que hacer al respecto?

Estaba segura de que Horacio estaría feliz de agregar un violín viviente a su colección. Y estaba segura de que Kent se sentiría aliviado de deshacerse de ella, al menos al principio. Pero no me parecía que separarlos fuera lo correcto. Esos dos se pertenecían el uno a la otra. Incluso si Kent no podía verlo todavía, la yokai lo sabía. Estaban unidos de una manera que yo podía sentir en mis entrañas.

—Ella está donde se supone que tiene que estar —dije. La expresión de Kent se ensombreció.

—¿Eso es todo? —preguntó—. ¿Simplemente estoy atado a ella?

—Y ella está atada a ti.

Quité mi mano del flanco de la yokai, y ambas nos miramos un momento más antes de que ella se dejara caer nuevamente contra el escritorio, con un dramático y extrañamente melódico suspiro. La calidez en mis nudillos comenzó a desvanecerse. Pronto hubo desaparecido.

El anhelo, sin embargo… ése se quedó.

Algo hace falta.

Se me ocurrió una idea.

—Deberías ponerle un nombre.

—Yo no pienso darle nombre a esa *cosa* —dijo Kent.

—Va a estar contigo por un buen tiempo. Debería tener un nombre.

Kent frunció el ceño. Después de un momento, sin embargo, se puso pensativo.

—Está bien —contestó por fin—. La llamaré como mi abuela. La única persona en mi familia que me dejó ser un niño. Omi —dirigió su atención a la violín—. Oye —le dijo—, tu nombre es Omi.

La violín, Omi, parpadeó, tragándose su nombre con los ojos. Parecía aceptable.

El nombre era bueno. Pero no era suficiente. Kent seguía resentido con Omi. Y Omi seguía hambrienta. Yo podía sentir su hambre, un profundo pozo vacío en el centro de mi estómago.

¿Cómo había este violín abierto los ojos por este chico, en este momento en particular? *Tenía* que haber un propósito. De lo contrario, ¿para qué me había contado papá todas esas historias cuando yo era niña? ¿Por qué había desaparecido tantas veces? ¿Por qué había muerto? *Tenía* que significar algo. Si no, ¿qué hacía yo subiendo a vehículos con extraños, y arriesgando mi vida conviviendo con mantícoras?

Todo eso tenía que significar algo, incluyendo a un chico amargado y su yokai hambrienta. Pero ¿qué?

Un pedacito de la nota que había tocado cuando abrió el estuche seguía en el borde de mi oído, como una palabra en la punta de mi lengua.

—¿Cuándo fue la última vez que la tocaste? —pregunté.

Me miró como si hubiera sido yo quien se comió a su canario. Después se quedó pensativo.

—Tengo otros violines. Éste casi no lo he tocado. Es demasiado fino para practicar. Pero es demasiado temperamental para el escenario.

—¿Temperamental?

—A veces desafina, sin razón aparente —hizo una pausa—. Bueno, tal vez ahora ya sabemos por qué.

Ambos volteamos a ver a Omi. Había liberado una cuerda y se estaba rascando distraídamente el frente de su cabeza de espiral. Por mirar la cuerda, la yokai hacía bizcos.

—Deberías tocar algo —dije.

Kent miró con odio a la violín. Omi dejó de rascarse. Sus ojos se reacomodaron, se cruzaron con los de él, lo miró un momento y parpadeó.

—¿Por qué? —dijo Kent—. ¿Por qué yo?

—Ella te encontró —contesté—. Hay una razón. Quizá sea buena suerte.

O quizás ella te apuñalará en el pecho cuando intentes ayudarla, y te dejará una astilla clavada entre las costillas, dijo una voz en el fondo de mi cabeza. Bajo mi camiseta, la marca en forma de medialuna se sentía cálida y sensible.

El arco de la violín estaba dentro del estuche, sujeto por dos tiras de terciopelo morado. Kent desabrochó las correas y sacó el arco, sosteniéndolo delicadamente entre sus dedos. Casi de inmediato, algo en él se relajó. El ceño entre sus ojos se desfrunció. Su brazo, el que sostenía el arco, se volvió lánguido, grácil.

Levantó a Omi tomándola por el cuello con su mano libre, inseguro al principio. La yokai cerró los ojos, respiró profundo y pareció hundirse. Nuevamente era un violín, su cuerpo rígido entre las manos de Kent. Lo acomodó bajo su mentón. Levantó el arco y lo dejó flotando un momento sobre el vacío, antes de deslizarlo hacia abajo sobre las cuerdas estiradas por encima del vientre de caoba de la yokai.

La primera nota resonó como si hubiera sido amplificada, electrificada. Quedó suspendida en el aire mucho tiempo después de que el pelo de caballo hubo abandonado la cuerda. Kent esperó mientras el prolongado sonido desaparecía lentamente. Entonces volvió a atacar las cuerdas, una y otra vez. La música llenó la estancia. Los dedos de Kent recorrían de arriba abajo el diapasón. Su postura se transformó. Su cuerpo, repentinamente orgulloso y erguido, encontró espacio en su precisión para balancearse al ritmo de la melodía.

Fue un fragmento breve y retozón que se desintegró luego de algunos compases, pero el sonido quedó reverberando en la pequeña oficina. Me pareció que el sonido del exterior había disminuido. La gente fuera estaba escuchando.

Kent apartó el instrumento de debajo de la quijada y rio entre dientes con perpleja alegría. Entonces sus ojos se toparon con la jaula, y su expresión volvió a nublarse. Una oscura confusión se instaló en él. Dejó a la violín y se alejó un paso de ella.

—No siento que sea lo correcto —dijo en voz baja—. Excepto que tampoco se siente mal. No sé qué es lo que siento.

La música seguía sonando en mis oídos. Un brillante tono fantasma se escondía detrás de cada nota. Casi sonaba como el canto de un pájaro, como el alegre gorjeo vespertino de un canario.

Por un momento pensé en la colección de animales de Horacio, en las hadas y sus canciones, y por algún motivo un escalofrío me recorrió la espalda.

—¿Quién más sabe de ella? —pregunté.

—Mi mecenas —contestó—. Así es como te encontré. Nadie más.

Tuve un presentimiento sobre quién podría ser su mecenas.

—Escóndela —exclamé—. No dejes que nadie la vea. No le cuentes a nadie lo que es. Nunca.

Lo ayudé a acomodar a Omi en el terciopelo acolchado del estuche. Cuando mis dedos tocaron su piel de madera veteada, pude sentir corriendo bajo su superficie algo parecido a la sangre, un pequeño estómago saciado y un extraño corazoncito ruborizado por la emoción.

—Ella es para ti —dije—. Para nadie más. Tócala únicamente cuando nadie más pueda oírlos.

Kent no dijo nada. Después de un momento, pasó un brazo alrededor del estuche y lo sostuvo con fuerza. Él cuidaría de ella.

Le lanzó una mirada a la jaula.

—Si ya quieres eso… —dije.

Él asintió. Sus ojos se entornaron con determinación. Al girar hacia la puerta, habló. Su voz fue distinta: cálida y herida y refulgente de emoción.

—Nunca pensé que… —dijo. Miró al suelo y sacudió la cabeza—. Nunca pensé.

Mientras el chico salía de mi oficina y recorría el pasillo frente a la mirada desconcertada de los técnicos y de la gente en la sala de espera, un curioso espacio se abría en mi pecho a cada respiración. Era luminoso y valiente y firme, y a medida que se ensanchaba, yo me sentía más alta y erguida, y veía el mundo con contornos más claros y definidos. Algo hacía falta. Y yo iba a encontrarlo.

En el cajón del escritorio, un teléfono estaba sonando.

CAPÍTULO DIECISIETE

LA MERCANCÍA

El centro comercial era una vetusta fortaleza de concreto y vidrio, rodeada por dos niveles de estacionamiento casi vacíos. Bajé del autobús y me encontré en una gran extensión de cemento bajo el quemante sol. No había un alma a la vista, lo cual tenía sentido: calle arriba había otros centros comerciales más nuevos y bonitos. Este lugar era una reliquia.

La dirección que me indicó la voz al teléfono me había guiado hasta aquí, pero no tenía mayores instrucciones. Busqué a mi alrededor en el estacionamiento, casi esperando que en ese momento apareciera una camioneta sospechosa. Pero nada se movía.

—¿Hola? —grité, en caso de que mi cita misteriosa se hubiera quedo dormida en un auto cercano. Luego de esperar unos cuantos minutos, los suficientes para ver exactamente una persona salir del centro comercial, subir a su auto y alejarse, decidí echar un vistazo adentro.

Un sucio tragaluz corría a lo largo del centro comercial, por donde entraba opacada la luz del sol. Las plantas artificiales de las desatendidas jardineras estaban ladeadas, juntando polvo sobre sus hojas de plástico. Fríos y distantes tubos de neón zumbaban en luminarias atestadas de insectos. Más de la mitad de los locales comerciales estaban vacíos. Los comercios que permanecían eran deprimentes: tiendas de remates de joyería y ropa sin marca, una perfumería que olía a rosas y jabón, una tienda de celulares de un proveedor de telefonía del que jamás había oído hablar. Todo parecía desgastado y barato.

Los clientes caminaban de un lado a otro como almas perdidas. Los dependientes se iban y dejaban sus locales sin atender. Alguien me preguntó descorazonadamente si no quería probar una muestra de su nueva crema para la piel. Ya conocía la respuesta.

Me pregunté si había pasado por alto alguna pista crucial. Comencé a observar con mayor atención a los otros compradores cuando pasaban a mi lado, tratando de ver si alguno de ellos me miraba a los ojos o me daba una señal. Nadie lo hizo, y pronto me encontré imitando su taciturna marcha fúnebre de tienda en tienda.

No vi el emblema de la tetera sino hasta que pasé frente a él por tercera vez. Estaba pegado en la esquina de la ventana del estrecho aparador de la tienda de teléfonos celulares. Si no lo conocías, podrías pensar que era una especie de certificación del negocio, o que era una calcomanía que había puesto la compañía de alarmas contra robo.

El corazón me saltó en el pecho. Respiré profundo y entré a la tienda.

El tipo que trabajaba allí tenía pelo corto entrecano, una barba de chivo cuidadosamente recortada, y ojos oscuros y hundidos. Era más bajo que yo y vestía pantalones y camisa baratos, con una corbata igual de barata. Usaba una plaquita marrón con el nombre "Glenn" impreso en ella. Parecía estar jugando un videojuego en su teléfono, el cual, pude notar, no era del tipo de aparatos de gama baja que vendían en el local.

—¿Te puedo ayudar? ¿Buscas algo en especial? —preguntó, y de inmediato regresó a su juego.

—Por extraño que parezca —dije—, eso es exactamente lo que espero de ti.

Sus ojos volvieron de inmediato a mí, curiosos.

—¿Qué tipo de teléfono necesitas? —preguntó.

—No necesito un teléfono —contesté.

Él dejó su aparato y miró por encima de mi hombro.

—¿Viene con alguien más? —preguntó.

Negué con la cabeza. Él rodeó el mostrador para ir a la entrada de la tienda y bajó la cortina metálica, que se cerró con un fuerte golpe. Lo que sea que fuera a pasar, yo estaba atrapada.

—¿Quién eres? —pregunté.

Logró gesticular una débil sonrisa que duró apenas un momento y luego se esfumó.

—Glenn —dijo, apuntando a la plaquita con su nombre. Su expresión me indicó que no iba a decirme su apellido—. Ella dijo que vendrías. Dijo que le mandara un mensaje cuando llegaras —no realizó ningún movimiento para hacer eso.

Glenn parecía tener entre cuarenta y quién sabe cuántos años. Era redondo desde cualquier ángulo que se le mirara, un hombre hecho de círculos. El sufría de tedio de la misma manera en que los perros viejos sufren de artritis: le crujió en las articulaciones cuando regresó al mostrador.

—¿Qué es este lugar? —pregunté.

—Ja —exclamó Glenn sin reírse.

—En serio —insistí.

—En verdad no sabes nada —dijo.

Sacudí la cabeza. Él dejó escapar un pesado suspiro.

—Bueno —dijo, sacando un taburete de detrás del mostrador—. Siéntate.

Yo me senté, y Glenn inclinó su masa hacia mí por encima del mostrador.

—Ésta es una sala de pujas —añadió, abriendo un brazo para abarcar la tienda vacía—. Hay salas de pujas por todo el mundo. Todas son más o menos como ésta. Pequeños cuchitriles a los que no querrías entrar. Los agentes de las salas de pujas sabemos lo que está en venta, y nosotros tomamos las ofertas. Algunas son enormes. Otras… no tanto. Nosotros tomamos todas.

—Espera —dije—, ¿ustedes los *venden*?

—Tenemos trabajadores de campo —prosiguió, burlándose de mi pregunta—. Ellos manejan la mercancía.

—La mercancía —exclamé—. Te refieres a los animales.

Puso los ojos en blanco.

—No, los celulares —dijo—. Por supuesto que los animales. No tenemos inventario. Es demasiado peligroso. Dejamos que el vendedor asuma el riesgo. Pero nosotros monitoreamos todo lo que vendemos, para asegurarnos de poder conseguirlo una vez que se cierre la venta. Y cuando eso sucede, los trabajadores de campo organizan el envío de los bienes.

—¿Entonces tú los subastas? —pregunté.

—Yo no —dijo Glenn—. Yo sólo tomo las pujas. Las tomo, y las entrego. Todas van a dar a un lugar llamado el Salón de Té, y alguien gana —se encogió de hombros—. No me preguntes cómo. No me preguntes dónde está el Salón de Té. Yo nunca lo he visto. Ni siquiera sé si el lugar existe.

—¿Quién maneja el Salón de Té?

—Los administradores ocultos —dijo Glenn—. Yo no los conozco. Pero ellos toman las decisiones. Ellos te entregan una concesión, y a partir de ese momento es tu trabajo. A mí me dieron este lugar. Hace treinta años.

—¿Una tienda de celulares?

Glenn se rio.

—En aquel entonces no era una tienda de celulares. Vendíamos juegos para computadora. Pero, ya sabes, no de los buenos. Nunca teníamos de los buenos —sacudió la cabeza con nostálgica decepción.

—Eso suena… —miré alrededor de la tienda, la pobre publicidad de proveedores y los lamentables productos que se pregonaban sin mucho entusiasmo.

—¿Deprimente? —dijo Glenn—. En eso tienes razón.

—¿Entonces por qué sigues aquí?

—¿Alguna vez has intentado abandonar a tu familia? —preguntó.

—Una vez —admití.

—¿Qué tan lejos llegaste?

—No lo suficiente.

—Pues ahí está —Glenn asintió, como si acabara de demostrar su punto.

—Espera un minuto, ¿todos son parientes?

—En algún punto del *árbol* —dijo Glenn—. Yo soy lo que ellos llaman de "rama baja". Significa que soy un pariente lejano. A los de rama baja nos concesionan las salas de puja. Los de "rama media" son operadores de campo. Los administradores ocultos son todos de "rama alta", o eso dicen.

—No parece justo —repliqué.

—No lo es —admitió Glenn—. Pero así es como funciona. En realidad no es tan malo. Prácticamente nos pagan por sentarnos y no hacer nada durante todo el día. De vez en cuando tomamos una puja o dos. Podría ser peor. Como sea, terminas por acostumbrarte.

Hizo un chasquido que pareció indicar que había dejado de importarle. Me dio la impresión de ser el tipo de persona que sólo conocía una forma de ser, y que si alguna vez había conocido otra, se la habían quitado a golpes años atrás.

—¿No tenías que notificar a alguien cuando yo llegara? —pregunté.

Una expresión taimada y avariciosa cruzó por el rostro de Glenn.

—Cincuenta dólares —me dijo.

—¿Qué?

—Ya me oíste. Dame cincuenta dólares.

—¿Hablas en serio?

Se encogió de hombros.

—Tienes que dar propina al portero.

—Nadie me dijo eso.

—Qué lástima —replicó Glenn—. Supongo que ella nunca sabrá que viniste.

Nunca me habían pedido un soborno. Era escandaloso y patético. Glenn no se avergonzaba por ello, no sentía culpa. Su rostro era petulante y lastimero al mismo tiempo, y no estaba segura si tenía que sentirme intimidada o apenada por él.

Por un momento nos quedamos mirando mutuamente. Finalmente saqué mi cartera y la abrí.

—Sólo tengo cuarenta —dije.

Glenn frunció el ceño, silenciosamente decepcionado, y yo experimenté una mínima oleada de victoriosa felicidad. Me arrebató los billetes de la mano, se guardó el dinero en el bolsillo y escribió un breve mensaje en su teléfono. Luego volvió a mirarme e, incapaz de entenderme, sacudió la cabeza una vez más. Dejó el teléfono sobre el mostrador, y casi inmediatamente, el aparato sonó.

—Alguien llegará pronto —dijo.

Me habían robado, y estaba furiosa. Pero no podía evitar sentir lástima por él. Había pasado treinta años en ese diminuto local comercial. Yo llevaba quince minutos en él y ya sentía que era demasiado.

—¿Puedo preguntar algo? —aventuré. Levantó la mirada, un poco demasiado ansioso al principio—. ¿Cómo te encuentran?

—¿Quiénes? —preguntó.

—La gente —añadí—. La gente que puja. ¿Cómo saben dónde encontrarte?

—Algunas personas son invitadas —dijo—. Normalmente es gente muy rica. Ésos son los peores. Ni siquiera te miran. Como si no fueras humano —Glenn gruñó al pensar en los ricos. Luego se quedó callado y pensativo—. Los otros, por el contrario —dijo—, los auténticos, ellos simplemente saben.

—¿Qué es lo que "saben"?

Una media sonrisa cansina creció en su rostro.

—Entran como si estuvieran perdidos. Como si fuera un accidente que hubieran llegado aquí. Y luego quieren platicar. De lo que sea. Cualquier cosa. Autos. Su ex. Sus padres. Yo les sigo la plática hasta que llega el momento adecuado. Entonces digo algo sobre mascotas. Su mirada se ilumina —la mirada de Glenn también se iluminó al representar ese momento—. Es como si algo simplemente se activara en su cerebro. *Eso es*, piensan. No tengo que darles un gran discurso de venta. No es necesario. Los que saben, saben.

—¿Cuántas ofertas como ésa has recibido? —pregunté.

—Tal vez una docena —dijo—. En treinta años. Pero puedo detectarlos en el instante en que entran. Tienen esa expresión en la mirada —apretó los labios y afiló la mirada, orgulloso por primera vez.

El teléfono de Glenn volvió a sonar unos minutos después. Sin decir palabra, me mostró un mensaje donde me ordenaban dirigirme al estacionamiento del centro comercial. Cuando terminé de leerlo, levantó la cortina y se despidió agitando levemente la mano. Después regresó a su taburete y reanudó su juego, clavando la mirada en la pantalla de su celular.

El auto, un viejo Buick cuadrado de vidrios entintados, estaba afuera, parado en ralentí. Cuando salí del edificio, el conductor bajó del auto y abrió la puerta trasera. Tenía una cara poco expresiva, un corte de pelo estilo militar y una curiosa pesadez en los hombros. Cuando me vio, abrió más la puerta y me invitó a subir con un gesto de la otra mano. El interior del coche estaba tapizado en piel oscura. Una voz interna, muy sensata y racional, me gritó a todo pulmón que no debería acercarme a ese auto, que de hecho tendría que correr tan rápido como pudiera en la dirección contraria.

No la escuché.

En su lugar hice caso a la otra voz, a la que me aseguraba, muy serena, que todo iba a estar bien, que el único lugar en el que necesitaba estar en este momento era dentro de ese auto, y donde fuera que me llevara. Justo cuando entré y me senté, me di cuenta de que las manos del conductor estaban cubiertas de tatuajes. La puerta se cerró detrás de mí, y después se activaron los seguros. El conductor subió al frente y cerró la portezuela. Tenía tatuajes en la nuca. Calaveras, fuego, demonios. Cosas en verdad felices.

—Abre el reposabrazos del centro —me ordenó.

En el compartimento al interior del reposabrazos había una bolsa de terciopelo negro, vacía. La tomé.

—Sólo hay una bolsa vacía —dije—. ¿Se supone que tenía que haber algo en ella?

—No —contestó el conductor—. También voy a necesitar tu teléfono.

Me lanzó una rápida mirada por el espejo retrovisor. Sus manos estaban sobre el volante, pero no hizo ningún movimiento para arrancar. Con una sensación de desasosiego en el estómago, comprendí.

—No me voy a poner una bolsa en la cabeza —exclamé.

—Hay otras maneras —dijo—. Pero ésa es la más sencilla.

Ahora el conductor me observaba fijamente. Sus manos habían soltado el volante. Ya no podía verlas. Intenté abrir la puerta, pero desde luego, no se abrió.

—Está bien —añadí—. Me la pondré.

El conductor asintió. Le entregué mi teléfono.

—Te lo devolveremos —dijo. Lo apagó y lo colocó en una caja de metal que estaba en el asiento del copiloto.

Abrí la bolsa y me asomé a sus oscuras profundidades. Tomé aire, murmuré algo parecido a una plegaria, y me la puse en la cabeza.

En la oscuridad era difícil llevar la cuenta del tiempo. Quizá condujimos por diez minutos. Quizá fueron treinta. Finalmente nos detuvimos.

—Déjate la bolsa —dijo el conductor, las primeras palabras que me dirigió desde que comenzó el viaje.

No es que tuviera demasiadas opciones.

La puerta del coche se abrió y descendí a tientas. Una mano se apoyó suavemente en mi hombro, guiándome durante varios pasos. Sentí como si estuviera en el interior de algún lugar, caminando sobre un piso de madera. Escuché una puerta cerrarse tras de mí. La mano en mi hombro me dio un último empujoncito para seguir, después se retiró. Me detuve y me quedé en ese lugar.

Pasaron varios segundos. Entonces escuché una voz familiar.

—Ya puedes quitártela —dijo.

Estaba parada en el comedor de lo que parecía ser una casa bien equipada. En el extremo opuesto de una larga mesa, un par de manos se apoyaban sobre el respaldo de una silla en una forma que me recordó a un loro en una rama. Un pequeño candelabro —un cuenco de vidrio ornamental de colores cálidos— colgaba en medio de nosotras. Entonces la mujer de rostro radiante que me había mandado a Londres se asomó por un costado de la lámpara, levantó una mano para saludarme y sonrió. Parecíamos estar solas en la habitación.

Ella usaba una blusa blanca casual y unos jeans claros. Su cabello estaba muy bien peinado hacia un lado. Su sonrisa tenía una dulzura reconfortante, pero detrás de un par de anteojos de marco rojo, sus ojos reflejaron algo frío y metódico cuando me miraron.

—Hola —dije—. ¿Dónde estoy?

Había ventanas por todos lados, pero las persianas habían sido cerradas. No podía ver absolutamente nada del mundo exterior.

—No te preocupes —contestó—. Estás a salvo. Cuando terminemos aquí, te llevaremos de regreso a casa y tus honorarios serán depositados en tu cuenta bancaria.

—¿Honorarios? —pregunté.

—No te emociones demasiado —dijo la mujer—. No todo el mundo tiene antiguo dinero de grifo para andar tirándolo por ahí. La mayoría de la gente no lo tiene.

—¿Éste es el Salón de Té? —pregunté.

Ella se rio.

—No. Ésta es sólo una casa.

—¿Quién eres tú? —pregunté.

—Puedes llamarme Jane Glass —dijo.

Se sentó en la silla a la cabecera de la mesa. Frente a ella había una pequeña maleta de viaje hecha de plástico rígido. Apoyó los brazos a ambos lados de la maleta y colocó los dedos contra sus bordes. Yo también me senté, en la silla opuesta a la de ella.

Sonrió, con la misma sonrisa reconfortante, pero algo en su postura cambió. Su espalda se irguió, sus hombros se hicieron más anchos. Un ligerísimo tic de incomodidad y recelo cruzó por su agradable rostro.

—Estás aquí porque quiero ayudarte —añadió—. Pero yo también necesito algo de ti.

—Ya te di algo —dije—. Vi a tu amigo el músico.

—Ése es tu trabajo.

—Y le tuve que dar cuarenta dólares a tu primo Glenn sólo para que te escribiera.

Jane hizo un gesto amargo, pero no pareció sorprendida.

—Lo siento. Eso no tenía que haber pasado. Nos encargaremos de eso, y recuperarás tu dinero. ¿Cómo estaba nuestro amigo músico?

—Nada feliz —contesté—. Pero creo que estará bien. La violín está saludable.

—Bien —dijo Jane.

—Estoy segura de que eso aumenta el valor de reventa.

Jane se rio antes de continuar:

—Nos tienes en un mal concepto. Ese violín está feliz donde está. Nadie va a comprarlo en un futuro próximo. Pero digamos que nuestro amigo músico, dentro de muchos años, fallece pacíficamente durante el sueño. Entonces, tal vez, una liquidadora de herencias podría aparecer. Ella podría, digamos, tener un especial interés en colocar ese violín con un buen dueño. Un dueño que lo *merezca*. Eso es una parte importante de lo que hacemos, Marjan.

—¿Y qué hace que alguien lo merezca? —pregunté—. ¿El dinero?

—El dinero nunca ha sido un problema para nosotros.

—Díselo a Glenn.

Jane dejó pasar el comentario.

—Tenemos maneras de vetar postores —añadió.

—¿Cómo cuál?

—Quizás en otra ocasión. Hoy tenemos cosas más importantes de que hablar.

Dio unos golpecitos con los dedos sobre la caja frente a ella, lo meditó un segundo y luego pareció cambiar de opinión.

—No sabemos de dónde vienen los animales —dijo—. Vienen y van, y nosotros aún no entendemos de dónde ni cómo. Pero sabemos cuando llegan.

—¿Cómo?

—Hay señales —exclamó—. Si sabes cómo observar el mundo, puedes ver irregularidades aquí y allá. Ésa es otra parte de lo que hacemos. La aparición en el mundo de cualquier criatura nueva es un evento significativo. Cuando aparece una que es especialmente poderosa, nos aseguramos de que encuentre el hogar apropiado.

Hizo una pausa.

—Hace ocho años —dijo— hubo una señal. Una señal muy fuerte. Algo apareció, y luego simplemente se esfumó. No sabemos qué era. Pero creemos que era muy poderoso. Y pensamos que tu padre pudo haber estado involucrado.

—¿Qué tiene que ver eso con lo de hoy?

—Tal vez nada —contestó Jane—. Pero tenemos razones para creer que aquel evento y la muerte de tu padre pueden estar relacionadas.

—¿Vas a decirme cuáles son esas razones?

—Ésta no es una reunión formal. Hay cosas de las que no puedo hablar. Pero espero que podamos seguir siendo amigas —su rostro era agradable pero serio—. Creo que a ambas nos serviría una amiga en este momento, Marjan.

—¿Por qué?

—Porque algo malo está sucediendo —repuso Jane. Se quitó los anteojos y los dejó sobre la mesa, junto a la caja—. Los estamos perdiendo.

—¿Perdiendo?

—Han estado desapareciendo. Uno aquí, otro allá. Están siendo vendidos sin nuestro conocimiento. A veces han sido robados. Hemos perdido el rastro de más de un centenar de ellos.

Me di cuenta, con una sensación de malestar, de que yo sabía exactamente dónde se encontraban.

—Así que perdieron unos cuantos —dije—. No son de ustedes, a final de cuentas. ¿Por qué les importa?

—Te dije que el dinero nunca ha sido nuestro problema —insistió—. Eso es porque invertimos bien. Invertimos realmente bien. Y para hacer eso, para invertir tan bien como lo hacemos, necesitamos información. Información especial. Tienes que ser precisa, y tiene que estar completa.

—Información sobre ellos —dije—. Sobre los animales.

—Ellos son parte de todo —continuó Jane—. Y todo es parte de ellos. Cuando están bien, pasan cosas buenas. Cuando están enfermos, cuando están heridos, pasan cosas malas. Podemos hacer dinero de ambas formas, pero sólo si tenemos la información correcta.

—Entonces, después de todo, se trata de dinero —dije. Comenzaba a pensar que tal vez Horacio tenía razón sobre los Fell. No se podía confiar en ellos, aunque una de ellos quisiera ser mi amiga.

—¿Tienes idea de cuánto cuesta financiar una operación como la nuestra? —preguntó—. Sí, el dinero tiene su papel en esto, pero sólo como una herramienta para hacer el bien. Cuando su población disminuye, el mundo se vuelve un lugar menos agradable para estar. Una pequeña caída, y la criminalidad aumenta. Los matrimonios colapsan. Más suicidios. Más homicidios. Una gran caída, y las guerras estallan. La hambruna se extiende. La civilización se tambalea. La gente sufre en todas partes. Reina el caos. No nada más compramos y vendemos. También observamos. Y cuando empezamos a ver indicios de problemas, actuamos —hizo una pausa y me miró desde el otro lado de la mesa—. A veces necesitamos de la ayuda de ustedes, de la ayuda de tu familia. Así que, como ves, Marjan, esto no se trata sólo de negocios. Lo que nosotros hacemos, lo que *ustedes* hacen, afecta la vida de las personas en todos lados.

—¿Qué hay de especial en mí? —dije.

—¿No lo sabes?

—No lo comprendo —admití.

—Tanto tú como tu padre son expresiones de la línea hircaniana.

—¿Qué diablos es la línea hircaniana?

—Científicamente hablando —dijo Jane—, la línea hircaniana es una mutación genética única.

—O sea que soy un fenómeno —repliqué.

—No eres un fenómeno —dijo Jane—. Eres un tesoro.

—Mucho bien que me ha traído eso —exclamé—. Mi papá está muerto y yo soy un desastre.

—La muerte de tu padre fue una tragedia —dijo Jane—. Pero esto no se trata sólo de ti y de él —hizo una pausa solemne—. Tu familia ha sido portadora de la línea hircaniana por más de mil años.

Súbitamente la habitación se sintió mucho más grande. O quizá yo me sentí más pequeña.

—¿Mil años? —cuestioné.

—Quizá debería contarte una historia —dijo Jane.

—Érase que se era —repuse—, érase que no era.

CAPÍTULO DIECIOCHO

EL HALCONERO Y EL SHA

El rey Yazdegerd el Injusto, rey de reyes en el antiguo imperio persa de Sasán, recibió una vez la visita de un real emisario del emperador regente de China. Acompañando al emisario iban dos majestuosos y feroces leones de Fu, bestias de enorme cabeza y poderoso cuerpo, con bigotes que se enrollaban como olas y melenas como flamas. No se parecían a nada que el sha hubiera visto antes, y quedó cautivado.

Durante la visita, uno de los leones de Fu enfermó. El sha, buen anfitrión como siempre, ordenó a su corte que hicieran lo que fuera necesario para ayudarle a recuperar la salud. Uno de sus visires había escuchado rumores sobre un cierto halconero de los bosques de Hircania, ubicados entre los montes Elburz y el mar Caspio. Se decía que este halconero atendía a animales de origen misterioso. Entonces el visir mandó buscar a ese hombre para traerlo a la corte.

Tal como decían los rumores, el halconero sanó al león de Fu. El emisario concluyó su asunto y regresó al Oriente, agradecido con el sha por sus atenciones. El halconero, una vez cumplido su deber, también se preparó para regresar a casa. Pero el sha tenía algunas preguntas para él.

—¿Hay más criaturas extraordinarias en el mundo? —quiso saber.

—Sí, Su Excelencia —respondió el halconero. Siempre es mejor no mentirle a un rey.

—¿Y tú los sanas?

—Lo intento, Su Excelencia.

—¿De dónde vienen?

—Algunos nacen aquí, Su Excelencia. Algunos vienen con las caravanas de seda de China. Algunos con los romanos, algunos con los bizantinos, algunos con los comerciantes de oro de Aksum y los mercaderes de té del Indostán. Vienen de todas partes donde se pueda encontrar gente, Su Excelencia, así que seguramente están por todas partes. Pero muchos encuentran su camino hasta aquí, de la misma forma en que muchos pueblos de todo el mundo encuentran su camino hasta aquí.

—Entonces es una fortuna que tú estés aquí y no en otro lado.

—Es una fortuna que nuestro reino sea bendecido con tal riqueza de comerciantes y viajeros —dijo el Halconero—. Es una fortuna que nuestras fronteras toquen tantas otras. Es una fortuna que los grandes caminos del mundo corran por el corazón de nuestra tierra. Y es una fortuna que yo esté aquí, Su Excelencia, donde puedo ser útil para aquellos que me necesiten.

Un rey siempre apreciará la lisonja bien labrada.

—¿Cómo fue que adquiriste este poder?

—Mi abuela lo tenía. Y su padre lo tenía antes que ella. Se dice que el poder nos fue dado por algo más antiguo que el hombre, en un tiempo y un lugar que fue y no fue; pero eso es sólo una historia.

Al sha no le interesaban los cuentos. Él se ocupaba de cosas materiales: oro, zafiros, seda. Pensó el sha: *Si el gran emperador de China puede tener semejantes criaturas, y si los comerciantes del Indostán y del kanato de Mongolia pueden tener semejantes criaturas, seguramente el sha de shas debería tener las más magníficas criaturas de todas.*

Entonces mandó una expedición al monte Damavand para capturar al simurg, la poderosa ave cuyas plumas se decía que sanaban las heridas, y que podía decirle a un rey los secretos de sus enemigos. Y cuando la expedición regresó con éxito, el rey Yazdegerd ordenó construir un jardín amurallado para el ave en su palacio en Ctesifonte. Ahí la mantuvo, y era una fuente de gran orgullo para él.

Pero el simurg no le reveló ningún secreto al rey, ni sanó ninguna herida. De hecho, pronto el simurg empezó a debilitarse, así que el sha mandó a buscar al halconero. Esta vez le ordenó que trajera con él cualquier pertenencia que deseara conservar consigo, pues a partir de entonces viviría en el palacio, para cuidar del tesoro más grande del sha.

El halconero no podía contradecir al rey. Él y su hija —su único familiar con vida— se volvieron huéspedes del sha, y se les asignaron habitaciones en el palacio. El halconero examinó al simurg, y cuando hubo terminado su examen, se dirigió al rey.

—Déjeme con el simurg, Su Excelencia —dijo el halconero—, durante siete días y siete noches, y a la mañana del octavo día, el simurg habrá sanado.

El rey aceptó y ordenó que el jardín del simurg no fuera perturbado durante siete días y siete noches, mientras el halconero cumplía con su deber.

En la séptima noche, la hija del halconero despertó para encontrar a su padre sentado en su cama. Le dijo que se vistiera con ropa de campesina, que esperara hasta que las puertas del palacio se abrieran, y que después huyera de la ciudad de Ctesifonte para siempre. La hija del halconero hizo lo que se le indicó.

Esa mañana, el rey vino al jardín y allí encontró al halconero, solo. Su preciado simurg había desaparecido.

—¿Dónde está la bestia? —preguntó el rey.

—La he liberado —dijo el halconero—. Su único padecimiento era el cautiverio.

El halconero fue ejecutado de inmediato. El rey mandó traer también a la hija del halconero, pues uno nunca puede ser demasiado precavido cuando de ejecuciones sumarias se trata. Pero ella había escapado.

El rey ofreció una recompensa por su cabeza y ordenó a sus hombres que registraran el reino entero hasta encontrarla, pero su búsqueda no duró mucho. Poco tiempo después de todo esto, el rey viajó por asuntos reales al norte y al este, desde Ctesifonte hasta Hircania, y mientras visitaba un lago cerca de la ciudad oriental de Tus, un caballo blanco salió galopando del agua, le dio una patada que le provocó la muerte, y volvió a desaparecer entre las profundidades azules.

Se sucedió una lucha por el trono. La recompensa fue abandonada, y la hija del halconero cayó en el olvido. Y si, en los años venideros, personas de todo el mundo solicitaban las particulares habilidades de cierta mujer de la tierra de Hircania, lo hacían con absoluta discreción.

CAPÍTULO DIECINUEVE

LA ASTILLA

—Apesta ser un *halconero* —dije.

—A veces —confirmó Jane.

—Si es genético, ¿por qué yo? ¿Por qué no alguien más en mi familia?

—El "gen" no siempre se expresa —contestó Jane—. Tú eres la suertuda.

—¿Y qué pasa si no me gustan los halcones? —pregunté—. ¿Si no quiero nada de esto?

—Puede ser difícil de creer —dijo Jane—, pero sé lo que estás sintiendo en este momento. Las cosas fueron decididas para ti desde hace mucho tiempo, Marjan. No es justo. Pero esto no es algo que puedas negar. Está dentro de ti, y siempre lo estará. Así que al menos deberías tratar de entenderlo.

—¿Y qué es, por cierto? —dije—. ¿Qué es la mutación?

—Algo en tu sangre te conecta con las criaturas —añadió Jane—. Tú eres capaz de ayudarlas de una forma que nadie más puede.

—De ahí el pinchazo no consensuado —exclamé.

—Tenía que asegurarme.

—¿Y qué hay de ti? —pregunté—. ¿También eres de la línea hircaniana?

—Yo soy otra cosa —respondió—. Pero no es tan diferente.

—¿Por qué todo esto tiene que ser un secreto? —cuestioné—. Si este trabajo es tan importante, ¿por qué no conseguir más ayuda?

—Porque el mundo no está listo para ayudar —dijo Jane—. ¿Qué crees que pasaría si mañana al despertar todos se enteraran de que los dragones son reales? No importa que sólo fueran unos cuantos los que quisieran cazarlos, porque eso es todo lo que se necesitaría para hacerlos desaparecer. Tenemos que ser muy cuidadosos. ¿Alguna vez has visto lo que sucede cuando alguien los ve por primera vez? Hay personas que no lo manejan muy bien. Puede ser peligroso. Los animales saben eso. Escogen a la gente que está lista para ellos. Nosotros los ayudamos, a los animales y a la gente. Pero, sobre todo, cuidamos el equilibrio —hizo una pausa, compungida—. O, cuando menos, eso solíamos hacer.

—¿Qué harían si encontraran los que han perdido?

—Volver a ponerlos en circulación —añadió—. Reintegrarlos a nuestros modelos de cuidado. Eliminar cualquier amenaza a su seguridad.

—*Eliminar.*

—Somos gente seria, Marjan —dijo—. No voy a negar eso.

—Esto de los animales desaparecidos, ¿tiene algo que ver con mi papá?

—Quizá —dijo Jane.

—¿E Ítaca?

—Sí —admitió—. Ítaca.

Puso una mano sobre la caja. La empujó por encima de la mesa hacia mí:

—Ábrela.

Tomé la tapa con ambas manos y la levanté. Adentro, sobre una cama de espuma acolchada gris, había una pequeña astilla de un material duro y brillante que se semejaba a la obsidiana. Jane se había vuelto a poner las gafas y me observaba con gran interés.

—¿Qué es esta cosa? —pregunté.

La astilla era quizá de una pulgada de largo y de la mitad de ancho, y filosa en todos sus bordes. Tenía una curiosa manera de reflejar la luz, una especie de iridiscencia aceitosa que parecía producirse en algún lugar bajo la superficie de sus ásperas facetas rotas. Me produjo una extraña sensación, como una viscosidad punzante justo a la mitad del pecho.

—Podría no ser nada —dijo Jane.

No me gustaba. No me gustaba cómo se asentaba, lucía demasiado pesada para la caja. No me gustaba cómo succionaba la luz de la habitación, ni cómo esa luz robada nadaba en su pequeño centro oscuro como un buzo atrapado bajo una capa de hielo. No me gustaba cómo parecía mirarme. Cerré la caja, y de inmediato me sentí mejor. La empujé, tan lejos como mis brazos me lo permitieron.

—¿Qué quieres de mí? —pregunté.

—Quiero saber qué es —dijo Jane.

—¿Y yo cómo podría saberlo? —repliqué—. Un pedazo de roca. Un trozo de resina.

—O hueso —dijo Jane con una sonrisa servicial. Miró a la caja, y después a mí—. O cuerno —entonces alzó las cejas y esperó.

No quería volver a abrir la caja. No quería acercarme en absoluto a la cosa que estaba dentro.

—¿Por qué es tan importante para ti? —pregunté.

—El mundo siempre está tratando de decirnos algo —dijo—. Ítaca es una señal. Estamos intentando descubrir lo que significa.

El poder de la astilla irradiaba fuera de la caja. Casi podía sentirlo viajando en ondas a través de la mesa misma. Incluso podría haber producido un sonido, el tipo de onda subsónica de superbaja frecuencia que hace que la gente alucine ángeles. Mis pensamientos eran un revoltijo.

—Tómate tu tiempo —dijo Jane.

La energía de la caja retumbaba en mis oídos, desafiándome a marcharme y desafiándome a abrirla. Deseé poder presionar un botón y triturar la astilla hasta convertirla en polvo sin tener que volver a poner mis ojos en ella. Fuera lo que fuese, era algo terrible. Deseé poder escapar de todo esto.

Pero había llegado demasiado lejos para escapar.

—Está bien —dije—. Lo intentaré.

Me estiré y tomé la caja con ambas manos. Pareció estremecerse ligeramente al sentir mi contacto. Tiré de ella y levanté nuevamente la tapa. Dentro, la astilla descansaba pesadamente sobre la espuma. Miré a su interior, me forcé a observar en sus profundidades, en caso de que allí pudiera encontrar la respuesta que buscaba. Comencé a sentir el estómago revuelto, pero ninguna respuesta llegó. Apreté los dientes para controlar la trémula oleada de náuseas, y cuando ésta pasó, me preparé para lo que sabía que tenía que hacer. Y cuando estuve tan lista como podía estarlo, coloqué mi palma contra la superficie de la astilla.

Corriendo.

Pezuñas hienden la tierra. La noche canta flechas. Flancos oscuros chorrean sudor. Gritos se levantan como pájaros, llenando el aire. Giro a la izquierda, a la derecha.

Pulmones arden. Voces cerca. Bosque me abraza, me esconde. Girar otra vez. Flechas suspiran frías promesas. Piel se abre, sangre fluye. Sigo corriendo.

Sigo corriendo.

Retiré mi mano de la astilla y cerré la caja bruscamente. La cicatriz en mi pecho ardió con un repentino y penetrante dolor que me hizo jadear. Al otro lado de la mesa, Jane Glass se irguió en su silla, perdiendo la compostura durante un segundo para revelar la impaciencia que yacía debajo. La atravesé con la mirada.

—¿Qué es? —preguntó.

No sabía nada más de lo que había visto o sentido. No hubo señales útiles que me informaran de la especie del animal que había perdido esa astilla. Yo había estado en su cuerpo por un momento, pero no lo suficiente para entender su forma. Ni siquiera había visto cómo era.

Pero yo sabía. La respuesta estaba en mi sangre, y se sentía como si siempre hubiera estado allí. Una parte de mí sabía, de la misma forma en que alguien sabe, antes de que el médico lo diga, que el diagnóstico no va a ser bueno.

Jane Glass se estiró por encima de la mesa y tiró de la caja hacia ella.

—Yo nací con esto —dijo en voz baja—. Crecí con esto. He visto muchas cosas, Marjan, y nunca pensé ver algo parecido.

Por un segundo vi algo en ella que me recordó a mí: una sombra de mí misma, hace mucho tiempo desaparecida, de cuando el mundo seguía entero y yo todavía era capaz de ver maravillas en la galaxia de estrellas brillantes que mi mamá había pegado en el techo de mi habitación. Yo tenía seis años y papá estaba sentado a los pies de mi cama, con la cara iluminada por la luz de la lámpara. Me contaba la historia del animal que había sido el primero. El que siempre había estado, incluso antes de que hubiera gente. El que estaba completamente solo en el mundo. El que siempre era perseguido, a donde quiera que fuera, pero que nunca había sido capturado, ni tampoco domado.

El que me había dado mi lunar.

—El unicornio —exclamé.

—El unicornio. El unicornio está en Ítaca.

—¿Mi papá sabía? —pregunté—. ¿Él vio esto? —señalé la astilla con un movimiento de cabeza.

Jane me miró con tristeza.

—Desearía poder contarte —contestó. Se puso en pie y recogió la caja—. Tengo que irme —se dirigió a una puerta en el lado opuesto de la habitación.

—Espera —dije—. Espera un segundo —ella se detuvo—. ¿Esto significa que alguien tiene al unicornio? ¿Que fue capturado? ¿Es eso lo que esto significa? ¿Está vivo? ¿Está bien?

Me miró sin ninguna expresión, y mis preguntas rebotaron en ella como granos de arroz.

Finalmente, muy despacio, le pregunté:

—¿Vas a vender el unicornio?

—Quizá volvamos a necesitar de tu ayuda muy pronto —añadió .

Y entonces se marchó, y alguien puso una bolsa sobre mi cabeza.

• • •

Sentada en la oscuridad, en el asiento trasero de un auto, todas las pequeñas incertidumbres de mi vida me parecieron súbitamente insignificantes. Por un instante había sentido la presencia de algo enorme más allá de toda comprensión, como si el océano entero se hubiera levantado y hubiera caído sobre mí en una ola interminable.

El unicornio.

Durante unos segundos había estado en su piel. Había sentido el peso y la sabiduría de millones de años. Era más viejo que cualquier otra cosa. Sus pensamientos estaban atestados de recuerdos, un bosque que se extendía ininterrumpidamente hasta el inicio de los tiempos. Era puro, bruto, salvaje y no le pertenecía a nadie. En todo caso, le pertenecía a la tierra, a la luz de la luna y a los cientos de edades de hielo que había sobrevivido.

En todo caso, nosotros le pertenecíamos a él.

Él era lo original. Todo lo demás era una sombra.

En la oscuridad de la bolsa tuve una visión. Manos, tomadas una de la otra, extendiéndose hacia el pasado a través de los siglos. Padres, hijos, hijas, madres. Halconeros y veterinarios y quién sabe qué más. La línea hircaniana llegando hasta una niña en un claro, con una canasta de hongos volcada a su lado y un pedazo de cuerno ardiendo en un hueco en su pecho, volviéndose parte de ella, parte de todos nosotros. Una cadena humana de relatos y lucha y sabiduría, tejiéndose a través de la tela de la historia, y al final de toda esa vida, suelta y agitándose alocadamente en la oscuridad del tiempo no escrito: yo.

Podía sentir todas esas vidas que habían pasado antes de mí, exactamente como había sentido al unicornio mismo. Era la misma sensación, sólo que no me llegaba del exterior. Y por un segundo, me sentí lista para lo que fuera que siguiera a continuación.

Y entonces, así como llegaron, esas vidas se fueron. Mi mano estaba vacía. El pasado era tan distante como la estrella más fría del cielo. Estaba yo, y en algún lugar lejano, estaba el unicornio.

Érase que se era, érase que no era.

Hace ocho años, algo despertó.

Hace ocho años, Horacio comenzó a reunir su colección de animales.

Hoy el unicornio estaba en algún lugar de Ítaca.

Y quizá papá había muerto por culpa de eso.

El conductor me dejó en casa. Era de noche. Me quedé parada afuera y lo vi alejarse, preguntándome qué se suponía que tenía que hacer con las cosas que ahora sabía.

De pronto, en el aire sereno y fresco, me sentí pequeña, tonta. La claridad y las náuseas me golpearon al mismo tiempo. Antes de que tocara la astilla, no había sido nada más que un indicio. Ahora era una prueba, una prueba de que la más rara y preciosa criatura que jamás hubiera caminado sobre la tierra estaba en algún lugar en el estado de Nueva York. Y yo acababa de entregarle esa prueba a la familia que controlaba el mercado mundial de animales míticos.

Había cometido un terrible error.

Zorro me lanzó una mirada interrogativa cuando pasé corriendo a su lado rumbo a mi habitación, con el teléfono en la mano.

—Es muy tarde —dijo Sebastian luego de cuatro timbres angustiosamente lentos.

—Tengo que ir a Ítaca —exclamé—. No puedo explicarte por qué, pero tengo que ir ahora. ¿Puedes ayudarme?

CAPÍTULO VEINTE

UNA TORMENTA SOBRE ÍTACA

A la mañana siguiente abordé un *jet* privado con dirección a Ítaca.

—Mi mesada es francamente ridícula —dijo Sebastian mientras completaba la reservación. Había comprado el boleto sin preguntas y sin dudarlo, en mitad de la noche, a medio mundo de distancia. Debió haber costado varios miles de dólares. Esperé que valiera la pena.

No tenía idea de lo que haría cuando llegara allí, ni de dónde podría estar el unicornio. Tal vez ya no estaba allí desde hace tiempo. Ya habían pasado varios meses desde junio. Iba a faltar a la escuela y al trabajo. No tenían ningún plan, sólo una misión: mantener al unicornio fuera de las manos de los Fell. Deshacer lo que había hecho. Exactamente cómo iba a lograrlo… no estaba segura.

El enojo no me permitió estar quieta en mi asiento. Estaba enojada con los Fell y con Horacio Prendergast y con papá. Estaba enojada conmigo misma; después de todo, yo había sido la que dijo a los Fell dónde encontrar al unicornio. Ahora estaba viajando a lo desconocido, sin la menor idea de lo que me esperaba, ni de lo que yo sería capaz de hacer.

Pero, principalmente, estaba enojada porque tenía que hacer esto sola.

Para empeorar las cosas, recibí una llamada de David Ginn poco después de despegar.

—Ven a la oficina —manifestó—. Tenemos un problema.

—¿Qué pasó? —ahora también estaba enojada con David.

—Nómina —dijo—. No te va a alcanzar para cubrirla.

La nómina era, para David, un espacio sagrado. Todo lo demás podía aplazarse, pero no la nómina. Y cuando eso pasaba, la catástrofe no tardaba en llegar.

—No puedo ir hoy —contesté—. Habla con Dominic.

—Dominic no firma los cheques —replicó.

—Ya lo resolveremos cuando regrese.

—¿Cuando regreses? ¿Cuando regreses de dónde? ¿Dónde estás?

Como no tenía una buena respuesta, colgué, y no contesté cuando intentó volver a comunicarse.

Tampoco respondí a un mensaje de Carrie preguntándome dónde estaba, si estaba bien. ¿Estaba bien? No estaba segura.

Mientras nos acercábamos a Ítaca, traté de armar un plan. Encontrar un taxi que me llevara al centro de la ciudad, buscar un lugar de reunión, escuchar las conversaciones. Preguntar a un mesero por los coyotes. Estar atenta a los logos de teteras y serpientes. No era un gran plan, y difícilmente justificaba haber tomado un vuelo.

Pero aquí estaba, y ahora íbamos a aterrizar, y eso era lo único con lo que contaba para empezar.

Tocamos tierra en el aeropuerto regional y rodamos hasta la terminal. El piloto abrió la puerta y yo salí a una luminosa, fría y ventosa tarde.

Y allí, al otro lado del asfalto, con una gran sonrisa en el rostro, estaba Sebastian.

El sobresalto de la sorpresa pasó rápidamente y fue remplazado por una sensación de alivio por no estar sola en esto. Pero, sobre todo, sentí algo ligero y resplandeciente dentro de mi pecho, como una burbuja dorada llena de sol. Era un milagro.

—¿Qué estás haciendo aquí? —grité desde la puerta del avión.

—Lo que sea que esté pasando —respondió—, no iba a dejar que te divirtieras tú sola.

El viento se llevó sus palabras, y tuve que hacer un esfuerzo por escucharlo.

—Tal vez no sea divertido —repuse.

—Entonces estoy seguro de que un par de manos extra podrá serte útil —dijo—. Tengo mucha práctica luchando con un animal dos veces más grande que yo.

—Sólo cuenta si el animal de verdad intenta imponerse.

Sebastian sonrió.

—Además —añadió—, tengo un auto —levantó el juego de llaves de un auto de alquiler.

Yo necesitaba un auto. Y la compañía tampoco estaba del todo mal.

Pronto nos encontramos conduciendo rumbo al pueblo. Era un camino rural, con árboles a ambos lados, interrumpidos por alguna casa aquí y allá. El viento aullaba a nuestro alrededor, tan fuerte y feroz que incluso era difícil pensar con claridad. Todas las ventanillas estaban cerradas, pero el sonido seguía escuchándose a través del vidrio.

—Si tienes deseos de explicarme —dijo Sebastian—, me encantaría saber lo que hacemos aquí.

—Yo sé lo que *yo* hago aquí —aclaré—. Sigo tratando de entender lo que tú haces aquí.

—Sonabas como si necesitaras un poco de ayuda —dijo—. Además, tenía curiosidad. Me encantaría conocer otro animal como Kipling.

—Nada es como Kipling —exclamé.

—Sabes a lo que me refiero.

—¿No tenías escuela o algo?

—¿Y tú? —preguntó.

¿Por dónde tenía que comenzar? Había cosas que él probablemente debería saber: había un unicornio —*el* unicornio— en alguna parte en los alrededores, y mientras siguiera aquí, estaría en peligro. Y había cosas que él probablemente no debería saber: los Fell, estaba segura, preferirían que no hablara de ellos. Y había cosas que quería decir pero que no sabía cómo poner en palabras.

Una historia, por ejemplo, sobre una chica que fue a recolectar hongos, y todo lo que había sucedido a causa de ella.

—Algo necesita nuestra ayuda —dije—. Está solo, y es muy preciado, y está en peligro, y quizá no tengamos mucho tiempo para encontrarlo.

—Bueno, eso suena urgente y para nada vago —replicó Sebastian con una sonrisa.

—Lo siento —añadí—. Mereces saber…

—¿Pero?

Pero déjame contarte lo que pasó cuando mi papá le dijo a un tipo llamado Horacio Prendergast que su gnomo Sturges no era la única criatura fantástica que en realidad existía.

—Es mejor para todos si no digo nada por el momento —admití—. Tal vez después. Quiero decir, si lo encontramos, lo vas a entender.

—Estoy seguro que sí —sonaba decepcionado.

—Lo lamento —me mantuve firme en mi posición—. Por favor no me saques a patadas de tu auto.

Pareció considerar la idea por un minuto. Después se rio.

—Si hiciera eso —dijo—, no tendría a nadie con quien platicar en este largo y solitario camino.

Mi teléfono sonó en mi bolsillo. David Ginn. Silencié la llamada.

—¿Todo bien? —preguntó Sebastian.

—Sí, todo bien —respondí—. Bueno, de hecho, no. No sé lo que estoy haciendo. Estoy totalmente desbordada, y me parece que todo se va a derrumbar en cualquier momento. No dejo de pensar que si logro esto por lo que vine a Ítaca, entonces todo va a estar bien. Y valdrá la pena. Pero entonces me doy cuenta de que ni siquiera sé cómo encontrar lo que estamos buscando.

Sebastian no dijo nada. Sus ojos estaban fijos en el camino. Pero sentí que me escuchaba.

—Lo siento por lo que pueda suceder —proseguí—. Quiero decir, si sucede algo más. O si no sucede nada en absoluto. Lamento haberte arrastrado a esto. No era mi intención que vinieras. Pero me da gusto que estés aquí, porque si no fuera así, yo estaría diciendo estas mismas cosas, pero no habría nadie más en el auto y parecería que estoy loca. Y ni siquiera sé conducir, así que probablemente seguiría varada en la carretera.

Sebastian asintió.

—Así que supongo que lo que estoy diciendo es gracias —añadí—. Y también: lo siento. Otra vez. Por no poder contarte nada. ¿Está bien?

Sebastian asintió, con la vista al frente.

—No te culpo si estás enojado —continué—. Probablemente yo también lo estaría.

Silencio.

—Por favor no te reprimas. Conozco mucho sobre estar enojada. A veces sólo tienes que decirle a la gente cómo te sientes. Así que, ¿hay algo que quieras decir?

Primero hubo silencio. Después Sebastian se aclaró lentamente la garganta.

—Hay algo —comenzó—. Hay algo que me gustaría decir.

—¿Okey?

Estaba tranquilo y solemne, como si estuviera ordenando sus pensamientos. Me preparé para la andanada.

—¿Cómo es posible que ustedes, americanos *locos*, puedan conducir de este lado del camino? ¡Es de lunáticos! Todo está al revés.

Entonces sonrió con una sonrisa malvada, y yo lo golpeé en el hombro.

—Eres un idiota —dije, pero yo estaba sonriendo cuando lo hice, al igual que él.

—Kipling está en tratamiento, ¿sabes? —mencionó después de un momento—. El tío Simon encontró un veterinario que le administrara todos los cuidados que dijiste. Es un proceso delicado, traer a alguien a la familia. Lleva tiempo. Pero ya está siendo atendido. Así que supongo que también tengo que decirte gracias.

No me gustaba pensar en Kipling conectado a un suero intravenoso. Curiosamente, la imagen se asentó en mi cabeza como algo que ya había visto antes, pero retorcida, y demasiado brillante. Me deshice de la imagen sacudiendo la cabeza, la empujé al fondo de mi mente y traté de olvidarme de ella.

—De nada —dije.

Llegamos al centro de Ítaca diez minutos después. Sebastian estacionó el auto cerca de un bar y *grill* que parecía ser lo suficientemente local, luego corrió al otro lado y me abrió la puerta del copiloto. El viento soplaba a mi alrededor. Su rugido llenaba mis oídos como un coro de chillidos animales. Salí del auto y él cerró la puerta, y de pronto, de manera totalmente accidental, quedamos parados muy cerca uno del otro.

Nos quedamos ahí en la acera, nuestros cuerpos casi tocándose, primero un momento, luego otro más. El viento, salvaje e impredecible, daba vueltas en mi cabeza, revolvía mis pensamientos. *¿Qué estamos haciendo?*

Por fin, Sebastian dio un pequeño paso atrás.

—Bueno —dijo. Pero era claro que quería decir algo más.

—Sí, vamos —repliqué.

Y súbitamente ambos teníamos otra vez un propósito, lo cual fue un alivio. Puse mi hombro contra las ráfagas de viento y seguí a Sebastian al interior del restaurante.

Un camarero nos entregó el menú y señaló con la cabeza una mesa en el rincón.

—Pedimos identificación —dijo.

Había otras pocas personas en las mesas del lugar, y unas cuantas más en la barra. Mientras caminábamos hacia la mesa, miré sus caras en busca de algo sospechoso. Glenn, el del soborno de cuarenta dólares, me había dicho que uno siempre se da cuenta cuando hay alguien observando. Quizá detectaría a los Fell con sólo mirarlos a los ojos, o por la manera en que acomodaban los hombros. Quizá reconocería a alguien que hubiera sido tocado por el unicornio tan sólo por el gesto en su boca.

Pero todas las caras que vi parecían ordinarias. Ninguna sobresalía.

Cuando estuvimos sentados, Sebastian se inclinó sobre la mesa.

—¿Qué hacemos ahora? —susurró.

—Supongo que escuchar —dije.

—¿Escuchar qué?

—Cualquier cosa que parezca inusual.

Estuvimos allí sentamos durante un momento incómodo, escuchando el murmullo de las conversaciones a nuestro alrededor.

—Esto no va a ayudarnos en nada, ¿verdad? —pregunté.

Sebastian suspiró, aliviado.

—Gracias —dijo—. Temía que fuéramos a seguir durante toda una hora.

Me invadió la desazón. No teníamos un plan, ni sabíamos lo que estábamos haciendo allí. Para mi gran sorpresa, de verdad deseé que Ezra estuviera con nosotros. Ella sabría qué hacer. Por un segundo consideré llamarla, pero me arrepentí. La última persona en el mundo que quería que supiera del unicornio, era Horacio.

Decidimos concentrarnos simplemente en comer, y ya después veríamos qué hacer. Me disculpé para ir al baño a lavarme la cara. Mientras lo hacía, me miré en el espejo. Tenía ojeras. Mi piel se veía pálida. Mis mejillas estaban hundidas. Mi cabello lucía grasiento y quebradizo.

Parecía ansiosa. Y sí, me sentía ansiosa, pero no por comer, sino por algo que no podía nombrar pero que había anhelado desde que tenía memoria.

El viento silbaba al otro lado de la pared. Abrí la ventana esmerilada del baño y escuché cómo giraba y corría y se tragaba los sonidos cotidianos de la calle. Su eco seguía vibrando en mi cabeza incluso cuando ya caminaba de regreso a la mesa.

—Ese viento es una locura —dije mientras me sentaba.

Sebastian levantó la mirada para observarme con expresión inquisitiva.

—¿Cuál viento? —preguntó.

—¿No lo escuchaste cuando llegamos?

Negó con la cabeza.

Mi corazón se me aceleró en el pecho. Me paré de un salto y corrí afuera. Sebastian me siguió, pero ya no le presté atención. Yo estaba parada en la acera escuchando el gemido del viento al pasar junto a mí.

—¿No sientes eso? —pregunté. Sebastian sacudió la cabeza.

Extendí mi mano para sentir su fuerza, un millón de billones de moléculas chocando en mi piel, una y otra vez, empujando contra mi palma.

No.

No empujando.

Tirando.

—Sebastian —dije—, entra al auto. Ya sé lo que tenemos que hacer.

El viento aullaba a nuestro alrededor, pero el aire estaba perfectamente quieto. Mi cabello no se elevaba. La ropa de Sebastian no aleteaba. Lo sentía en mi piel, lo escuchaba en mis oídos y a veces las ráfagas me quitaban el aliento, pero no sacudía las ramas del árbol sobre nuestras cabezas.

Había una tormenta en Ítaca, y sólo yo podía sentirla.

CAPÍTULO VEINTIUNO

EL CORAZÓN DEL VIENTO

Tal vez nos descubrieron afuera del restaurante. Tal vez me vieron allí parada con los brazos abiertos para atrapar el mensaje secreto escondido en el viento invisible. O tal vez nos estuvieron siguiendo desde el aeropuerto.

Eran dos, el conductor y un pasajero, en la camioneta plateada que iba detrás de nosotros. La noté al poco tiempo que dejamos el restaurante. Al principio Sebastian pensó que estaba siendo paranoica, pero después de dar tres vueltas al azar, la camioneta continuaba siguiéndonos a un par de autos de distancia.

—¿Quiénes son? —preguntó Sebastian.

—No lo sé —dije.

—¿Qué quieren?

—Probablemente quieren saber a dónde vamos.

—Intentaré perderlos —aventuró Sebastian.

Dio una vuelta repentina, luego volvió a girar, y por un momento la camioneta desapareció de nuestra vista.

—Eso fue fácil —celebró, y condujo por un laberinto de calles residenciales hasta que volvimos al camino principal.

Un minuto después, la camioneta estaba nuevamente detrás de nosotros, circulando a nuestro paso.

—Detente —dije.

—¿Qué? ¡No! ¿Y si quieren asaltarnos?

—Confía en mí —insistí—. Enciende las luces direccionales, y luego detente.

Sebastian echó una ojeada al espejo retrovisor, después me miró con preocupación. Pero finalmente bajó la velocidad, prendió las intermitentes y detuvo el auto sobre un sendero de tierra que se desprendía del camino principal.

La camioneta nos imitó. Sus ruedas crujieron sobre las piedras, levantando una fina nube de polvo. Se detuvo a unos cuantos metros detrás de nuestro auto y se quedó allí, con el motor andando. Nadie se movió.

—Voy a hablar con ellos —anuncié.

—No seas tonta —me reprendió Sebastian—. No sabes quién está en ese vehículo, ni qué es lo que quieren.

A pesar de las protestas de Sebastian, abrí la puerta del auto. Estaba por bajar cuando sentí una mano en mi brazo. Era delicada y cálida, y por un segundo mis pensamientos se volvieron confusos.

—Voy a dejar el motor encendido —dijo—. Si hay cualquier problema, regresas de inmediato.

Salí y encaré a la camioneta. A través de su parrilla sonriente, el motor gruñía. Por la manera en que la luz pegaba en el parabrisas, sólo podía ver las siluetas del conductor y un pasajero.

¿Y si quieren asaltarnos?

Caminé hasta la ventanilla del copiloto y esperé. Durante un largo segundo nada pasó. Entonces el vidrio comenzó a bajar, revelando a un hombre de rostro enjuto y afligido y unos ojos oscuros que se clavaron en los míos. Tras él, en el asiento del conductor, una mujer que fácilmente podría haber sido su hermana nos miraba por encima del hombro.

—¿Por qué están siguiéndonos? —pregunté.

Ninguno de los dos habló.

—¿Están con los Fell?

Ambos se miraron y continuaron en silencio.

—Tienen que dejarme en paz —advertí.

Una leve sonrisa cruzó por el rostro del hombre, sólo un instante, luego desapareció.

—No voy a llevarlos allí —les aseguré.

Silencio. Sonrisitas. Comenzaba a perder la paciencia.

—¡Dejen de seguirnos! —grité.

El hombre volvió a sonreír, una sonrisa paciente que me dejó claro que no iba a hacerme caso.

—Está bien —dije—. Quiero hablar con Jane Glass.

Los dos se miraron mutuamente.

—Llámenla —exclamé—. Sé que ella los envió aquí. Seguramente son agentes de campo. Rama media, ¿cierto? Ella es de rama alta. Y yo quiero hablar con ella. Ahora.

El hombre miró a su hermana —ahora estaba segura de que lo era— e hizo una especie de gesto interrogativo con la mano. Un pensamiento no verbal cruzó entre ellos, prácticamente toda una conversación llevada con los ojos y con sutiles expresiones faciales. Entonces la mujer se encogió de hombros y sacó un teléfono celular. Marcó un número y me lo entregó, sonando.

—¿Hola? —una voz familiar al otro lado de la línea.

—Dile a tu gente que deje de seguirme.

—Marjan —dijo—, no puedo hacer eso.

—No te pertenece. No le pertenece a nadie. No es como los otros.

—Ninguno de ellos nos pertenecen.

—Éste es diferente. Tú dijiste que querías trabajar conmigo. Pues bien, trabaja conmigo. Confía en mí. Tienes que dejarlo en paz.

Hubo un largo silencio al otro lado de la línea.

—¿Estás segura? —dijo por fin.

—Sé lo que sentí.

—Me meteré en un gran problema por esto.

—Es lo que hay que hacer —reiteré.

Otro silencio. Finalmente volvió a hablar.

—Voy a darte un número de teléfono —dijo—. Si necesitas algo, llámame.

Como si hubiera recibido una indicación, el hombre me pasó un rotulador por la ventana y yo escribí el número en el dorso de mi mano.

—Estoy confiando en ti, Marjan —añadió Jane—. Voy a conseguirte algo de espacio. Lo que sea que vayas a hacer, hazlo rápido. Ahora devuelve el teléfono a Molly.

Así que entregué el aparato a la mujer. Ella escuchó por un momento, después lo guardó. Los hermanos me dirigieron una última mirada burlona. Entonces la ventana se cerró y la camioneta se echó de reversa, levantando polvo y piedras. Salió al camino, se integró al tránsito y pronto desapareció de la vista.

El viento nos llevó fuera del pueblo, hasta un camino que serpenteaba a través de un espinoso sendero de árboles sin hojas, viejas granjas y otros leves signos de civilización. La luz del sol cruzaba entre las ramas en brillantes haces que explotaban en brillantes fuegos artificiales contra mis ojos. Cada pocos minutos, Sebastian detenía el auto y yo sacaba la mano por la ventana para *sentir*. Las ráfagas eran más fuertes aquí, más concentradas. Se notaba que estábamos acercándonos a la fuente. Ahora el viento llegaba desde distintas direcciones a la vez, cada vez más intenso a nuestro alrededor, hasta que finalmente nos estacionamos después de recorrer una larga entrada cubierta de grava que terminaba en una antigua granja.

El viento dejó de escucharse. Habíamos llegado a su epicentro.

La casa estaba cubierta por una capa de pintura blanca llena de cuarteaduras. El amplio porche del frente amenazaba con desfondarse. Dos ventanas polvosas miraban hacia fuera desde el piso superior. Las telarañas se congregaban bajo los escalones del porche. Detrás de la casa había un maltrecho granero rojo cuya puerta del tamaño de un tractor estaba fuertemente cerrada por fuera. Una camioneta tipo *pick-up* estaba parada enfrente. Me alegré de no estar sola aquí.

Salimos del auto y caminamos hacia la casa. Cuando ya estábamos cerca, algo se movió en una de las ventanas superiores. Escuché el crujido de unas escaleras viejas. La puerta del frente se abrió.

Un hombre salió al porche. Estaba llegando a los cuarenta, llevaba ropa de franela y mezclilla gruesa, una espesa barba y gorra de camionero, y tenía unos ojos verdes que no parecían detenerse en una cosa por mucho tiempo. Usaba unas pesadas botas y cojeaba ligeramente, de modo que el sonido de sus pisadas sobre las tablas del suelo tenía un ritmo trastabillante, como el lento latido de un corazón.

—Vámonos —dijo Sebastian—. Esto no me gusta nada.

—Espera —susurré.

—Fuera de mi propiedad —exclamó el hombre.

Sacó una escopeta de detrás de una viga del porche y la sostuvo entre sus manos.

La boca se me secó. No podía hablar.

—Váyanse —ordenó el hombre. Levantó la escopeta.

Sebastian se interpuso entre yo y el hombre con el arma, mostrándole las manos abiertas.

—No necesita eso, señor —dijo—. Ya nos vamos —su voz tenía la vacilación del miedo, pero habló despacio y con cautela.

Sebastian asintió en mi dirección y comenzó a caminar hacia atrás. Yo quería ir con él, pero me sentía clavada al piso.

—E-Espera —tartamudeé.

—¡Marjan! —exclamó Sebastian.

—¿Qué diablos quieren? —inquirió el hombre en el porche.

Despacio, con un gran esfuerzo, levanté las manos.

—No vale la pena, Marjan —susurró Sebastian. Me miró intensamente, deseando que me moviera, que hiciera lo más cuerdo y me alejara del hombre con la escopeta. Pero en lugar de eso, levanté la mirada del suelo y busqué los ojos del hombre, y una sola palabra salió de mi garganta.

—Unicornio.

Me observó con furia por un momento, luego bajó el arma.

—¿Quiénes son ustedes? —espetó el hombre.

—Mi nombre es Marjan —dije—. Éste es mi amigo Sebastian.

Entornó los ojos, receloso.

—¿Quién te lo dijo? —preguntó.

—Nadie —respondí—. Lo juro. Puedo sentirlo. Sé que está aquí. Y no somos las únicas personas buscándolo.

—¿De qué estás hablando? —su ira y su actitud defensiva estaban dando paso a la confusión.

—Es complicado —añadí—. Pero no creo que deba pertenecerle a nadie. Creo que debe ser libre.

El hombre descendió del porche y se acercó. Sondeó el camino a mis espaldas en busca de señales de peligro.

—No veo a nadie —dijo. Sus ojos regresaron a mí, desconfiados, casi temerosos.

—Yo sólo quiero ayudarlo —dije.

Ahora me miraba como si estuviera loca.

—¿Quieres *ayudar* a esa cosa? —preguntó.

Llevó su vista hacia el granero.

—¿Está ahí dentro? —pregunté—. ¿Puedo verlo?

La puerta del alto granero estaba bloqueada con una gruesa viga de madera sostenida por dos soportes de metal a ambos lados del marco.

—No se parece mucho a lo que hubiera imaginado —dijo el hombre—. Bueno, tampoco es que antes hubiera pensado mucho en eso.

Su nombre era Devin Thurston. Estaba recargado contra el costado de su camioneta, observándonos. Tenía la escopeta apoyada a su lado. No la había guardado, y por la manera en que miraba la puerta, tuve la sensación de que ya no era por nosotros.

Sebastian asió un extremo de la viga de madera. Cuando yo tomé el otro, un miedo crudo y primario vibró en mi pecho. Cada instinto en mi cuerpo me decía que no abriera la puerta del granero. Sebastian parecía igualmente reacio.

Con un jalón hacia arriba de nuestros hombros, quitamos la viga y la tiramos a un lado. Golpeó pesadamente contra el suelo. Sentí que Devin se tensaba a mis espaldas, y tal vez ponía una mano sobre la escopeta.

La puerta tenía un pestillo de madera, el cual giré para sacarlo de su soporte en el marco. Sebastian se apoyó contra la puerta, apenas lo suficiente para abrir una ranura. Yo estiré el cuello por la abertura y me asomé a la almizclada oscuridad del interior.

El aire dentro estaba saturado de polvo. La luz descendía en densos rayos, trazando únicamente los contornos de las cosas. Una forma alta y cuadrada, coronada por un brillo puntiagudo, se agitó después de un minuto en una pila de pacas de heno. Las redondeadas formas oscuras en un rincón cercano resultaron ser unos bidones plásticos de algo: alimento, fertilizante o pesticida. La sombría estructura de un pajar emergió de entre la penumbra al otro lado de donde yo estaba. La parte de arriba estaba repleta de objetos de distintos tamaños, que podían haber sido herramientas de cultivo, o viejos equipos para esquiar, o algo más. En la parte de abajo, sombras.

Un olor amargo y fétido flotaba en el aire, el olor a suelo franco forestal y a sangre y a miedo de criatura en cautiverio. Dentro del granero había algo muy salvaje, muy asustado y muy peligroso. Una vieja sensación sin nombre surgió en mí, inactiva por generaciones y de súbito nuevamente familiar. El lunar en mi pecho comenzó a picar, y después a arder.

Los rayos de luz se agitaron. Un gorrión anidando, o quizás un murciélago, sacudió sus alas. Yo di un brinco. Tan rápido como la conmoción se había generado, todo volvió a quedar en calma.

Un fuerte resoplido levantó una nube de polvo. Algo grande y nudoso y cubierto de picos pasó por un instante a través de un haz de luz, y después volvió a desaparecer en la oscuridad bajo el altillo. Una respiración grave y poderosa, lo suficientemente profunda para hacer cascabelear mis huesos, sacudió las tablas del granero. Un par de largas y musculosas patas se desdoblaron. Dos anchas pezuñas hendidas se plantaron en la tierra. Realizando un gran esfuerzo, el unicornio se irguió hasta alcanzar toda su altura, y dio un paso vacilante hacia la luz.

Era más venado o uapití que caballo. Tenía el pelo gris-marrón manchado de tierra y polvo y heno y sangre. Era tan grande y robusto como un alce, y se alzaba sobre patas largas y fornidas. El cuerno nudoso que se prolongaba desde la coronilla de su cabeza parecía como un par de astas que habían sido burdamente trenzadas una con otra. Sus múltiples puntas estaban manchadas de sangre seca.

Dio un paso hacia mí, pero un par de cuerdas atadas alrededor de su cuello se tensaron, deteniéndolo. Las cuerdas habían sido atadas a los gruesos soportes de madera del granero. El unicornio resopló y golpeó el suelo con la pata, pero no luchó, y cuando yo me acerqué otro paso, él no trató de atacarme con su cuerno. Su hocico estaba cubierto de viejas cicatrices. La coronilla de su cabeza, de donde brotaba el cuerno, estaba descubierta. El pelo se había caído a causa del frotamiento, y la piel rosácea expuesta era callosa y dura. Sus pezuñas negras estaban astilladas y rasguñadas.

Cicatrices, cientos de ellas, cruzaban sus costillas y sus patas. Redondas y fruncidas heridas de bala. Pequeños cortes limpios que podían ser los lugares donde habían penetrado flechas. Tajos largos: espadas, cuchillos, lanzas. Marcas de mordidas. Arrugadas cicatrices de quemaduras. Una mancha de piel desnuda con una telaraña de venas oscuras (¿un veneno que había fallado?). Cerca de los cuartos traseros, una vieja herida mostraba el sitio donde algún tipo de red se había encajado en su piel (¿una trampa, quizá?). Cada una contenía una historia, y cuando el unicornio redistribuía su peso entre sus poderosas patas, las cicatrices se movían con él en un hipnótico entramado de violencia y supervivencia. Hubiera podido seguir contemplando por horas cómo se movía.

—¿Cómo llegó aquí? —pregunté.

—Llevaba un tiempo merodeando los bosques de los alrededores —dijo Devin—. Desde hace unos meses, cuando menos. Pregunten a cualquiera que cace en las colinas. Han visto rastros. Y lo que les hizo a esos coyotes.

El unicornio parpadeó y entornó los ojos. Ojos negros y húmedos, orbes brillantes alimentados de desconfianza y desafío. El unicornio dejó escapar un feroz gruñido y agitó su cuerno en mi dirección. Yo reculé, pero había sido más un gesto que un verdadero intento por golpearme. Otra vez me acerqué. Sus ojos se entrecerraron hasta volverse unas rendijas furiosas. Un gruñido bajo retumbó en su garganta. En el pecho tenía una herida fresca, oscura y brillante, cubierta por una capa de polvo, y una de sus patas parecía rasgada y sangrante.

—Está herido —exclamé.

—Mis perros dieron pelea, antes de que esa cosa los matara —dijo Devin, parándose detrás de mí. Su rostro estaba lívido de indignación—. Tenía un par de perros para el ganado. Rex y Trig. Eran buenos perros. Mantenían alejados a los coyotes. Hace un par de noches los escuché gruñir, y luego los escuché pelear. Corneó a uno y pateó al otro en la cabeza, pero ellos lograron lastimarle la pata. Yo le clavé un cuchillo de caza en las costillas y la hoja se rompió. Luego le disparé un cartucho de perdigones. Eso lo sofocó el tiempo suficiente para atarlo. No sé por qué no lo maté. Eran buenos perros. Nunca hicieron nada malo.

Su voz se había vuelto áspera, y dejó de hablar. Yo miré hacia otro lado. No había sido su intención compartir su dolor. El unicornio nos observaba sin remordimiento ni piedad.

—Lamento tu pérdida —dije.

—Amaba a esos perros —continuó él con amargura—. Eran prácticamente los únicos seres a quienes yo entendía.

Devin Thurston parecía lo suficientemente enojado para matar. Dudé que incluso el eterno unicornio sobreviviera a un disparo a quemarropa. Pero tras el dolor y la furia de Devin, había una expresión extraña e indefensa en su rostro, y supe que él no lo haría.

—Si estás de acuerdo —dije, tanto a Devin como al unicornio—, voy a saludarlo.

Avancé hasta la parte oscura del granero y estiré mi mano hacia el animal. Éste permaneció inmóvil, desafiante, sin miedo. Sentí el hirsuto pelo de su hocico bajo la punta de mis dedos. La marca en mi pecho ardía, y su calor se extendió por todo mi cuerpo. Deslicé mis dedos por el pelaje del unicornio, toqué su piel y cerré mis ojos.

Corriendo. Siempre corriendo. Todas las persecuciones, la misma persecución.

Camiones retumban, caballos repiquetean, perros aúllan. Faros, reflectores, antorchas. Balas, flechas, piedras.

Buscar refugio. Buscar oscuridad. Encontrar los lugares densos, las espesuras, los bosques profundos. Encontrar agua. Esconder tu olor. Seguir las huellas del venado. Seguir las huellas del lobo. No dejar rastro propio. Las heridas sanan. Las cicatrices son más duras de romper. Sé fiero. Sé paciente.

Son pequeños, todos ellos.

Te persiguen porque se les acaba el tiempo.

• • •

Me llegó todo a la vez, una única huida sin fin que duró eones. ¿Cuántos kilómetros había corrido el unicornio? ¿Cuántos más allá del agotamiento de sus patas, de sus pulmones? Era más antiguo que cualquier otra cosa. Sus recuerdos se extendían hacia atrás hasta una era anterior a los seres humanos. Y allí estaba, todavía entero, su corazón latiendo. Nadie lo había matado aún. Era hermoso y perfecto, incluso con todas sus cicatrices. Nada había logrado cambiarlo. Y ahora yo lo comprendía. Yo sabía lo que era.

Era la fuente.

Cada criatura que había conocido, cada criatura de la colección de Horacio, tenía un pedazo de esa sensación, un pedazo de esa huida sin fin. Estaba en mí, y a un nivel más profundo, estaba en todos. El unicornio era el origen. Era la raíz. Era el padre y la madre y el músculo que bombeaba la fuerza vital a todas las cosas. El unicornio era la más pura y la más fuerte y la más ajena de todas las criaturas, porque había llegado a este mundo antes de que hubiera humanos que soñaran con él.

Quizás él nos había dado nuestros sueños.

Sólo por un momento me vi de la manera en que el unicornio nos veía a todos: pequeñas briznas de hambre y anhelo, entrando y saliendo de la existencia, sin quedar nunca satisfechas. No valíamos la pena el esfuerzo de ser recordadas. No éramos amigos, el unicornio y yo. Él no quería amigos. ¿Qué fue lo que reconoció en mí? ¿El dolor fantasma de una vieja cicatriz? ¿El pánico de haber estado atrapado una vez, hace mucho tiempo? ¿Los pálidos restos de su propia esencia extraña, entretejida en algún lugar de mi sangre?

No creía que recordara a una chica en un claro con una canasta de hongos bajo el brazo.

Retiré mi mano, y cuando lo hice, la furia del unicornio se suavizó hasta convertirse en una mirada de curiosidad.

En ese instante supe que aquella chica había sido real. Había vivido, y su historia —lo que conocía de ella— era verdad. Y a causa de ella —y de otros miles de personas, pero principalmente de ella— existía yo. Existía este momento ahora.

—Voy a mantenerte a salvo —le dije.

CAPÍTULO VEINTIDÓS

WHISKY, UNA NAVAJA DE AFEITAR Y PEGAMENTO

Dejamos al unicornio en el granero y caminamos de regreso a la casa de Devin. Los tres íbamos en silencio. El suelo se sentía como si fuera a hundirse bajo nuestros pies si pisábamos demasiado fuerte. Algo más grande que cualquiera de nosotros acababa de suceder.

—Tenemos que limpiar esas heridas —dije cuando llegamos a la casa—. Necesita unos puntos de sutura.

Afuera de la casa, junto a la puerta principal, había dos cuencos vacíos. Devin se detuvo y los contempló un momento, después me miró como si estuviera tratando de dilucidar algo. Entonces asintió, abrió la puerta y nos invitó a pasar.

Algunas botellas de cerveza vacías estaban en una mesita baja en el salón principal de la casa. El piso tenía algo de polvo. Unos pantalones de mezclilla estaban tendidos sobre un descolorido sofá de piel. Devin los enrolló y los lanzó por las escaleras hacia el piso de arriba, tomó todas las botellas con una sola mano y las llevó a la cocina.

—En realidad nunca recibo visitas aquí —dijo cuando regresó—. ¿Quieren café o té o algo? ¿No?

Recargó la espalda contra la ventana opuesta a donde yo estaba y se quitó la gorra. Los mechones de su rizado cabello castaño cayeron libres, y él se los apartó del rostro con un movimiento distraído de la mano.

—¿Cómo vamos a hacerlo? —preguntó—. ¿Tienen un botiquín o algo?

—No —dije—. No tenemos nada. Yo no sabía…

—Bueno —continuó Devin—, yo tengo vendas. Y algo de whisky para limpiar las heridas. Un cuchillo filoso, por si se están pudriendo. Navaja de afeitar, encendedor. Probablemente tenga un estuche de costura por algún lado.

—Tendremos que arreglárnoslas con eso —añadí.

Devin asintió y al instante se dirigió a otro cuarto de la casa, donde comenzó a buscar cosas por todos lados. En cuanto se fue, Sebastian me miró como si yo acabara de proponer prender fuego al granero.

—¿Exactamente de qué era será la medicina que estaremos practicando aquí? —preguntó—. Esto suena muy medieval. ¿No hay otra manera?

—Estoy abierta a recibir sugerencias —dije.

—¿Alguna especie de hechizo mágico o poción o algo? —preguntó Sebastian—. ¿No puedes usar tus poderes, o lo que sea que tengas?

—Ja —exclamé—. No. No sirven para eso. Y no es así como funciona.

—Bueno, no puedes simplemente llegar con la criatura y ponerte a suturarla —exclamó—. No importa qué tan lastimada esté, o cuánto le agrades. Te pateará la cabeza, si no te ensarta con el cuerno antes.

—No sabes lo que pasó hace rato —dije—. No tienes idea de lo importante que es ese animal. Tenemos que hacer lo que sea necesario para protegerlo.

—Vas a hacer que te maten —dijo—. Y será mi culpa por haberte facilitado el vuelo para que vinieras aquí. Por favor no pongas eso en mi conciencia.

—Yo no te pedí que vinieras —repuse.

Sonó más agresivo de lo que esperaba. El rostro de Sebastian se ensombreció.

—Lo siento —dije—. No quise decir que...

—Tienes razón —replicó—. Estoy aquí porque pensé que teníamos algo en común. En toda mi vida nunca había encontrado a nadie que comprendiera, y creí que tú lo hacías.

—Lo hago.

Pero quizá la comprensión no era recíproca. ¿Cómo podría explicarle el unicornio *a él*? Muy bien podría ser tanto como tratar de explicárselo a Carrie o Grace.

—Ésta es mi decisión —dije—. Es lo que tengo que hacer. Sin importar las consecuencias. No te estoy pidiendo que lo entiendas. Pero mientras estés aquí, te pido que me ayudes.

Sebastian no dijo nada. Tenía cara de confusión e impotencia.

Escuchamos que las pisadas de Devin regresaban. Entró a la habitación con una gran palangana de plástico en las manos. Dentro de ella había una botella de agua destilada, toallas, una navaja de afeitar, un cuchillo de caza, una botella de whisky de medio galón, un estuche de costura y un tubo de pegamento extrafuerte.

—Esto es lo que tengo —anunció Devin—. Y puedo poner a hervir agua.

Sebastian sacudió la cabeza:

—Alguien va a resultar herido. Si no encuentran la manera de sujetar y sedar a ese animal, como haría cualquier doctor razonable, alguien va a resultar gravemente herido.

—Tengo más cuerda —dijo Devin—. Podemos atarlo más fuerte.

—Las cuerdas se rompen —reconvino Sebastian—. Piensa en esto, Marjan: si mueres, ¿quién va a ayudar al próximo animal? ¿Quién más puede hacer lo que sea que tú haces?

Sebastian tenía un punto. Y en todos mis años en la clínica, nunca vi a papá operar a un animal que no estuviera sedado.

—¿Tienes alguna cosa que pudiera calmarlo? —pregunté a Devin—. ¿Algo, lo que sea?

Se quedó callado por un momento. Sus ojos recorrieron el cuarto, pero evitaron mirarme. Se frotó la frente y succionó aire a través de los dientes cerrados.

—Sí —aceptó después de un largo rato—, tengo algo de morfina.

La habitación permaneció en silencio mientras todos digeríamos esta nueva información.

—Bueno —dije—, creo que eso servirá.

—Es.. ehh… es de buena calidad —añadió Devin—. Para uso hospitalario, quiero decir. Y costosa, también, así que… Se la compro a una enfermera en la universidad. Mi pierna. Tengo esquirlas de una bomba casera en mi rodilla y nunca van a salir. A veces duele como los mil demonios. El viejo Morfeo lo suaviza un poco.

—Eres un soldado —dijo Sebastian.

—Irak y Afganistán —explicó Devin—. Fuera de servicio desde hace tres años. Tengo algunas cicatrices. Algunos fantasmas. La heroína también me ayuda. Igual que los perros, pero… —se encogió de hombros—. No son los primeros amigos que he enterrado. Probablemente tampoco serán los últimos. Como sea, hagamos esto antes de que me arrepienta de regalarle a esa cosa todo el buen material que tengo.

Iluminamos el granero con luces de trabajo. El unicornio nos observaba desde el centro de la construcción, con las cuerdas tensas alrededor de su cuello. Sus ojos se entrecerraban, molestos, cada vez que Devin encendía otra luz.

Le gusta más la oscuridad, pensé. *Por supuesto, tiene sentido.*

Cuando tuvimos suficiente luz para trabajar, Devin llenó una jeringa con el contenido de una botellita marrón. Luego de un momento de vacilación, me la pasó a mí.

—No hay nadie más que pueda acercarse a una vena —dijo.

Tomé la jeringa mientras me preguntaba, *¿Será suficiente? ¿O será demasiada?* Habíamos calculado la dosis con una búsqueda en internet. Yo esperaba que el unicornio fuera lo suficientemente parecido a un caballo para que al menos pudiéramos tener un aproximado correcto.

Sebastian me puso una mano en el hombro, deteniéndome por un segundo. Entonces me soltó.

—Ten cuidado —advirtió—. Por favor.

Asentí.

El unicornio golpeó el piso con una de sus patas lastimadas y bufó. Me acerqué con pasos lentos, hasta que su olor se volvió muy intenso en mi nariz y un movimiento brusco me habría dejado aplastada o corneada. Pero el unicornio no se encogió, ni entró en pánico. Me miró con esos ardientes ojos negros, sus narinas ensanchándose, su rostro silenciosamente furioso.

Deslicé mis dedos a lo largo de su costado, y a través de ellos, su esencia eterna hizo eco en mí. Apreté los dientes contra el peso de millones de años, la carrera de incontables kilómetros, y traté de concentrarme en la única cosa que tenía que hacer en ese momento. Intenté visualizarme en la sala de procedimientos de la clínica, con papá guiando mi mano, hablándome calmadamente al oído. Mis dedos recorrieron el pelaje del unicornio hasta que encontraron la hendidura entre los músculos de sus patas, donde la sangre palpitaba. Con la navaja de afeitar de Devin retiré el pelo, exponiendo su correosa piel oscura. Volví a palpar para sentir el pulso. Y entonces, con una respiración profunda y algo parecido a una plegaria, encajé la aguja.

El unicornio se tensó. Al instante sus músculos se pusieron duros como el hierro bajo mis dedos. Empujé el émbolo y después me retiré de inmediato, tan rápido como me fue posible, esquivando un movimiento del cuerno. El unicornio bramó y golpeó sus pezuñas contra el suelo. Un momento después, su cabeza cayó. Su cuerpo comenzó a ladearse. Una pata cedió, luego otra. Se equilibró con un relincho y un bufido, pero luego dobló las rodillas, descendió hasta el piso y rodó hacia un costado, con los ojos cada vez menos salvajes.

—Le está haciendo efecto —dijo Devin.

—No pasa nada —le susurré al unicornio—. Estarás a salvo.

Clavó sus ojos en mí por última vez antes de perder el sentido. Apoyó la cabeza contra el suelo, con los ojos cerrados sin apretar. Su respiración era lenta y pesada y regular.

—¿Está...? —dijo Sebastian desde algún lugar que parecía a millones de kilómetros a mis espaldas.

Puse una mano en su cuello y sentí sus pensamientos flotando en cálidas aguas vacías. Los latidos de su corazón eran firmes.

—Está dormido —exclamé—. Empecemos.

• • •

Papá comenzó a dejarme entrar a la sala de procedimientos cuando cumplí doce.

Era uno de los pocos lugares donde nuestra relación tenía sentido. Yo me ponía bata y mascarilla como los demás, y las primeras veces me quedé parada al fondo de la habitación, observando a papá trabajar y tratando de no estorbar. Sentía que eso era lo que la hija de doce años de un veterinario tenía que hacer. Y entonces, un día, me llamó por mi nombre.

—Sostén esto, Marjan —dijo mientras extraía un lipoma del vientre de un labrador. Yo tenía trece años, y él estaba manipulando un par de fórceps que sujetaban un pliegue de piel—. Pasa tus dedos por los agujeros y mantenlo fijo —su voz sonaba plana y eficiente. Casi casual. Pero yo era la última persona a la que papá le pediría ayuda, para lo que fuera. Esto no tenía nada de casual.

Hice como se me indicó. Esos fórceps nunca se movieron.

Solía pensar que una cirugía era algo elegante y grácil. No lo es. Hay que tener precaución y paciencia. Aunque es verdad que observar a un experto cirujano suturar una herida con conductores de agujas puede resultar hermoso, y que los procedimientos laparoscópicos están llenos de momentos de elegante precisión, pero la piel es resistente, y la grasa y el músculo son fuertes, y los huesos son duros. Y a veces tienes que cortar agujeros irregulares, y a veces tienes que meter tus dedos en esos agujeros. A veces las cirugías se parecen a una lucha. A veces hay que engrapar un trozo de piel resbalosa encima de otro. A veces sólo es cuestión de intentar resistir.

El disparo había arrancado tiras de piel del hombro del unicornio. Aquí y allá, profundas hendiduras terminaban en unas manchitas oscuras, donde los perdigones se habían alojado entre la grasa y el músculo. Mojé la carne rasgada con una toalla empapada en whisky. Sebastian estaba detrás de mí con una jarra grande de agua caliente.

Ninguno de nosotros hablaba. Los únicos sonidos que se escuchaban procedían de nuestra respiración —la mía, la de Sebastian y las profundas exhalaciones del unicornio— y el chorro de agua cuando Sebastian la vertía para irrigar la carne expuesta. El silencio se sentía casi sagrado.

Sostuve el cuchillo de Devin sobre la llama de su encendedor, deslizando lentamente la hoja por el fuego para esterilizarla. Con la afilada punta saqué los perdigones que pude alcanzar, y corté la carne que parecía que pudiera estar infectada. Cuando terminé, la herida estaba limpia. Donde los perdigones habían atravesado limpiamente, cerramos la piel con pegamento extrafuerte y mantuvimos sujeto en su lugar el vendaje empleando cinta adhesiva sobre toda la herida. Tardamos unos diez minutos, pero se sintieron como si hubieran sido segundos. Luego de que coloqué las últimas tiras de cinta adhesiva sobre el vendaje, levanté la mirada de la herida para observar a Sebastian. Él se veía como yo me sentía: nervioso y maravillado. Asentí y él asintió también, y entonces fue tiempo de atender las mordeduras de los perros.

Las perforaciones llegaban profundo en los fibrosos músculos del unicornio. Cuando rasuré el pelo, descubrí moretones de presión donde las mandíbulas de los perros se habían aferrado. Metí el cuchillo a las heridas para retirar la carne muerta. Una sangre oscura brotó lentamente mientras yo cortaba el tejido expuesto en los agujeros que habían dejado los dientes. Una vez que las mordidas estuvieron tan limpias como la situación en que nos encontramos lo hacía posible, Sebastian y yo las volvimos a enjuagar con una mezcla de agua y whisky. Entonces tomé la pezuña con una mano y apreté el tubo de pegamento sobre las heridas. El líquido claro y viscoso llenó los agujeros y las depresiones en la piel del unicornio. Envolvimos la pata con gasa, y después la colocamos cuidadosamente sobre el piso.

—Una más —dije, con una voz apenas más fuerte que un susurro.

La herida de cuchillo había abierto la piel del unicornio como si fueran cortinas, justo debajo de las costillas, revelando una capa de grasa, y debajo de ella, músculo magro y nervudo. Abrí la herida tan delicadamente como pude, para ver qué tan profunda era. Buscaba vísceras, pero el corte simplemente se detenía en medio de un tejido muscular. Casi como si algo lo hubiera protegido allí.

Entonces noté algo extraño en lo profundo de la herida. Un destello apagado de metal viejo asomó entre las capas de carne. Cuando hice a un lado la piel para ver mejor, detecté otro pedazo de metal duro, más cerca de la superficie. Me tomó un momento darme cuenta de lo que estaba contemplando. Y cuando vi lo que era, me di cuenta de que estaba por todas partes.

Eran fragmentos de los más diversos proyectiles. Postas y perdigones jaspeaban la carne del músculo del unicornio. Una pesada bola de mosquetón estaba incrustada en un depósito de grasa. Una esquirla de lo que alguna vez podría haber sido la hoja de un hacha de piedra yacía bajo la cicatriz que su impacto debió haber creado. Puntas de flecha de obsidiana sobresalían de entre sus costillas.

Claro que el cuchillo de Devin no había alcanzado los intestinos del unicornio. Nadie podría cortar tan profundo, ni siquiera con un cuchillo de carnicero y tomando impulso.

Esos pedazos de metal no eran solamente restos de metralla. Eran una armadura, una armadura hecha de retazos, construida con todas las balas y las navajas y las flechas y las piedras que habían fallado en matar al unicornio.

La punta rota del cuchillo de Devin también debía estar por allí en algún lado, un arma más que había sido absorbida, un minúsculo capítulo más en la interminable historia de supervivencia del unicornio.

Con manos temblorosas, comencé a cortar la carne muerta.

Vaciamos el tubo de pegamento dentro del tajo, y cuando terminamos, la herida quedó sellada bajo una burbuja transparente y dura. No era bonito, ni era perfecto, pero aguantaría. Con el tiempo, la herida cerraría y el pelo volvería a crecer a su alrededor, y sólo quedaría una cicatriz. Dudaba que al unicornio le preocupara una cicatriz más.

Me alejé unos pasos para admirar lo que habíamos hecho. Las heridas del unicornio estaban limpias, y las vendas las protegerían mientras sanaban. No sabía de dónde había sacado la fuerza, dónde había encontrado la confianza en que podía hacer esto. Mirando ahora al unicornio, sus vendajes limpios e impecables, la tarea parecía como que debería haber sido demasiado grande para nosotros. El aliento me temblaba de orgullo y, al mismo tiempo, mi cuerpo entero se sentía débil a causa del agotamiento. Me senté en el suelo de tierra, abrumada por toda la situación. Sebastian se sentó a mi lado, y supe que él estaba sintiendo lo mismo.

—Lo hicimos —dijo en una voz baja y llena de admiración.

—Así es —reiteré.

—¿Ahora qué? —preguntó Devin.

—Déjalo libre —dije—. En cuanto intente marcharse, déjalo ir.

Sebastian miró al unicornio.

—¿Cómo? ¿Así nada más? —preguntó.

—Él sabe cuidarse —contesté—. Lo ha estado haciendo por un largo tiempo.

—Hoy necesitó un poco de ayuda —dijo Sebastian.

—Supongo que sí —admití. Entonces me dirigí a Devin—. ¿Te importaría si nos quedamos hasta que despierte? Me gustaría verlo una vez más.

Él asintió, luego se volvió y caminó con dificultad fuera del granero. Sebastian y yo nos quedamos solos con el unicornio. La primera en hablar fui yo:

—Lamento mucho lo que dije antes. Debería agradecerte.

—Lamento haber dudado de ti —replicó Sebastian—. Parece que sabes lo que haces, después de todo.

—No hubiera podido hacer esto sin ti, Sebastian —añadí—. Simplemente no habría sucedido.

—Bueno, eso es algo, ¿no es cierto?

El unicornio dejó escapar un fuerte resoplido y se removió. Me encontré preguntándome cuánto tiempo llevaría solo en este mundo. Me pregunté si alguna vez anhelaría algo más que su solitaria vida errante, o si su fragmentada armadura lo protegería de semejantes sentimientos.

Me giré hacia Sebastian. Él parecía estar esperando algo. Supongo que yo también.

Fue en ese momento que escuchamos la motocicleta.

• • •

Sebastian y yo llegamos detrás de Devin, justo a tiempo para ver a Ezra Danzig quitándose el casco con una sonrisa de triunfo en el rostro.

—¿Qué haces aquí? —exclamé.

—Trabajo de lobo —dijo Ezra.

—¿Cómo supiste que estaba aquí?

—Tenía a alguien vigilándote allá en casa. Cuando subiste a ese avión, hice algunas llamadas y conseguí el manifiesto de vuelo. Me pareció que era demasiada coincidencia que viajaras a Ítaca, así que aquí estoy —nos observó a todos, uno por uno—. Vaya reunión. Supongo que este lugar es tuyo —dijo dirigiéndose a Devin, y luego miró a Sebastian—, pero no logro imaginar quién eres, o qué estás haciendo aquí.

—Él también está haciendo trabajo de lobo —añadí, antes de que él pudiera responder. Eso hizo sonreír a Ezra. Miró hacia el granero.

—Y bueno, ¿qué hay detrás de la puerta número dos? —preguntó—. Algo muy especial, quiero pensar.

—Eso no es asunto tuyo —ladró Devin—. Y estás invadiendo propiedad privada.

—Eso es cierto —admitió Ezra—. Entonces déjame ponerlo de otra manera, antes de mostrarme a mí misma la salida. Digamos que tengo un cheque en blanco con tu nombre escrito en él. ¿Qué cifra debo escribir, a cambio de lo que sea que tienes en ese granero?

—No está en venta —me apresuré a contestar por él.

—Oh —exclamó Ezra—. ¿Te pertenece a ti, Marjan? Porque como tu amigo acaba de recordarnos, ésta es su propiedad.

—No le pertenece a nadie —contesté.

—Lo que significa que aún no ha sido reclamado —dijo Ezra a su vez—. ¿Algún comprador? Tengo millones para jugar. Dime tu precio.

Ni Devin ni yo abrimos la boca.

—Es mejor así, Marjan —continuó Ezra—. Tú sales de aquí con tu brújula moral intacta, y yo le hago a... —miró fijamente a Devin—. ¿Cuál es tu nombre?... una oferta que no podrá rechazar.

Devin sujetaba la escopeta relajadamente con una mano.

—¿Quién diablos eres tú? —preguntó.

—Ezra Danzig —se presentó—. Me gustaría hacerte muy rico.

Devin no dijo nada.

—Oh Dios mío —exclamó Sebastian detrás de mí—.Lo está considerando.

—Todos ustedes, quédense donde están —advirtió Devin. Ezra hizo un enfático gesto de obediencia, con los pies firmemente plantados en el piso y las manos abiertas y visibles.

—No está a la venta —repetí.

Ezra me lanzó una mirada compasiva. Entonces regresó su atención a Devin y señaló hacia el granero:

—¿Está allí? —Devin no respondió—. Entiendo que tengas algunas preguntas en este momento. Pero yo voy a darte, digamos, veinte millones, si me dejas llevarme a ese animal.

—Patrañas —escupió Devin.

—Hablo muy en serio —dijo Ezra.

Devin guardó silencio. Yo tenía una terrible sensación en el estómago. Si el unicornio no pertenecía a un granero, definitivamente no pertenecía a una jaula a cientos de metros bajo tierra.

Devin volteó hacia mí:

—¿Habla en serio?

—Ése es el precio, sin haberlo visto —dijo Ezra—. Si entro allí y está enfermo o herido o lo que sea, podría tener que bajarlo. Pero ahora, en este segundo, veinte es la oferta.

Sebastian tenía razón: Devin claramente lo estaba considerando. Ezra me dedicó un encogimiento de hombros a manera de disculpa.

—No puedes hacerlo —dijo Sebastian, adelantándose para enfrentar a Ezra—. Quienquiera que seas, no tienes derecho a estar aquí —después se dirigió a Devin—: Y *tú* no tienes derecho a vender algo que nunca ha sido tuyo, para empezar.

Ezra rio entre dientes. Devin permaneció en silencio por un momento. Después fulminó a Sebastian con la mirada.

—No me digas cuáles son mis derechos —advirtió con una voz gélida.

—Espera —dije, y Devin volteó a verme—. Sé que es mucho dinero. Yo no sé lo que haría si alguien me ofreciera tanto dinero. Pero la conozco. Sé a dónde van a llevarlo. Escúchame. No está bien. No pertenece allí —entonces miré a Ezra, a quien me dirigí—: Está herido.

Me lanzó una mirada helada, y después se rio.

—Marjan, eres una chica astuta —dijo—. Tal vez sí eres una loba después de todo. De acuerdo, aunque esté herido, veinte millones siguen sobre la mesa. ¿Qué dices, soldado?

Devin seguía en silencio.

—Déjalo ir —insistí—. Se supone que tiene que estar en libertad. Sé que no es tu responsabilidad. No tendría por qué serlo. Pero sí es la mía. Así que no puedo permitir que lo vendas.

—¿Quién demonios dijo que era tu decisión? —exclamó Devin, y mi corazón se encogió.

Miró detrás de mí, después sus ojos volvieron con Ezra.

—Treinta —pidió.

Antes de que Ezra pudiera contestar y de que Devin o yo pudiéramos detenerlo, Sebastian corrió hasta el granero y abrió la puerta de par en par. Adentro, el unicornio estaba tirado donde lo habíamos dejado, con la mirada perdida y desenfocada.

—¡Levántate! —gritó Sebastian. Comenzó a manipular los nudos que lo sujetaban—. ¡Levántate, estúpido animal! ¡Vete de aquí!

Ezra y Devin observaban en silencioso desconcierto. El unicornio, aún atontado por la morfina, parpadeaba y movía la cabeza. Pero no se levantaba.

—¡Ayúdame, Marjan! —exclamó—. ¡Desata los otros nudos! ¡Libéralo! ¡No podrá venderlo si no lo tiene! —luego, volvió a dirigirse al unicornio—: ¡Despierta! ¡Ponte de pie!

Pero el mítico corcel no se movió.

—¡No te quedes parada allí, ayúdame! —me gritó Sebastian. Su voz se escuchaba más y más desesperada con cada palabra que pronunciaba—. ¡Tenemos que liberarlo!

Pero los nudos no se aflojaban. Sebastian respiraba pesadamente. Tiró una vez más de la cuerda, luego dio al unicornio un empujón lleno de frustración, y colapsó en un rincón del granero. Yo corrí hasta él. Su rostro estaba enrojecido y había lágrimas en sus ojos.

—No la dejes hacerlo —dijo a través de sus dientes apretados—. No está bien.

—Son negocios —replicó Ezra, acercándose a nosotros—. Bueno o malo, seguirá sucediendo.

Devin entró al granero e inspeccionó los nudos, uno por uno. Ezra se quedó con nosotros. Yo me rehusaba a mirarla a los ojos.

—Camina conmigo, Marjan —dijo ella.

—Ni de broma —repuse.

—Vas a querer escuchar lo que tengo que decirte —volteó a ver a Sebastian—. Además, tu amigo necesita un minuto a solas.

Miré a Sebastian. Sus ojos, cargados de una ira indefensa, se encontraron con los míos. Vi a un chico herido y asustado, y las anguilas comenzaron a nadar en mi estómago. Miré para otro lado, avergonzada, y me di la media vuelta para seguir a Ezra fuera del granero.

—Deberías exigir una comisión por haberlo encontrado —dijo mientras nos alejábamos de la casa.

—No quiero su dinero —espeté.

—Deberías —reconvino ella—. Por lo que he escuchado.

—¿Qué se supone que significa eso?

Ezra se encogió de hombros.

—Administrar una clínica —añadió—. Es bastante costoso, ¿no es así?

—¿También espías a mi contador?

—Estoy en el negocio de la información —dijo—. Hablando de lo cual, investigué a nuestro amigo Vance Cogland, el que fue asesinado en circunstancias sospechosamente similares.

¿Todo esto era un juego para Ezra? ¿Acaso creía que simplemente iba a olvidar al unicornio si mencionaba a mi padre?

—¿Y?

—Es un fantasma —dijo Ezra—. El único rastro de él en este mundo es su registro criminal. Seguridad social, acta de nacimiento, licencia de conducir… todo falso. Sin familia. Sin parientes cercanos. Incluso sin amigos. Está enterrado en una tumba anónima en una fosa común para indigentes. No hay nada a su nombre. Si no supiera que murió, nunca habría creído en su existencia, para empezar.

—¿Y eso qué?

—Pienso que alguien hizo su mejor esfuerzo para borrarlo de la memoria de este mundo —continuó Ezra—. Y viendo que hicieron un muy buen trabajo, diría que ese alguien es bastante poderoso.

—¿Y eso dónde nos deja? —pregunté.

—Observa las finanzas de tu padre —dijo Ezra—. Encuentra lo que no tenga sentido. El asesinato casi siempre es personal. Dinero, celos o miedo. Tu papá no era muy temible, y a menos que me equivoque demasiado con él, tampoco estaba enredado con la novia de nadie. Así que, sigue el dinero.

—Estás cometiendo un error —repliqué—. El unicornio… no pertenece allá abajo.

—No es mi problema —dijo Ezra.

—Podría serlo. Quiero decir, ¿qué tal que sí importara, que en verdad fuera muy importante que estuviera libre? ¿Qué pasaría si el mundo se fuera al diablo si eso cambia?

—Suena a que has estado hablando con los Fell —dijo Ezra—. Yo no confiaría en ellos. Lo único que hacen es encarecer las cosas.

—¿Es lo único que hacen? —pregunté.

—Será mejor que regrese y cierre este trato —dijo Ezra—. Guardaré un poquito para ti. Sólo por si acaso.

Sonrió, se dio la media vuelta y caminó de regreso hacia la casa. Sus pasos crujían sobre la grava.

—Hazlo —dije en voz baja—. Intenta cerrar ese trato.

Yo estaba a punto de encarecer las cosas.

Ignoro qué fue lo que Jane Glass prometió a Devin. Él no dijo mucho durante la llamada. Cuando ésta terminó, me regresó el teléfono con un silencioso movimiento de cabeza y caminó cojeando hasta el porche. Sebastian, recargado contra una pared del granero, nos observaba con una mirada de curiosidad en su cansino rostro surcado por las lágrimas.

—Igualaré cualquier cosa que te ofrezcan —dijo Ezra—. Lo superaré. Dime qué quieres.

Devin apoyó su peso sobre su pierna sana y levantó la escopeta con ambas manos.

—Creo que mi amiga ya te lo dijo antes —repuso—. No está en venta.

Ezra soltó una carcajada.

—Intentaba protegerte, Marjan —dijo—. Intentaba salvarte de tomar una decisión de la que podrías arrepentirte por el resto de tu vida. No sé ni por qué me tomé la molestia.

—Estoy segura de que te preocupaban mis sentimientos —añadí.

—Deberías estar agradecida de que alguien se preocupe por cómo te sientes.

—¿Qué se supone que significa eso?

—¿Alguna vez te has preguntado por qué tu padre nunca te conto nada sobre todo esto? —me preguntó Ezra—. ¿Por qué te lo ocultó? Porque yo sí me lo he preguntado. Y creo que es porque no confiaba en ti. ¿Y sabes qué? No lo culpo. Yo tampoco confiaría en ti. Algo te hace falta. Algo no está allí, algo que debería estar, y tú eres la única que no puede verlo.

Nadie habló por un momento. Pude sentir los ojos de Devin fijos en mí, juzgándome, viendo exactamente lo que Ezra veía. Y ahora hasta Sebastian me atravesaba con la mirada buscando ese hueco dentro de mí. Todos lo veían cuando miraban de cerca. Por un segundo deseé poder yo también verme a mí misma. Deseé poder ver dónde estaba ese vacío, dónde faltaba esa pieza. Pero desde luego, el solo hecho de desearlo significaba que Ezra tenía razón. Así que dejé de desearlo y la miré con furia.

—Bueno —añadí—, yo creo que tú eres una pésima investigadora.

Se rio, porque desde luego yo estaba equivocada y ella estaba en lo cierto, y de alguna forma yo acababa de probarlo.

—Buena suerte, Marjan —dijo—. Con todo.

Hacía mucho tiempo que Ezra había partido cuando los Fell llegaron quince minutos después: la camioneta plateada que había visto antes, seguida de un auto híbrido color azul pálido. Se detuvieron frente a la casa de Devin. Los hermanos bajaron de la camioneta y no le dijeron una palabra a nadie, sólo se quedaron allí en pie, escrutando a Devin, a mí, a Sebastian y a la granja con rápidos movimientos de sus ojos.

El conductor del híbrido descendió. Era el mismo que me había llevado al encuentro con Jane Glass. A pesar de que era bastante aterrador, tuve una sensación de alivio al ver otra cara conocida. Me miró y se salió de su personaje para dirigirme un corto movimiento de cabeza que parecía genuinamente respetuoso. Estaba segura de que no lo merecía, pero se lo devolví lo mejor que pude. Entonces la puerta del copiloto se abrió y Jane salió del auto.

—Tú debes ser Devin —dijo con una cálida y amistosa sonrisa. Caminó hasta él y le dio un abrazo sincero—. Nos sentimos muy honrados de conocerte.

Aparte de ella, ninguno de los Fell se veía particularmente honrado. Los hermanos vigilaban el camino y el conductor de Jane se había parado lejos de todos, con una expresión de desconfianza en el rostro.

—¿Quiénes son ellos? —preguntó Devin, señalando a los hermanos.

—Ellos van a ayudarte —contestó Jane mientras lo soltaba—. Hasta que esto se resuelva de la manera en que resolvemos este tipo de arreglos, van a vigilar las cosas por aquí —cuando vio la incertidumbre en Devin, bajó la voz—. Parecen salvajes. Pero no hay problema con ellos. La mayor parte del tiempo ni siquiera notarás que están aquí.

La mujer esbozó una débil sonrisa que se esfumó tan rápido como había aparecido.

—Me encantaría verlo —dijo Jane—. ¿Puedo?

Devin volteó a verme, y yo asentí. Abrió la puerta del granero. En la polvosa oscuridad del interior, el unicornio batallaba para ponerse en pie, orgulloso y lastimero en sus articulaciones. Jane se quedó sin aliento.

—Es hermoso —susurró.

—Está herido —añadí—. Pero las heridas están limpias.

—Seguro que sí —replicó Jane—. Nos encargaremos de que reciba el cuidado que necesita —ambos hermanos asintieron, un simple movimiento de cabeza que me indicó que sabían exactamente cómo manejar este tipo de cosas.

Devin cerró la puerta.

—¿Qué pasará ahora? —preguntó.

—Por el momento, sigue haciendo exactamente lo mismo que has hecho hasta ahora —dijo Jane—. No cambies nada. Cuando estemos listos, te lo haremos saber. Y entonces nos lo llevaremos. Mientras tanto, Molly y Luke están aquí para ayudar. Eres muy afortunado. Has recibido un increíble regalo. Has visto algo que casi nadie consigue ver jamás. Tu trabajo ahora, y quizá por el resto de tu vida, será entender por qué.

Ella le dio otro abrazo y después caminó de regreso a su auto. Me hizo una señal para que la siguiera.

—¿Siempre es así? —pregunté.

—Nunca se siente del todo correcto hasta que está completamente terminado —me reveló—. Pero después sí. Ya lo verás.

—¿Qué fue lo que le dijiste?

—Algunas personas le temen a la responsabilidad —dijo—. Y buscan a alguien que la aleje de ellas. Algunas personas sólo ambicionan el dinero —hizo una pausa—. Pero para la mayoría de la gente, sin embargo, éste es un momento que define toda su vida. Sólo quieren saber que existe una razón. Quieren saber que significa algo.

Volteé hacia atrás a mirar a Devin. Estaba recargado contra la pared del granero.

—¿Él va a estar bien?

—Estará confundido por un tiempo —admitió—, pero encontrará el rumbo. Hizo lo correcto, y ahora es parte de algo más grande que él. Algunas personas necesitan eso en su vida. Sólo es una suposición, pero creo que él es una de ellas.

Abrió la puerta del auto y entró.

—¿Jane?

—¿Sí?

—¿Yo hice lo correcto?

Sonrió.

—Te veo en la subasta —dijo.

CAPÍTULO VEINTITRÉS

LUBBOCK

Sebastian nos condujo de regreso al aeropuerto. Esos minutos finales —los semáforos, las señales de alto, el camino frente a nosotros haciéndose cada vez más estrecho— se sintieron muy valiosos, como un tesoro que se nos escapaba a cada instante que transcurría. Pero ninguno de los dos sabía qué decir. Cuando lo miraba, lo único que quería era retroceder en el tiempo hasta el momento en que éramos sólo él y yo y el unicornio dormido, y yo no había visto su dolor, y él no había visto mi vacío. Esos pocos segundos se sentían abandonados en el pasado. Algo había comenzado a suceder. Algo estaba cobrando vida antes de que Ezra apareciera.

—Estaba un poco enloquecido, ¿cierto? —dijo—. Corriendo ahí dentro de ese modo.

—Fuiste muy valiente.

—Muy estúpido, querrás decir.

—Si tú no hubieras hecho eso, yo no hubiera podido detenerla.

—Eso es muy generoso de tu parte.

Estuvimos en silencio por un rato, perdidos en las cosas que acababan de ocurrir.

—Lo que dijo sobre ti... —habló Sebastian por fin.

—No —reviré—. No tienes que decir nada.

No protestó, y entonces supe que él le había creído.

—Y ahora habrá una subasta —añadió Sebastian.

—Fue lo mejor que pude hacer.

—Quizás el tío Simon pueda presentar una oferta.

—Quizá —contesté—. No tengo idea de cómo funciona.

En el aeropuerto conseguimos dos vuelos para nuestros respectivos destinos, y cuando el avión de Sebastian estaba a punto de partir, él me estrechó en un grande y torpe abrazo de despedida.

—De verdad fuiste muy valiente —le dije.

Las palabras se sintieron pequeñas. Deseé no haberlas pronunciado. Deseé haberle dicho cómo me sentía en realidad: como si por algunos instantes el aire a nuestro alrededor hubiera brillado con un resplandor dorado; como si hubiéramos respirado algo invaluable y peculiar y cálido dentro de nuestro pecho, y, como el aliento, fuimos incapaces de retener.

En lugar de eso, lo besé en la mejilla, tibia y suave, y por un segundo anhelé algo más, y por otro segundo ese anhelo luchó con la vergüenza y el arrepentimiento por lo lejos que había traído a este chico, por todos los problemas que le había causado, por lo extrañas que habían resultado las cosas. En el tercer segundo, no pude menos que sentirme terrible.

Sebastian sonrió y me sostuvo la mano.

—De alguna manera —dijo— siento que lo arruiné todo.

—No arruinaste nada —respondí. No era una mentira.

Durante el vuelo a casa, revisé las notificaciones que no había visto o que había ignorado. Otro mensaje de Grace. Otro mensaje de David. Una llamada de la clínica. Y una nota de Ezra:

Sigue el dinero.

Aún no conseguía odiar a Ezra. Al menos ella era sincera respecto a su traición. Al menos ella no se disculpaba.

• • •

Al día siguiente asistí a la escuela, lo que sentí como un error.

Grace y Carrie me acribillaron con preguntas para las que no tenía respuestas convincentes: ¿dónde había estado?, ¿pasaba algo malo?, ¿me sentía bien? Les dije que había estado enferma, lo cual no pienso que ninguna de las dos haya creído. Carrie era demasiado cortés para admitirlo, pero en cuanto se fue (*rally* de natación; su equipo seguía invicto), Grace me sujetó de la manga y me fulminó con la mirada.

—Eres una mentirosa, Mar —me reprochó—. No sé por qué mientes, pero a mí no me engañas. ¿Qué es lo que está pasando?

Tampoco tenía una respuesta convincente para eso. Solté mi brazo de un jalón y la miré del mismo modo que ella a mí, y luego me alejé corriendo.

Después de la escuela tomé un autobús a la oficina de David Ginn. Lo encontré en el pasillo, batallando con su puerta. Él no me vio, y me quedé observándolo por un momento. Encorvaba fatigosamente los hombros, y soltó un suspiro de frustración mientras intentaba hacer girar una cerradura pegada. Luego de un minuto notó mi presencia, y yo lo saludé agitando la mano y fingiendo que justo acababa de llegar. Su rostro se iluminó y la tensión en sus hombros pareció relajarse.

—¡Marjan! —exclamó—. Me tenías preocupado. ¿Todo bien? —yo asentí y sonreí lo mejor que pude. No todo estaba bien, pero tampoco pensaba tratar de explicarle. El suspiró aliviado—. Qué bueno que viniste. Tenemos trabajo que hacer.

—Lo sé —dije—. En realidad vine por otra cosa, pero también podemos hablar de eso de la nómina. Quería echar un vistazo a algunos de los viejos registros de papá.

—"Eso de la nómina" es bastante importante —añadió. Finalmente, con un cómico tirón, consiguió abrir la puerta.

Veinte minutos después, habíamos cancelado algunos pedidos para el inventario y habíamos decidido no hacer el siguiente pago de la máquina de rayos X hasta que el negocio se equilibrara. Si es que en algún momento llegaba a hacerlo.

—¿Siempre es así? —pregunté—. Quiero decir, ¿siempre fue así, para papá?

—Siempre hay que tomar decisiones difíciles, si es a eso a lo que te refieres —aceptó.

—¿Cómo salía adelante papá con todas esas decisiones difíciles? —pregunté.

—Bueno —dijo David—, para administrar un negocio, cualquier negocio, pero en especial uno pequeño, tienes que creer en él. Tienes que creer tanto en él que la demás gente también crea en él, incluso si no hay nada allí. Incluso si es sólo una ilusión. Es un poco como la magia.

—¿Eso es todo? —pregunté—. ¿Así es como evitó caer en bancarrota? *¿Creyendo?*

David suspiró.

—A veces manipulábamos las cosas —dijo—. Un pequeño desvío. Dejábamos de hacer algunos pagos para poder hacer otros, y aguantábamos. A veces ni siquiera la magia bastaba, y Jim ponía de su propio dinero.

—¿De su propio dinero?

—En algunas ocasiones —contestó David.

—¿De dónde salía? ¿Su dinero?

—Nunca pregunté —dijo David—, y él nunca me lo dijo.

—Quiero ver —pedí—. Quiero ver todo lo que tengas de él. Todo lo que tengas de la clínica, tan atrás como puedas.

David exhaló pesadamente, sacudiendo la cabeza.

—Eso tomará algo de tiempo, Marjan —dijo—. Y no sé qué vas a encontrar allí que no sepas ya.

Media hora después, David y yo salimos del edificio con tres cajas llenas de recibos y una pila de libros contables.

—Hoy no tengo mucho trabajo —admitió—. ¿Qué te parece si te llevo a casa?

Metimos las cajas en la parte trasera de su auto y yo me senté en el asiento del copiloto.

—David —dije una vez que arrancamos—, ¿puedo preguntarte algo?

—Por supuesto.

—¿Cómo lograste seguir siendo amigo de papá por tanto tiempo? Creo... creo que cuando murió, tú eras el único amigo que le quedaba. Alejó a todos los demás, menos a ti.

—Él me necesitaba —replicó—. De no haber estado yo, la clínica se habría hundido, estuvo a punto de hacerlo unas seis o siete veces. Pero también te diría que nos encontramos el uno al otro en el momento preciso. A veces alguien llega por casualidad y es exactamente la persona que necesitas.

—Pero ¿tú qué ganabas con eso? —pregunté.

David reflexionó por un momento.

—¿Además de un amigo? —dijo al fin—. Es algo, saber que eres útil, que estás haciendo una diferencia en la vida de una persona. La mayoría los clientes se olvidan de que existes durante once meses al año. Pero con tu papá, yo siempre podía ayudar. Y supongo que eso es lo que yo ganaba —hizo una pausa, como si estuviera considerando si decir o no lo que tenía en mente—. Sabes, una de las últimas veces que platiqué con Jim me dijo que iba a arreglar las cosas.

—¿Qué quieres decir? —pregunté.

—Mira —dijo David—. No es de mi incumbencia, pero sé que las cosas no siempre fueron fáciles entre ustedes. Supuse que se refería a eso. Pero creo que no tuvo la oportunidad...

—No —repliqué—, no la tuvo.

—Lamento escuchar eso.

—David, ¿sabes por qué papá se fue de Irán?

—¿Nunca te contó?

—Nunca pregunté —dije—. Siempre pensé que había venido para estudiar. Pero es un camino muy largo de recorrer sólo por una escuela. Y no creo que nunca haya regresado.

—Debe haber sido muy duro —añadió David—, aprender a vivir en un lugar tan distinto. No puedo imaginar cómo habrá sido, cambiar tanto, y tan rápido.

—¿Alguna vez te habló de eso?

—Él se guardaba muchas cosas —dijo David—. Me parece que no quería ser visto como "demasiado iraní", lo que sea que eso signifique. Y tal vez simplemente clausuró esa parte suya para todos los que conocía aquí. A veces la gente hace eso. Simplemente meten una parte de sí mismos en una caja e intentan olvidarla. Ojalá hubiera compartido más cosas con todos nosotros.

Vacilé antes de hacer la siguiente pregunta:

—¿Alguna vez mencionó algo sobre Ítaca?

David sacudió la cabeza, dubitativo.

—No recuerdo haber escuchado nada al respecto.

—¿Y algo sobre...? —nuevamente hice una pausa. Tenía la inquietante sensación de que dos mundos flotaban juntos a la deriva frente a mis ojos—. ¿Vance Cogland? ¿Ese nombre te dice algo?

Otra vez hubo un momento de ceño fruncido y búsqueda mental, seguido de una negación con la cabeza.

—No lo creo. Estoy bastante seguro de que recordaría ese nombre.

Cuando llegamos a mi casa, estacionó el auto y bajamos las cajas. Luego de que quedaron apiladas frente a mi puerta cerró la cajuela, una especie de punto final, y después me dio un abrazo.

—Ven a visitarnos a casa un día, ¿sí? —dijo sobre mi hombro—. Para cenar.

Empecé con los libros contables. Fui página por página, recorriendo con el dedo la columna de abonos. Si encontraba cualquier cantidad sospechosa, hacía una nota con la fecha. Encontré varios pagos que supuse que eran de los Fell: simples transferencias bancarias como la que yo había recibido por ayudar a la violín yokai de Kent. Las sumas no eran muy grandes, y ni siquiera aumentaban con el paso de los años. Jane Glass tenía razón. La mayoría de la gente no tenía antiguo dinero de grifo. Luego de haber revisado cada página, terminé con aproximadamente una docena de pagos a la clínica que eran o inidentificables o etiquetados como EFECTIVO.

A continuación, vacié las cajas en el piso de la sala de estar. Los papeles cayeron en tres montones que se extendían varias decenas de centímetros en cada dirección. Me preparé una jarra de café y me puse a revisar los documentos, uno por uno. Malloryn estaba en el trabajo, pero Zorro me observaba con interés.

Los papeles se remontaban a cuando David había comenzado a trabajar con nosotros. En su mayor parte eran recibos de venta que uno esperaría ver en una clínica veterinaria. Pedidos de medicamentos de proveedores farmacéuticos. Recibos de clientes. Facturas de electricidad. Recibos de gas.

Era un trabajo lento y frustrante. Perdí mucho tiempo tratando de leer palabras que estaban demasiado borrosas para distinguirlas. Pero pude relacionar algunos de los ingresos sospechosos con operaciones perfectamente ordinarias de la clínica.

Cuando terminé con la primera pila de papeles roídos por las ratas quería darme por vencida. No sentía que estuviera más cerca de encontrar ninguna respuesta. Tampoco estaba segura de que fuera a obtener algo más que cortes en los dedos con el papel y una intoxicación por moho. Hasta ahora, seguir el dinero no me había llevado a ningún lado, sobre todo porque había demasiado poco dinero para seguir.

Aun así, metí todos los documentos revisados a una bolsa grande de basura y continué con la segunda pila. Acabé con ella una hora después y proseguí con el último montón. Si había algún rastro a seguir, éste tendría que empezar allí. Tomé el primer recibo y miré la fecha, y una oleada de náuseas me invadió.

Se trataba de una factura médica. Eran documentos del año en que mi mamá murió.

La factura, impresa en el árido papel membretado del hospital, desencadenó una andanada de imágenes. Las horribles baldosas de linóleo en las salas de espera, estriadas y color verde vómito, como rebanadas de paté de hígado. Las fotografías en gran formato de cadenas montañosas y frondosos bosques que decoraban los pasillos. Los agujeritos en los paneles de cielo raso de la habitación donde yacía mamá. Lo traslúcido de su piel.

Sentí una pesadez en mis tripas al recordar la aplastante monotonía de sus días allí. No había descanso ni confort. Las sillas eran demasiado estrechas y duras. Las sábanas y cobijas, demasiado delgadas y ásperas. Todas las superficies se sentían vagamente hostiles. Siempre había algo vibrando, o zumbando, o sonando, o pitando.

Algunos días nos quedábamos allí por horas. Hacía mi tarea en un rincón de la habitación, a veces inclinada sobre una silla, a veces sentada sobre mi abrigo en el asqueroso piso de linóleo, y mamá leía libros que papá le traía. A veces conversábamos, y a veces papá salía al restaurante chino que estaba cerca del hospital y traía chow mein y rollos de huevo con salsa agridulce para que yo comiera afuera, en la recepción. Y algunos días alguien venía a recogerme —un amigo, uno de los técnicos de la clínica— y papá se quedaba allí.

No había pensado en nada de esto en años. No había tocado esos sentimientos, y ahora se sentían enormes y desconocidos en mi interior. Metí la factura hasta el fondo de la bolsa de basura, deseando nunca haber puesto mis ojos en ella. Me zambullí en la última pila, concentrada, furiosa e implacable. Y cuando llevaba la mitad, encontré algo.

Un solo recibo arrugado de la cafetería OK en la calle Quince en Lubbock, Texas. Una taza de café, un plato de papas fritas. Emitido a las 3:15 am, tres meses después de que mamá murió, y un día antes de que el cuerpo de Vance Cogland fuera descubierto en la trastienda de su casa de empeño.

• • •

Esa noche pensé mucho en papá y en todos los secretos que se había llevado con él. ¿A qué se refería cuando le dijo a

David que quería arreglar las cosas? ¿Tenía algo que ver con cinco depósitos a la clínica no contabilizados, todos realizados en momentos en que el negocio estaba a punto de colapsar? ¿Estaba relacionado con la muerte de Vance Cogland? ¿De verdad quería resolver las cosas conmigo, y de ser así, qué diablos significaba eso? ¿O estaba hablando de la bestia implacable en aquel granero de Ítaca?

Me pregunté por el dinero. ¿Había provenido de personas como los Stoddard? ¿O de gente como Horacio o los Fell? Siempre había pensado que al menos él era un doctor honorable, pero ¿qué tan honorable había sido en realidad? ¿Qué había al final del rastro del dinero? ¿Eso me ayudaría a encontrar a su asesino?

Me pregunté qué fue lo que juntó a Vance Cogland y a mi papá. Me pregunté si papá había estado allí cuando Cogland murió. Me pregunté, por un breve instante, si papá lo había matado. No podía imaginar que papá fuera un asesino, pero entre más conocía de su mundo, más me daba cuenta de lo poco que jamás lo había entendido.

También pensé en Malloryn, dormida en la otra habitación, quien nunca había dejado de creer que los espíritus le sonreirían con sus hechizos. ¿Era eso lo que yo tenía que hacer, si quería que la clínica sobreviviera? ¿Necesitaba convertirme en alguien como ella, casada con una fe inquebrantable? Y si de verdad lo quisiera, *¿podría* convertirme en esa persona?

Pensé en Sebastian. Los sentimientos que me generaba se volvían más complicados, más confusos a medida que el tiempo pasaba. Su corazón parecía tan grande, tan claro, tan vulnerable. Yo iba a romperlo. Podía sentirlo. Y me aterraba.

Y pensé en mis amigos, en mis maestros, en las caras que veía todos los días. Estaba consciente de cuántas cosas no sabía sobre ellos. Todos tenían una vida entera detrás, llena de prodigios y luchas invisibles, y quizá también de monstruos.

Una idea acudió a mi mente. Hace ocho años, me dijo Jane Glass, algo había despertado. Hace ocho años papá había estado en Lubbock. ¿El asesinato de Vance Cogland había sido la señal? ¿Hubo una criatura presente en la habitación ese día, con mi papá y con Cogland? Y de ser así, ¿qué significaba eso?

En la nebulosa frontera del sueño, sentí el salvaje poder del unicornio haciendo eco en mí: una contracción en mis rodillas, una repentina taquicardia que me hizo sentar. Estaba en mí. Siempre había estado allí, pero ahora estaba vivo. Estaba corriendo.

Me pregunté, medio dormida, si se podría disparar una flecha a través del tiempo hasta aquel momento en el claro, cuando una niña abría la trampa de un cazador. Me pregunté cómo se vería la trayectoria de esa flecha, y qué otros momentos tendría que cruzar para viajar desde donde yo estaba hasta allá. Me pregunté qué significaba que yo, de entre toda la gente, fuera quien disparaba esa flecha.

CAPÍTULO VEINTICUATRO

EL SALÓN DE TÉ

A la mañana siguiente, tomé una foto del recibo de Lubbock y la envié a Ezra junto con el siguiente mensaje:

Él estuvo allí.

Un momento después, mi teléfono sonó.

—Parece que tu padre atestiguó un asesinato —dijo Ezra—. Cuando menos.

—¿Qué se supone que significa eso? —pregunté.

—Ata los cabos, Marjan.

—Mi papá no era un asesino —dije.

—Probablemente no —aceptó Ezra—. Pero conocía a uno.

—Hay algo más —le conté de las cinco misteriosas inyecciones de efectivo.

—¿Fechas y cantidades? —me preguntó.

Le di toda la información que tenía. Al otro lado de la línea, silencio.

—¿Ezra? ¿Sigues allí?

—Sí —contestó.

A pesar de que había sido ella quien me hizo seguir, a pesar de que casi se había robado el unicornio bajo mi cuidado, yo sentía una pizca de remordimiento, como si de algún modo la hubiera *traicionado* al llamar a los Fell.

—Ezra, lo lam... —comencé a decir.

—No tienes por qué. Todo se vale en los negocios.

—¿Estás segura?

—No somos amigas —dijo—. Yo estoy haciendo un trabajo. Y seguiré haciéndolo, te guste o no.

La llamada se cortó.

El auto estaba parado en ralentí frente a mi escuela cuando las clases terminaron esa tarde. No podía saber cuánto llevaba allí. Cuando me aproximé, el conductor levantó la vista y reconocí a Sam.

—¡Hola, Marjan! —me saludó mostrando una amplia y amigable sonrisa.

—Eh, hola, Sam —dije—. ¿Qué sucede?

—Vine a recogerte.

—¿A dónde vamos? —pregunté. Revisé rápidamente mi teléfono. No tenía ningún mensaje sobre gnomos incontinentes.

—Horacio quiere verte —añadió—. El día de hoy está en la ciudad.

Grace y Carrie platicaban bajo un árbol cercano. Pude sentir cómo me observaban.

No es nada... sólo un amigo de papá.

—Oye, Sam —dije.

—¿Sip? —sonrisa grande, sincera.

—¿Estoy en problemas?

Me miró con expresión perpleja.

—¿Por qué habrías de estar en problemas? —preguntó.

Luego de considerar pedir ayuda a gritos, decidí ser sincera con lo ocurrido y confiar en que Horacio comprendería. Él ya tenía suficientes animales, ¿no es cierto? No era posible que le importara tanto tener uno más.

Sam descendió y me abrió la puerta, y luego regresó al asiento del conductor. Grace y Carrie me vieron partir con la mirada llena de interrogantes. Las saludé con la mano cuando pasamos a su lado. Cada día que transcurría sentía que mi vida se volvía más y más diferente a la de ellas.

Cruzamos el Puente de la Bahía y nos adentramos en la ciudad. Sam se mostró cortés y platicador, pero yo no tenía mucho que decir. Cuando llegamos a nuestro destino, uno de los hoteles elegantes del centro, me sentía inquieta y un poco nerviosa.

—Te está esperando en el bar —dijo Sam cuando detuvo el auto.

La escena en el bar del hotel consistía en hombres y mujeres extremadamente entusiastas hablando de negocios e intercambiando tarjetas de presentación. Todos ellos con un gafete de alguna conferencia profesional. Divisé a Horacio al instante. Ocupaba un reservado en el rincón más apartado del bar, sosteniendo en la mano un vaso grande de algo que parecía agua mineral. Las mesas a ambos lados estaban vacías. Levantó el vaso en mi dirección y me hizo un gesto con la cabeza para me sentara frente a él.

—Has hablado con los Fell —dijo. No parecía preocuparle demasiado que alguien nos escuchara—. Aquí las paredes tienen un diseño acústico especial. Las conversaciones no van a ningún lado. Lo único que se oye es este murmullo.

Dejó de hablar para que yo pudiera escuchar.

—Dicen que siempre mantiene el mismo tono —continuó—. Pero dudo que alguien lo haya confirmado. A veces lo único que necesitas es una buena historia —hizo una pausa—. Estoy seguro de que los Fell te dijeron que ellos "mantienen el equilibrio". ¿Es correcto?

—Eh, sí…

—Le da algo de *nobleza* a su verdadero propósito.

—¿Que es…?

—Control —dijo Horacio—. Quieren controlar a estos animales. A todos. Y durante mucho tiempo lo han conseguido. Pero ahora no, y eso les aterra.

—¿Cómo los controlan? Quiero decir, ellos no los *tienen*.

—Saben dónde encontrarlos. Eso es mucho poder, si sabes cómo utilizarlo. Y lo han utilizado por cientos de años. ¿De casualidad te hablaron del Índice Maestro?

—¿Qué es eso? —pregunté.

—Es un número —contestó Horacio— derivado de mil factores distintos. Algunos son obvios: el PIB de algún país, el total del dinero en circulación, el precio de las acciones de tal o cual compañía. Otros son menos intuitivos: el nivel promedio de felicidad, o la salud del ciudadano promedio de un país. Y algunos, los verdaderamente divertidos, requieren de un conocimiento íntimo del bienestar y el paradero de estas criaturas.

—¿Qué tiene de especial el Índice?

Horacio sonrió.

—Podría ser la mejor medida de la condición humana que jamás se haya formulado. Pero ésa no es la razón por la que los Fell lo desarrollaron. Y no es así como lo utilizan —se inclinó hacia mí y bajó la voz—. Es un oráculo —dijo—. Si le apuestas al Índice, te vuelves rico —volvió a sonreír y miró a su alrededor—. Pero sólo funciona si sabes dónde están.

—¿Entonces no es verdad? ¿Lo del equilibrio?

—Hay algo de verdad, desde luego. Lo suficiente para disculpar mal comportamiento en exceso.

—¿Cómo sabe todo esto?

Sonrió, orgulloso:

—¿Cómo crees que los Fell analizan toda la información que recaban?

—Ha estado usando su programa para espiarlos —dije. Horacio cruzó un dedo sobre sus labios.

—Es importante que sepas que los Fell no son tus amigos —hizo una pausa—. Y a pesar de lo sucedido en los últimos días, a mí todavía me gustaría seguirlo siendo.

—Entonces no está enojado conmigo.

—Entiendo lo que hiciste —contestó Horacio—. Estoy seguro de que Ezra también lo entiende.

Deseaba que Ezra no se hubiera metido en demasiados problemas por perder el unicornio.

—No fue su culpa —dije.

—Ambos te subestimamos —añadió Horacio. Volvió a sonreír y levantó su vaso—. Ahora Sam te llevará de regreso a casa. Me alegra que hayamos tenido esta pequeña conversación.

El encuentro me dejó con un escalofrío en la piel. Tenía la profunda sensación de que algo muy importante había salido muy mal. Y de que eso, de alguna forma, era mi culpa.

Pero conforme los días fueron transcurriendo, el miedo comenzó a desvanecerse. Nada malo ocurría, y empezaba a sentir como si nada malo fuera a pasar. De hecho, casi sentía como si estuvieran empezando a suceder cosas buenas. Tuvimos un mes decente en la clínica. Zorro soportó como un campeón su primera dosis de Immiticide. Aprobé todos mis exámenes finales.

Para celebrar el inicio de las vacaciones de invierno, una tarde fresca Carrie, Grace y yo nos subimos a la Ballena Azul y condujimos entre las colinas hasta el parque Tilden. Disfrutamos de un picnic con la bahía de fondo mientras el sol se ponía. Cuando regresábamos a casa, el aire helado silbaba a través de las ventanas abiertas, soplando desde todas las direcciones hasta que nos dolió la cara. Maldijimos el olor a moho de la Ballena Azul, y nos reímos.

Malloryn y yo ya habíamos decidido que este año no haríamos nada importante para Navidad. Sin embargo, ninguna bruja que se respetara dejaría pasar inadvertido el solsticio de invierno. La noche de la víspera, Malloryn preparó sidra caliente y panecillos dulces. Yo invité a Francesca Wix, quien trajo algunos caquis del árbol de su jardín.

—Leí que es una tradición persa disfrutarlos durante el solsticio —dijo Francesca.

—Papá no era muy tradicional —repliqué—. Pero sí le gustaban los caquis.

Mientras la casa se llenaba de los aromas cálidos del clavo y del pan horneándose, las tres comimos y bebimos por el final de la estación.

Malloryn encendió velas por toda la casa y apagó las luces para que pudiéramos sentir un poco más la oscuridad de la más oscura de las noches. Leímos por turnos poemas sobre el invierno: "El día más corto" de Susan Cooper, "Conocer la oscuridad" de Wendell Berry, "Embrujo" de Emily Brontë. A la luz de las velas, y con el sonido de nuestras voces en la casa silenciosa, el mundo parecía ser mucho más antiguo. Las palabras volvían más profunda la noche, más cálida la sidra, más dulces los caquis, más frío el aire en el exterior.

No era magia, pero era un hechizo.

Después de que cada quien hubo leído un poema y de que nos quedamos unos minutos sentadas en el silencio ancestral que habíamos conjurado, Francesca nos dio las buenas noches y volvió a casa para acostar a sus perros. Malloryn se disculpó para llamar a su familia. Y yo subí y me senté en la habitación de papá.

La taza de sidra entre mis manos, las palabras apagadas de Malloryn hablando en tono familiar con sus padres, el recuerdo helado de cuando descendimos la colina con Grace y Carrie... el mundo comenzaba a sentirse como un lugar agradable. Pude sentarme en la titilante penumbra con la ausencia de mi padre y no sentir aquella rabia que todo lo consumía.

El dulce sabor residual del caqui permanecía dentro de mí. ¿Recordaba ese sabor en alguna parte de mis huesos, de otra vida anterior, de un lugar previo en la línea hircaniana? ¿O algunos momentos sólo existen de una forma distinta? *Una chica come caquis en la noche más oscura del año.*

Quizá la última vez había té reposando en el samovar. Quizás una familia estaba reunida junto al fuego. Quizá la luna se elevaba sobre Damavand. Quizá las estrellas se reflejaban en las aguas del Caspio.

Todos esos lugares y momentos parecían muy lejanos, pero ahora me sentía conectada a ellos, a la gente que los había vivido, a todo lo largo de la extensa línea hircaniana.

Ésta es tu cultura, Marjan.

No sabía lo que se suponía que yo tenía que ser. Ni quiénes eran mis ancestros. Ellos eran fantasmas para mí, gente imaginaria sin nombre, sin rostro, en una tierra que yo nunca había visto.

Pero el sabor de los caquis se disfruta igual en todos lados.

• • •

El segundo día del nuevo año, Jane Glass me llamó.

—La subasta es hoy —anunció. Sonaba un poco nerviosa.

—Me hubiera gustado que me avisaras con tiempo —le dije.

Jane no respondió a eso, pero tuve la sensación de que a ella también le hubiera gustado enterarse antes.

El conductor de los tatuajes vino a recogerme a la clínica. Pensé en la advertencia de Horacio, pero yo quería ver cómo terminaba todo. Y tenía algunas preguntas para Jane, o para cualquiera que pudiera responderlas. El conductor esbozó una levísima sonrisa cuando me tendió la capucha que debía ponerme en la cabeza.

—¿Todavía tenemos que hacer esto? —pregunté.

Él se encogió de hombros y permaneció en silencio. Me puse la capucha.

Avanzamos por un buen rato. El conductor no decía nada, y yo no me sentía con ganas de platicar teniendo una bolsa en la cabeza. Por fin el auto se detuvo y la portezuela se abrió. Sentí la luz del sol y escuché el canto de los pájaros. Bajé sobre suelo de tierra y el conductor me quitó la capucha de la cabeza.

Estaba parada al final de un angosto y solitario camino que se perdía en una curva entre las colinas cubiertas de pasto seco y matorrales. Un poco más adelante, en un claro de tierra, cerca del tronco retorcido de un viejo roble, se encontraba una casa móvil de dos módulos con revestimiento de vinilo y ventanas esmeriladas, el tipo de remolque industrial sin mucho atractivo que se suele ver en un sitio de construcción. El vinilo estaba descolorido y agrietado en algunos lugares. Una abolladura profunda no había sido reparada. Una de las ventanas se había caído o se había roto, y el agujero estaba cubierto con una delgada hoja de madera contrachapada. Algunos autos estaban cerca, estacionados en desorden. Ninguno era notable en modo alguno, y ninguno portaba matrícula. Fuera de mi conductor, no había nadie más a la vista, ni tampoco otro sonido en el aire que los ruidos de la naturaleza.

—¿Ahí dentro? —pregunté. El conductor asintió, pero no se movió—. ¿Vienes? —pregunté.

Él negó con la cabeza.

Di un paso hacia la casa rodante, y cuando lo hice, la puerta rechinó y se abrió un par de centímetros. Se quedó colgando allí, como una pregunta abierta que se balanceaba en un par de frágiles bisagras.

—¿Hola? —saludé. Mi voz se escuchó diminuta entre las colinas. La palabra pareció hundirse entre la hierba susurrante. Nadie contestó.

Mi corazón dio un vuelco, pero mantuve la calma. Pasara lo que pasase, me recordé a mí misma, yo estaba allí en busca de respuestas, y de una forma u otra las iba a conseguir. Respiré profundo y caminé sobre la tierra y la hierba aplastada por las ruedas del remolque, abrí la puerta y entré.

El interior de la casa móvil era barato, de mal gusto y estaba descuidado. Había luces en el techo, ligeramente verdosas y un poco demasiado brillantes. El piso era liso, de baldosas plásticas con juntas mugrientas. Las paredes, paneles de falsa madera. Una larga mesa plegable había sido colocada al centro del remolque, y alrededor de ella, varias sillas negras, también plegables.

En el extremo más alejado de la mesa estaba parada Jane Glass, quien me saludó agitando la mano. Sentado a la mesa estaba un hombrecillo de oscura piel marrón y ojos que se entornaban detrás de unos anteojos redondos. A su lado estaba una mujer de grueso cabello ondulado teñido de un chillante color granate y demasiado rubor en las mejillas pálidas. Del otro lado se sentaba otro hombre de barba rala y cuerpo bronceado. Los tres estaban vestidos con ropa que parecía a la vez costosa y desgastada. Los tres eran mayores que papá. Al centro de la mesa había una tetera de apariencia antigua forjada en hierro negro. Parados cerca de la puerta, casi bloqueándola, había dos hombretones que me observaban con unos ojos fríos e inexpresivos.

—Siéntate —sugirió Jane.

Uno de los hombretones me acercó una silla y me senté. Jane Glass también se sentó, junto al hombre de la barba. Por alguna razón, todos parecían estar sentados del otro lado de la mesa, como si yo acabara de llegar a una entrevista de trabajo particularmente sádica. Todos me observaban.

—Así que éste es el Salón de Té —dije.

La mujer de cabello ondulado soltó una carcajada fría y aguda como la puñalada de una daga.

—Odio ese nombre —replicó Jane—. No ha existido un salón de té desde hace mucho tiempo.

—No es posible que todos ustedes sean parientes —dije.

—Tú entiendes a la familia como un accidente de las circunstancias —intervino el hombrecillo de piel oscura. Su voz sonó profunda y severa, cada sílaba pronunciada con esmerado cuidado—. Guiada, quizá, por las expectativas culturales o las aspiraciones personales, pero a final de cuentas, un accidente —hizo una pausa—. La nuestra ha sido más premeditada.

—Eres muy afortunada de estar aquí, jovencita —añadió el hombre de la barba. Hablaba con un acento que no pude identificar—. Esto no es algo que la mayoría de la gente pueda ver.

—Jane fue bastante insistente —dijo la mujer con un tono condescendiente—. No aceptó un no por respuesta.

—Les dije que no obtendrían el unicornio a menos que tú estuvieras presente —aclaró Jane.

—¿Quién fue el que dijo que el comité de subastas podría necesitar nuevos miembros? —preguntó el de la barba.

—A mí no me miren —se excusó la mujer—. Sigo creyendo que ella hizo trampa en la prueba.

—Volveré a someterme, y volveré a aprobarla —reviró Jane con una voz que me hizo sentir sólo un poco orgullosa de estar sentada a su lado—. Quizá tú también deberías hacerlo.

—Como sea, aquí estamos —sentenció el hombrecillo—. ¿Comenzamos?

El hombre de la barba metió la mano en el bolsillo de su viejo saco, y cuando volvimos a verla sostenía un delgado sobre confeccionado en piel. Un silencio cayó sobre la habitación.

Jane recorrió su silla hasta quedar de mi lado de la mesa.

—Ésas son ofertas —dijo ella—. Los compradores las presentan en las casas de puja. Los trabajadores de campo las recolectan y nosotros decidimos quién gana.

El hombre abrió el sobre. Dentro había varias bolsitas de plástico, cada una conteniendo un pedazo de papel. Las sacó y las colocó sobre la mesa, enfrente de la tetera. Cada pedazo de papel dentro de las bolsas tenía un punto marrón rojizo en él.

—Eso es sangre —dije.

—Por supuesto que es sangre —confirmó Jane—. ¿De qué otra forma podríamos estar seguros?

—¿Seguros de qué? —pregunté.

—Ya verás —me contestó.

El hombrecillo metió la mano al sobre y sacó unas finas pinzas plateadas. Abrió una de las bolsitas, sujetó el pedazo de papel y lo sacó. Jane Glass permanecía en silencio. Observaba absorta, mientras él tomaba la tapa de la tetera con su mano libre y la levantaba, sólo una rendija. El hombre metió la punta de las tenazas y dejó caer el pedazo de papel al interior, luego las sacó y cerró la tapa tan rápido como le fue posible.

—Rubicón —dijo.

Todos miraban la tetera. Parecía como si ésta hubiera sido forjada a mano a partir de un simple trozo de hierro. La superficie estaba raspada y abollada, y había algo no del todo correcto en sus dimensiones. Su forma le provocaba un ligero bamboleo, y era un poco más grande de lo que requería una tetera funcional. Tenía una desgastada agarradera de madera y un pico curvo.

Un sonido, como de un fósforo al encenderse, pareció emerger de la tetera. Escuché a Jane Glass suspirar decepcionada, y el viejo soltó una maldición en voz baja. Un momento después, una fumarola de humo oscuro surgió del pico de la tetera.

—Ése no —dijo el anciano.

—Sería muy sencillo aceptar simplemente la oferta más alta —añadió Jane—. También muy lucrativo. Nadie nos está vigilando. Nosotros somos la máxima autoridad. La única autoridad. Y la gente está dispuesta a pagar… —sacudió la cabeza con incredulidad.

—¿De cuánto era la oferta? —susurré—. La que acaban de rechazar.

—Cuatro mil millones de dólares —dijo la mujer de cabello granate. Los dos hombres intercambiaron una mirada lúgubre.

—¿Fue rechazada? —pregunté—. ¿Qué es lo que sucedió?

—Haces demasiadas preguntas —dijo el hombre de la barba sin levantar la vista.

—No, no es verdad —replicó Jane. El viejo lanzó una mirada cautelosa por encima de la mesa—. Ella es hircaniana —continuó—. Tiene derecho a saber —luego se dirigió hacia mí—. Dentro de la tetera hay un dragón.

—¿Un dragón? —exclamé.

Por un momento, nadie habló. Una segunda nubecilla de cenizas surgió de la tetera, como para enfatizar el rechazo. Los Fell de mayor edad intercambiaron una incómoda mirada. Jane se sentó muy recta, totalmente imperturbable.

—Tía Clara —dijo—, tú lo cuentas mejor.

La mujer de cabello granate se erizó ante la mención de su nombre. Volteó a ver a los otros, quienes asintieron con reticente aceptación. Entonces resopló, un poco por orgullo, y se aclaró la garganta.

CAPÍTULO VEINTICINCO

EL JOVEN QUE COMPRÓ UN DRAGÓN

Érase una vez un joven que nació en tiempos difíciles. Su madre era su única familia, pero murió cuando él era pequeño y tuvo que salir adelante él solo.

Este joven vivía humildemente de vender pieles de conejo en el mercado del pueblo. Su madre le había enseñado a atrapar conejos en el campo con una caja y un palito. Cada semana llevaba las pieles al mercado. A lo más, podía poner pan en su estómago y una pobre almohada bajo su cabeza. Muchos días pasaba hambre y muchas noches dormía hecho un ovillo sobre los adoquines, o junto a una roca, o acurrucado entre las raíces de algún viejo árbol.

Antes de morir, la madre del joven le había entregado toda su fortuna —cinco monedas de cobre— y le había dicho que la usara para mejorar su suerte en la vida. Cinco monedas de cobre no eran mucho, ni siquiera en esos días, pero el joven las cuidaba como si fueran la mayor riqueza del mundo.

Durante años estuvo tentado a gastar su pequeño tesoro. Muchas veces se quedaba viendo las hileras de jugosas salchichas en los aparadores de las carnicerías y las bandejas de bollos recién horneados en los aparadores de las panaderías. Muchas noches se acostó en el suelo duro, soñando con todas las salchichas y con todos los bollos calientes que cinco monedas de cobre podían comprar, estremeciéndose con cada doloroso gruñido de su estómago vacío. Pero incluso cuando llevaba varios días sin comer y las salchichas le susurraban su nombre en un tono dulce y ahumado desde el otro lado del vidrio, él nunca cedía a la tentación, ni a ésa ni a ninguna otra.

Y entonces, un día de mercado, una anciana llegó al pueblo en una carreta de madera tirada por dos asnos viejos y dóciles. La anciana paró su carreta en la plaza del pueblo y tendió un puesto de cristales, abalorios y demás baratijas brillantes. El resplandor de un espejo de plata captó la atención del joven desde el otro lado de la plaza, y se acercó para mirar las extrañas mercancías de la mujer.

—¿Un bello emblema para un apuesto joven? —le dijo ella, ofreciéndole un collar de estaño con un símbolo desconocido grabado en él—. ¿Para alejar los malos espíritus?

—No creo que pueda pagarlo —contestó el joven—. Y además, nunca he visto un mal espíritu.

—Una bolsa, entonces —ofreció la mujer, mostrándole un burdo morral de cuero—. Una bolsa sin fondo. Podrás cargar el mundo entero si así lo deseas.

—Estoy seguro de que no puedo pagarla —insistió el joven—. Y además, no tengo nada para echar dentro.

—Un reloj, entonces —dijo ella—. Si lo adelantas, te dirá el futuro.

—El futuro no me sirve para nada hoy —le aseguró el joven—. Y el sol en el cielo es el único reloj que necesito.

—Un cristal —insistió ella, ofreciéndole un bloque de cuarzo traslúcido—. Sus facetas te revelarán los deseos más profundos de cualquier hombre.

—Si un hombre desea algo verdaderamente, lo pedirá —se negó el joven.

—Quizá —dijo la mujer.

En ese momento, el joven descubrió una vieja tetera de hierro colgando de un gancho en la carreta de la mujer. Era muy sólida y tenía una pesada tapa. No había nada sofisticado o especial en ella, pero el joven no podía quitarle la vista de encima. La anciana siguió su mirada y, sin decir una palabra, trajo la tetera y la colocó frente a él.

—¿Qué es? —preguntó el joven.

La anciana miró a izquierda y derecha, y después se inclinó hacia él.

—Hay un dragón dentro de esta tetera —susurró—. Es más sabio que todos los hombres y mujeres más sabios del reino, y traerá gran prosperidad y propósito a quien lo posea.

El joven miró los viejos asnos y la maltratada carreta de la anciana, y dudó.

—Perdone que se lo diga —añadió el joven—, pero usted no parece haberse beneficiado por poseerlo.

La anciana sonrió.

—Bien observado —ella aceptó—. Pero yo no lo "poseo". Simplemente lo llevo conmigo hasta que encuentre a su auténtico dueño.

El joven seguía escéptico.

—Parece un lugar muy pequeño para meter un dragón —exclamó.

—Es un dragón muy pequeño —afirmó la anciana.

—¿Puedo verlo? —preguntó él.

—Si abres la tetera más que una rendija —dijo la anciana—, el dragón escapará. Pero mira —tomó su mano y la puso contra el hierro—. Puedes sentirlo —era claro que la tetera se sentía cálida al tacto, como si una llama ardiera dentro.

—¿Está en venta? —preguntó el joven. Estaba seguro de que no podría pagar semejante artículo, y no estaba seguro de lo que haría con un dragón en una tetera. Pero se sentía cautivado por su presencia y sabía, por todos los años pasados en el mercado, que nunca hace daño preguntar si algo está a la venta.

—Podría estarlo —dijo la anciana—. Para la persona correcta.

—¿Y quién —preguntó el joven— es la persona correcta?

Entonces la anciana sonrió y sacó una larga aguja de plata de entre los pliegues de sus ropas.

—Eso le corresponde al dragón decidirlo —añadió, y estiró su mano libre por encima de la mesa y sujetó al joven por la muñeca. Su agarre fue sorpresivamente fuerte y él, por más que lo intentó, no consiguió zafarse. Ella le pinchó la palma con la aguja y recolectó una gota de sangre en un trozo de pergamino. Después le soltó la mano y dejó la aguja sobre la mesa.

—¿Por qué hizo eso? —preguntó el joven.

La anciana no contestó. En lugar de eso, enrolló con sus dedos el trozo de pergamino. Alzó la tapa de la tetera para abrir una diminuta rendija, deslizó dentro el papelito manchado de sangre y volvió a cerrar la tapa.

Aparentemente nada ocurrió. La tetera estaba inmóvil. Pero el joven tuvo la más leve impresión de que algo se había agitado en su interior.

—Bueno, bueno —dijo la anciana. Entonces le ofreció la tetera por el precio de cinco monedas de cobre.

El joven vaciló:

—Seguramente una tetera con un pequeño dragón dentro debe valer mucho más que cinco monedas de cobre.

—Así es —le confirmó la anciana—. Pagarás su verdadero valor de formas que aún no puedes imaginar. Pero mis servicios valen cinco monedas de cobre, y no recibiré ni una menos, ni una más.

—Usted dijo que el dragón me traerá prosperidad —añadió el joven—. Ahora dice que me *costará*. ¿Qué es lo que tengo que creer?

—Te traerá prosperidad y te costará —dijo la anciana—. Conocerás un gran propósito y serás ampliamente recompensado. Pero tu trabajo nunca terminará mientras la misma sangre corra por tus venas.

El joven consideró lo que acababa de escuchar. Dudaba en arriesgar toda su fortuna por la tetera de la anciana. Pero no le temía al trabajo duro, y ansiaba tener un propósito en su vida. Y le había prometido a su madre que utilizaría su tesoro para mejorar su suerte. Quizás ésta sería su mejor oportunidad.

—Muy bien —dijo—. Me la llevo.

Y entregó sus cinco monedas de cobre.

—Has tomado una decisión muy valiente —exclamó la anciana—. ¿Cuál es tu nombre?

—Es Fell —respondió el joven—. Lucien Fell.

—Amo Fell —dijo ella—, el dragón es tuyo.

CAPÍTULO VEINTISÉIS

CUMPLIMIENTO

—¿Entonces es el dragón el que decide? —pregunté.

—El dragón decide —le confirmó Jane. Pero no me miraba a mí. Miraba a los mayores al otro lado de la mesa.

—Digamos simplemente que su opinión cuenta —aclaró el hombrecillo.

—Ésa es la razón por la que ustedes los hircanianos son tan importantes para nosotros —añadió Jane—. No puede pasarle nada al dragón. Es el alma de los Fell. Si él sufre, nosotros sufrimos. Si él muere, nosotros estamos acabados.

El hombrecillo levantó las pinzas y las cerró dos veces en el aire, *clic, clic.* Entonces tomó el segundo pedazo de papel y lo deslizó dentro de la tetera.

—Denegado —anunció.

Otra vez, casi de inmediato, se escuchó el sonido de un fósforo siendo encendido y una bocanada de humo surgió del pico de la tetera.

El hombre de la barba sacudió la cabeza:

—Está de mal humor —dijo.

—No tiene paciencia para los malos compradores —todos los ojos en la habitación voltearon hacia mí. No estaba segura de por qué yo sabía eso, pero lo sabía—. Yo tampoco la tendría —añadí.

La tía Clara asintió, impresionada:

—Quizá tendrías que haber sido una Fell —dijo—. Aún no es demasiado tarde. Tengo un sobrino que podría presentarte.

—No, gracias —contesté.

—Piénsalo, al menos —insistió—. Nuestras familias, juntas. Haríamos un buen equipo.

—Ya basta, tía Clara —dijo Jane.

La mujer resopló:

—Tu generación está demasiado mimada, querida —replicó—. Los matrimonios se inventaron para ser arreglados.

—¿Qué sucede si el dragón rechaza a todos los postores? —pregunté.

—La venta no se realiza —dijo Jane—. Y seguimos buscando al comprador apropiado.

—El Índice —dije—. Todo se trata del Índice.

El hombre la barba se rio, una risa hueca, sin alegría.

—Parece que sabes bastante sobre nosotros —añadió el hombrecillo.

—Todo se trata de encontrar al comprador apropiado —aclaró Jane.

—Ella tiene razón, por supuesto —continuó el hombrecillo—. El Índice es un afortunado efecto secundario de nuestro buen trabajo, mas no su propósito.

—Nosotros somos hombres y mujeres de honor —agregó el de la barba. Noté que no miraba a nadie cuando habló.

El hombrecillo fulminó con la mirada a su compañero por un instante, y después sacó otro papelito con las pinzas y lo metió a la tetera.

—Luminoso —dijo.

¡Puf!

El de la barba chasqueó la lengua.

—¿Qué son esas palabras sin sentido? —pregunté a Jane.

—Nombres clave —repuso ella—. Los postores son anónimos, para preservar la integridad del proceso.

—Céfiro —dijo el hombrecillo. Otro papel. Otra nubecita de humo.

Sólo quedaba un papelito sobre la mesa. Los mayores se miraron mutuamente y el hombrecillo dejó las pinzas.

—¿Qué están haciendo? —preguntó Jane.

El hombrecillo atravesó a Jane con la mirada. Su buen humor y su paciencia se habían esfumado. Sólo quedaba una oscuridad fría en sus ojos. Soltando un suspiro, volvió a tomar las tenazas.

—Caraval —dijo.

Y luego el sonido del fósforo al ser raspado.

Y después el humo.

Hubo un largo silencio en la habitación.

—El dragón no escogió a nadie —exclamé—. Entonces ustedes siguen buscando a un comprador, ¿cierto?

Nadie respondió. El hombre de la barba se removió en su asiento, incómodo, y evitó hacer contacto visual conmigo.

—Tal vez —dijo el hombrecillo— sea hora de que tu amiga se marche.

Jane miró a todos, uno por uno.

—No —exclamó—. ¡Maldita sea, no!

—No hay necesidad de hacer una escena —dijo la tía Clara.

—Tu tía tiene razón —añadió el de la barba—. Entre menos se diga, mejor.

—Fue un placer conocerla, señorita Dastani —continuó el hombrecillo. Sentí que alguien tiraba de mi silla. Uno de los fornidos hombres silenciosos en las sombras.

—No —exclamó Jane, y el hombretón se detuvo—. Ella se queda. Quiero que escuche esto. Quiero que vea.

Nadie habló. El de la barba volteó a ver a la tía Clara al otro lado de la mesa.

—A mí no me mires —exclamó ella—. Yo no la crie.

—¿Qué está sucediendo? —pregunté a Jane—. ¿Qué acaba de pasar?

—Lo que sucede —aclaró Jane con los dientes apretados— es que ellos están pensando en recibir el dinero. Como el dragón no decidió, van a aceptar la oferta más alta.

—Esperen —dije—. ¿Qué pasa si hay una oferta más?

Todas las miradas cayeron sobre mí.

—¿Y qué oferta sería ésa? —preguntó el de la barba.

Lo miré con decisión.

—La mía —anuncié.

Él se echó para atrás, horrorizado.

—¡Tú eres una hircaniana! —dijo—. ¡No puedes pujar!

—¿Quién lo dice? —pregunté.

—Ella tiene tanto derecho como cualquiera —reviró Jane—. Yo misma tomaré la oferta.

Antes de que nadie pudiera objetar, Jane sacó un cuchillo corto de su bolsillo, me levantó la mano e hizo un corte en mi dedo. Absorbió una gota de sangre con un pañuelo desechable y lo enrolló.

—¿Cuánto? —preguntó—. ¡Rápido! ¿Cuánto por el unicornio?

—Mmm... —intenté recordar cuánto dinero traía conmigo—. ¿Cincuenta dólares?

—Es oficial —dijo Jane en tono triunfal—. Marjan Dastani ofrece cincuenta dólares por el unicornio.

A continuación, metió el pañuelo a la tetera.

—¿Yo no recibiré un nombre clave? —pregunté.

—*Impertinente* —sentenció la tía Clara.

Todos observamos con atención.

La habitación quedó súbitamente silenciosa, tanto que pude escuchar cómo el pañuelo tocaba el fondo de la tetera. Y si hacía un esfuerzo extra, estaba casi segura de escuchar algo más, algo grácil y delicado removiéndose al interior de la tetera de hierro.

Y después, silencio. Nada de fósforos. Nada de humo.

—Tenemos una ganadora —dijo por fin el hombre de la barba. No había júbilo en su voz.

Se produjo un silencio incómodo.

—Entonces, ¿es mío? —pregunté.

—Eso es lo que dice el dragón —repuso la tía Clara.

—Entonces quiero que lo liberen —añadí—. Ahora.

Nadie replicó.

—El dragón no siempre tiene la razón —dijo el hombrecillo.

—Hombres y mujeres de honor —repitió Jane.

—Cuatro mil millones de dólares resuelven muchos problemas —dijo el hombre de la barba, hablando en dirección a Jane—. Ahora tienes que llevarte a la señorita Dastani.

—Pero… yo gané —dije—. ¿No es cierto? —mientras lo decía, sentí que los dos hombretones se aproximaban por detrás.

—No la toquen —ordenó Jane, golpeando con la mano sobre la mesa. Se levantó tan rápido que su silla salió volando hacia atrás—. *Sabía* que iban a hacer esto.

—Jane, querida —dijo la tía Clara—. Tampoco es que sea la primera vez.

—*Esto es diferente* —vociferó Jane.

Los mayores alrededor de la mesa guardaban silencio como si se sintieran avergonzados, pero sus ojos decían otra cosa. La decisión había sido tomada, y nada de lo que se dijera en este cuarto podía cambiarla. Me sentí impotente y asqueada.

Con un resoplido de furia, Jane me sujetó del brazo y me hizo levantar.

—Larguémonos de aquí —gruñó.

—Los Fell están en problemas, Marjan —exclamó Jane—. Lo hemos estado por mucho tiempo. El Índice. Ya no funciona. Nuestra información no es buena.

—Los animales que faltan.

—Intentamos cubrir todos los huecos en el sistema, pero… hemos perdido… muchísimo —dijo. Se paseaba de un lado a otro sobre la hierba junto al auto que me había traído aquí. El conductor estaba detrás del volante y el motor estaba encendido, pero Jane no estaba lista para sentarse—. Son de lo peor —continuó, sacudiendo la cabeza—. Nadie quiere hacer lo correcto cuando de verdad importa. Son unos cobardes. ¡TODOS SON UNOS COBARDES!

Su furia era valerosa y alentadora. Con todo ese coraje se podrían cambiar las cosas.

—¿Qué hacemos ahora? —pregunté, esperanzada y lista para hacer lo que fuera necesario.

Jane dejó de caminar y me miró. Su furia desapareció de golpe.

—Nada —dijo—. No hay nada que podamos hacer. No tenemos posibilidad de acercarnos al unicornio. Y una vez que la venta se concrete, no hay manera de saber dónde terminará. Así que está hecho. Lo siento, Marjan. Lo intenté. Intenté hacer lo correcto —miró al remolque con odio una vez más—. Lo peor de todo —prosiguió— es que, incluso si el Índice funcionara bien, creo que de todas formas habrían tomado el dinero. Habrían encontrado una razón para hacerlo.

Subimos al auto, Jane en el asiento de adelante, yo en el de atrás. El conductor buscó la bolsa negra, pero Jane lo detuvo con un gesto de la mano.

—¿A quién le importa? —añadió—. Para la noche ya no habrá nada en este lugar.

Avanzamos en silencio por un rato.

—¿Puedo preguntarte algo? —dije. Ella volteó a verme por encima de su hombro—. ¿Los Fell mataron a mi papá?

—Ja —replicó Jane—. No. ¿Por qué pensarías eso?

—Vance Cogland —solté.

—¿Qué sabes sobre Vance Cogland? —preguntó Jane.

—Sé que alguien lo asesinó del mismo modo en que asesinaron a mi papá —dije—. Y luego lo hizo desaparecer.

—¿Y tú crees que nosotros lo hicimos?

—Creo que podrían hacerlo, si quisieran.

Su expresión se suavizó, sólo muy ligeramente.

—Nosotros no matamos a tu padre —dijo—. Y tampoco matamos a Vance Cogland —hizo una pausa—. Pero sí lo hicimos desaparecer.

—¿Por qué?

—Porque —dijo Jane—, Vance era uno de nosotros.

—Él era…

—Un Fell —dijo—. Aunque no uno muy bueno, por lo que he escuchado.

—¿A qué te refieres?

—Lubbock no es exactamente un ascenso.

Vance Cogland había sido de rama media —Jane lo llamaba "sangre-media"— pero según ella, no había tomado sus responsabilidades con demasiada seriedad. Todo el tiempo se metía en problemas, lo que significaba que los líderes de rama alta —la gente del remolque, entre otros— siempre tenían que estar pagando fianzas para sacarlo de la cárcel. Era imprudente, pero, sobre todo, muy ambicioso. Se había decidido que no se podía confiar en él para las labores de campo, así que lo degradaron a una sala de pujas en Lubbock.

—Lo único que tenía que hacer era cuidar su tienda —dijo Jane—, pero en vez de eso se dedicó a vender antigüedades robadas. Incluso llegó a utilizar nuestras redes para mover su mercancía. De haber sido descubierto y procesado legalmente, podría haber causado un daño muy serio en nuestras operaciones.

—¿Entonces por qué lo mantenían cerca?

—Porque era familia —dijo—. Y uno hace lo que puede por proteger a la familia. Estoy segura de que entiendes eso.

—¿Cogland era la señal de la que me hablaste antes?

—El Índice presentó un salto cuando él murió —dijo—. Buscamos por todo Texas, pero no encontramos rastros de ninguna criatura allí. Nunca les ha gustado Texas.

—Así que los Fell no asesinaron a mi papá —exclamé.

—No me crees.

—No sé a quién creerle.

—¿Por qué mataríamos a tu padre?

—Tal vez no le gustaba la manera en que utilizan a los animales.

Ante esto, Jane soltó una carcajada.

—Y supongo que a ti tampoco.

—No me gusta que haya una sola familia que controle todas las transacciones —dije.

—Mira quién habla sobre los deberes de una familia —exclamó Jane—. ¿Preferirías un mercado libre y abierto donde literalmente cualquiera que tenga los recursos pueda poseer una cosa que no sólo es maravillosamente rara sino además increíblemente poderosa?

—No estoy segura de que esos animales deseen ser comprados y vendidos, para empezar —repliqué—. Y tengo la impresión de que papá pensaba igual.

—¿Entonces crees que por eso lo matamos? ¿Por una diferencia de opiniones?

Estaba en lo cierto. No tenía sentido. No era suficiente.

—Ítaca —añadí. Me pareció ver que los hombros de Jane se tensaban. Un estruendoso silencio invadió el auto. Jane lanzó una mirada al conductor.

—Tradicionalmente —añadió— nunca ha habido mucha confianza entre nuestras familias. Tu padre no era la excepción. Y después de lo que acaba de suceder, no lo culpo.

—Le mostraste el fragmento de cuerno —dije.

—Lo encontramos en las afueras de Ítaca, alojado en el cráneo de un desafortunado coyote —me confirmó—. Nuestros agentes de campo tuvieron un presentimiento sobre él. Entonces se lo llevé a tu padre y se lo mostré.

—¿Y?

—Me corrió de su oficina —dijo—. Me amenazó con llamar a la policía si no me iba. Entonces, me fui.

—¿Cuándo sucedió eso?

—Un par de semanas antes de que muriera.

—Él sabía lo que era —afirmé.

—Probablemente —coincidió Jane.

—¿Entonces por qué no fue allí? ¿Por qué no trató de ayudarlo?

—Tal vez porque sabía que lo estábamos vigilando —contestó Jane—. Y no quería llevarnos directamente a él.

—Es decir, ¿como lo hice yo?

—No tendría por qué ser de este modo —dijo Jane—. Nuestras familias enfrentadas una contra la otra. Podría haber sido distinto. Quizá todavía pueda serlo.

Nadie habló durante el resto del camino hasta la clínica. Mientras contemplaba cómo pasaba la carretera, me fue invadiendo una sombría decepción. El unicornio había desaparecido del mundo natural, quizá para siempre. Las consecuencias de ese cambio se adivinaban enormes e inciertas. No estaba más cerca de saber quién había matado a papá, ni por qué. Y tenía la sensación de que acababa de ser estafada.

Decidí que me agradaban más los Fell cuando aún me obligaban a usar una bolsa en la cabeza.

CAPÍTULO VEINTISIETE

OTRO ANIMAL EN LA COLECCIÓN

Habría pasado inadvertido de no haberlo estado buscando. Era un pequeño anuncio, apenas una nota, que apareció una semana después en un blog de tecnología, enterrado bajo fotos filtradas de prototipos de teléfonos inteligentes y reseñas infladas de la nueva *startup* de moda. Sólo un puñado de frases cortas reportando el hecho de que Horacio Prendergast había vendido un tercio de su compañía a un fondo extranjero con un nombre insulso y olvidable, en una transacción cercana a los cuatro mil millones de dólares.

Ése fue el único reconocimiento oficial por la venta del unicornio.

Ezra había tenido razón todo el tiempo. Lo único que hacían los Fell era encarecerlo todo. No estaba segura de si sentirme aliviada por saber a dónde iría el unicornio, o aterrada ante la perspectiva de que fuera a ese lugar.

Durante los siguientes días fui incapaz de concentrarme en nada más. Sentía como si algo inmenso se estuviera moviendo a nuestro alrededor. Al principio creí que yo era la única que lo sentía. Entonces, un día, salí de la clínica y regresé a casa para encontrarme a Malloryn en el sofá, meciendo entre sus brazos a Zorro, quien no dejaba de gimotear.

—Está como loco —dijo—. Nunca lo había visto así.

Se revolvía entre sus brazos, arañándole la piel con sus patitas. Acaricié su pelaje. Una oleada de intenso pánico me recorrió.

—¿Estás bien? —le pregunté a Malloryn—. Quiero decir, ¿todo está en orden?

—No lo sé —contestó.

Quería llamar a Ezra para averiguar lo que sabía. Pero cada vez que veía su número telefónico me invadía una enfermiza sensación de fracaso: a final de cuentas había pasado la única cosa que yo quería evitar, tal como me lo había prometido. Los Fell eran cuatro mil millones de dólares más ricos y el unicornio estaba en posesión de Horacio, y a causa de esas cosas yo me sentía demasiado avergonzada para llamarla.

Todo va a estar bien, me decía a mí misma. *Sólo es otro animal en la colección.* Él lo pondría en una jaula y asunto arreglado, hasta que un día su sueño de Wyoming se hiciera realidad, o hasta que muriera. De una forma u otra, el unicornio probablemente volvería a ser libre alguna vez. Y si un animal podía soportar esa larga espera, sin duda era aquél. Al menos nadie lo estaría persiguiendo en el zoológico de Horacio.

Pero todos los días me despertaba sintiéndome como si hubiera tragado algo pesado y amargo y cubierto de espinas.

El semestre de primavera había comenzado y Malloryn y yo decidimos que ella ya no sería invisible en la escuela. Cada mañana pedaleábamos juntas por las calles del barrio residencial. Nos saludábamos en los pasillos. Hasta teníamos una clase juntas.

—No quiero interponerme en tu camino —me dijo—. Sólo quiero graduarme como cualquier persona normal.

Graduarse como cualquier persona normal sonaba bien, pero yo no me sentía *normal*. La suerte del unicornio me obsesionaba. A veces creía sentir su furia bullendo bajo mi piel. A veces no sentía nada, y eso me aterraba.

Mis amigas me hacían enojar. Carrie estaba nerviosa por las prácticas de natación y Grace se la pasaba con Howie la mitad del tiempo. Ninguna de ellas podía entender lo que yo estaba sintiendo. Me salía de las clases antes de tiempo, me encerraba en una cabina del baño y esperaba a que sonara el timbre. Cuando me miraba en el espejo, podía ver el terror en mi cara.

En casa, Zorro deambulaba y gimoteaba y rasguñaba la alfombra día y noche. Mordisqueaba con ansiedad los talones de Malloryn cando ella andaba por ahí, y su propia cola cuando no. Malloryn se desvivía por él, le hacía cariñitos y lo consentía con premios, pero él se erizaba y los rechazaba. Nada parecía hacer que se relajara, ni siquiera dormir. Gimoteaba y se revolvía y se quejaba en sus sueños. Incluso, una vez, Malloryn lo descubrió royéndose la cola, profundamente dormido.

Un día, entre clase y clase, alguien tocó a la puerta de mi cabina en el baño.

—Ocupado —dije.

—Sabemos que estás allí, Marjan —era Carrie.

—Podemos ver tus zapatos —era Grace.

Abrí la puerta para enfrentarlas.

—¿Dónde has estado? —preguntó Carrie.

—Por ahí —dije. ¿Qué otra cosa podía responder?

—¿Qué es lo que pasa contigo? —insistió Grace—. ¿Estás bien?

—No pasa nada —dije—. Estoy bien.

Años de práctica con esa línea.

—Estás siendo una mala amiga —me reprendió Carrie.

—¿Qué quieren de mí? —pregunté. Sonó muy rudo. Carrie se quedó en silencio un momento.

—No es que *quiera* algo de ti —dijo—. Sólo que pensé que éramos amigas. Pero empiezo a darme cuenta de que ya no sé nada sobre ti. Y me parece que tú quieres que sea así. Es más, hasta creo que así ha sido desde el principio.

Mientras Carrie empujaba a Grace para pasar y salía del baño, yo sentí náuseas en el estómago. Sebastian tenía razón: había dos versiones de mí, y en ese momento, la que conocía de unicornios cautivos y zorros de nueve colas estaba atrapada dentro de la que no. *El mundo se está derrumbando, Carrie. ¿Cómo podría explicarte eso a ti?*

Grace me fulminó con la mirada.

—¿Cuál es tu problema, Marjan? —preguntó.

—¿Cuál es el tuyo? —reviré.

—Mi *verdadera* amiga acaba de irse a buscar otro baño para llorar —dijo—. Y quiero saber por qué.

—Hay cosas que no puedo contarte, G —dije—. Y que no van muy bien.

Tuve la tonta esperanza de que Grace entendería. De que reconocería algo en mi voz, en mi expresión. De que estaba hablando a nombre de y protegiendo a otra versión de mí misma, una que no sabía cómo lidiar con esta parte de mi vida. Esperaba que viera todo eso y entendiera que no podía contestar sus preguntas, pero que al final todos queríamos lo mismo. Ella estaba enojada y sólo veía una versión de mí. La peor.

—¿Qué diablos significa eso, Marjan? —preguntó.

Grace era dura. Si estaba a punto de llorar, no iba a permitir que yo la viera. Por más que la estuviera lastimando, pelearía por obtener la verdad hasta que dejara de ser importante.

Pero ella buscaba una verdad que pudiera manejar, una que no reinventara el mundo entero a su alrededor. Y yo simplemente no tenía eso para ofrecer. Así que lo único que podía hacer era pelear yo también.

—No te ofendas, G —repliqué—, pero no es asunto tuyo. *El mundo no te debe nada. Mucho menos una explicación.*

—Hay algo muy mal contigo —dijo ella—. Solía pensar que eras tímida o algo. Pero en realidad no eres una persona muy buena. Y ni siquiera creo que te des cuenta. Creo que…

—Que *algo me hace falta,* ¿cierto? —dije—. Créeme, ya lo sé.

Empezó a hablar, pero se arrepintió y sólo sacudió la cabeza. Sabía que debería sentirme triste. Sabía que debería estar intentado arreglar las cosas entre nosotras. Pero lo único que sentía era que algo corroía la parte más vacía de mí. Yo no era como Carrie para llorar la pérdida de una persona que en realidad nunca había existido. Tal vez era un poco como Grace y exigía respuestas como si las mereciera. Pero, de hecho, yo no era como nadie más, y si no reaccionaba como lo haría una persona normal, ¿era acaso para sorprenderse?

Le escribí a Sebastian esa noche. La videollamada entró un momento después. Me llenó de alivio. Por fin, alguien que pudiera decirme que lo que estaba sintiendo estaba bien. Pero cuando su cara apareció en mi pantalla, no había ninguna calidez en sus ojos.

—Dijiste que mejoraría —dijo—. Y no está mejorando.

—¿A qué te refieres? —pregunté. Cada palabra era una anguila flotante en mi interior.

—Kipling —dijo el nombre claro y fuerte, como si no le importara que el mundo entero lo escuchara—. Hoy lo vi.

—¿No está mejor? —pero yo sabía que no lo estaba, ¿no es así? Si lo analizaba de la forma correcta, yo sabía la verdad. Imaginé un cuarto con un suero intravenoso, un doctor entrando y saliendo y un piso como paté de hígado. *No, cachemira.*

—Es como un fantasma —añadió Sebastian—. ¿Qué fue lo que le hiciste?

—Yo no… yo… —balbuceé. Todo comenzaba a sentirse bastante confuso.

—Pero sabes qué es lo que tiene —insistió él.

—No… —contesté. *Los grifos no mueren, no de esta manera*—. Lo intenté. Yo… ¿Quizá sólo necesita más tiempo?

—¡Dime la verdad, Marjan! —exigió.

—Ésa es la verdad —repuse. Sólo que no lo era. Y yo lo sabía.

Sebastian se quedó en silencio un largo rato. Y cuando habló, sus palabras sonaron débiles y heridas. Aun así, me cayeron encima como martillazos.

—No te creo —dijo, y la llamada terminó.

A la mañana siguiente me despertó un grito en la habitación de Malloryn.

Malloryn estaba sentada en la cama, vestida con una camiseta varias tallas más grande y pantalones deportivos. Temblaba y lloriqueaba y hablaba incoherencias. Sus fatigados rizos colgaban frente a su rostro. Cuando entré, levantó un dedo vacilante hacia un rincón de la habitación.

Zorro estaba agazapado contra la pared, hecho bola y temblando. Y sangraba. Un rastro de sangre seca manchaba por encima de la alfombra desde su cuerpo trémulo y tenso hasta una tira enrollada hecha de carne desgarrada y pelo de zorro.

Me tomó un momento darme cuenta de que era una de sus colas.

—¿Qu-qué tiene? —susurró Malloryn—. ¿Qué es eso? ¿Qué hizo?

Me senté junto a Zorro y lo acaricié. Sentí que lo atravesaba una desesperada conmoción, impulsos urgentes y desesperados intercalados con espasmos de escalofríos y dolor. Malloryn se sentó, inmovilizada por el horror. Tragó con dificultad y reunió fuerzas para hablar:

—¿Está muriendo?

Los ojos de Zorro se dirigían alternativamente a ella y a mí, rápidos y precisos. Estaba herido y asustado, pero completamente vivo.

—No lo creo —le contesté—. Limpiemos esta herida y después te contaré todo lo que sé.

Zorro dejó sus colas destrenzadas mientras lavábamos la sangre de su pelaje. Malloryn lo sujetó y yo limpié el muñón con alcohol y lo cubrí con vendas y algo de gasa que encontré en el baño. Siempre que Zorro se encogía, Malloryn le susurraba al oído, y eso siempre bastaba para tranquilizarlo.

—¿Desde cuándo lo sabías? —preguntó Malloryn al pasar sus dedos delicadamente por cada una de las colas en silencioso asombro, cuando el vendaje estuvo terminado.

—Desde la primera noche que lo trajiste aquí —dije. No tenía la energía para inventar otra mentira. Estaba dispuesta a enfrentarlo: Malloryn me odiaría, o no—. Lo siento. Supuse que él mismo te mostraría cuando quisiera que lo supieras.

—Gracias por eso —dijo Malloryn.

—¿No estás enojada conmigo?

Ella se rio, exhausta y aliviada al mismo tiempo.

—Por supuesto que no, tonta —contestó—. Como te expliqué, la magia es muy precisa. Si las cosas suceden en el orden equivocado, todo se derrumba. Si yo hubiera sabido lo que él es, quizá no se habría quedado conmigo. Y quizá no me habría dado esto.

Había enrollado la cola en una especie de guirnalda, la había atado con hilo y se la había colgado del cuello como un dije. La tocó con una mano.

—Se siente poderosa —afirmó. Luego se dirigió a Zorro—. ¿Qué quisiste decirnos, Budgins? ¿Qué hay aquí dentro?

Zorro dio un ladridito y jadeó, luego clavó el hocico en el codo de Malloryn.

Mi teléfono empezó a sonar.

Me disculpé y salí del baño, mientras Malloryn le daba a Zorro un abrazo agradecido, y caminé por el pasillo más allá del cuarto de papá.

Para ser alguien que trataba de arreglar las cosas, pensé, *vaya que dejaste tremendo desorden.*

No reconocía el número, pero contesté.

—Marjan —dijo una voz acallada y furtiva—. Soy Hugo Batiste. Tienes que venir de inmediato. Es Horacio.

—¿Qué pasa con él? —pregunté—. Ya consiguió lo que quería. No pienso ayudarlo.

—Él no quiere tu ayuda.

—¿Entonces qué es lo que quiere? —pregunté.

—Quiere matarlo.

CAPÍTULO VEINTIOCHO

ANOMALÍA

El viaje al complejo de Horacio fue una borrosa sucesión de trenes, autobuses y un conductor de Uber que nunca había escuchado hablar de Menagerie. El corazón me latía con fuerza en el pecho. La cabeza me daba vueltas por el pánico y el miedo, pero sobre todo, por la impotencia.

Horacio va a matar al unicornio.

El doctor Batiste no había explicado por qué y yo no había tenido tiempo de preguntar.

—No voy a hacerlo —me había dicho—. Si llega a suceder, no será por mí. Yo no voy a matar a ese maravilloso animal.

Para cuando el conductor me dejó en la entrada de la propiedad, ya sentía que era demasiado tarde. Un guardia salió de una caseta de vigilancia y me hizo una seña para que me detuviera.

—Marjan Dastani —dije—. Necesito ver a Horacio.

Murmuró algo en una radio y un momento después me hizo una seña para que siguiera.

En los escalones de la entrada del edificio principal me recibió Ava, flanqueada unos pasos detrás por dos hombres muy grandes que vestían traje oscuro.

—Por aquí —me dijo. Se giró hacia el edificio, y los dos hombres dieron un paso en mi dirección. Claramente esperaban que yo la siguiera.

Me guio por el largo pasillo más allá de la oficina de Horacio. Todas las personas con las que nos cruzábamos nos saludaban con una sonrisa. Vi botellas de champaña alineadas en varias mesas y escuché algunos gritos de emoción que llegaban de los jardines exteriores. Ava y nuestros escoltas silenciosos me llevaron hasta el ascensor. Al llegar, todos abordamos y descendimos al interior de la tierra.

A diferencia de toda la actividad en la superficie, el zoológico estaba sumido en un silencio inquietante. Los animales nos observaban a través del vidrio con una mirada triste y recelosa. Las hadas flotaban con el cuerpo inmóvil, excepto por el batir de sus alas. Una criatura de ojos fieros y caparazón de tortuga en la espalda nos siguió con esos ojos color negro tinta desde la orilla del agua de un estanque artificial. Sentí como si estuviera caminando rumbo a un funeral.

Parado frente a un gran recinto, Horacio sonreía tranquila y piadosamente. Desde el interior, el unicornio nos observaba con una determinación de acero, fuerte y muy vivo. Dejé escapar un suspiro de alivio.

Ava le dirigió una pequeña reverencia a Horacio, luego asintió en mi dirección y se retiró hacia la oscuridad con sus dos guardias.

—Es un animal asombroso, ¿no es cierto? Su pureza, su salvajismo —Horacio mostraba la radiante satisfacción de quien ha conseguido algo extraordinario.

La furia del unicornio parecía cuajar el aire a su alrededor.

—Había planeado traerte aquí —dijo—. Después de… bueno, después de que el trato quedara concluido. Pero ya estás aquí. Tanto mejor.

—¿De qué se trata todo esto, Horacio? —pregunté—. ¿Qué está pasando?

Se dio la media vuelta y comenzó a caminar por el pasillo, mirando pensativamente a sus criaturas cuando pasábamos frente a ellas.

—He soñado con este momento toda mi vida, Marjan —dijo—. He tratado de hacer del mundo un mejor lugar. Ha sido mi único proyecto, mi único objetivo verdadero. Primero lo intenté con la información, pero resulta que no todos quieren creer en los datos. Entonces lo intenté con el dinero, pero existe un límite a lo que el dinero puede hacer. Y hay tantos problemas. Tanta avaricia. Tanta mezquindad y tanta maldad. Tanta gente que no cuenta con las cosas necesarias para sobrevivir. Comida, casa, medicina, amor. ¿Por dónde empezar?

Se detuvo para observar un pequeño recinto donde un escarabajo dorado se ocupaba de una diminuta y cegadora bola en llamas que tenía unos apéndices muy juguetones.

—Cuando tu padre me introdujo a este mundo —continuó—, él no podía saber lo que yo llegaría a ver, lo que alcanzaría a descubrir.

Tocó el vidrio con la palma de su mano y pareció obtener confort de su calidez. Después siguió caminando por el pasillo.

—No son simples animales, ¿sabes? —dijo—. Están unidos a nosotros de formas que trascienden la razón. Cuando ellos florecen, nosotros florecemos. Cuando ellos colapsan, nosotros caemos en la oscuridad. ¿Entiendes lo que digo?

—No estoy segura —admití.

Horacio prosiguió:

—Nuestros sueños, nuestras esperanzas, el fuego en nuestros corazones, todo proviene de ellos. Todo existe a causa de ellos. Y ellos existen a causa de eso. Los Fell vieron la conexión hace mucho tiempo. Hicieron una fortuna con ella. Pero nunca la entendieron. No como la entiendo yo.

Habíamos llegado al final del pasillo. Sturges, el gnomo de casa, estaba agazapado junto al poste de la cama de la infancia de Horacio, observando nuestros movimientos con esos ojos tristes. Horacio le sonrió a su primera criatura, pero el gnomo no respondió. Horacio se encogió de hombros, luego volteó para apreciar el conjunto de su impresionante colección. Sonrió ampliamente, ebrio de admiración.

—No son simples animales, Marjan —insistió. Su voz se volvió un susurro—. Son nuestra imaginación.

Debo haber tenido una expresión confusa en mi rostro, porque Horacio se rio. Comenzó a caminar otra vez, de regreso por el largo pasillo. El gigante de las enormes manos de piedra golpeaba una roca, pulverizándola con ociosa persistencia.

—Tú eres como yo —dijo—. Sabes que *algo hace falta*. Lo has sabido siempre. Lo veo en tus ojos. ¿Sabes qué es? Son ellos. Es lo que guardan dentro. No estamos completos sin ellos. No estamos enteros sin nuestros sueños, nuestras esperanzas, nuestros miedos. ¿Alguna vez has visto algo con tanta claridad que te quema de sólo mirarlo?

Kipling rodeado de aparatos médicos, extendiendo las alas contra el dolor, desenvolviéndolas en una brillantez imposible.

—Sé esto como no he sabido ninguna otra cosa en mi vida —continuó—. Y ni siquiera necesité de los Fell y sus novecientos años de información para verlo. Estos animales son nuestro tesoro más preciado. La gloria más grande del mundo.

Pasó junto a la salamandra negra, que se revolvía en su pozo de llamas. Sus redondos ojos de ónix, resplandecientes a la luz del fuego, voltearon a verme cuando crucé por allí.

—Y te diré algo más que los Fell ignoran —dijo Horacio, inclinándose hacia mí y bajando la voz hasta convertirla en un susurro conspirador—. Sus matemáticas no son tan buenas como ellos creen que son.

Me guiñó un ojo. Tras él, la oscuridad del recinto de la mantícora retumbaba con malévola energía.

—Ven conmigo —pidió.

Las puertas del ascensor se abrieron en la planta baja de la mansión y Horacio me condujo hasta una lujosa sala de conferencias. El pasillo estaba silencioso y vacío, pero se alcanzaba a escuchar un zumbido de actividad proveniente de los jardines. Él cerró la puerta tras de nosotros y giró un interruptor. Las luces se atenuaron. Un proyector que colgaba del techo se encendió y una gráfica apareció en la pared.

Dos líneas recorrían la gráfica de forma casi paralela, hasta que la línea inferior daba un salto y luego caía abruptamente para luego volverse a estabilizar. En el mismo punto, la línea superior subía y bajaba, pero ninguno de esos cambios era tan agudo o drástico como el de la línea inferior.

Horacio señaló la línea de arriba.

—Éste es el Índice Maestro —sonrió, luego dirigió su atención a la línea de abajo—. Ésta es la población de criaturas fantásticas —dijo—. Como puedes ver, las dos se corresponden bastante bien la una con la otra. La conexión es innegable —trazó con su dedo los puntos donde ambas líneas se comportaban de forma similar. Yo asentí. Era evidente que existía un paralelismo—. Pero... —agregó. Estaba señalando un punto en particular sobre el Índice Maestro. A mí no me pareció que tuviera nada de especial.

—¿Qué es eso? —pregunté.

—Un secreto —reveló Horacio—. Un secreto escondido en el interior de mucho ruido.

—¿Me estás diciendo que los Fell no saben leer una gráfica? —pregunté.

Horacio soltó una carcajada. Observó la gráfica un rato más y se fue poniendo pensativo.

—Ellos han estudiado esto por novecientos años. El secreto siempre ha estado allí. Un zumbido constante. La misma anomalía, una y otra vez, hasta que todos olvidan que está allí.

—¿Cuál anomalía? —pregunté.

—El Índice nunca baja tanto como debería —dijo Horacio—. Teóricamente, si nosotros y las criaturas nos alimentamos mutuamente, como yo creo que es el caso, esta caída en la población —apuntó a una pendiente en la línea de las criaturas— tendría que haber sido lo suficientemente extrema para crear un efecto de reacción negativo. Tendríamos que haber sido diezmados. Pero no lo fuimos. Nunca lo hemos sido. Batallamos, por supuesto. Sufrimos. Pero el Índice siempre parece corregirse a sí mismo. Siempre volvemos a levantarnos.

—¿Y entonces?

—Entonces —continuó pacientemente—, o los humanos somos más fuertes de lo que los Fell nos quieren hacer creer, o... —esperó a que yo adivinara hacia dónde se dirigía con todo aquello. No fue así; entonces, después de un momento, se encogió de hombros, decepcionado, y prosiguió— o hay un error en el modelo —hizo una pausa dramática, y su sonrisa triunfal creció todavía más—. Creo que nunca han contabilizado correctamente al unicornio.

Inclinó la cabeza hacia un lado, un gesto pesaroso que habría parecido pedante si viniera de alguien más. De algún modo, en Horacio parecía contener algo cercano al respeto.

—No es su culpa —añadió—. Nunca ha sido suyo para empezar. Hicieron lo mejor que pudieron con la información que poseían.

—O sea que el unicornio… ¿nos salvó?

—Dudo que ese animal tenga el menor interés en nuestra salvación —me aclaró Horacio con una risita. No podía estar en desacuerdo—. Creo que el unicornio ejerce una fuerza elemental sobre todo el ecosistema. Es la gravedad. Un imán que siempre nos atrae de vuelta a la seguridad, que nos jala para no llegar a los extremos.

—¿Y qué hay de malo en ello? —pregunté—. ¿Qué hay de malo con la gravedad?

—Sin ella —dijo—, podríamos volar.

—Y perdernos en el espacio —añadí—. Como sea, ¿por qué estás tan seguro de que es el unicornio? Tal vez los humanos simplemente somos muy suertudos.

Horacio me sonrió, el tipo de sonrisa amable y condescendiente que sólo aparece cuando es obvio que alguien está equivocado.

—El mundo es frágil —dijo Horacio—. Puedes ver su fragilidad aquí, en estas líneas, si observas con atención. Si el sistema fuera ordenado, si siguiera sus propias reglas, colapsaría. Fallaría. Y entonces, tal vez, se crearía un nuevo sistema. Uno más resistente. Con gente más fuerte. Con orden, el máximo fundamento sobre el cual se puede construir un mundo mejor. Eso es lo que yo quiero. Es lo que siempre he querido. Y nunca va a suceder, no mientras el unicornio viva.

—Y por eso quieres matarlo.

—El unicornio es nuestra maldición, Marjan —dijo—. Estamos condenados a repetir nuestros errores porque, a final de cuentas, nunca hay consecuencias. Las mismas injusticias, la misma crueldad, las mismas atrocidades, el mismo descuido, una y otra vez, desde el amanecer de la historia, y nunca aprendemos.

—Si somos tan horribles, ¿para qué tomarse todas esas molestias?

—Porque creo en la humanidad —añadió Horacio—. Creo que podemos ser mejores. Enterrada bajo toda la crueldad y la mezquindad, en lo profundo de nuestros corazones, está la semilla de algo grandioso, de algo monumental. Sé que existe porque lo siento aquí, entre estas criaturas. Pero el mundo nunca lo ha visto. Y yo culpo al unicornio.

Apagó el proyector y la gráfica desapareció. Sentí como si una importante conexión con la sensatez y la razón, con la realidad misma, hubiera desaparecido con ella.

—¿Qué esperas lograr? —pregunté.

—Liberarnos —dijo Horacio—. Liberarnos del interminable ciclo de la historia. Liberarnos de la maldición. Estamos listos, Marjan. Estamos listos para empezar de nuevo.

—¿Qué hay de los otros animales? —pregunté.

Sonrió para tranquilizarme.

—Ellos serán la simiente de la próxima gran época de la humanidad —dijo—. Son nuestra reserva de esperanza contra la oscuridad que tiene que llegar primero. Ellos van a desbloquear lo mejor de nosotros, Marjan. Es lo que hacen. Nos convierten en algo más de lo que somos. Y ahora, más que nunca, vamos a necesitar nuestros sueños, nuestra imaginación. Podemos construir un mundo nuevo, un mundo justo y bondadoso, un mundo donde compartamos nuestros recursos y nos cuidemos unos a otros. Pero primero debemos liberarnos.

Su rostro estaba radiante de emoción.

—No puedes hacerlo —repliqué—. No puedes matar al unicornio.

—Es la única forma —dijo Horacio—. Sólo una atrocidad más, y entonces seremos mejores. Vamos a limpiar el mundo de toda esta crueldad, de una vez y para siempre. Y cuando esté hecho, los otros vivirán al aire libre, sin miedo, en paz.

—¿Mi padre lo sabía? —pregunté—. ¿Sabía lo que planeabas? ¿Lo que querías hacer?

—Él no pudo verlo —dijo Horacio—. No pudo imaginar lo que yo proyectaba, Marjan. Sólo vio el sufrimiento. Él no quería provocar dolor. No pudo ver que había algo más allá de eso —hizo una pausa—. Sé que no será fácil. Es un desequilibrio que el mundo jamás ha conocido. Habrá días oscuros. Las naciones se derrumbarán. Habrá guerra. Habrá caos. Será terrible. Pero sobreviviremos. Estos animales van a salvarnos. Este lugar será nuestra arca. Y cuando la inundación haya pasado, seremos un pueblo nuevo.

—Pensé que odiabas el caos —reviré.

—A veces el caos es la única opción —dijo Horacio—. Uno debe enfrentar sus miedos si quiere volverse más fuerte. Nosotros, los que quedemos, seremos más fuertes, mucho más fuertes. Y el mundo que construyamos será un mundo mejor. Un mundo justo. Un mundo ordenado.

—¿Y si tus cálculos están equivocados y nada cambia?

Horacio asintió.

—Pragmática —dijo—. Eso es bueno. Yo también lo soy. Las ruedas del destino pueden requerir que se les engrase un poco. Afortunadamente, tenemos una puerta trasera de acceso a los sistemas de control de varios cientos de misiles —mi expresión debe haber cambiado porque Horacio sonrió, reconfortante y comprensivo—. A veces el cielo tiene que despejarse —añadió— para dejarnos ver las estrellas.

—No puedes hacerlo —espeté.

—Suenas como tu padre.

Por primera vez, el cariz de paciencia de Horacio se ensombreció, y algo inestable y oscuro apareció en sus ojos. Me sentí en peligro en ese momento, como si a la habitación le hubieran salido dientes. Cualquier cosa podía pasar y nadie lo sabría. Nadie sabría siquiera que yo había estado allí.

—Tú perteneces a nosotros, Marjan —dijo—. Perteneces al nuevo mundo. Quédate.

Me observaba cuidadosamente. Sentí que si mi respuesta era incorrecta, estaba muerta.

—Necesito algo de tiempo —repliqué—. Para pensar en todo esto.

—Me parece justo —dijo Horacio—. Puedes tomarte toda la noche, si así lo requieres. El nuevo mundo comienza al amanecer.

Y diciendo aquello, asintió y pasó a mi lado rumbo a la puerta. Cuando la abrió, vi la ancha sombra de uno de los guardias de Ava, que esperaba afuera. Horacio salió y le susurró algo al oído, después volteó a verme y me dedicó una sonrisa reconfortante. Ni siquiera me hizo falta escuchar cómo aseguraban la puerta para saber que estaba prisionera.

CAPÍTULO VEINTINUEVE

UNA CANCIÓN

Había un teléfono en la habitación, pero no funcionaba. También mi teléfono parecía sospechosamente incapaz de encontrar una señal. Probé con las ventanas. No tenían seguro y se deslizaban sobre rieles silenciosos, y por un instante me saltó el corazón ante la idea de escapar. Pero había unos topes de metal atornillados a los rieles y las ventanas se abrían sólo unos cuantos centímetros.

En un arranque de odio y frustración decidí romper el vidrio, así que busqué por todo el cuarto algo sólido que me pudiera servir. Mis ojos cayeron sobre una de las sillas con ruedas que estaban acomodadas alrededor de la mesa de conferencias. Era pesada e incómoda de cargar, y terminé corriendo con ella hacia la ventana mientras giraba la parte superior de mi cuerpo. El impacto hizo mucho ruido, pero la ventana, que estaba hecha de vidrio grueso, ni siquiera se astilló.

Un momento después, la puerta se abrió. Mi guardia estaba allí parado, sacudiendo la cabeza. Se acercó y me quitó la silla de las manos sin decir una palabra, luego se la llevó cargando con él fuera de la sala y volvió a asegurar la puerta. Había otras sillas, pero el mensaje era claro. Si volvía a intentarlo, no tendría dónde sentarme. Y comenzaba a parecer que estaría aquí por un largo rato.

Caminé de un lado al otro por la habitación haciendo un inventario de cualquier cosa que pudiera serme útil: una antigua enciclopedia ornamental, un pisapapeles de cristal con un diente curvo de origen incierto incrustado en el centro, un surtido de artículos de oficina.

Había cosas que podían ser usadas como armas: el pisapapeles, unas tijeras, una pequeña escultura abstracta de piedra negra que hacía la función de sujetalibros. Coloqué los objetos sobre la mesa y los contemplé, con la esperanza de que algún plan comenzara a tomar forma. Pero no podía visualizarme apuñalando o golpeando a alguien. Y dudaba que fuera capaz de dominar al guardia, incluso si de alguna manera me las ingeniaba para sorprenderlo.

El sol desapareció tras una franja de niebla baja. El cielo se tornó rosa, luego pálido, después oscuro. Numerosas luces se encendieron por toda la propiedad. Una tranquila y ordinaria noche en las instalaciones de Menagerie.

Poco después de que cayó la noche, alguien tocó a la puerta. Miré descorazonadamente mi arsenal de armas improvisadas, pero parecía inútil intentar cualquier cosa.

La puerta se abrió y entró Ezra. Llevaba una bandeja con comida en las manos.

—No tengo hambre —le dije.

—La tendrás —repuso ella.

—¿Así que ahora eres el policía bueno? —pregunté.

Ignoró mi pregunta y colocó la bandeja sobre la mesa. La cena frugal estaba conformada por un tazón de arroz hervido, un plato de verduras salteadas y un vaso de metal con agua. Mientras la depositaba, notó mi colección de armas y las observó con cuidado, una por una.

Frente al pisapapeles, negó con la cabeza.

—Éste no —dijo.

Frente a las tijeras, frunció los labios:

—Mmm… no.

Se detuvo en la estatua, la tomó y la sopesó entre sus manos.

—Quizá —dijo—. Pero no —volvió a dejarla sobre la mesa—. Alonzo es cinta negra en jiujitsu. Perteneció al Comando de Operaciones Especiales de la Marina. Y definitivamente espera que intentes hacerle algo. Así que, mejor no.

Recogió las armas, una por una, y las puso en otro lado.

—¿Qué haces aquí, Ezra? —pregunté.

Se detuvo, dándome la espalda.

—Te traje la cena —dijo después de una larga pausa.

—No me refiero a eso. ¿Qué haces *aquí*?

Se dio la media vuelta, y cuando terminó de girar, pude ver que estaba preocupada. Se sentó a la mesa.

—Sabe arreglárselas para encontrar a las personas —dijo—. O para hacer que las personas lo encuentren. Él está allí, justo cuando lo necesitas. Justo cuando necesitas que algo bueno ocurra. Cuando tu investigación se cierra porque el traficante que estás persiguiendo es el hijo de un juez, cuando te ignoran para recibir un ascenso por tercera vez, cuando te das cuenta de que nunca llegarás más lejos, no allí donde estás, ni en ningún otro departamento, entonces de repente aparece esa oferta de empleo. Nada sofisticado… quizás unas veinte palabras. Pero… —sacudió la cabeza—. Él jamás contrata gente local. Apuesto a que no sabías eso —negué con la cabeza—. Tienes que querer estar en otro lado —continuó—. Otro lugar distinto de donde eres. Y terminas aquí. Y entonces te muestra de qué se trata todo en realidad. De pronto hay un propósito. Él puede hacer que suceda cualquier cosa… así es como se siente. Que cualquier cosa es posible. De donde sea que hayas venido, te garantizo que nunca habías sentido algo como eso.

Por un momento sentí lástima por ella. No era su culpa haber sido arrastrada a esto. Los Fell tenían razón sobre las criaturas: ellas te cambiaban.

—¿Lo saben? —pregunté—. Las familias, toda la gente que vive aquí. ¿Saben lo que Horacio está haciendo?

—Ellos creen en él —dijo Ezra—. Confían en él.

—¿Qué hay de ti? ¿Tú crees en él?

Se quedó en silencio por un momento.

—La mayoría de la gente de aquí nunca ha visto a los animales fuera del sótano. No saben cómo son realmente las criaturas afuera, en el mundo —hizo una pausa—. No pensé que fuera a pasar de este modo, todo a la vez.

—Entonces, básicamente, mientras no hubiera consecuencias, no te importó hacer algo que sabías que estaba mal.

—Nunca pretendí ser una santa —añadió—. No soy ni mejor ni peor que la mayoría de la gente. Simplemente resulta que soy más eficiente.

—¿Ah, sí? —dije—. ¿Ya encontraste al asesino de mi padre?

—Es gracioso que menciones eso —adujo ella—. Porque seguí el dinero, y adivina a dónde me llevó.

Miro a su alrededor de una forma significativa.

—¿Aquí? —pregunté.

—Cinco pagos en efectivo —contestó—, que se corresponden con las llegadas aquí de cinco animales: un pájaro de lluvia chino, un merlión de Singapur, un *Ignis fatuus* del Gran

Pantano Lúgubre, un guiverno de un pueblo en los Dolomitas y una especie de árbol perro de no sé dónde.

—¿Y eso qué significa? —pregunté.

—Es difícil asegurarlo —continuó Ezra—, pero ciertamente parece que tu padre estuvo vendiendo a sus clientes.

Me dio un vuelco el estómago. No podía hablar. Por más cosas que yo hubiera hecho mal, jamás habría traicionado el secreto de un cliente. Quizá les mentí a los Stoddard, pero nunca vendería a Kipling.

—La moralidad es un lujo —concluyó Ezra—. No todos pueden permitírsela.

—¿Y qué hay de ti? —le pregunté—. Pareces bastante cómoda. ¿Por eso viniste a traerme la cena? ¿Para decirme todo esto? ¿Para que puedas sentirte mejor contigo misma cuando el vil arrebatamiento suceda? —Ezra no dijo nada—. Si viniste aquí a calmar tu conciencia —dije—, ya puedes irte. Tú ayudaste a lograr que esto sucediera. No eres menos culpable sólo porque ahora comienzas a arrepentirte.

Ezra me miró a los ojos.

—Tienes derecho a estar enojada —añadió—. La furia es un motor poderoso. Incluso podría darte algunas respuestas. Pero no va a repararte. Jamás va a repararte.

Asintió, se dio la media vuelta, caminó hasta la puerta y tocó tres veces. La puerta se abrió. Alonzo le hizo una seña con la cabeza y luego se asomó a la sala para asegurarse de que todo seguía en su lugar. No estaba segura de qué más hacer, así que lo saludé con un movimiento de mano.

Ezra me lanzó una última mirada por encima del hombro. En ese momento, sólo por un segundo, no había avidez en sus ojos, ni plasma caliente bajo su piel. Era simplemente una mujer que, más que ninguna otra cosa, se veía muy cansada.

—Come tu arroz —dijo.

La puerta se cerró con seguro cuando ella salió, y volví a quedar sola en el cuarto. No había mucho que hacer, así que después de unos minutos comencé a picotear ociosamente la comida. Di unas cuantas mordidas a las verduras y tomé un sorbo de agua. Por puro resentimiento, ignoré el arroz.

Contemplé a la gente caminar de un lado para otro por los senderos iluminados del complejo de Menagerie. Hombres, mujeres, niños. Todos provenían de otro lugar, absolutamente todos. Todos habían sentido la falta de algo esencial y habían llegado aquí buscándolo. Algo faltaba. Algo hacía falta siempre.

Después de todo, sí tenía hambre, un hambre más grande que mi orgullo y mi resentimiento. Levanté el plato de arroz, metí el tenedor y éste chocó contra algo duro. Un desatornillador.

Quité los topes, abrí la ventana y me deslicé fuera; nadie lo notó. La cafetería estaba cerrada por esa noche. Los últimos rezagados de la cena se dirigían a sus habitaciones. Un hombre que usaba audífonos con sistema de cancelación de ruido estaba sentado junto a una fogata de gas, bebiendo té y programando a la luz del fuego.

En cualquier momento, estaba segura, alguien se daría cuenta de que había escapado, y la pacífica noche se rompería en gritos y haces de luz de linternas. Y en cualquier momento me atraparían. Lo único que podía hacer era arrastrarme por un costado del edificio, manteniéndome en las sombras y evitando la luz.

Por fin encontré una zona oscura que me permitió deslizarme hasta los pastizales en los límites del complejo. Mientras me abría paso a tientas entre la alta hierba, mi brazo se enganchó en el alambre de púas que rodeaba las colinas donde pastaba el ganado. Apretando los dientes para contener el dolor, seguí la cerca hasta que encontré una losa de granito lo suficientemente grande para ocultarme y me hice un ovillo tras ella. Tenía frío, sangraba, me sentía aterrada.

Todas las persecuciones, la misma persecución.

La última vez que me había sentido así de indefensa fue cuando tenía once años y temblaba en un parque desconocido bajo la luna fría. Igual que entonces, mis planes se habían desmoronado. Igual que entonces, el resultado había sido un peligroso fracaso, y caos. Igual que entonces, nada estaba mejor, todo estaba peor.

Pero esta vez, yo seguía enojada.

Todo esto había sido culpa de papá. Él le había dicho a Horacio que existían otras criaturas. Incluso le había ayudado a conseguir algunas de ellas. Y no me había contado nada, excepto unas pocas historias que ahora no me hacían ningún bien.

La sangre me hirvió cuando tomé consciencia: *mi padre había confiado en Horacio Prendergast más de lo que había confiado en mí.*

Y mira a dónde lo llevó. Ahora creía que Horacio era más que capaz de asesinar. Y si papá había intentado detener los planes de Horacio, porque había tomado la decisión de "arreglar las cosas" —lo que sea que eso significara—, no me sorprendería que Horacio hubiera respondido matándolo.

Pero ¿realmente yo había sido mejor que papá? En los últimos meses había mentido. Me había escabullido y había desaparecido tanto como él. Y al final, había sido yo quien permitió que el unicornio cayera en las manos equivocadas.

Tal vez la línea hircaniana estaba tan rota y perdida como los Fell. Tal vez lo que fuera que nos hacía especiales se estaba agotando. Tal vez simplemente yo tenía mala suerte. No era mi culpa, ni la de nadie, que yo fuera el último vestigio viviente de algo que una vez había sido mágico.

Te persiguen porque se les acaba el tiempo.

El dolor de la herida en mi brazo me distrajo de mis pensamientos. Yo seguía allí. El unicornio seguía vivo y el mundo aún no se había acabado. Yo no era mi padre y no tenía por qué cometer los mismos errores que él había cometido.

Saqué mi teléfono y descubrí que nuevamente tenía señal. Respiré profundo y marqué un número.

El teléfono sonó una vez, dos veces. Si se iba a buzón, bueno, sería lo que yo me había ganado. Pero no: al tercer timbrazo, Grace contestó.

—¿Qué quieres? —preguntó. Escuché otra vez en el fondo. Howie.

—Necesito tu ayuda, G —dije.

Le conté a Grace lo que necesitaba, luego le dije dónde podía encontrarme. Al principio estuvo callada, tanto que se escuchaba la voz de Howie detrás. Yo no le agradaba a Howie.

Pero, afortunadamente, a Grace todavía sí.

Una hora más tarde, después de andar fatigosamente por unas cuestas cubiertas de pasto y tapizadas de estiércol de vaca, estaba parada junto a un solitario camino de dos carriles, mirando cómo un par de faros entornados aparecían en la oscuridad, y luego Grace, seguida de Malloryn, descendieron de la Ballena Azul.

—Lo siento —le dije a Grace—. Y gracias.

Ella sacudió la cabeza.

—Él es un tonto —dijo—. Y tú sigues siendo mi amiga. Y hablando de amigas, parece que nos falta una.

—Ésta no es una escena para Carrie, G —dije, y creo que Grace entendió a lo que me refería. Me dirigí hacia Malloryn—: ¿Trajiste su cola?

Buscó dentro de su blusa y la sacó, un pequeño anillo, rígido y bien enrollado, hecho de pelo de zorro y atado con hilo de cáñamo.

—Vamos —dije.

Grace no se movió:

—Necesitas decirme de qué se trata todo esto.

—Lamento haberte mentido, Grace —añadí—. Lamento haberte ocultado todo esto. Pero no sabía cómo hablar del asunto, y de hecho aún no lo sé. Pero estoy lista para mostrarte.

—¿Qué quieres decir? —preguntó Grace.

Por primera vez en horas, sentí algo que no era miedo ni furia. Creo que era confianza.

—Grace —dije—, vamos a salvar el mundo.

Las tres nos abrimos camino entre el excremento y la oscuridad, y mientras tanto, hice mi mejor esfuerzo por explicarles lo que teníamos que hacer. Grace, comprensiblemente, se mostró escéptica. Pero no se dio la media vuelta y se marchó. Malloryn, desde luego, no necesitaba ser convencida.

Había varios camiones alineados en el complejo cuando llegamos allí, un nudo de faros iluminando nubes de polvo. Vi algo que parecía una gran antena satelital en la parte trasera de uno de ellos, y otro parecía estar lleno de víveres. Las tres nos agazapamos tras la losa de granito y observamos.

Señalé la cola de Zorro con un movimiento de cabeza.

—¿Sabes cómo funciona? —pregunté a Malloryn.

—No exactamente —dijo—. Pero creo que lo sabré cuando llegue la hora.

—Pero ¿qué no es ya la hora?

—Nop —contestó.

—Entonces no es un hechizo de invisibilidad.

—Probablemente no —replicó.

Por un segundo sentí que había cometido un error más al traer a estas chicas e involucrarlas en todo esto. Ahora no era solamente mi vida la que estaba en juego. Y ni siquiera teníamos un plan para entrar al edificio.

Por eso fue una gran sorpresa para mí cuando vi que Malloryn se ponía de pie sin previo aviso y comenzaba a caminar colina abajo con un paso alegre e imperturbable.

—Vamos —nos llamó cuando salió de la oscuridad, y ¿qué otra cosa podíamos hacer? De hecho, era un alivio tener una orden qué seguir, aunque pareciera absurdamente peligrosa.

—¿Qué estás haciendo, Malloryn? —susurré.

—Así es como se hace —dijo ella sin mirar atrás y sin detener su marcha—. Camina como si pertenecieras. Mira a la gente como si la conocieras. Y no te detengas por nada.

—¿Y eso funciona? —pregunté.

—A veces —repuso Malloryn, saludando con un gesto de cabeza a un grupo de trabajadores cuando pasó a su lado.

Grace y yo intercambiamos miradas. Realmente no teníamos muchas opciones. Ambas teníamos confianza en el ímpetu de Malloryn. Y su convicción era contagiosa. Luego de algunos pasos muy decididos, sentí que mi postura se erguía. Una sonrisa se instaló con soltura en mi cara. Marchábamos rumbo al más incierto de los futuros, y casi podía sentir el brillo en mis ojos.

Cuando nos acercábamos al edificio principal, Malloryn vio una tableta que alguien había dejado desatendida. Se la colocó bajo el brazo y siguió caminando.

—Un pequeño extra para ayudar a crear la ilusión —dijo por encima de su hombro.

Pasamos junto a unos trabajadores que metían *pallets* de comida a la bodega. Nadie nos detuvo. Llegamos a la puerta de la mansión de Horacio y los guardias apostados a la entrada nos dejaron entrar. Ahora yo tomé la delantera, para guiarlas por el corredor principal. Pasamos junto a otro grupo de trabajadores, un destacamento de guardias que deambulaban y una variedad de miembros del club de fans de Horacio.

Caminamos con paso veloz y desesperado hacia el ascensor que nos bajaría al zoológico, ocultándonos sólo cuando empezamos a acercarnos al estudio de Horacio. Si Alonzo me veía, nos iban a atrapar. Desde dos habitaciones de distancia me asomé en dirección a la sala donde había estado cautiva. Alonzo seguía haciendo guardia, aburrido y somnoliento. En todo este tiempo, nadie se había dado cuenta de que ya no estaba allí.

—¿No se les hace raro que todavía no haya pedido permiso para utilizar el baño? —susurré. Grace me calló y seguimos caminando.

El siguiente cuarto era otra sala de juntas. La puerta estaba abierta. Adentro, Ava levantó la mirada de lo que parecía ser una importante reunión con varios guardias de seguridad. Me volteé rápidamente, pero ya me había visto.

—Diantres —susurré.

La escuché salir de la oficina y caminar por el pasillo detrás de nosotras.

—Más rápido —dije.

Caminábamos como figuras de palo, las piernas rectas, los brazos estirados y balanceándolos con fuerza. Nada sutil. Ava nos llamó, y cuando no le respondimos, comenzó a gritar. Dimos vuelta en una esquina y pude ver más adelante la puerta del ascensor.

Grace le arrebató de las manos la tableta a Malloryn y se plantó en medio del pasillo, mientras el ruido de los guardias reuniéndose hacía eco a nuestro alrededor.

—Corran —dijo.

—¿Qué estás haciendo? —pregunté.

Grace me miró con ojos fieros.

—Yo estoy confiando en ti, Marjan —exclamó—. Ahora tú confía en mí.

Corrí a toda velocidad hasta el ascensor y presioné el botón. Malloryn iba pegada a mis talones. Volteé hacia atrás.

A mitad del pasillo, Grace me miró por encima de su hombro y asintió. Después respiró largo y profundo, tomó la tableta con ambas manos y caminó directo hacia el sonido de los guardias que se aproximaban.

Cuando dieron vuelta en la esquina, lo primero que vieron fue a una chica que parecía que no sólo pertenecía allí, sino que además estaba a cargo de un trabajo muy importante.

—¡Ésta es un área restringida! —dijo Grace con una voz aguda y autoritaria—. No tendrían que estar aquí.

Por un momento no importó si eras un profesional de la seguridad privada altamente calificado o una asistente ejecutiva fría y eficiente. Estabas seguro de que no debías estar allí. Los mejores y más capaces lacayos de Horacio estaban aprendiendo lo que Carrie Finch y yo habíamos sabido desde el primer día de sexto grado.

Era imposible discutir con Grace Yee.

Detrás de nosotras, se abrieron las puertas del ascensor. Mientras los guardias seguían petrificados, preguntándose si en verdad habían invadido una zona restringida, Malloryn entró y tiró de mí para que la siguiera.

—¡Grace! —grité—. ¡Vamos!

Grace arrojó la tableta a un lado y corrió hacia el ascensor. Al instante, el hechizo se rompió. Los guardias comprendieron la situación y se lanzaron tras ella. Grace entró de un clavado, y en cuanto lo hizo, golpeé con la parte inferior de mi puño el botón de CERRAR PUERTA. Los guardias se acercaban velozmente.

Las puertas del ascensor comenzaron a deslizarse lentamente la una hacia la otra, como un sacerdote que juntara sus manos para orar. Cuando la última rendija estaba a punto de desaparecer, alcancé a ver el rostro de un guardia asomándose dentro y tratando de detenernos, sin éxito. Las puertas se cerraron, el ascensor comenzó a descender y los ruidos del pasillo se desvanecieron en aquel silencio de piedra.

—Okey, *eso* estuvo genial —dijo Malloryn.

—Gracias —contestó Grace.

Entonces, súbitamente, no tuvimos nada más que decir. El pequeño momento de triunfo, haber escapado de la primera línea de guardias, se me convirtió en una sensación amarga. No teníamos a donde ir. Estábamos metidas en el hueco de un ascensor que sólo tenía dos salidas.

—Habrá más guardias esperándonos abajo, ¿no es cierto? —preguntó Grace.

—Probablemente —dije.

Me senté en el suelo y recargué la espalda contra la pared. Ya ni siquiera teníamos una tableta.

—Entonces, ¿eso es todo? —insistió Grace.

—Lo intentamos —sentencié—. Estuvimos cerca. Gracias, Grace. Gracias por creerme. Gracias por venir. Gracias por… eso.

Ella se encogió de hombros.

—De hecho, *sí* estuvo genial —admitió—. ¿Viste sus caras? —sonrió, y luego se rio. Yo también reí.

—Lo lamento —dije cuando paramos de reír—. Todo esto es mi culpa.

—Cállate, Mar —exclamó Grace.

Entonces, muy despacio, Malloryn se levantó, se quitó el collar y lo contempló por un segundo. Cerró el puño alrededor de la cola de Zorro y la apretó con fuerza. Una sonrisa perpleja apareció en su rostro, como si acabara de darse cuenta de algo sorprendente y maravilloso.

—Oigan, chicas —dijo en voz baja—. Creo que somos un aquelarre.

Por entre sus dedos comenzó a brillar una suave luz rosada. Ella cerró los ojos y empezó a susurrar para sí misma, como si estuviera tratando de memorizar algo. De pronto se detuvo, y la luz se desvaneció. Abrió la mano. La cola había desaparecido.

Entonces aspiró lento y profundo, y comenzó a tararear una canción.

Era una tonada extraña. No me resultaba familiar, pero, por alguna razón, sabía exactamente cómo continuarla, y no pude evitar tararearla con ella. Tenía una melodía embriagadora, y una vez que entró en mi cabeza, hizo que todo mi cuerpo se sintiera ligero y flotante. Malloryn hizo un gesto como de director de orquesta, y me di cuenta de que Grace también estaba tarareando.

Y cuando las puertas se abrieron, esto es lo que vieron los guardias: tres intrusas desarmadas, siguiendo el ritmo con la punta de los pies y tarareando como idiotas. Malloryn alzó los brazos y nuestras voces subieron de volumen, y muy pronto los guardias comenzaron a tararear con nosotras.

Malloryn nos abrió paso fuera del ascensor, desarmando a los centinelas con alegres florituras y arrojando lejos sus pistolas, dando saltitos sin perder nunca el ritmo. Con un gesto de su mano despidió a los guardias, excepto a uno. Los vimos irse brincando y haciendo piruetas, y entonces Malloryn se dirigió al que quedaba.

—¿Cómo podemos liberar al unicornio? —entonó.

—Tienen que ir al cuarto de operaciones —cantó a su vez el guardia—. Desde ahí se controlan las jaulas —fue una réplica que sonó extraño y casi perdió el compás, lo que estuvo a punto de arruinar toda la canción. Pero Malloryn recuperó la melodía luego de titubear en un momento lleno de tensión.

—Muéstranos —cantó, tomando la mano del guardia.

Éste saltó y giró con alegría, y después echó a andar por el pasillo haciendo un baile improvisado y tirando de Malloryn para que lo siguiera. Grace y yo íbamos detrás, igualmente arrastradas por la canción.

Al pasar frente a los recintos, las criaturas que estaban dentro presionaban su cara contra el vidrio para observarnos. Era difícil saberlo, pues mi cabeza daba vueltas debido a la canción, pero parecía que ellos también se habían unido a la danza. Los pájaros en llamas trazaban figuras deslumbrantes frente a las ventanas. El gigante de puños de piedra golpeaba con un burdo ritmo el piso de su jaula. Un majestuoso y blanquísimo rumiante con tres cuernos curvos balanceaba su cabeza de lado a lado, siguiéndonos con sus pacientes ojos marrones mientras cruzábamos frente a él bailando un vals.

—¿Qué es esto? —pregunté, hablando al ritmo de la canción—. ¿Qué está sucediendo?

—No hagas preguntas tontas —dijo Malloryn. Sus palabras subían y bajaban según los tonos de la melodía—. No tenemos mucho tiempo. No sé cuánto más podré seguir haciendo esto.

Más adelante, en el pasillo escuché gritos que se disolvían en la armonía a medida que nos acercábamos. Guardias y personal médico bailaban a nuestro paso, siguiendo sus propias musas desconcertadas. En algún lugar lejano comenzaron a sonar unas sirenas. Pero en el pasillo sólo existía la canción, y ésta mantenía a todos bajo su embrujo.

A todos excepto a uno.

La oscuridad del recinto de la mantícora parecía tragarse la música, y supe, en cuanto la vi, que la cosa que estaba dentro no tenía el menor interés en bailar.

—Vamos —gritó Malloryn tras el guardia que exhibía sus mejores pasos de danza mientras avanzaba por el corredor. Pero el poder de la mantícora me tenía clavada al suelo. La oscuridad me succionaba, a pesar de que el baile se aceleraba a mi alrededor—. ¡Vamos! —volvió a gritar Malloryn, tan fuerte que la música se saltó un tiempo. Pero no podía moverme. Y mientras estaba allí parada, la canción comenzó a desvanecerse en mis oídos y mis huesos, y lo único que pude sentir fue el hambre que palpitaba al interior del recinto de la mantícora.

Una horrible sensación me sacudió. Una oscuridad enfermiza se instaló en mis huesos. Al respirar, el aire se sintió denso y maligno en mi pecho. Mis piernas se debilitaron. Pensé que me iba a desmayar.

—Marjan —sonó la voz de Malloryn desde muy lejos—. ¡No tenemos tiempo!

Era vagamente consciente de que la canción estaba llegando a un punto de inflexión. La música iba a terminar. Pero aun así no podía separarme de la jaula de la mantícora.

Entonces unas manos se sujetaron y me hicieron girar. La canción pareció continuar en una coda y se extendió más de lo que debiera, mientras yo daba vueltas y vueltas, alejándome cada vez más de la mantícora. Adelante, el guardia dio vuelta a la derecha. Grace me tenía tomada de un brazo. Sus dedos se me clavaban en la piel. Malloryn me sujetaba del otro brazo y tiraba de las dos hacia el fondo del pasillo. Su voz estaba llegando al límite. La escuché quebrarse y desfallecer. Escurrían lágrimas de sus ojos. Su rostro estaba pálido. Pero la canción continuó mientras llegábamos al final del pasillo y girábamos a la derecha, siguiendo al guardia hasta una puerta simple y anodina. Él asintió, y entonces la abrió.

Media docena de guardias saltaron de su silla en cuanto entramos, pero el final de la canción los atrapó a ellos también. Malloryn me soltó y dando giros los fue sacando uno a uno hacia el pasillo, después cerró la puerta de un golpe y corrió el pasador. La música cesó bruscamente. En el vertiginoso silencio, Malloryn me miró por un segundo. Entonces su cara se quedó en blanco y ella cayó al piso.

La cabeza me punzaba. Era difícil concentrarme en cualquier cosa durante un tiempo. Pero luego de unos momentos, logré asimilar dónde nos encontrábamos.

Era un cuarto tenuemente iluminado, con botones, interruptores y pantallas planas de TV, cada una monitoreando un área distinta del silo. Había cámaras en el salón de las criaturas. Había cámaras en la enfermería. En todas las pantallas, guardias y criaturas volvían lentamente en sí, sacudiéndose los efectos de la canción.

Grace se sentó en una esquina. Su cuerpo estaba claramente agotado por la canción, pero sus ojos estaban muy abiertos por el asombro. Malloryn yacía en el piso, los ojos vidriosos, la respiración superficial. El sonido apagado de una alarma se escuchó a través de la puerta, pero no parecía que nadie estuviera por llegar.

Corrí hasta Malloryn y la sacudí por los hombros.

—Oye —la llamé—. ¿Estás ahí?

Malloryn asintió débilmente. Me puse en pie, y la cabeza me dio tantas vueltas que estuve a punto de caer. Cuando recuperé el equilibrio, trastabillé hasta lo que parecía un panel de control y traté de relacionar los interruptores con lo que veía en las pantallas. Era inútil. Mis circuitos estaban demasiado fritos y yo no parecía ser capaz de hacer las conexiones requeridas.

Se escucharon gritos provenientes del pasillo. Pisadas. A través de las cámaras vi un pelotón de refuerzo entrar al pabellón de las criaturas con las armas en alto.

Seguí mirando fijamente los interruptores, pero nada tenía sentido.

—¿Cuál? —pregunté en voz alta.

Grace llegó tambaleante y observó las pantallas entrecerrando los ojos. Los guardias ya estaban cerca. Podía escucharlos al final del pasillo.

—¡Vamos! —apremié. Grace miró otra pantalla, y después una fila de interruptores.

—Treinta y cuatro —dijo.

—¿Estás segura?

Los guardias habían llegado a la puerta. Ésta se estremeció en su marco ante el impacto de algo muy pesado.

—Treinta y cuatro —repitió. Encontré el interruptor marcado con el número treinta y cuatro. La puerta volvió a sacudirse. Malloryn gimió de miedo y dolor.

Apoyé mi dedo contra el interruptor, y al hacerlo, todos mis pensamientos se alinearon en una sola idea, como una máquina tragamonedas que otorgara el peor premio del mundo.

Liberar al unicornio no serviría de nada. Nuevamente sería atrapado, aquí en el silo. Los guardias, armados y en pleno uso de sus sentidos y facultades, podrían incluso dispararle ellos mismos. Habíamos fracasado y muy pronto todas nosotras estaríamos muertas, incluyendo al unicornio.

Sólo existía una oportunidad, una acción que posiblemente podría salvar al unicornio, y que tal vez también nos salvaría a nosotras.

Soy una niña en un claro del bosque. Soy un halconero del sha. Soy Marjan Dastani, a ciento cincuenta metros bajo tierra, en el zoológico de Horacio Prendergast. Soy la expresión viviente de la línea hircaniana, y hay cosas que sucederán una y otra vez, no por culpa del destino, ni por la maldición de un unicornio, sino porque la gente simplemente no puede cambiar.

Y a veces, la única solución a todo eso es el caos.

Abrí todas las jaulas.

CAPÍTULO TREINTA

LIBERTAD

Por un momento, nada sucedió. Los animales, o al menos los que podíamos ver en las pantallas, se quedaron parados ante las puertas abiertas de sus recintos en un atónito silencio. Los guardias, los doctores, todos permanecieron inmóviles.

Se escuchó un solo disparo, en algún lugar del pabellón. Y después más. La señal de los monitores fue desapareciendo, una por una. Un sonido comenzó a crecer al otro lado de la puerta, una cacofonía de gemidos y rugidos y gruñidos que se convirtió en una sola nota vengativa. Los golpes en la puerta cambiaron de furiosos a desesperados. El aire empezó a oler a humo. Los guardias suplicaron, después gritaron y, finalmente, los golpes en la puerta cesaron.

Pero los ruidos de los animales continuaron. Pasaban junto a nosotras en olas estruendosas. El batir de alas, pisadas de patas grandes y pequeñas, vidrios haciéndose añicos, metal siendo desgarrado. Apenas respirábamos.

Finalmente, el pasillo volvió a quedar en silencio. Sin ruidos animales, sin ruidos humanos. Grace suspiró, aliviada. Malloryn gimió y luego se sentó, tomándose la cabeza entre las manos.

—¿Qué fue lo que pasó? —preguntó.

—Las cosas salieron un poco mal —afirmó Grace.

—Seguimos vivas —aclaré yo.

—Por ahora —dijo Grace—. Todavía tenemos que salir de aquí.

Abrió la puerta unos cuantos centímetros y se asomó fuera, después nos hizo una seña para que la siguiéramos. Ayudé a Malloryn a ponerse en pie, y juntas salimos del cuarto de control.

El zoológico era una ruina de vidrios estrellados, azulejos rotos y luces parpadeantes que colgaban de su cableado. Un espeso humo llenaba el aire, y lenguas de fuego crepitaban aquí y allá entre los escombros. Una alarma sonaba en algún lugar más adelante en el pabellón. No había rastro de los guardias que habían estado golpeando la puerta.

La cabeza me seguía palpitando por la canción de Malloryn, y el estruendo de la alarma y el asfixiante resabio del humo en mis pulmones no ayudaban a sentirme mejor.

—Al ascensor —dijo Grace, tosiendo algunas de las sílabas. Avanzamos tambaleándonos por el pasillo, frente a los recintos vacíos, sosteniendo a Malloryn entre Grace y yo.

Cuando ya estábamos cerca del ascensor comencé a percibir aire más limpio y fresco, y cuando llegamos pude ver por qué. La puerta parecía forzada y el ascensor había sido arrancado del hueco y lanzado por el pasillo. Yacía de costado entre un montón de escombros. Me asomé al interior del pozo vacío. Arriba, la puerta de metal ya no estaba.

—Bueno, esto apesta —dijo Grace.

Miramos hacia el camino que acabábamos de recorrer, entre nubes de humo. El pasillo estaba tranquilo, en silencio. Pero más lejos pude escuchar ecos de unos ruidos extraños.

—Tiene que haber otra salida —dije.

—Probemos en el otro extremo de la sala —secundó Grace.

Me giré hacia Malloryn.

—¿Puedes caminar? —le pregunté.

Ella asintió débilmente.

—Entonces vamos —dije.

Apenas había dado unos cuantos pasos cuando algo me agarró del brazo y tiró de mí hacia uno de los recintos.

—Ayúdame —susurró una voz familiar. El humo tardó unos momentos en disiparse, pero cuando lo hizo, vi el rostro del doctor Batiste, ensangrentado y aterrorizado.

Deslicé un brazo bajo su hombro.

—Saldremos de aquí —le dije—. ¿Por dónde?

Apuntó más adelante por el pasillo. En ese instante, algo se movió en la oscuridad al fondo del recinto, y ambos nos sobresaltamos. Corrimos juntos para alejarnos de lo que fuera que seguía allí dentro.

Alcanzamos a Malloryn y Grace, y los cuatro nos dirigimos entre el humo, el fuego y los escombros hacia el otro extremo del pasillo. Dimos vuelta a la izquierda y pasamos por una enfermería. El cuarto había sido destruido. Las mesas de procedimientos estaban arrancadas del suelo y volcadas de revés. Tubos fluorescentes colgaban parpadeando de sus bases rotas. Un lavabo había sido destrozado y el agua fluía libremente por la tubería rota. Pero a pesar de todo el caos, la habitación estaba en calma, excepto por los suaves pitidos de los aparatos médicos. Esos inquietantes sonidos me atraían, aguijoneaban lugares de mi mente que rara vez visitaba. Hice una pausa para escuchar. Quería, irracionalmente, parar y sentarme con ellos, como si fueran balizas guiándome hacia algo que había perdido.

—¡Marjan! —gritó Grace—. ¿Qué estás haciendo?

Ella y Malloryn ya estaban al pie de la otra puerta. El doctor Batiste las seguía de cerca. Sacudí la cabeza para alejar aquella extraña nostalgia y me dirigí con ellos hacia una habitación lo suficientemente grande para introducir un remolque de tractor.

Restos de batallas dispersas yacían aquí y allá. Un montoncito de blancas y aterciopeladas plumas revoloteando en una brisa invisible. Casquillos usados. Armas rotas. Una bota negra, vacía, sin cordones.

Un camino de luz proveniente de lámparas industriales instaladas entre las altas vigas del techo serpenteaba sobre el piso hasta un túnel iluminado con lámparas rojas de emergencia que ascendía y se perdía en un recodo. A ambos lados y por encima de nosotros, la amplia sala se sumía en una oscuridad tan profunda que era capaz de contener todos los monstruos que pudiera imaginar. Y yo tampoco era la única que veía monstruos. Los otros tres se habían detenido en la entrada. Todos estaban contemplando las sombras.

—Ésta es el área de admisión —dijo el doctor Batiste—. Ese túnel lleva a la superficie.

—¿Está seguro de que no hay otro camino? —preguntó Malloryn, mirando con aprensión hacia el camino iluminado.

—La otra salida es por el ascensor —contestó el doctor.

Nadie se movió. Nadie quería dar el primer paso.

—No tendrás otro hechizo de ésos, ¿o sí? —preguntó Grace a Malloryn. Malloryn la fulminó con una mirada débil y exhausta.

El doctor Batiste me miro:

—Tú eres la encantadora. Tú deberías ir primero. Ellos no te harán daño.

—Usted no tiene manera de saber eso —repliqué.

—Tú eres la razón de que estemos todos aquí —dijo él—. Yo diría que nos lo debes.

Malloryn y Grace me miraron. Él tenía razón. Todos aquí habían sacrificado algo, excepto yo. Malloryn estaba pálida como un fantasma. Grace había arriesgado su vida. El doctor Batiste estaba sangrando y probablemente había perdido su empleo. ¿A qué había renunciado yo?

—Está bien —afirmé.

Penetré en el gran salón, sola, mientras Malloryn, Grace y el doctor Batiste observaban desde la seguridad tras la puerta de la enfermería. Si algo salía de entre las sombras, fácilmente podían retroceder y encerrarse. Esa puerta aguantaría cuando menos un rato. Pero yo estaba totalmente expuesta, sin ningún sitio a dónde correr.

El enorme espacio apagaba el sonido de mis pasos. El mundo se redujo a sólo unos cuantos colores y texturas. El túnel, rojo y siniestro frente a mí. El piso gris pálido, reflejando las luces del techo. Y la oscuridad, que estaba viva. Se movía como aguas turbulentas, justo en la periferia de mi visión. Respiraba. Producía sonidos que podrían ser reales o podrían ser imaginarios.

A medio camino a través de la habitación miré atrás. Grace, Malloryn y el doctor Batiste me observaban desde la puerta, que parecía muy lejana. Era un alivio haber avanzado tanto sin ser devorada. Al mismo tiempo me sentía como un astronauta flotando en el espacio, en un extremo de mi correa de sujeción, o tal vez completamente desenganchada de ella.

—Creo que todo está bien —dije al vacío que nos separaba. Ellos salieron lentamente, primero Malloryn, después

Grace y finalmente el doctor Batiste. Caminaban con pasos cautelosos, como si hubiera minas explosivas bajo el concreto.

Cuando estuvieron lo suficientemente cerca, vi que sus rostros cambiaban, todos a la vez. Vi que sus ojos se fijaban en algo, detrás de mí y a cierta distancia. Me di la media vuelta despacio.

Una sombra descendía pesadamente por el túnel, en dirección a nosotros. Se detuvo en la entrada, bloqueando el camino con su enorme masa oscura. Un par de ojillos negros brillaron en la oscuridad. Dos gigantescas manos emergieron de las sombras, se cerraron hasta formar puños y éstos chocaron uno contra el otro, tan fuerte que saltaron chispas de los nudillos de piedra.

—Yo digo que corramos en distintas direcciones —propuso Grace en voz baja—. Tratemos de confundirlo.

—¿Qué pasa si no se mueve? —preguntó el doctor Batiste—. Está bloqueando la única salida. Si nos separamos, podría atraparnos uno por uno. Todos deberíamos correr de regreso a la enfermería. Cerrar la puerta, levantar una barricada y buscar algo para pelear contra él.

—Yo no puedo correr —dijo Malloryn.

Nadie pudo decir nada al respecto.

El gigante volvió a entrechocar los puños. El tronido de sus nudillos hizo cascabelear mis huesos. Sus rasgos se contrajeron en una sonrisa pétrea, revelando una hilera de torcidos dientes amarillos. Su boca produjo un chirriante sonido de una roca deslizándose sobre otra.

El doctor Batiste fue el primero en moverse:

—No —dijo—, esto no —luego salió corriendo de regreso hacia la enfermería.

Esperaba que el gigante se lanzara contra nosotros, pero no lo hizo. Al contrario, pareció asentarse en el lugar donde se encontraba. De hecho, casi creí ver una expresión de desaliento cruzar por su rostro.

—¿Chicas?

La voz del doctor Batiste provino de apenas unos pasos detrás de nosotras. Sonaba preocupada. Aun así, no me sentía con la confianza para perder de vista al gigante, y tampoco Malloryn y Grace.

—¿CHICAS?

A nuestras espaldas, algo enorme dejó escapar un bufido rabioso.

Me giré para ver una lanza larga y gruesa, llena de afilados picos negros, que avanzaba lentamente hacia el doctor Batiste sobre cuatro poderosas piernas. Un par de ojos oscuros encontraron los míos y se quedaron fijos en ellos.

—¿Ése es...? —dijo Malloryn en voz baja por el asombro.

—Sí —contesté—. Es él.

El unicornio caminó hacia nosotras, eliminando cualquier esperanza de volver a la enfermería. Mostraba nuevas heridas: cortadas y rasguños, una mordida, una oreja desgarrada. Y también exhalaba un nuevo cansancio, como un soldado que regresa del campo de batalla.

Habría podido matarnos a los cuatro con un solo embiste de su cuerno trenzado. Y al parecer, ya había estado matando por ahí: la punta afilada goteaba sangre fresca.

El unicornio hizo retroceder al doctor Batiste hacia donde estábamos nosotros, y luego se detuvo. Me observó durante un momento más, y luego dirigió sus ojos sin edad hacia el gigante. Dejó escapar un bramido profundo y agitó su cabeza en el aire, trazando unos círculos feroces con su cuerno.

Como respuesta, el gigante golpeó el piso con sus pies, rompiendo el concreto debajo de él. Entonces enderezó los hombros caídos, abrió la boca y soltó un chirrido agudo.

El unicornio se interpuso entre nosotros, haciéndonos a un lado para abrirse paso con su enorme cuerpo. Nuevamente bajó el cuerno y dio varios pasos temerarios y decididos hacia el túnel.

Ante esto, el gigante golpeó el piso con rabia, rugiendo y destrozando el concreto bajo sus pies, levantando una nubecilla de polvo. En ningún momento apartó sus diminutos ojillos negros del unicornio.

Éste avanzó otro paso, luego se detuvo y golpeó el piso con uno de sus pesados cascos. Agachó la cabeza para que su cuerno raspara el suelo, produciendo chispas azules. Entonces soltó un bramido obstinado y se irguió, alto y orgulloso.

Por un momento, el gigante se quedó tan quieto como una roca. Al cabo volvió a gruñir, se dio la media vuelta y corrió atravesando el túnel hasta perderse de vista.

El unicornio permaneció donde estaba unos instantes, observando cómo se marchaba el gigante. Cuando éste desapareció, se volvió a verme una vez más, golpeó nuevamente el suelo con la pezuña y echó a andar hacia el túnel con porte cansino, pero desafiante.

Nadie habló. Por un momento, nadie se movió tampoco. Finalmente, lo seguimos a través de la sala, por el túnel rojo y hasta salir a la noche cruzando unas puertas que habían sido golpeadas y arrancadas por unas manos mucho más grandes y extrañas que las nuestras.

• • •

La mansión de Horacio estaba en llamas. Parte de ella, en todo caso: la cercana al ascensor. Columnas de humo surgían de varias ventanas. Alarmas contra incendio aullaban como furiosas Calíope, pero nadie parecía estar haciendo nada al respecto.

Probablemente porque había otras cosas de qué preocuparse.

Los camiones habían sido embestidos y destrozados. Sus parabrisas yacían estrellados como telarañas por la fuerza de los impactos. Un taxi había sido volcado de lado. Los remolques, abiertos a la fuerza, su contenido regado por todas partes. Vi unos pocos guardias y trabajadores merodeando por los jardines, desarmados, aturdidos, ensangrentados. Aquí y allí, la gente atendía a los heridos. Todos parecían estar sólo parcialmente conscientes, pero, aun así, se ayudaban mutuamente. Intentaban salvarse los unos a los otros.

El unicornio acechaba entre ellos, ignorado, olvidado. Nadie tenía ya deseos de cazarlo, de perseguirlo con uno de esos grandes camiones, de dispararle. La criatura salió por la puerta del frente, y parecía volverse más poderosa a cada paso. Cruzó la carretera y se esfumó entre los árboles.

—Lo logramos —dijo Malloryn—. Lo salvamos, ¿no es cierto?

—Así es —contesté—. Lo logramos.

Una sonrisa fatigada y satisfecha apareció en el rostro de Malloryn.

—Lo logramos —repitió ella una vez más.

Sólo que yo no me sentía satisfecha.

Algo hacía falta.

En algún lugar del complejo estaba el hombre que había asesinado a mi padre. Tenía que enfrentarlo. Tenía que escucharlo de su boca, saber por qué lo había hecho.

Comencé a dirigirme hacia la casa.

—Oye —me llamó Grace—. ¿A dónde vas?

—Necesito encontrar a alguien —le dije—. No tienen que acompañarme.

No miré atrás. No esperaba que nadie me siguiera, y tenía razón. Cuando llegué a la entrada principal de la mansión, estaba sola.

La puerta había sido arrancada de sus bisagras. Las luces estaban apagadas. El aire olía a humo, y el vestíbulo había sido destrozado. Había marcas de garras en el piso y las paredes. Las ventanas estaban rotas. Las criaturas habían cruzado con furia.

Una persona salió de entre las sombras, trastabillando sobre piernas vacilantes. Me tomó un momento reconocer a Ava. Su pelo estaba suelto. Tenía moretones en el rostro y sangre sobre la ropa.

Caminaba tambaleándose en mi dirección, con los ojos fijos sobre la puerta. Ella apenas reparó en mi presencia. Cuando pasó a mi lado, la sujeté por un hombro.

—Horacio —fue lo que dije.

Me miró con unos ojos que nadaban en confusión. Inclinó ligeramente su cabeza hacia el pasillo en un gesto casi imperceptible. Luego se soltó y prosiguió su camino tambaleante hacia la salida.

El corredor estaba oscuro, excepto por el titilante resplandor ámbar de unas llamas en una habitación distante. El aire era cálido y brumoso a causa del humo. Escuché un sonido de forcejeo, y después el estallido de un rifle, una, dos veces. Más forcejeos. Otro disparo. Entonces una voz familiar maldijo, y el forcejeo recomenzó.

La distancia era una cosa extraña en el pasillo en penumbras. A mis espaldas estaba el vestíbulo iluminado por la luna.

Frente a mí, a la vuelta de una esquina, quizá más lejos, se encontraba la luz del fuego. El espacio entre ambos se sentía interminable, desconocido. Arrastré mis dedos por una pared y seguí el parpadeo de la luz y los sonidos que provenían de más adelante.

Fue entonces que percibí una presencia que avanzaba a mi lado, constante y silenciosa. Su respiración era suave y regular. Sin sus garras, sus pisadas sobre el mármol eran tan delicadas con susurros. No podía verla y apenas podía escucharla, pero la reconocí por la sensación en mis entrañas: un negro malestar, un hambre terrible.

No había nada que hacer, más que seguir caminando. Parecía que nos dirigíamos al mismo lugar.

CAPÍTULO TREINTA Y UNO

RENACER COMO ÁNGELES

Horacio estaba en su oficina, sosteniendo un rifle de caza bajo el brazo. El humo era más denso. Un calor ominoso flotaba en el aire. Un aterrado pájaro de radiante plumaje dorado revoloteaba alocadamente por el techo. Cuando entré, un paso o dos por delante de mi silencioso acompañante, Horacio volvió a disparar al frenético pájaro, errando el tiro por unos cuantos centímetros. Maldijo en voz alta y entonces, al verme en la entrada, se giró y apuntó el cañón hacia mí.

—¿Fuiste tú? —preguntó. Su voz se oía tensa a causa de la rabia.

—Yo... —comencé a decir, pero en ese momento entró la mantícora y Horacio dejó de mirarme a mí.

El pájaro, sintiendo que era su oportunidad, se lanzó hacia la puerta y se alejó volando por el pasillo. La mantícora comenzó a acechar el perímetro de la habitación.

—Veo que hiciste un nuevo amigo —añadió Horacio.

Apuntó el arma hacia la mantícora. La expresión de ésta siguió siendo plana, vacía, sin delatar nada.

—Pensé que compartías nuestra visión —continuó Horacio, sin apartar la vista del animal que caminaba con pasos lánguidos—. Pensé que tenías la voluntad de cambiar el mundo. Pero no es así. Eres ordinaria. Eres igual que los demás. Paralizada por el miedo. Tú crees que yo soy un monstruo, pero no harás nada mientras hacemos hervir los océanos y envenenamos la tierra y el aire. ¿Crees que este animal se siente hambriento? Las fuerzas humanas que controlan el mundo están mil veces más hambrientas que la mantícora. Devorarán todo lo que es hermoso y preciado, y aun así no será suficiente. Tuvimos una oportunidad, Marjan. Hubiéramos podido detenerlos. Hubiéramos podido derrumbar sus castillos y construir un mundo nuevo. Hubiéramos podido renacer como ángeles. Hubiéramos podido cambiarlo todo.

La mantícora lanzó un golpe con su cola, un ataque de exploración para poner a prueba los nervios de Horacio. Éste gritó y de un brinco se apartó de su trayectoria. Disparó un tiro que pegó en el suelo, haciendo saltar varias astillas.

—Tú mataste a mi padre —le dije.

Horacio se rio. Cargó otra bala y volvió a apuntar a la mantícora.

—¿Eso es lo que piensas? —cuestionó, lleno de incredulidad—. ¿De eso se trata todo esto?

La cola de la mantícora volvió a atacar, insistente, traviesa. Estaba jugando con él. Horacio la esquivó con un jadeo y volvió a levantar el rifle.

—¿Destruiste todo sólo por eso? —preguntó.

—Creo que él trató de impedirlo y tú lo asesinaste.

—Tú padre estaba tan involucrado que no hubiera podido detener nada —dijo Horacio. Él y la mantícora estaban concentrados en un lento y cauteloso baile circular. Horacio se movió para que el escritorio quedara entre él y la criatura, pero ella lo hizo fácilmente a un lado con un poderoso empujón de su cola—. Él decía que odiaba aceptar mi dinero —me miró por un momento—. Pero siempre lo aceptaba.

La mantícora le lanzó otro golpe. Él estaba preparado y brincó hacia un lado, entonces fijó la mira en ella y colocó el dedo sobre el gatillo.

—¿Por qué debería creerte? —pregunté.

La concentración momentáneamente perdida, retiró el dedo del gatillo y me miró con fastidio.

—Me importa un carajo lo que tú creas —dijo.

La mantícora lo atacó de nuevo, y esta vez él alzó el rifle y disparó. La bala alcanzó a la mantícora en un flanco, dejando en su cuerpo un solo agujero limpio del cual, tras un breve momento, comenzó a brotar sangre. La mantícora se tensó y emitió una especie de arrullo, pero la expresión en su rostro no cambió.

—Vaya, vaya —dijo Horacio con un oscuro placer—. La tengo.

Entonces la criatura se lanzó contra él.

El arma cayó al otro lado de la habitación y la mantícora lo sujetó fácilmente contra el suelo, deteniendo sus brazos con sus zarpas. Su cola se elevó y su aguijón pendió sobre la cabeza de Horacio.

—Ayúdame —dijo él.

—No estoy segura de poder hacerlo —repuse.

La mantícora bajó la cabeza, de modo que ella y Horacio quedaron frente a frente. El ruido que llegaba desde el pasillo indicaba que el fuego se estaba acercando.

—Por favor —suplicó.

Su voz se había vuelto laxa y llorosa. Le temblaban los labios. Trataba de huir, pero las patas de la mantícora lo mantenían preso. Los ojos de la bestia brillaban de hambre. Su diminuta y serena boca comenzó a salivar.

—Por favor —volvió a decir.

La cola de la mantícora se alejó para tomar impulso y atacar. Yo sentí que el vacío dentro de mí crecía, empujando fuera el horror, la repulsión, el miedo. Y en su centro, el vibrante catalizador de todas las cosas malas que había hecho, la verdad más profunda de mi vida.

Algo hace falta.

—Espera —exclamé.

Y para mi sorpresa, la mantícora se detuvo.

Horacio comenzó a reír, un nervioso, agradecido y desquiciado espasmo de risa que rápidamente se convirtió en un ataque de tos. El humo cada vez era más denso. El fuego ya estaba cerca. La mantícora aún lo sujetaba, aún lo observaba con la misma imperturbable máscara de muerte.

—Muy bien, Marjan —dijo Horacio cuando recuperó el aliento—. Ahora dile que me suelte. Dile que…

—No —añadí.

—¿No?

—Dime por qué.

—¿Por qué *qué*? —preguntó.

—¿Por qué lo mataste?

Su rostro se ensombreció.

—Marjan —dijo—. Yo no lo hice.

—Mientes.

—Yo no asesiné a tu padre —añadió Horacio—. Yo lo necesitaba. Lo necesitaba vivo. Vamos, haz que se detenga.

La mantícora, aburrida, hambrienta, puso una mano sobre su cuello. Un delgado hilo de saliva escurrió de su boca.

—No te creo —insistí.

—Es la verdad —ahora la voz de Horacio temblaba—. Lo habría secuestrado si hubiera tenido necesidad de hacerlo.

Pero no lo habría matado. Él era demasiado importante. Entendía a estos animales. Como lo haces tú. Podía acercarse a ellos, y nadie más podía hacerlo. Lo necesitábamos. Por favor, déjame ir. Por favor dile que me suelte.

Un nuevo ataque de tos ahogó sus palabras. El cuarto estaba caliente, con un calor furioso y asfixiante. Comenzaba a asfixiarme a mí también. Hacía que me picaran los ojos. Podía oír el fuego. Sonaba como un animal gigante que inhalaba y exhalaba, inhalaba y exhalaba.

—Tenemos que salir de aquí, Marjan —dijo Horacio—. Debes decirle que me suelte. Te juro que yo no maté a tu padre.

Lucía patético. Lucía pequeño e indefenso, y yo me sentía como un monstruo viéndolo retorcerse.

—Déjalo ir —dije. La mantícora entornó los ojos. Por un largo, obstinado momento, no se movió. Entonces, de mala gana, se quitó de encima, una zarpa a la vez. Al final retiró la cola. Horacio se sentó, sacudió los brazos y respiró profundo.

—Gracias, Marjan —entonces Horacio se apresuró a recoger el rifle y me apuntó con él—. Yo no maté a tu padre —repitió—, pero de mi cuenta corre que no salgas viva de aquí.

La mantícora se movió como el rayo. El arma se disparó, pero la bala salió muy desviada y pegó en la pared. El rifle cayó al suelo. Horacio quedó de rodillas, aturdido, sujetándose el hombro. En el pasillo, el fuego rugía.

Horacio miró a la mantícora, después a mí, con una expresión trágica y desconcertada. Quizás aún había tiempo de salvarlo, de pasar su brazo por encima de mi hombro y ayudarlo a caminar hacia la puerta.

El humo entraba ya en densas nubes. El calor se estaba volviendo insoportable. Mi cerebro me gritaba que me largara de allí, que saliera, que buscara aire puro, que sobreviviera.

—Auxilio —aulló Horacio, en un débil y patético ruego. Hubiera podido arrastrarlo a un lugar seguro. Él habría quedado en deuda conmigo por salvarle la vida. Eso tal vez habría tenido algún valor. Pero en ese momento me di cuenta que no me importaba lo que le sucediera a Horacio Prendergast. No me importaba si la mantícora se lo comía, con todo y huesos. Él estaba dispuesto a matar a millones de personas. Él iba a matar al unicornio.

La boca de la mantícora comenzó a abrirse, su horrorosa sonrisa de muerte cruzó el lienzo en blanco de su rostro.

Horacio gritó. Supe entonces que me había dicho la verdad. Él no había asesinado a papá. Pero ya no importaba.

Algo hace falta.

Me di la vuelta y descubrí a una pequeña figura que estaba parada en la entrada, impasible ante el fuego que se aproximaba y los horrores que estaban teniendo lugar a mis espaldas. Era Sturges. No tenía idea de cuánto tiempo llevaba ahí.

La quijada de la mantícora se cerró de golpe, convirtiendo el grito de Horacio en algo que sonaba más como el rugido de las llamas. Me alegré de haberme alejado. Puse mi mano sobre los ojos de Sturges. Cuando lo toqué, vi al niño que había sido Horacio: curioso, salvajemente inteligente y muy vulnerable. Vi, desde el rincón de esa misma habitación cómo Horacio había sido encerrado en aquel silo, cómo lo habían acosado, lastimado, cómo se habían aprovechado de él. Vi cómo había sido transportada la habitación. Cómo había sido confinado en el fondo de la caverna. Sentí cómo el mundo se había vuelto repentina e inexplicablemente pequeño y oscuro. Cómo había pasado todos esos años en soledad, mientras Horacio se volvía cada vez más extraño al otro lado del vidrio, consumido por el sueño febril de todas esas criaturas a medida que lo transformaban, que lo deformaban. Sentí cómo su amor se convertía en lástima, en desconfianza, en repulsión. Cómo la esperanza se transformaba en aflicción.

Delicadamente, pero con firmeza, Sturges retiró mi mano de sus ojos. Pasé a su lado y salí al pasillo.

—Deberíamos irnos —dije al gnomo. Las palabras se quebraron en mi garganta.

Sturges me miró una vez más, después se volvió nuevamente hacia el interior de la habitación. Su intención quedó clara. Lo dejé allí y corrí por el pasillo. El bramido del fuego se tragó los gritos de Horacio.

Malloryn y Grace seguían esperándome afuera cuando salí. Me sentí agradecida ante la vista de sus caras. Y al mismo tiempo, me sentí como un monstruo. Había dejado que un hombre sufriera una muerte horrible, una muerte que probablemente yo habría podido evitar, y lo único que sentía dentro de mí era decepción. Me había equivocado. Horacio no había matado a papá. Pero si él no había sido y los Fell tampoco, ¿entonces quién? No tenía nada. Ninguna pista. Ninguna idea.

Nos quedamos allí las tres, contemplando el fuego arder por un rato.

—¿El doctor Batiste? —pregunté.

—Se marchó —dijo Malloryn—. Fue a buscar su auto. Le dijimos que nosotras te esperaríamos.

Sentí como una bondad increíble el que me hubieran esperado, sin saber si yo estaba viva o muerta, sin saber si yo regresaría de entre las llamas o no.

—Deberíamos largarnos de aquí —exclamó Grace.

CAPÍTULO TREINTA Y DOS

LAS CONSECUENCIAS

El teléfono estaba sonando en la recepción. Sería un cliente, lo mismo de siempre. Un cliente regular y ordinario. Aun así, escuché para estar segura.

En el Consultorio Uno, la doctora Paulson estaba atendiendo a un periquito con algún tipo de infección por hongo en el pico. Habíamos atendido a más aves de lo habitual durante la semana pasada. No estaba segura de si eso significaba algo, pero la doctora Paulson estaba feliz.

En la sala de procedimientos le estaban siendo extirpadas las gónadas a un joven beagle. Si pegaba mi oído contra la pared, podía escuchar el sonido familiar de la precisa y cortante voz quirúrgica del doctor Batiste, urgente pero tranquila, murmurando palabras sueltas y entrecortadas en voz baja.

Salí de la oficina y pasé por la recepción junto a la señorita Cochran y su minino atigrado, el cual estaba comenzando a desarrollar problemas de riñón. Abrí la puerta y salí a la calle. Un par de autos pasaron a mucha velocidad, tratando de ganarle el paso al semáforo de la esquina. El cielo era de un inmaculado azul pálido, el tipo de cielo despejado al que no le prestas atención si tienes otras cosas en la cabeza.

Volví a revisar las noticias. Había pasado una hora desde la última vez que había mirado, lo cual era bastante bueno. Los primeros días había estado actualizando la página cada dos o tres minutos. Y no únicamente durante el día, sino también muy tarde por la noche.

No había dormido bien desde aquel episodio en casa de Horacio. Cuando cerraba los ojos, veía el rostro de la mantícora con las mandíbulas abiertas. Escuchaba los gritos de Horacio. Sentía el calor de las llamas que habrían de consumir la casa entera. A veces percibía un vago olor acre y ahumado en mi ropa, en mi pelo, y el estómago se me revolvía. Era como si todo estuviera sucediendo de nuevo, como si estuviera atestiguando todo otra vez. El corazón se me aceleraba en el pecho. A veces me descubría agitando las manos en el aire, tratando de dispersar las visiones como si fueran un vapor a mi alrededor. A veces me reprendía por permitir que mis pensamientos regresaran a esas imágenes. A veces suplicaba a mi cerebro que las olvidara. Una vez, al despertar de una pesadilla, creí escuchar que algo acechaba en mi jardín trasero. Encendí la luz y me asomé por la ventana, y vi a un mapache escabulléndose entre la oscuridad. No volví a conciliar el sueño.

Pero el cielo no se había caído, y eso ya era algo.

La noticia había sido trágicamente sosa: fuego en remoto complejo reclama la vida de solitario multimillonario y otros. No se había mencionado una sola palabra sobre las criaturas. Todas ellas, tras abandonar la prisión de Horacio, simplemente se habían esfumado en la noche. Pasaba los momentos de calma esperando que alguien tocara a la puerta. La policía. La prensa. Los Fell. El mismo Horacio, que venía a cobrarse la deuda o a consumar su venganza. Pero nadie había venido, nada había adquirido valor noticioso, salvo una oleada de gatos desaparecidos que parecía sólo ligeramente fuera de lo común.

Para ser justos, había puesto sobre aviso a Jane Glass y los Fell de lo sucedido. Ignoro lo que ellos hicieron con la información, pero ciertamente estaban mejor equipados que yo para limpiar la propiedad de Horacio de todo rastro de la existencia de las criaturas. Y era su culpa, cuando menos en parte, que las cosas hubieran resultado de ese modo, así que me pareció justo compartir el desastre con ellos.

Llamé al doctor Batiste tres días después de esa noche en Menagerie. Aceptó mi oferta. Él necesitaba el dinero y yo necesitaba alguien entre mi personal que entendiera el panorama especial de mi mundo, que pudiera realizar el trabajo que yo no podía. Y de cualquier forma, era un excelente veterinario.

Cuando regresamos de Menagerie, ya tarde por la noche, encontramos frente a mi puerta dos sándwiches falafel fríos, cuidadosamente envueltos y metidos en bolsas de cierre hermético. En la casa de Francesca había una luz encendida. Cuando nosotras entramos, la luz se apagó.

Esa noche, Malloryn se arrastró hasta su cama y durmió durante doce horas seguidas. Zorro se acurrucó a su lado y no se movió de allí. Al día siguiente tuvo que rogarle a su jefe que no la despidiera por salirse temprano del trabajo e ir a salvar el mundo. Parecía que la vida nunca sería del todo justa con ella, así que, para equilibrar las cosas, le dije que podía quedarse conmigo tanto tiempo como quisiera.

Fui a ver mi primera competencia de natación dos semanas después. En el agua, Carrie era una persona distinta. Ágil y poderosa y, sobre todo, tranquila. El equipo se quedó un poco corto al final, pero Carrie y yo nos reconciliamos ese día.

No fue difícil. Algunos amigos simplemente necesitan que estés ahí para apoyarlos.

Con Grace las cosas avanzaron más lentamente y de forma extraña. Platiqué mucho con ella, ayudándola a procesar todo lo que había presenciado aquella noche. Para ella todavía no tenía sentido lo que habíamos hecho, lo que habíamos visto. Sabía que todo había sido real, pero una parte de ella aún no lo creía. Una tarde le conté algunas de las historias de papá. Parecieron ayudar. Se sintió bien, decirlas en voz alta luego de todos esos años de llevarlas en mi cabeza, finalmente compartir con otra persona algunas de las fuerzas que le habían dado forma a mi vida, que quizá se la darían para siempre. Era la cultura que él me había dado, una cultura de cosas que eran y no eran. Era donde mi vida había ocurrido y no había ocurrido. Y ahora alguien más en el mundo podía entenderlo.

También me di cuenta de una cosa. Había toda una parte de mi herencia cultural que apenas conocía. Un idioma que no hablaba, costumbres que no entendía, un país que sentía distante y muy diferente. Quería estar más cerca de esas cosas. Quería que significaran algo para mí, aunque tuviera que esforzarme para lograrlo. Aunque no me hubieran sido dadas como lo habían sido para los niños que solía ver en las fiestas de Noruz. Entonces un día llamé a Hamid, el hermano de papá, y conversamos. Fue paciente y cálido, y más divertido de lo que hubiera esperado, a juzgar por nuestro último encuentro. Hacía que me vinieran a la mente los viejos recuerdos de papá, aquellos de antes de que mamá muriera.

—Aquí tienes familia, Marjan —me dijo. Se sentía bien escuchar mi nombre pronunciado con una voz no tan distinta a la de papá—. A todos les gustaría mucho conocerte.

—Creo que a mí también me gustaría conocerlos —le dije. Era raro pensar en todas esas caras distantes y pixeladas como "familia", pero por primera vez, lo sentí reconfortante. La distancia entre nuestros hogares se sintió más corta. Las cosas que yo quería se veían todavía muy lejanas, pero el mundo también se sentía un poco más grande, y quizá yo también.

Extrañamente, no odiaba a Horacio. Sentía lástima por él. Horacio Prendergast había empezado algo, y ese algo se había vuelto más grande que él, más grande de lo que su mente podía manejar. Más grande, quizá, de lo que cualquier mente sobre la tierra podía manejar. Simplemente se había extraviado.

Me pregunté si ese poder sin nombre también me estaba cambiando a mí. El mundo parecía más frágil ahora. Los autos que pasaban de camino al trabajo, los rostros de los chicos en la escuela, hasta la comodidad de la oficina de papá, todo estaba construido del más brillante y delicado cristal. El más ligero toque podía hacerlo añicos para siempre.

Busqué al viejo gato callejero que rondaba por la clínica, pero no se veía por ningún lado. Aun así, serví un poco de comida para gato en su tazón, lo hice sonar unas cuantas veces y lo dejé frente a la puerta. Sabía que la próxima vez que revisara, la comida habría desaparecido.

De nuevo dentro, di una vuelta para ver si había algo que pudiera hacer para ayudar a alguien. La recepción estaba tranquila. Todos los pacientes estaban siendo atendidos. La sala de procedimientos ya estaba limpia y preparada para cualquier operación que pudiera seguir. No había nadie que me necesitara, así que me dirigí a mi oficina a hacer mi tarea.

Llevaba apenas unos minutos allí cuando alguien tocó a la puerta. Era la doctora Paulson.

—¿Es buen momento para hablar? —me preguntó.

—Por favor, siéntate —le dije. Ella sonrió y se sentó frente a mí.

Llevaba una pequeña carpeta bajo el brazo. No parecía el registro de un paciente. Ella lo miró, y después a mí.

—Bien —empezó—. A veces conoces a alguien por años, y entonces un día, así de la nada, lo ves de una manera distinta.

Hizo una pausa, miró para otro lado. Parecía insegura, casi nerviosa. No creo haberla visto así de nerviosa jamás. Entonces fijó su vista decididamente en mí.

—Tu padre y yo —dijo. Y después no dijo nada durante un largo rato. Y cuando vio que yo tampoco decía nada, levantó las manos, con las palmas hacia arriba, y continuó—: Bueno. Eso es todo. Jamshid y yo.

Dejó escapar un suspiro de alivio, y toda esa vigilancia como de ave pareció relajarse y derretirse, y por primera vez vi a una persona confundida, solitaria, que estaba viviendo su luto. Me quedé allí sentada, sin decir nada, mientras el mundo sufría esa especie de deformación que ocurría cada vez que los hechos básicos de mi vida cambiaban.

—Teníamos sentimientos —dijo—. Sólo eso. Pero eran... sentimientos muy fuertes.

—No tenía idea —repliqué, lo cual sonó estúpido, pero también absolutamente sincero.

—Él no quería decirte. No estaba listo. Me dijo que había algo que tenía que hacer primero. Que tenía que arreglar las cosas contigo. Así que esperé. Y seguía esperando, cuando... —guardó silencio.

Mi mente comenzó a reproducir todas las veces que había visto juntos a papá y a la doctora P, buscando todos los indicios que se me habían pasado por alto. Me sentí como una niña pequeña, incapaz de entender los eventos que sucedían a mi alrededor. Quería exigir respuestas, pero no parecía que hubiera más respuestas para exigir. La doctora Paulson, con su habitual estilo franco, ya me había dicho todo lo que necesitaba saber.

—¿Cuánto tiempo...? —dije, porque necesitaba preguntar algo.

—Depende de cuándo empiezas a contar —repuso—. Un par de meses, supongo.

—¿Por qué? —cuestionó—. Quiero decir, ¿por qué él? ¿Por qué ahora?

—Él era un buen hombre —dijo—. Estaba herido, y era cauteloso, pero era bueno. Y pienso que quería ser feliz.

—¿Por qué no me dijiste antes? —pregunté.

—No creí que quisieras saberlo.

—¿Y entonces por qué me lo dices ahora?

Volvió a respirar profundo y el ave al acecho regresó.

—Porque quiero comprar la clínica —anunció—, y quiero que confíes en mí.

Depositó la carpeta entre nosotras dos y la deslizó hacia mí. Yo la abrí y revisé las pocas páginas que venían dentro.

—Es una cantidad bastante justa —me dijo—. Se la mostré a tu contador y él estuvo de acuerdo.

—¿Le mostraste esto a David? —pregunté.

—Le pedí que no dijera nada —dijo la doctora Paulson—. Quería decírtelo yo misma.

Vi la cifra. Luego la *leí*. Era *más* que justa.

—¿Por qué? —pregunté.

—Porque quiero que digas que sí.

—Pero ¿por qué? ¿Por qué este lugar?

Sonrió para sí misma.

—En mi familia criábamos aves. Periquitos y pollos. Yo los cuidaba. Siempre quise ser veterinaria. Siempre quise tener mi propia clínica, desde que era pequeña. Pero cuando salí de la escuela veterinaria no tenía el dinero. Mis padres eran maestros de escuela. No teníamos gran cosa. Trabajé como veterinaria suplente por un tiempo, en distintos lugares. Luego tu padre me contrató. Yo pensé que iba a estar aquí sólo un par de años, el tiempo suficiente para poner en orden mi historial crediticio. Pero entonces mi padre enfermó, y cuando eso acabó, enfermó también mamá. Nunca ha habido un buen momento.

—Y realmente quieres este lugar.

—Todo lo que necesito está aquí.

—Y quieres hacer esta oferta. Ésta que está aquí.

—Ya me aprobaron el préstamo. Los papeles están allí.

Hojeé algunas páginas.

—Tengo que pensarlo —le dije.

—Voy a cuidar muy bien este lugar —añadió—. Lo prometo.

—Sé que lo harás.

Entonces, delicada y precisa, se puso de pie para retirarse.

—Doctora P —dije. Se detuvo en la puerta—. Él nunca arregló las cosas, lo que sea que haya querido decir con eso, en caso de que te lo preguntes. Pero creo que él lo estaba intentando.

Ella no dijo nada. Cuando salió de la oficina, el silencio que ocupó su lugar era al menos tan extraño y surreal como cualquiera de las criaturas de Horacio.

Papá y la doctora P... Repetí esas palabras una y otra vez, y no pude hacer que cobraran sentido. ¿Por qué no me lo había dicho? ¿Por qué no había arreglado las cosas? Súbitamente me sentí furiosa.

Estaba enojada con Ellen Paulson por no ser quien yo pensaba que era. No era simplemente la doctora que atendía pacientes en el Consultorio Dos, y ese solo hecho alteró algo delicado y seguro. Ella deseaba cosas, igual que yo. Ella estaba cansada y herida y frustrada, igual que yo. Todos estos meses ella había cargado con sus secretos, su dolor y sus deseos sin revelar nada, como una garza acechando entre los juncos. Ahora que me lo había dicho, ya no sabía cómo mirarla. No sabía quién era ella.

Estaba enojada con papá, por todo. Por no hacer lo que tenía la intención de hacer, fuera lo que fuese. Por esperar demasiado. Por no decirme nada, nunca. Por hacerme sentir como si yo estuviera rota. Por hacer que lo mataran, probablemente a causa de algo estúpido.

Estaba enojada conmigo, por no ver lo que sucedía justo frente a mis ojos. Por no darme cuenta de la verdad cuando yacía justo bajo mi nariz, porque no estaba prestando suficiente atención.

Y estaba enojada por no ser suficiente, por no ser lo suficientemente grande ni lo suficientemente buena para administrar este lugar como debería. Estaba enojada por tener que decidir, y porque de cualquier forma terminaría perdiendo algo. Si conservaba la clínica, la doctora Paulson se marcharía, quizá no de inmediato, pero pronto. De una forma u otra, ella encontraría la manera de tener su propio consultorio. Si aceptaba la oferta, yo perdería la única constante que me quedaba en mi vida.

Pero la indignación más pequeña y más mezquina era que ella tenía razón en querer comprarla. Yo no pertenecía aquí. Éste era mi pasado.

Yo no merecía estar ahí, pero la doctora Paulson sí.

La oferta era muy buena. No necesitaba que David Ginn me lo repitiera. Pero de cualquier manera fui a verlo. La tarde estaba muy avanzada y él ya estaba dando por concluido el día. Aun así, me recibió con gusto y acercó una silla para que me sentara.

—¿Desde hace cuánto lo sabías? —le pregunté.

—Un par de semanas —dijo David—. Hay mucho que asimilar, lo sé.

—¿Papá habría aceptado una oferta como ésta?

David se rio y agitó la cabeza con tristeza.

—Ésta era su vida —contestó—. Tal vez si hubiera pensado que estaba listo para retirarse… Pero, siendo honestos, no creo que se hubiera retirado nunca, Marjan.

—Y aquí estoy yo, vendiendo su legado —dije.

—Ésa es una forma de verlo —añadió. Juntó sus manos y las apretó—. Pero quizá yo pueda mostrarte otra. Estos últimos meses, todo lo que has hecho, eras tú honrando su legado.

Tuve que sonreír un poco ante aquello. David no tenía idea de todas las cosas que había hecho durante los últimos meses. No obstante, él tomó mi sonrisa como un estímulo y continuó con un enfático asentimiento.

—Te hiciste cargo, y no tenías por qué hacerlo. Podías haber vendido todo y marcharte, pero no lo hiciste. Manejaste el negocio y lograste que siguiera funcionando. Enfrentaste todos los retos que se te presentaron. Y pienso que si tu padre pudiera verte ahora, estaría verdaderamente orgulloso.

David tenía razón. Creo que papá se habría sentido orgulloso. Él pudo haber hecho todo de otra manera distinta, pero al final, nosotros salvamos al mundo. Los padres anhelan que sus hijos logren ese tipo de cosas.

—Gracias, David —dije—. Significa mucho para mí.

Se puso de pie y abrió los brazos para darme un abrazo, y cuando me acerqué a él, me envolvió con ellos a la altura de los hombros y me apretó con fuerza. Me pareció que quizás estaba llorando, sólo un poco.

Luego de un momento, me soltó y me separó un poco. Sus ojos, brillosos por el fino barniz de las lágrimas, estaban iluminados por la chispa de una idea. Juntó sus manos, apoyó el mentón sobre sus nudillos y alzó una ceja inquisitiva.

—Dime, ¿qué harás mañana por la noche? —preguntó—. ¿No tienes planes? Deberías venir a cenar. Podría ser una celebración. Por el legado de tu padre, y por tu futuro. A Liz y a los niños les encantará verte. ¿Qué dices?

Sus ojos brillaban con calidez y tristeza y esperanza.

—Por supuesto —dije.

CAPÍTULO TREINTA Y TRES

LA CENA

La casa de los Ginn era más pequeña que las que había alrededor, y sólo un poco más desgastada. Había una higuera en el jardín, con oscuros frutos colgando bajo sus anchas hojas. Las luces estaban encendidas en las ventanas como una cálida y resplandeciente bienvenida. A través de las ramas del árbol alcanzaba a ver el comedor. Elizabeth estaba poniendo la mesa. No la había visto desde el funeral.

Pasé junto al árbol y dejé mi bicicleta frente a los escalones que daban a la puerta principal. ¿Cuántas veces había subido por ellos con un saco de dormir en la mano y el auto de papá estacionado frente a la acera? Papá podría haber estado parado junto a mí, esperando para entregarme con un apretón de manos a los Ginn para pasar una noche o dos. Yo podría haber tenido nueve años, y confiar todavía en que eso era normal.

Por un momento sentí como si todo aquello ya hubiera sucedido, como si estuviera caminando hacia mi pasado. La sensación era tan convincente que me transportó hasta convertirme en una versión más joven de mí, una que no sabía nada sobre criaturas fantásticas ni secretos familiares. Era tentador fingir, por una noche, que mi mundo era normal, tan normal como pudiera ser, en todo caso.

Pero yo ya no era esa niña de nueve años. Ni siquiera era la misma persona que había sido justo después de que papá murió. Me sentía más dura. Mi visión se sentía más aguda. Mi mundo no era normal, y ya nunca lo sería. Había secretos por todos lados. Había sueños y pesadillas esperando, invisibles, tras cada puerta, detrás de cada rostro. Y algunos de ellos, los más extraños, algún día podrían necesitar mi ayuda. Ahora yo tenía un deber: prestar atención, ver el mundo con claridad, tratar de entenderlo tanto como me fuera posible.

La puerta se abrió y David apareció en la entrada, con una sonrisa en el rostro.

—¡Niños! —gritó por encima de su hombro—. ¡Ya llegó Marjan!

Hubo un escándalo en las escaleras mientras él me invitaba a pasar. Ramsey y Cole bajaron en un revoltijo de rodillas y codos y cabello castaño. Había pasado un par de años desde la última vez que había visto a cualquiera de los dos.

—Ocho y seis, ¿cierto? —pregunté.

—Nueve y siete, ¿lo puedes creer? —corrigió David.

Eran más altos, más poseedores de una energía y un espíritu propios: Ramsey, pensativo, casi melancólico; Cole, salvaje, desordenado, exuberante. Se parecían más a las personas que con el tiempo llegarían a ser. Pero aún eran unos niños, y lo demostraron cuando ambos corrieron hacia mí y Cole me tomó de una mano y Ramsey me abrazó una pierna.

—Siempre fuiste su niñera favorita —dijo David—. Anda, entra.

Adentro estaba limpio, luminoso y cálido. Había un ramo de flores en un florero sobre la mesita junto a la puerta. David recibió mi abrigo y lo colgó.

—Siéntate, siéntate —dijo mientras nos conducía hacia el sofá de la sala de estar, aquél en el que solía dormir—. Te traeré algo de beber.

—¡Ahora salgo! —llegó la voz de Elizabeth desde la cocina.

Había fotos sobre la repisa de la chimenea: David y Elizabeth en el día de su boda; Elizabeth, exhausta, en bata de hospital, acunando al bebé Ramsay; David cargando al bebé Cole, mientras Ramsay estaba sentado en el regazo de Elizabeth; los hermanos en un día soleado, trepando a unas rocas a la orilla de un enorme cuerpo de agua. Junto a las fotos había algunas chucherías: un caracol pulido, un modelo a escala de un Porsche clásico, una botella ornamental de latón. Todo seguía exactamente como lo recordaba.

David regresó con dos vasos grandes de agua y un tazón de nueces.

Ramsey y Cole se habían instalado en un rincón a jugar una especie de juego de naipes con cartas de colores brillantes y reglas inescrutables.

—Te ves diferente, Marjan —dijo David—. Luces confiada… Como alguien que está lista para el mundo.

—De eso no estoy segura —contesté—. Pero creo que estoy lista para el siguiente paso.

—¿Que es…?

—… Difícil de explicar —añadí.

Ya lo había planeado todo en mi cabeza. Seguiría con la tradición familiar (estaba obligada, sin duda). Pero no podía hacerlo a la manera de papá. Simplemente no era posible.

Ya no íbamos a ser una clínica veterinaria. Seríamos una cosa más flexible. Le pediría al doctor Batiste su ayuda. Haríamos algún tipo de acuerdo con la doctora P para rentarle un consultorio cuando lo necesitáramos. Emplearía a Malloryn con contrato fijo (nunca se sabe cuándo se puede requerir de una bruja). Tal vez incluso invitaría a Ezra. Ella tenía habilidades que podrían sernos útiles.

Si los números resultaban como lo había planeado, la oferta de la doctora Paulson sería suficiente para cubrir un año de gastos. Sería un año caótico, pero el caos no me asustaba, había crecido con él. Supongo que tenía que agradecer a papá por eso.

Y, desde luego, tenía que terminar la escuela.

Nos acomodamos en nuestro asiento y observamos a los chicos reír y enfurecerse con su juego de cartas, indiferentes a cualquier otra cosa que pasara en el mundo. Entonces Elizabeth salió de la cocina con un delantal verde, las mangas enrolladas hasta los codos y su cabello rubio sujeto en una práctica cola de caballo.

—Casi es hora de cenar —dijo. Luego, a los niños—: Terminen el juego y lávense las manos —los chicos no movieron un dedo para obedecer. Elizabeth atravesó la habitación y les quitó las cartas—. Se las devolveré después de la cena —exclamó, ignorando sus protestas. Luego volteó hacia mí y sonrió—. He estado escuchando todas tus aventuras —añadió.

—Eh… ¿de verdad? —pregunté.

—Creo que es formidable lo que has estado haciendo —dijo.

—¿Lo es? —me pregunté qué era lo que pensaba que había estado haciendo. Me pregunté, por un largo y vertiginoso instante, lo que ella sabía.

—La clínica significaba mucho para tu padre —me dijo—. El habría estado muy orgulloso de que tú te encargaras de que siguiera funcionando.

Cole vino y se paró entre las dos, hermosamente ajeno a nuestra conversación, y levantó sus cartas para que las viera.

En una había un dragón escupiendo fuego, en la otra un castillo con una fantasmagórica luz en las ventanas.

—Parece una mano bastante buena —exclamé. Él asintió, satisfecho, y se fue corriendo.

—Hice asado de cordero —dijo Elizabeth, dirigiéndose de nuevo hacia la cocina—. Espero que no tengas inconveniente.

Como si ésa hubiera sido la señal, un maravilloso olor surgió de la cocina: ajo, hierbas y el rico aroma del cordero. Algo tiró de mi blusa. Bajé la mirada y descubrí a Ramsey mirándome con sus grandes ojos marrones, unos ojos idénticos a los de su padre. Me saludó agitando la mano.

—Hola, Marjan —dijo.

—Hola, Ramsay —respondí—. ¿En qué grado estás ya?

Ramsay levantó tres dedos. Sonrió, mostrando que le faltaba un diente.

—Pero está en clases de matemáticas con los de cuarto año —dijo David—. Chico listo. ¿No es cierto, muchacho?

Ramsey se encogió de hombros, repentinamente tímido, y luego se fue corriendo a lavarse las manos para cenar.

—Han crecido tanto —añadí.

—Hace una semana eran unos bebés —coincidió David—. Apenas si se siente real —se levantó de su silla, tomó su vaso de agua y me condujo hasta el comedor.

Tomamos nuestros asientos alrededor de la mesa, David en la cabecera, Ramsey y Cole en el otro extremo, uno frente al otro. El asado de cordero descansaba, atado y brilloso entre sus jugos, sobre un platón blanco. Había una montaña de puré de papa con mantequilla en un tazón y una cacerola de col rizada salpicada de trocitos de ajo tostado. Había macarrones con queso para los niños y pan de ajo en una canastita de mimbre.

David tomó los utensilios y comenzó a cortar la carne.

Me pusieron una rebanada de cordero en mi plato y una cucharada de puré de papa. Elizabeth sirvió macarrones con queso a los niños, y ellos comenzaron a devorar con júbilo.

—El platillo favorito de Cole —explicó Elizabeth, a lo que Ramsey agregó, orgulloso:

—El mío es la pizza.

El cordero estaba rosado y tierno y jugoso, perfectamente cocinado. Las papas eran cremosas y consistentes. La col rizada refulgía en mi plato.

—Bueno —dijo Elizabeth—, *bon appétit.*

Corté un trozo de cordero. Por un segundo, la hoja del cuchillo encontró resistencia, y la carne se sintió tan dura como el cuero viejo. Pero un instante después, el cuchillo la atravesó como si se tratara de mantequilla caliente. Una columna de vapor con olor a romero emergió del corte. El aroma provocó que se me hiciera agua la boca.

Sin embargo, cuando me llevé el tenedor a los labios, el intoxicante aroma cedió paso a un olor muy distinto: humedad fría, fetidez y podredumbre.

En cuanto lo hube percibido desapareció, pero el estómago ya se me había revuelto. Solté el tenedor con un estrépito. Todos voltearon a verme.

—¿Todo está en orden? —preguntó David.

—Lo siento —dije.

David y Elizabeth cruzaron una mirada, preocupados y avergonzados.

—¿Hay algo malo… con la comida? —se aventuró Elizabeth con una voz sumisa y herida.

—No —contesté—. Estoy segura de que está maravillosa.

Forcé una sonrisa, me aclaré la garganta un par de veces y traté de que se me asentara el estómago respirando profundo un par de veces. Observé mi plato. La comida se veía magnífica, mejor que cualquier cosa que hubiera comido en semanas. Se veía casi tan bien como para olvidar el mal olor, pero no del todo.

Me levanté de la mesa.

—Sólo necesito un poco de aire —dije. Salí rápidamente del comedor, de vuelta a la sala, y me quedé allí parada, respirando profundo.

David llegó un momento después, con un vaso de agua en la mano.

—¿Te sientes mal? —preguntó.

—Estaré bien, estoy segura —dije. De hecho, sí me sentía mejor, lejos de la comida. Un par de minutos aquí, y tal vez la sensación desaparecería del todo.

Podía sentir a David parado allí. Su sombra pesaba mucho en la periferia de mi visión. Yo estaba demasiado avergonzada, y demasiado confundida, para querer mirarlo a los ojos. Busqué a mi alrededor algo en donde fijar la mirada, mis ojos cayeron en la vieja botella de metal sobre la chimenea.

—¿Te estás arrepintiendo? —preguntó desde un lugar que parecía muy lejano—. Está bien si es así. Aún no has firmado nada.

—No me estoy arrepintiendo —contesté.

—Sé que éste es un momento que puede producir miedo —dijo David—. Todo está cambiando. Estoy seguro de que todo se siente muy incierto. Es difícil saber si es la decisión correcta.

—¿Y lo es? —pregunté, aún sin voltear a verlo.

¿Es eso realmente lo que me molesta?

—En parte tienes que obligarte a pensar que sí lo es —dijo—. Ése es el truco. Creerlo, hasta que sea verdad.

—Igual que administrar un negocio —dije.

El olor. Como a basura. Como a cosa muerta. ¿Fue la duda? ¿O fue algo más? Parecía tan…

—Igual que cualquier otra cosa. Fe, ilusión, realidad. Nosotros construimos nuestro mundo, Marjan. Es mágico, y lo hacemos cada día.

—¿Eso es lo que hacemos? —pregunté.

Algo afloró en mi cerebro, una mínima idea, una pregunta que se esfumó en la oscuridad antes de que pudiera formularla.

—Quizá desees un tiempo a solas —añadió David.

Lo escuché volver al comedor. Me quedé con la mirada fija en la botella mientras intentaba traer de regreso ese pensamiento a mi cabeza y sujetarlo para que no se fuera. Pero lo único que hallé fueron las palabras de David haciendo eco dentro de mí.

Fe, ilusión, realidad.

Lo hacemos cada día.

Algo hace falta.

—¿David? —dije.

Lo escuché detenerse. Mi corazón me retumbaba en el pecho.

—¿Cómo conociste a papá? —pregunté.

Se quedó en silencio un segundo.

—¿A qué te refieres? —cuestionó.

—Quiero decir, la primera vez que te reuniste con él. ¿Cómo pasó? ¿Él te buscó? ¿Tú lo llamaste para ofrecer tus servicios? A eso me refiero, ¿cómo fue?

Otra vez un largo silencio, como si el mundo comenzara a derrumbarse a mi alrededor. Sabía lo que significaba ese tipo de silencio. Es el espacio donde ocurren las mentiras.

—Creo… —dijo—. Creo que nos presentaron.

—¿Quién los presentó? —pregunté, tan tranquilamente como pude.

—No… —hizo una pausa—. Creo que no lo recuerdo —y entonces, muy rápido—: Ven, volvamos a la mesa. Hay una tarta en el horno. Tarta de manzana. Queríamos darte la sorpresa, pero…

—Un pequeño desvío —dije.

—¿Disculpa?

—Vance Cogland —añadí—. Lubbock, Texas.

Otro largo e impenetrable silencio.

—Marjan, ¿a qué vienen todas esas preguntas?

Me di la vuelta para enfrentarlo y vi el miedo en sus ojos.

—¿Qué hace falta, David? —pregunté—. Dime.

—¿De qué hablas? —su voz sonó aguda y arrinconada. Estiró una mano hacia mí, y yo di un paso atrás.

—¿Quién lo hizo? —insistí.

—¿Hacer qué? —preguntó David. Dio otro paso hacia mí, y yo di otro paso atrás.

Ahora Elizabeth estaba en la entrada de la sala.

—¿Pero qué está pasando? —exclamó.

—Algo anda mal con ella —dijo David.

—Cuéntale —exclamé—. Cuéntale la verdad. Cuéntale de Vance Cogland —él siguió avanzando y yo seguí retrocediendo—. No te me acerques —le advertí.

—¿Llamo a la policía? —preguntó Elizabeth. Tenía su celular en la mano.

—No —dijo él, levantando ambas manos frente a él, conciliador, razonable.

—¿Quién mató a Vance Cogland? —pregunté.

La expresión en el rostro de Elizabeth era de horror. Vi a Ramsey asomar un ojo por la esquina de la puerta. Me sentía como en estado salvaje. Pero ya no importaba. Estaba allí. Había llegado tan lejos. Tenía que seguir hasta el final.

—¿Quién mató a mi padre?

—¿David? —la voz de Elizabeth sonó pequeña y aterrada—. ¿De qué está hablando?

—No es nada, Liz —dijo David, sin dejar de verme a los ojos—. Sólo está pasando por un mal momento.

—¿Papi? —exclamó Ramsey.

—No te acerques, muchacho —ordenó él—. Y cuida que tu hermano también se quede allá. Marjan…

—¡No! —dije—. No hasta que contestes mis preguntas.

—Siéntate y hablemos.

—¿Fuiste tú, David? ¿Fuiste tú en Lubbock?

—Cálmate, Marjan —exclamó—. No sabes lo que dices.

El cuarto se sentía caliente, un calor seco, de horno, que olía a canela y clavo quemado. Danzamos alrededor de la sala, él avanzando, yo moviéndome a un lado o retrocediendo.

—Tú lo hiciste —dije—. Fuiste tú.

—No —replicó David. Retrocedí un poco más y llegué al comedor. Ramsey se escondió en un rincón. Cole seguía sentado en su silla. Lloraba.

—Fuiste tú —dije nuevamente—. Tú los mataste a los dos.

—¡No! —gritó David—. ¡No! ¡No! ¡No!

No conseguía que mis ojos lo enfocaran. Lo veía como entre brumas. Todo era un borrón, una oscilante y deformada mancha de color y luz. El corazón batía con fuerza dentro de mi pecho. Estaba segura de que la habitación se estaba poniendo más caliente. Sentía como si me estuviera quemando.

—Tú asesinaste a Vance, y tú asesinaste a papá.

—¡Es suficiente! —rugió David—. Ahora, ¡fuera de aquí! ¡No vuelvas a acercarte a esta casa! ¡Ni a mi familia!

La comida que estaba en nuestros platos había desaparecido. En su lugar, pedazos de cartón, trocitos de plástico industrial, papeles arrugados. Agua sucia. Basura. Los olores de la cena habían desaparecido, y en su lugar quedó el mohoso hedor de años de descuido, la peste de la basura pudriéndose. La pintura comenzaba a desprenderse de la pared. Se cuarteaba y se ampollaba ante mis ojos. Las bombillas explotaban en sus enchufes, lanzando al aire una lluvia de chispas.

—Sólo quiero saber por qué —dije—. ¿Por qué mataste a mi padre?

Pero él ya no me escuchaba. Volcó la mesa y la aventó contra la pared. Elizabeth soltó un alarido. Cole y Ramsey estaban sollozando.

David Ginn me miró.

—¿Qué hiciste? —preguntó. Observó sus propias manos, sintió su cara—. ¿Qué hiciste?

—¿David? —dijo Elizabeth, sólo que su voz ahora sonaba mucho más distante. El llanto de los niños también se iba desvaneciendo. Volteé a verlos, pero ya no estaban allí. En su lugar había más basura. Un viejo trapeador cayó al piso en el mismo lugar donde Elizabeth Ginn había estado. Un pedazo de cadena oxidada reemplazó a Ramsey. Su hermano, Cole, no era más que una pelota de periódicos descoloridos. Todos se habían ido. Nunca existieron.

Sentí náuseas.

—¿Qué hiciste? —volvió a decir David. Se paró donde había estado la cabecera de la mesa, con los brazos caídos a los lados, sollozando con impotente repulsión mientras su mundo se desintegraba a su alrededor.

• • •

Por fin, la habitación terminó de adquirir su verdadera forma. Oscura, clausurada con tablas, hogar de arañas y ratas. Éste no era lugar para una familia, y ninguna familia había vivido aquí en muchos años. David estaba parado al otro lado de la habitación frente a mí, con su rabia y su dolor ardiendo silenciosamente y sin humo detrás de sus ojos.

Ninguno de los dos dijo nada por un largo rato. Entre sollozos, inhalaba largas y jadeantes bocanadas de aire. Sacudía lentamente la cabeza, incrédulo. Lucía veinte años más viejo. Me pregunté cuánto de todo esto alcanzaba a comprender.

—Esto no es todo… —murmuró para sí mismo—. No es todo lo que hay.

—No eres humano, David —susurré—. Puedes sentirlo, ¿verdad?

Me miró sin expresión ni esperanza.

—Algo está… —dijo.

—Lo sé —repliqué—. Sé cómo te sientes.

Su entrecejo se frunció hasta convertirse en una furiosa V. Sus ojos se clavaron en los míos, refulgentes con un odio oscuro. El aire se sentía espeso. Comenzó a vibrar y a zumbar. David dio un paso hacia mí, y una ráfaga de aire caliente estuvo a punto de hacerme caer.

—Tú hiciste esto —exclamó—. Esto es tu culpa.

—No —dije—. David, no. No tienes que…

Pero la garganta se me había secado. Estaba respirando puro calor. El aire se distorsionaba alrededor de David Ginn a medida que se aproximaba a mí. Trastabillé hacia atrás, pero no había a dónde ir.

—Soy un monstruo —espetó David Ginn— y es tu culpa —su voz llegaba de todas partes. Provenía de las paredes, del piso. Me tropecé y caí hacia atrás. Quedé tirada sobre mi espalda, y David Ginn parado frente a mí.

—Por favor —dije—. Quiero ayudar.

Sacudió la cabeza.

—No puedes ayudar —sentenció.

Entonces se agachó y puso sus manos alrededor de mi cuello, y comenzó a apretar. Luché, pero él era más fuerte. Sus dedos eran como de acero. Un sonido palpitante llenó mi cabeza. Mi visión se fue reduciendo, y todo comenzó a sentirse muy muy lejano.

Tenía ocho años, estaba acostada en mi cama y contemplaba las estrellas en el techo. Papá me estaba contando una historia. Ésa fue la última historia que me contó.

CAPÍTULO TREINTA Y CUATRO

LA LÁMPARA DEL LIMPIADOR NOCTURNO

Érase que se era, érase que no era.

Una noche estrellada, en una tranquila calle de una de las grandes ciudades de los tiempos antiguos, un hombre muy pobre encontró una lámpara de aceite hecha de hojalata que un viajero había dejado olvidada. Estaba abollada y maltratada, pero su constitución era muy resistente. Estaba decorada con tallas de ornato, y las florituras y los detalles habían sido ejecutados con el exquisito refinamiento de un maestro artesano. Seguramente alcanzaría un buen precio en el bazar, si el pobre hombre podía encontrar a un comerciante justo.

El pobre hombre regresó a su choza junto al río llevando consigo la lámpara. Era un limpiador nocturno, y se ganaba humildemente la vida vaciando las orinales de los ricos en un gran contenedor y llevando los desperdicios a los fosos negros para ser quemados. Su choza quedaba cerca de esos mismos fosos, y aunque el humo de sus fuegos a menudo penetraba en su pequeña habitación, también lo hacía la humedad del río, así que su casa estaba fría la mayoría de las noches. Pero era su vida, y se había acostumbrado a ello.

Buscó algunos trapos y comenzó a pulir la lámpara. No bien terminó de limpiarla, una columna de fuego azul salió disparada de su boquilla, llegó hasta al techo y descendió nuevamente para quedar flotando frente a los ojos del pobre hombre. El remolino de fuego distorsionaba el aire con su calor. Las flamas olían a canela y clavo quemado, pero no producían humo. En el centro del fuego flotaba una pequeña figura pálida que tenía las piernas cruzadas y ojos tan brillantes y agudos como dos diamantes.

—Yo sé lo que eres —dijo el pobre hombre—. No te deseo ningún mal.

—Y no me has causado ninguno —contestó el genio, pues un *yinn* era él—. Un malvado hechicero me encerró en esa prisión hace doscientos cuarenta años. Tú me has liberado.

El pobre hombre, que no desconocía los horrores de la prisión, se relajó.

—Hubiera deseado que tu primer momento de libertad se diera en un lugar más propicio —añadió—, pero sólo soy un pobre limpiador nocturno y esta choza es todo lo que tengo. Sin embargo, eres bienvenido a tomar todo lo que ves.

El genio hizo una reverencia, y las flamas reverenciaron con él.

—Una oferta digna de un rey —replicó el genio—. Pero soy yo quien está en deuda contigo. Tres veces podrás pedir algo de mí, y tres veces habré de cumplir, si está en mi poder.

—¿Y qué está en tu poder? —preguntó el pobre hombre.

—El fuego y el viento me pertenecen —dijo el genio—. No existen secretos para mí, pues una vez que han sido pronunciados se los lleva el viento, y el viento nunca olvida. Y ningún trabajo del hombre se me resiste, pues el fuego es capaz de derretir hasta las piedras.

—Tuve un hijo una vez —dijo el pobre hombre—. Era muy joven y murió de viruela. ¿Puedes traerlo de regreso?

—El tiempo no me pertenece —exclamó el genio—. Siento pena por tu hijo y por ti, pero yo no puedo deshacer aquello que el tiempo ha consumado.

—Tuve una esposa una vez —dijo el pobre hombre—. Yo la amaba. Pero cuando el niño murió, ella me abandonó. ¿Puedes traerla de regreso?

—Si vive —contestó el genio—, puedo traerla ante ti. Y si está afligida, quizá pueda juntar su aflicción y quitársela, pues la aflicción es la estela del viento y el fuego. Pero que ella vuelva a amarte, eso no lo puedo hacer.

—Entonces no estoy seguro de qué pedirte —concluyó el pobre hombre.

—Algunos piden oro —sugirió el genio.

—El oro no me traería felicidad —dijo el pobre hombre.

—Algunos piden un harem —continuó el genio—. Aunque, la verdad sea dicha, sus harems son fantasmas hechos de fuego y sus placeres son ilusiones dibujadas con llama sutil.

—No soporto las ilusiones —dijo el pobre hombre—. Y soy demasiado viejo para un harem.

—Podría otorgarte un reino —añadió el genio.

—No soy un rey —dijo el pobre hombre.

—Vitalidad —no se rindió el genio—. Un soplo de fuego en las venas y un hombre caminará cien días sin dormir y vivirá cien años antes de volverse viejo.

—Durante el sueño es cuando veo a mi hijo —dijo el pobre hombre—. Y no deseo vivir otros cien años más.

—No obstante —continuó el genio—, estoy en deuda contigo. Tres veces podrás pedir algo de mí, y tres veces habré de cumplir.

El pobre hombre reflexionó.

—Si el viento te pertenece —dijo—, tal vez podrías desviar el humo de los fosos negros lejos de mi casa.

—Hecho —contestó el genio. Al instante, un viento sopló desde el río y el humo de los fosos negros se alejó de la choza en todas direcciones.

El pobre hombre reflexionó de nuevo.

—Si el fuego te pertenece —dijo—, tal vez podrías dejarme un poco para calentar este humilde lugar.

—Hecho —replicó el genio. Estiró la mano y depositó una diminuta lengua de fuego sobre el piso, a mitad de la choza. Al instante, un radiante calor llenó la pequeña habitación, y el pobre hombre sintió una agradable tibieza en los huesos.

—Una vez más puedes pedir algo de mí —dijo el genio.

El pobre hombre reflexionó.

—¿Debe ser ahora? —preguntó.

El genio suspiró.

—No —contestó—. Pero mi gente no me tendrá de vuelta hasta que haya pagado mi deuda contigo. Hasta entonces, debo caminar entre los de tu especie.

Dicho esto, dio un paso para salir del fuego y, cuando lo hizo, se convirtió en un hombre, delgado de complexión y de ojos brillantes y agudos, con apenas una insinuación del fuego detrás de sus mejillas.

—Lo lamento —dijo el pobre hombre—. Me temo que te he vuelto a encerrar en una prisión.

—Te fueron concedidos tres deseos, cuando tú así lo consideres —añadió el genio.

—Es una imposición —dijo el pobre hombre.

—Te fueron dados libremente —reviró el genio—. Desapareceré al interior de este hombre que ves, y quizá sueñe con el fuego y el viento, pero no sabré nada de mí, hasta que pronuncies mi nombre.

—Muy bien —dijo el pobre hombre—. Entonces dime tu nombre.

—He de decirlo una vez, y después habré de olvidarlo —contestó el genio—. Así es como funcionan estas cosas. Será sólo para ti, hasta que lo digas en voz alta. ¿Estás listo?

—Lo estoy —dijo el pobre hombre.

CAPÍTULO TREINTA Y CINCO

ALGO HACE FALTA

Lo había escuchado únicamente una vez, aquella noche de hace tanto tiempo cuando papá lo había susurrado, aspirando cada sílaba para que no pudieran escapar, para que el viento no pudiera atraparlas. Esas sílabas habían penetrado más allá de mis oídos, hasta llegar a una profunda e inexpugnable bóveda de memoria donde habían permanecido desde entonces, intactas y esperando, por lo que, aunque salió débil y estrangulado, cuando pronuncié el nombre del yinn, sonó verdadero. David me soltó y retrocedió. La ira había desaparecido, y en su lugar había una expresión plácida y curiosa.

—Tu padre me salvó la vida —dijo con una voz baja y contemplativa—. Y yo salvé la suya.

Me senté, todavía ahogándome y tosiendo. El aire en la habitación estaba en calma y tan blando como un moretón. David Ginn me sonreía con tristeza.

—Tú lo asesinaste —exclamé.

—Sí —dijo— y no —me ofreció su mano. Al no estar segura de qué otra cosa podía hacer, la tomé, y me ayudó a ponerme de pie. Entonces abrió la mano para revelar un diminuto fuego dentro. Dejó la llamita flotando entre nosotros, y ahora la habitación estaba iluminada con su tibio y extraño resplandor.

—Es verdad que David Ginn mató a tu padre —dijo—. Pero ya no estás hablando con David Ginn. Y de haber estado yo ahí, no habría permitido que tu padre muriera.

No se veía de ningún modo distinto. Más tranquilo, quizá. Aliviado de un peso. Pero por alguna razón, sabía que estaba diciendo la verdad. Ya no era David Ginn. Se veía como David Ginn, pero era algo totalmente diferente.

—No entiendo —dije.

—Entiendes lo suficiente —replicó el yinn—. Pronunciaste mi nombre.

Sus ojos centellearon bajo la inquietante luz de la llama flotante.

Tosí. La garganta me ardía.

—¿Por qué? —pregunté—. ¿Por qué lo mataste?

—Como dije —respondió el yinn—, en un estricto sentido, yo no lo maté. Pero creo que puedo responder a tu pregunta. Y creo que mereces escuchar mi respuesta. Sin embargo, hay otras cosas que debo explicar primero.

—Vance Cogland —dije.

—Sí. Todo comenzó con él.

—Cualquier familia lo suficientemente grande, lo suficientemente rica, tarde o temprano producirá a alguien como Vance Cogland —dijo David—. Una desafortunada certeza de la estadística y la naturaleza humana. Yo sólo lo conocí durante poco tiempo, pero el viento me ha contado todo lo que he necesitado saber de él.

Cogland era un pequeño acosador, perezoso, cruel, cobarde y no demasiado brillante. Se creía intocable y con derecho a hacer lo que le viniera en gana. Una y otra vez, su familia tuvo que pagar fianzas para sacarlo de la cárcel, comprar testigos de sus muchos arrebatos y delitos menores, contratar costosos abogados. A pesar de todos sus años como malhechor de poca monta, Vance Cogland nunca pasó más de una noche en prisión.

De día, Vance trabajaba para los Fell desde Nueva Orleans. El puerto era una entrada muy importante para los traslados internacionales. Vance logró colarse en el sindicato marítimo local y se volvió un portero funcional para los animales, el dinero y los intercambios que entraban y salían del país. Por un tiempo, al menos, tuvo algún valor para los Fell. Pero eran demasiadas las peleas, demasiados los sobornos, y con el tiempo Vance fue removido de allí y enviado a un lugar que prácticamente garantizaba que no vería nada de acción: Lubbock, Texas.

El movimiento tuvo el efecto planeado. Vance fue apartado de los Fell. Pero también tuvo una consecuencia inesperada: Vance se aburrió.

Utilizó el estipendio familiar para montar un negocio de compraventa de antigüedades robadas. Conocía suficientes traficantes y ladrones de sus días en Nueva Orleans para tener siempre un suministro constante de artículos para vender. Y de sus años con los Fell, conocía bastante gente rica y falta de escrúpulos con deseos de adquirir antigüedades robadas. Durante un tiempo, prosperó entre las sombras de Lubbock, sin tener nada que ver con el negocio familiar.

Pero cuando una anciana le trajo su botella antigua —una reliquia familiar que había llegado con su abuela desde la Irak otomana— los dos mundos de Vance colisionaron. Esta mujer esperaba conseguir un precio justo por la botella. A pesar de suponer lo que la botella contenía, Vance le hizo una oferta que era todo menos justa. Cuando ella, sabiamente, la rechazó, él la siguió hasta su casa, la noqueó con una barra de metal y le robó la botella.

Un verdadero Fell, en posesión de un objeto tan poderoso, habría recurrido inmediatamente a los recursos de toda la familia. Pero Vance no tuvo ni la disciplina ni la deferencia de honrar su obligación familiar por sobre su avaricia y deseos personales. Esa noche, en la trastienda de la casa de empeño, trató de sacar al yinn.

—No es difícil imaginar —dijo el yinn— que sus deseos habrían sido sórdidos, torpes y predecibles.

Esa noche, ya tarde, mi padre recibió una llamada de pánico, y a la mañana siguiente, él estaba en un avión rumbo a Texas y yo estaba parada en el porche de la casa de Sarah Colton-Wong (mi mejor amiga en segundo grado), con una maleta para pasar la noche. Eso fue tres meses después de que mi mamá muriera.

Lo que Vance Cogland no sabía era que los recipientes que encierran a los yinns no son tan fáciles de abrir. Los hechizos y embrujos que atrapan dentro al yinn no se deshacen mágicamente cuando pules la botella o la lámpara. Se requiere de movimientos complicados y muy precisos, y deben ser realizados en el orden correcto. Es posible, desde luego, ejecutar por casualidad la secuencia apropiada de toques, caricias, palabras y gestos. Pero debes tener suerte. También es posible descifrar el código por medio de prueba y error. Pero tienes que ser paciente. Vance Cogland no era ninguna de esas cosas.

Vance había colocado la botella en un tornillo de banco, quitado la tapa con una llave inglesa y tratado de sacar a la criatura a la fuerza, primero con un gancho para ropa, después con unas pinzas de electricista. Había conseguido sacar al yinn hasta la mitad, pero se había atorado, y allí había permanecido durante la mayor parte del día, mitad dentro y mitad fuera. Y eso es con lo que mi padre se encontró cuando entró a la tienda de Vance: un yinn a medio liberar sumido en un dolor inimaginable y un idiota en pánico que sólo quería a la criatura para que hiciera realidad sus deseos.

Papá mandó a Vance a la otra habitación y se puso a trabajar. Las acciones de Vance habían corrompido sin remedio la magia que habría permitido la fácil liberación tersa del yinn. Así que papá no tuvo más remedio que terminar lo que Vance había comenzado, tan delicadamente como le fuera posible. Utilizó vaselina para lubricar la boca de la botella, y sujetó las manos del yinn mientras tiraba de él lentamente, un centímetro a la vez, deteniéndose siempre que el dolor aumentaba demasiado.

—El proceso fue arduo —añadió David—. Cada centímetro me provocaba nuevos dolores indecibles. Pero tu padre fue amable y paciente. Después de cada pequeño progreso, hacía una pausa para permitirme recuperar el aliento.

Finalmente, con un gran *pop* y una pequeña nube de fuego sin humo, el yinn salió completamente de la botella y cayó al piso de la casa de empeño. Apenas hubo tocado el suelo, Vance Cogland llegó con una escopeta en las manos.

—Ahora, lárgate —le dijo Vance a papá—. Éste es mío.

Y el yinn, vivo en el mundo por primera vez en cientos de años, se encontró con que tenía que tomar una decisión. ¿A quién le debía su libertad? ¿Al hombre que había intentado arrancarlo de la botella o al que efectivamente lo había sacado con todo cuidado y compasión?

Así fue como a papá le fueron concedidos tres deseos.

—El primer deseo —dijo David—, apenas si lo fue. Era más bien una necesidad para sobrevivir. Vance Cogland quería mis favores, y no estaba dispuesto a renunciar a ellos. Alzó su arma contra tu padre, y tu padre me pidió que lo protegiera.

—Y entonces mataste a Cogland —adiviné.

—El mundo está mejor sin él —confirmó David.

—¿Cuáles fueron los otros dos deseos?

David guardó silencio un momento. Inclinó la cabeza y su rostro quedó en la sombra, y por un segundo, su silueta pareció la de su antiguo yo. Entonces levantó la vista, despidiendo una extraña luz en los ojos, y nuevamente era alguien más.

—El segundo deseo —dijo— fue para ti.

—¿Para mí?

—Sí —contestó David—. Tu padre me pidió que te quitara la tristeza.

Su voz era plana, sin emoción, la voz de alguien que lee una receta para hacer *brownies.*

—¿Mi… tristeza?

—Tu madre había muerto —dijo David—. Unos meses atrás.

—Eso lo sé —repliqué—. Pero… ¿mi *tristeza*? ¿Te pidió que me quitaras *mi tristeza*?

—Creo que no podía soportar tanto —dijo David—. Tu aflicción, y la de él.

—¿Entonces tú simplemente… —busqué las mejores palabras, pero no las encontré— me la quitaste? ¿Toda?

—Hice lo que se me pidió —dijo David.

Tenía cientos de preguntas de incredulidad, pero ninguna de ellas importaba, porque sabía que lo que David me estaba contando era verdad. No había llorado por mi padre porque no quedaba nada en mí para llorar. Y el dolor por mi madre había sido reunido y capturado y después borrado, y todo lo que quedaba eran fragmentos de recuerdos que se sentía como si le pertenecieran a alguien más. Tenía que ser verdad. Era lo único que tenía sentido, lo único que podía explicar por qué yo era como era.

—¿C-cómo? —balbuceé por fin—. Quiero decir, ¿cómo haces para quitarle a alguien la tristeza?

—Estabas dormida —dijo David—. Te encontré en un sueño. Estabas encadenada a tu sufrimiento, como un ancla, y te liberé.

—Es una manera curiosa de decir que me arruinaste la vida entera —agregué.

David se encogió de hombros. No me dio ninguna explicación. Quizá no había ninguna. Me sentí muy pequeña, como una diminuta pieza de ajedrez que es levantada y movida a través de un tablero por unas manos enormes y desapasionadas. Mis propios sentimientos ni siquiera me pertenecían. Habían sido modelados y torcidos mientras dormía. Y todos estos años, papá lo había sabido, y no me había dicho nada.

Mientras estaba allí perdida, furiosa e indefensa, un pensamiento vino a mi cabeza.

—Entonces —dije con una voz pequeña y mansa—, ¿yo *estaba* triste?

—Estabas tan triste como el que más —contestó David—. Llorabas todo el día y toda la noche. Caías rendida por tantas lágrimas. Oh, sí, estabas triste, Marjan. La amabas demasiado. La extrañabas con todo tu corazón.

—¿Y qué pasó con todo eso? ¿Simplemente… desapareció?

—Eras una niña que había perdido a su madre —dijo David—. Tu sufrimiento era una montaña. Incluso si así lo hubiera querido, habría tomado una vida entera romperla en pedazos y lanzarlos al viento. No, no desapareció. Nunca ha estado lejos.

Cada momento de cada día, desde que mi madre murió, había sentido un espacio vacío dentro de mí. Cada noche había escuchado la voz en mi cabeza que me decía *Algo hace falta*. Cuando hui de casa, cuando explotaba, era porque estaba buscando ese fragmento tan esencial, ausente en mi corazón. Nunca jamás en mi vida habría adivinado que me lo había quitado un yinn, cumpliendo un deseo de mi propio padre.

No sabía si reír o gritar.

—¿Qué hay del tercer deseo? —pregunté—. ¿La vida de quién arruinó con ése?

—Tu padre nunca lo usó —dijo el yinn—. Lo guardó como reserva, y a causa de eso, no pude regresar a los palacios en el cielo donde alguna vez viví. Tengo una deuda con un humano, así que tengo que seguir siendo humano hasta que la deuda sea pagada.

—No comprendo —añadí—. Tú mataste a papá. ¿Por qué lo hiciste, si necesitabas que él pidiera otro deseo?

—Yo no lo maté —insistió David—. Fue David Ginn quien lo mató.

—¿No es lo mismo? —pregunté.

—En absoluto —dijo David—. Yo soy un espíritu del viento y el fuego. Camino sobre las nubes y bailo entre los sueños. David Ginn es, era, un contador que amaba a su familia más que a nada en el mundo, y habría hecho lo que fuera necesario para mantenerlos a salvo.

—Pero él eras tú —dije—. Y tú eras él.

—David era humano de pies a cabeza —replicó el yinn—. Él no sabía lo que realmente era.

—¿Entonces por qué mató a papá? —pregunté—. Ellos eran amigos.

—Tu padre llamó a David a su casa un día —dijo David—. Estaba preocupado. Preocupado por ti. Estaba preocupado por la posibilidad de haber cometido un error. Tenía miedo de perderte. Tenía miedo de haberte ya perdido. David escuchó, como lo haría cualquier amigo. Le ofreció su mejor consejo, que no fue muy bueno. Y entonces, tu padre comenzó a decir cosas extrañas.

—¿Extrañas?

—Comenzó a disculparse —añadió el yinn—. Al principio se disculpó por agobiar a David con sus problemas, pero luego comenzó a disculparse por algo que, dijo, pasaría muy pronto. Le agradeció a David por ser tan buen amigo. Le dijo que todo terminaría muy pronto, y que David no sentiría nada. Le dijo que no se preocupara ni por Liz ni por Cole ni por Ramsey. Le contó que él iba a decir una palabra, un nombre, y que las cosas se volverían muy raras después, y que lamentaba todo eso. No estoy seguro de si David supo en ese momento lo que realmente era —prosiguió el yinn—. Pero sí supo que, si no detenía inmediatamente a tu padre, algo terrible pasaría. No le importaba lo que le sucediera a él: nunca se había sentido particularmente especial. Pero sus hijos eran más preciados para él que su vida misma, así que cuando ese terrible presentimiento lo invadió, buscó en lo profundo de sí mismo y sacó un poder que no sabía que poseía. Invocó al viento y al fuego, y tu padre murió antes de que pudiera pronunciar mi nombre.

El yinn inclinó la cabeza y permaneció en silencio.

—¿Él lo sabía? —pregunté—. Tú… David, quiero decir, ¿sabía lo que había hecho?

—Por un momento —dijo el yinn—. Pero cuando despertó mi poder, yo también desperté. Y lo hice olvidar. Era la única manera de mantenerlo a salvo. La culpa y la confusión lo habrían destruido.

—Y ahora yo lo he destruido, ¿cierto?

—Él nunca fue real —dijo el yinn—. Tú destruiste una ilusión.

—Yo cuidé de esos niños —repliqué.

—Sí —dijo el yinn—. Y eran unos fantasmas. Todos ellos creían que eran humanos, desde luego. Pero eran producto de la imaginación de David. Y él era un producto de la mía.

Observé la casa muerta y fría a mi alrededor. Era tan oscura como una tumba, excepto por la flotante luz.

—¿Ahora qué se supone que tengo que hacer? —pregunté, principalmente hablaba conmigo misma.

—Yo creo que —dijo el yinn— quieres pedir tu último deseo.

—¿Mi último deseo? —pregunté.

—Te conté que tu padre nunca lo usó —repitió.

—¿O sea que pasa de generación en generación? ¿Así es como funciona con los deseos?

—Él te dejó todo lo que tenía —continuó David—. Ahora el deseo te pertenece a ti.

Contemplé la vieja escoba, los periódicos regados por el suelo, la cadena apilada en un montón sin vida. Habían sido reales, apenas un momento atrás. Todo esto había sido real.

—¿Podrías traerlos de regreso? —pregunté.

—Podría —dijo David—. Pero no les estaría haciendo ningún favor. Ellos seguirían viviendo por ti. Pero no serían reales. Sus vidas sólo existirían en los momentos en que éstas se cruzaran con la tuya.

Recogí la cadena y la dejé caer al piso. Aterrizó con un ruido opaco. No había vida en ella, ni ningún deseo de tenerla. Esos niños, con sus ojos brillantes y su cabello castaño, se habían ido. No quedaba rastro de ellos. Y aun así, no sentía pena por ellos.

—¿Alguien los va a extrañar? —pregunté.

—Si alguien los recuerda, será sólo como si hubiera conocido a los Ginn hace mucho tiempo —dijo el yinn.

—¿Qué hay de mí? —pregunté—. ¿Yo los recordaré?

—¿Te gustaría?

—¿Sería mi tercer deseo?

—Es una cortesía —añadió el yinn—. Todavía te queda un deseo.

—Entonces, sí —contesté—. Creo que me gustaría recordarlos.

El yinn asintió.

—No tienes que decirme ahora cuál es tu deseo—exclamó el yinn—. Es tuyo y puedes hacer con él lo que te plazca.

—Bien —dije—. Creo que me gustaría esperar un poco.

—Cuando estés lista —insistió el yinn—, di mi nombre. Yo estaré escuchando.

No supe qué más decir. Todo en mi vida había sido un malentendido, un error. Y a causa de eso, papá estaba muerto, y yo no podía llorar por él. Le di la espalda al yinn y me dirigí a tientas por la casa en penumbras hacia la puerta de salida. Cuando pasaba por la sala de estar, vi la vieja botella sobre la mohosa repisa de la chimenea, inalterada por la transformación que había sufrido la casa. Pensé en ella por un momento, y estaba por continuar hacia la salida cuando algo en el piso atrajo mi mirada.

Eran las dos cartas que Cole me había mostrado. El dragón y el castillo oscuro. Ambas yacían bocarriba, un poco más desgastadas, pero intactas. Las levanté, y me volví para ver al yinn. ¿Eran un error, estas caprichosas piezas de utilería de la fantasía de la familia Ginn? ¿Eran reales, para empezar?

El yinn me miró desde la oscuridad del comedor, una sombra entre las sombras, y no me dio ninguna respuesta.

CAPÍTULO TREINTA Y SEIS

ÚLTIMOS DESEOS

Firmé los papeles con la doctora Paulson una semana después. Negociamos una tarifa justa para rentar el consultorio y algunos protocolos muy estrictos sobre su uso. Extrañé el consejo de David a lo largo del proceso, pero conseguí el acuerdo que buscaba, y la doctora P también parecía contenta. El doctor Batiste aceptó de buena gana trabajar conmigo cuando lo necesitara.

Malloryn también estaba feliz de unirse al equipo.

—Parece que comienzas a acostumbrarte a eso de la confianza —dijo.

—Aprendí de la mejor —repliqué.

Malloryn y yo teníamos clase de Anatomía juntas, y no mantenía en secreto que éramos amigas. Pronto ella estuvo comiendo el almuerzo conmigo, con Carrie y con Grace. Carrie se mostró un poco reticente al principio. Pero, aunque acordamos nunca discutir en público los eventos sucedidos en Menagerie, era evidente que Malloryn, Grace y yo teníamos una conexión, y Carrie terminó por relajarse. Formábamos un grupo extraño, y Malloryn contribuyó un poco más a eso, pero a mí no me importó.

Ella ya hablaba con sus padres, al menos una vez por semana. Querían que volviera a casa; sin embargo, ella se rehusaba, cortésmente pero con firmeza.

—Ellos me aman —me dijo un día—. Sé que lo hacen. Yo también los amo. Pero aún tienen miedo. Y hasta que sepan que no tienen por qué temer, es mejor así —por un momento sonó derrotada. Luego la chispa regresó a sus ojos—. Puede ser que cambien. Yo espero que sí.

Me descubrí preguntándome si existiría un hechizo para eso.

Dudaba sobre llamar a Ezra. Una parte de mí aún no quería tener nada que ver con ella. Pero Ezra conocía el lado oscuro de este mundo, y necesitábamos de ese conocimiento. Cuando finalmente la llamé, se me ocurrió que no estaba segura de que fuera a decir que sí. No podía permitirme pagar la cantidad de dinero que Horacio había estado gastando a diestra y siniestra. Lo único que podía ofrecerle era el ocasional objeto escondido para encontrar, y resulta que eso fue suficiente.

La doctora Paulson y yo cerramos el trato en mi oficina. Estábamos concentradas y en silencio, como si estuviéramos estudiando en una biblioteca, las dos leyendo cuidadosamente las palabras que habíamos acordado antes de estampar nuestras firmas, mientras un notario esperaba parado en un rincón con su sello en la mano. Luego de que estuvo hecho, nos abrazamos mientras el notario formalizaba el contrato, y entonces todos los demás se fueron y yo me quedé.

La habitación se sentía más pequeña y más vieja que cuando yo había asumido el control. Al mismo tiempo, se sentía más vacía y menos familiar, a pesar de que no había hecho ningún cambio. Me senté en la silla de papá y subí los pies al escritorio por última vez.

Algo hace falta, murmuró la voz dentro de mi cabeza. Tuve que sonreír un poco. Al menos ya sabía lo que era.

Me pregunté si papá habría aprobado la manera en que estaba manejando las cosas, pero ya no importaba. No era su problema, mantener todos esos animales vivos y saludables. Era el mío, y yo tenía que hacerlo a mi modo.

Sentía que entendía un poco a las criaturas (mejor que los Fell, cuando menos). Me parecía que Horacio también las había entendido. De una forma distinta que yo, y quizá mejor. Tal vez ellos *eran* nuestra imaginación. Tal vez nuestras más grandes esperanzas y nuestros miedos más oscuros son lo suficientemente fuertes para adoptar una forma física. Tal vez la mantícora era la suma de nuestras pesadillas, y Kipling, el grifo, la encarnación de nuestros instintos más nobles. No estaba segura. No pretendía saber por qué existían, ni cómo. Tal vez no necesitaba saber.

Sin embargo, sí estaba segura de una cosa. Horacio lo había dicho. Todas las criaturas ocupaban espacio en la vida de las personas. Cuando llegaban, traían complejidad y cambio, pero más que nada, traían el peso de su presencia. Se acercaban a la gente que tenía espacio para dar. Malloryn y su soledad, Kent Hayashi y su atormentado talento, hasta Horacio y su horriblemente descarriada búsqueda, todos ellos habían atraído —a gritos— a los seres que se habían instalado en sus vidas.

Estos animales tenían un talento especial para encontrar los espacios que iban bien con ellos. Había tantos espacios vacíos en la vida de tantas personas. Yo también los tenía. Y tal vez eran como imanes. Tal vez eran balizas, no para cualquier animal, sino para uno en particular. Y tal vez cada animal era en sí mismo un espíritu hambriento en busca del espacio preciso que le acomodara, del lugar exacto al que pertenecía.

Imaginaba al mundo entrecruzado por los caminos de la gente y las criaturas, tratando de encontrarse mutuamente. Persiguiendo la sensación de algo que no estaba allí, encontrándose solos en lugares donde el idioma era desconocido, donde las costumbres no tenían sentido. Cruzando carreteras en la oscuridad, escondiéndose en lo más profundo de los bosques o en el más silencioso de los desiertos, o en las solitarias azoteas de los rascacielos. Y entonces, finalmente, encontrándose cara a cara en un cálido sendero en alguna parte, el pelo embarrado de lodo, los corazones maltratados y adoloridos, sabiendo por la primera vez por qué ambos habían llegado tan lejos.

Quizás el día que aceptabas a uno de estos animales en tu vida, el día que aceptabas tanto sus dones como sus dificultades, el día que escogías cargar con ese peso, era el día que entendías por fin la forma de aquello que te hace falta.

Jane Glass me llamó unos días después de la venta de la clínica. Fue la primera vez que oía de ella desde la noche en la finca de Horacio. La noche que ayudé a salvar el mundo.

—Necesito verte —fue lo que dijo.

Nos encontramos en una banca cerca de una zona para perros cercada, el tipo de banca que te vuelve un poco invisible en cuanto te sientas en ella. Tal vez un viejo brujo indigente le había lanzado un hechizo. Ya creía en ese tipo de personas, en gente como Malloryn, que lograban hacerlo bien una o dos veces en su vida, pero que dejaban en su estela un largo rastro de interesantes fracasos. Yo llegué primero, así que me senté y observé la ruda felicidad de un golden retriever luchando con un Staffy.

Jane se sentó a mi lado unos minutos más tarde y colocó entre nosotras una bolsa grande de lona. Produjo un ruido pesado y hueco al chocar contra la banca.

—Ábrela —dijo.

Dentro estaba la tetera.

—Jane —susurré.

—Tenía que hacerlo —añadió—. Creo… creo que tal vez no deberíamos seguir haciendo esto.

—¿Cómo…?

—No fue difícil —aclaró—. No demasiado difícil, en todo caso. No sé si sepas, pero en este preciso momento hay unos ciento cincuenta animales corriendo libres por ahí. Es una muy buena distracción.

—Cuando lo descubran…

—Oh, sí, se pondrán furiosos —exclamó Jane—. Pero después de hoy, no habrá mucho que puedan hacer. Como sea, pensé que te gustaría estar aquí. Para verlo.

Sin decir otra palabra, puso la mano sobre la tapa de la tetera y la levantó, revelando un agujero burdamente tallado. Dentro había una densa oscuridad que olía a cenizas y humo. Por un momento, nada sucedió.

Luego de unos segundos, algo se agitó en lo profundo de la tetera. Un diminuto dragón plateado surgió de la oscuridad, volando con sus alitas de colibrí. Se quedó flotando frente a nosotras, como un delicado destello de mercurio a la luz de la tarde. Sus ojos, grandes y curiosos, nos observaron por un momento.

—Ahí estás —dijo Jane—. He esperado mucho tiempo para conocerte.

El dragón se acercó a su rostro.

—Ahora eres libre —añadió—. Espero que en general te hayamos tratado bien.

El dragón no dijo nada. Flotó unos instantes más, y después desapareció en el cielo como un rayo de azogue. Jane lo miró partir, con una expresión de nostálgica satisfacción en el rostro.

—Pensé que tú, más que nadie, apreciaría esto —dijo Jane—. Honestamente, fuiste mi inspiración. Si tú pudiste liberar a todos esos animales, bueno… —hizo una pausa y se rio para sí misma—. Elevaste la barra demasiado alto.

—¿Ahora como podrán encontrarme? —pregunté.

—Te encontrarán —replicó Jane—. De la misma manera que siempre nos encuentran a nosotros cuando nos necesitan. Y tal vez yo pueda ayudarte con eso.

—Nos sería muy útil tu ayuda —dije—. Tú conoces este mundo mejor que ninguno de nosotros.

—¿Quién es "nosotros"?

—Algunas personas —contesté—. Amigos.

—¿Ahora somos amigas, Marjan? —preguntó Jane.

—Supongo que podríamos serlo —admití.

—Entonces sí —concedió Jane—. Acepto. Jacob también.

—¿Quién es Jacob?

Jane señaló hacia la calle con un movimiento de cabeza. El sedán negro estaba estacionado allí. El conductor, recargado contra la puerta del copiloto, saludó levemente en nuestra dirección con su brazo tatuado.

—¿Puedes confiar en él? —pregunté.

—No todos somos malos —postuló Jane.

—Comenzamos en un par de semanas —dije—. Hay algo de lo que tengo que ocuparme primero.

El vuelo a Londres fue largo e incómodo. El doctor Batiste y yo tuvimos que sentarnos al fondo del avión porque ésos fueron los únicos asientos que pude reservar con tan poco tiempo de anticipación y con mi reducido presupuesto. Pero no era mi comodidad lo que me preocupaba.

Simon Stoddard no pareció sorprendido de tener noticias mías, y tampoco pareció del todo sorprendido por lo que yo tenía que decir. Las plumas de Kipling se estaban cayendo en algunas zonas. Sus garras se fisuraban o se partían cuando caminaba. Los músculos le temblaban a cada paso. La vista le estaba fallando. Simon escuchó mis palabras, mi confesión, con calma, incluso con preocupación, y entonces nos invitó, a mí y al doctor Batiste, a su palacete.

Mientras viajábamos por los estrechos caminos campiranos hacia su propiedad, sentí una ligereza dentro de mí. La verdad, lo que yo entendía por verdad, había dejado de asustarme. Ahora les pertenecía a otros. Ellos harían con ella lo que quisieran, y yo estaría allí para ayudarlos a tomar la decisión correcta.

Pero la ligereza se equilibraba por un temor que había estado cargando desde que abordamos el avión. En algún momento tendría que enfrentar a Sebastian. Yo no quería perderlo. Pero tampoco merecía su amistad, y me sentía egoísta al pensar que mis sentimientos de hecho importaban. Lo había usado cuando lo había necesitado, e intencionalmente o no, lo había engañado de una forma terrible. Yo no querría alguien como *yo misma* en mi vida. Especialmente no en un momento como aquél.

En la mansión, el doctor Batiste y yo fuimos recibidos por una pequeña delegación de Stoddard, algunos suplicando por la vida de Kipling, otros implorando terminar con ella. Sebastian no estaba con ellos, lo cual fue un alivio. Los escuchamos a todos. Entonces les dije lo que sabía, y dejé que el doctor Batiste hablara por sí mismo. A pesar del desfase horario y de la extrañeza general de esta reunión, él estuvo bastante bien. Entre los dos, logamos convencer a casi todos de suscribir un plan para acabar con la vida de Kipling.

El doctor Batiste tomó el control durante los dos días siguientes. Con la ayuda de Simon, consiguió los químicos que necesitaría. Con la mía, preparó el lugar de la inyección, una prominente vena en la pierna izquierda de Kipling. Rasuramos las plumas y el pelaje de la zona y marcamos el punto con un rotulador. Mientras tanto, Kipling nos contemplaba con legañoso desinterés.

La mansión comenzó a llenarse con miembros de la familia Stoddard de todas las edades. Se mezclaban en los salones y deambulaban por la propiedad. Se sentaban junto al estanque negro, solos o en pequeños grupos susurrantes. Y uno por uno, fueron desfilando por la habitación que había sido la guarida de Kipling y en silencio le presentaron sus respetos.

Cada vez que un auto se detenía frente a la entrada, yo buscaba a Sebastian. Cuando no se trataba de él, sentía una mezcla de alivio y decepción. Me pregunté si acaso no tendría intención de venir. Parte de mí esperaba no tener que enfrentarlo. Otra parte ansiaba desesperadamente hablar con él, sentir el confort de no estar totalmente sola.

Cuando por fin apareció, apenas si me reconoció. Pasó junto a mí en el gran salón y sólo me dedicó una fría inclinación de cabeza. Me sentí mal por el resto del día.

La siguiente vez que lo vi, en la misma sala donde nos habíamos conocido por primera vez, me dirigió una mirada que era tanto de rabia como de impotencia, y después se volvió hacia otro lado. No iba a hacer ningún esfuerzo por hablar conmigo. Si yo tenía algo que decirle, tendría que ganarme su atención.

Crucé la habitación llena de miembros de la familia Stoddard hasta donde él se encontraba, ignorando las miradas ocasionales que algunos me lanzaban. Sebastian se volvió para verme sólo hasta que me coloqué directamente a su lado. Cuando lo hizo, noté que sus ojos estaban rojos de tanto llorar.

—Hola —lo saludé.

—Hola —contestó.

—¿Podemos hablar? —pregunté—. ¿En algún lugar lejos de aquí?

Salimos de la mansión por una puerta lateral y caminamos por la pradera, y después nos internamos en el bosque, todo sin hablar. Comenzó a caer una ligera lluvia. El bosque olía a arcilla y musgo. Mis botas se hundían en la tierra húmeda al caminar. Los estorninos piaban en los árboles. La lluvia tamborileaba sobre las hojas. Continuamos hasta que perdimos de vista la mansión, y entonces me detuve.

—Sebastian —comencé—, lo siento.

Él también se detuvo, unos cuantos pasos delante de mí. Por unos segundos se quedó allí parado, dándome la espalda.

—Me dejaste tener esperanzas —dijo por fin.

—Estaba confundida —repliqué—. Y después estaba asustada.

Se giró para enfrentarme, con lágrimas en los ojos.

—¿Qué quieres que diga? —exclamó—. ¿Quieres que te perdone?

—No podía haberlo salvado —añadí—. Ni siquiera entonces. Lo único que podía haber hecho era hacer que esto pasara antes. Lamento que no haya sido así.

Él sacudió la cabeza.

—Estás enojado —dije—. Tienes derecho a estar enojado.

—No sé cómo estoy —dijo—. Sí, estoy enojado. Aunque no estoy seguro de con quién o con qué. Con todo, creo. Pero más que nada, estoy triste —hizo una pausa—. ¿No hay algo más que puedas hacer? —preguntó—. ¿Algún tipo de... no sé, magia?

—La magia es... otra cosa —aclaré—. Podría estar en mí, en algún lado, pero no es lo que yo hago.

—¿No puedes encontrar a alguien que....?

Cortó la idea de tajo, después maldijo para sí mismo. Asintió, con la mirada perdida en otro lado. Luego metió las manos en los bolsillos y se sentó sobre el tocón de un árbol caído.

—Así que eso es todo —dijo—. Un grifo. Muerto.

Pude haber dicho cualquier cantidad de cosas reconfortantes sobre Kipling, cómo había vivido una buena vida, cómo había logrado vivir con tantas generaciones de Stoddard, cómo había recibido tanto amor a lo largo del tiempo. Pero la tristeza, quizás, era como la ira. Tienes derecho a sentir tanta como necesites. Y como la ira, la tristeza no quiere ser atemperada. Busca ser reconocida.

patrones de falso plafón, luz del sol y un extraño silencio

Fui a sentarme junto a él. Tomé su mano entre las mías. Ya no sabía lo que éramos la una para el otro. Pero sabía que él necesitaba consuelo. Y yo no iba a decepcionarlo de nuevo.

—Éstos son sus bosques —dijo—. Y quiero que la gente recuerde eso.

—Entonces cuéntales. Cuéntales a todos.

La noche anterior al último día de Kipling, Simon, el doctor Batiste y yo nos sentamos en una apartada salita para revisar los detalles una última vez. La inyección ya estaba preparada. No sabíamos cuánto sería suficiente, así que, para estar seguros, el doctor Batiste había calculado una dosis capaz de *dormir* a diez caballos.

—Él me sacó del estanque cuando yo tenía cinco años —dijo Simon—. Me había caído. Me pude haber ahogado. Creo que ha salvado a una docena de niños Stoddard de esas aguas a lo largo de los años.

—¿Y a nadie se le ocurrió poner una valla alrededor? —preguntó el doctor Batiste.

—Nunca necesitamos una —aclaró Simon—. Supongo que lo dábamos por sentado de muchas maneras. Él siempre ha estado allí.

—Siento haberlo dejado sufrir —dije—. Lo siento por todos ustedes.

Simon sonrió con tristeza.

—No estoy seguro de que hubiéramos podido dejarlo partir así nada más —añadió—. Incluso ahora, parece imposible. ¿Cómo alguien puede hacer esto?

En el gran salón, un pequeño grupo de miembros de la familia Stoddard estaba sentado con Kipling junto al fuego. Una madre le enseñaba a su hijo pequeño a acariciarle con cuidado la frente, siguiendo el nacimiento de sus plumas. Los observé por un momento y percibí la tibia y amarga presencia del luto. Por primera vez pude sentir con exactitud el sitio vacío dentro de mí, el hueco en el centro de mi corazón donde tendría que haber estado la tristeza.

—Él es de todos nosotros —dijo alguien parado a mi lado, un mayordomo que traía tazas de chocolate para los niños.

Se detuvo en la entrada, con la bebida caliente en la bandeja y algunas lágrimas en los ojos—. O todos somos de él. Lo extrañaremos terriblemente.

La mañana era fresca. Una ligera escarcha centelleaba en las briznas de césped, y el sol saliente pintaba la escarcha de anaranjado. Me duché, me vestí y me reuní con Simon y el doctor Batiste al pie de la escalera. La familia ya estaba levantada y elegantemente vestida de luto.

Juntos convencimos a Kipling para que se levantara del piso. El grifo se paró, tambaleante, con las piernas temblorosas bajo su peso, extendiendo y doblando las alas para equilibrarse.

Simon condujo delicadamente a Kipling hasta el amplio corredor principal, luego lo llevó hasta una puerta trasera y por allí salieron a los jardines. Al principio, el grifo caminaba despacio, arrastrando los pies, deteniéndose después de unos cuantos pasos para descansar. Cada vez que se detenía, el estremecimiento de sus músculos era tan evidente que temía que ni siquiera lograra llegar al sitio establecido para su partida.

Pero en cuanto estuvo fuera, pareció animarse un poco. Con Simon indicándole el camino, pareció entender a dónde nos dirigíamos, y al poco tiempo ya era Kipling quien nos guiaba. Simon caminaba a su lado, con una mano apoyada sobre el hombro de la criatura.

Aloysius Stoddard estaba enterrado en una suave colina, debajo de un roble. Una gastada y pálida piedra de granito con un saliente en forma de pica marcaba el lugar de su tumba. Junto al sepulcro de Aloysius había sido extendida una pesada manta blanca, y Kipling se acomodó en ella con gran naturalidad. La familia se juntó a su alrededor, poniéndole las manos encima, acariciándole las alas y la cabeza. Él los miraba con sus grandes ojos fatigados. Hizo un pequeño chasquido con su pico, después apoyó la cabeza en el suelo.

Las lágrimas caían por todos lados. Alguien, un jardinero, me parece, comenzó a cantar "Danny Boy". El doctor Batiste y yo mantuvimos una distancia respetuosa, observando a Simon para que nos indicara el momento adecuado para aproximarnos.

La canción terminó y Simón me lanzó una rápida mirada. Fue la mejor señal que pudo dar. Nos acercamos y la multitud se abrió para dejarnos pasar. El doctor Batiste se arrodilló junto a Kipling, puso su maletín en el suelo y lo abrió. Kipling observó, con la mirada tranquila y sin parpadear, cómo el doctor Batiste sacaba la jeringa.

Respiré hondo para estabilizarme y coloqué mi mano sobre el costado de Kipling. Su agotamiento fluyó en mí. Le siguieron nostalgia y resignación. El grifo alzó la vista al cielo, y yo sentí que su corazón palpitaba alborozado.

—Pronto —le susurré al oído.

Miré al doctor Batiste. Asentí. Estaba lista. Él también.

—Sentirás esto sólo por un segundo —dije. El grifo chasqueó su pico. Me volví hacia la gente—. Esto será muy rápido —los tranquilicé—. Diez o veinte segundos, y será todo.

Sollozos, susurros de despedida, suaves gemidos de dolor. Me detuve sólo un momento para contemplar por última vez la maravilla que era Kipling, y después toqué su hombro. De inmediato lo sentí recorriéndome nuevamente.

La aflicción llegó más fuerte que antes, como si la gente reunida a su alrededor la estuviera reflejando en él, amplificándola, hasta que se convirtió en colosales oleadas inconexas. Yo dejé que sus olas llegaran a cada parte de mí. Era feroz e incandescente. Quemaba, caliente y dulce en mis ojos y mi pecho y en lugares que ni siquiera sabía que pudieran sentir calor o saborear dulzura. Era radiante y pura y honesta, y sólo por un momento exquisito pude albergar en mi corazón todo y a todos los que había perdido o dejado ir, y en ese momento me sentí completa y plena.

El dolor llegó detrás, y el momento se hizo trizas. Un muro de agonía golpeó al instante cada parte de mi cuerpo. Había rayos y truenos en sus huesos, la sofocante ausencia de hambre en sus entrañas, el ardiente jadeo en sus pulmones. Cerré los ojos y apreté los dientes para resistir. Era casi demasiado para soportarlo, pero era la respuesta que necesitaba. Él estaba listo. Le ordené a mi mano que se quedara quieta ante el dolor.

El doctor Batiste insertó la aguja en su vena y comenzó a empujar el émbolo.

Casi inmediatamente el cuerpo de Kipling se relajó. Sus alas cayeron al suelo, y una de ellas quedó parcialmente plegada como formando la letra A. Su mirada se suavizó, luego se quedó vacía. Respiró tres veces, cada una más ruidosa y más lenta que la anterior. Entonces se quedó inmóvil.

Sentí cómo el último rastro de su ser se desvanecía, una llama titilando hasta convertirse en brasas, extinguiéndose luego ante la fría oscuridad.

Dejé al doctor Batiste con los Stoddard y descendí por la colina cubierta de césped, siguiendo la suave curvatura de la tierra hasta que llegué a la orilla del estanque negro. A pesar de la cercanía, a pesar de los débiles y distantes rayos del sol que caían sobre él, las aguas tenían el color y la opacidad de la obsidiana.

Algo había hecho explosión en mí. Un cometa me había atravesado las entrañas, llegando hasta lo más profundo y revelando, sólo por un momento, cuán profundas eran. En su estela, esos espacios vacíos gritaban, ansiosos de luz, de amor. Contemplé esa agua insondable y me pregunté si descendía dos metros o dos mil.

—La familia aprecia tus servicios —dijo una voz a mis espaldas. Me volví para ver a Simon. Me entregó un sobre, y después de un momento, lo tomé. Él asintió, luego se paró junto a mí al borde del estanque.

El zumbido de una máquina agitó el aire. Una excavadora amarilla levantó el cuerpo atado de Kipling y giró para bajarlo a una tumba nueva que había sido cavada junto al sepulcro de Aloysius. Un nocturno de Chopin comenzó a sonar en la mansión, y la familia se dirigió de vuelta a la casa, donde los esperaban algunos sándwiches y canapés.

—En un momento me van a necesitar —dijo Simon.

—Sabes —añadí—, eres muy bueno en lo que haces.

—¿Y qué es lo que hago? —preguntó Simon.

—Cuidar de tu familia —contesté.

—Gracias —dijo—. Tú también. De una manera u otra, nuestros talentos son los que dan forma a nuestra vida, señorita Dastani.

Sonrió, pensativo. Luego se volvió a mirar de nuevo hacia la casa.

—Un conductor estará esperándote en el frente en diez minutos —dijo—. Tómate todo el tiempo que necesites. Ya nos hemos encargado de tu viaje, con toda nuestra gratitud.

Y diciendo eso, me dio la espalda y comenzó a caminar colina arriba. Otra vez estaba sola.

Ya sabía cuál sería mi último deseo, y parecía el momento adecuado para pedirlo. Me alejé del estanque y me interné en el bosque. El aire oscuro era apacible y fresco. Entre esos árboles casi pude imaginarme encontrándome con un unicornio preso en una trampa para jabalíes.

Caminé hasta que dejé de oír los sonidos de la mansión. En un pequeño claro, bajo un delgado haz de pálida luz, susurré el nombre del yinn. El aire pareció condensarse un poco, como si repentinamente estuviera prestando más atención.

—Quiero que regrese —dije—. ¿Me escuchas? Ése es mi deseo.

Por un momento, nada pasó. Por un momento sentí a la persona que había sido desde que tenía siete años. La sentí, me sentí, completamente, con todo y las partes faltantes. Ella era todo lo que había conocido, y todo lo que recordaba haber sido, y ella estaba a punto de terminar. Lo único que podía hacer era respirar, sentir al mundo entrar y salir de mí, y esperar.

Un ruido en el bosque me distrajo. El tronido de una ramita bajo una pisada. Levanté la mirada y vi un gato, mugriento y cansado, con las costillas sobresaliendo de su piel sarnosa, caminando hacia mí. Cuando se acercó, reconocí al viejo gato salvaje de la clínica. Ahora sin miedo, se acercó a mí y frotó su hocico contra mi pierna.

Nunca ha estado lejos, había dicho David.

—Lo lamento —le dije al gato, y a mi padre, y a todo aquel que hubiera lastimado.

Me agaché y pasé mis dedos suavemente sobre su pelaje, sintiendo los extremos puntiagudos. El gato arqueó la espalda. Tal vez sentía la transformación en el espacio entre mis dedos y su piel. Tal vez simplemente no estaba acostumbrado a ser tocado.

Tan delicadamente como pude, metí mis dedos por debajo de su pelo hasta que sentí su piel contra la mía. Extendí mi mano para que mi palma descansara sobre la curva del cuello del viejo gato, y la dulce y natural tibieza de la sangre en sus venas irradió en mí. Sentí que la luz dejaba su cuerpo y pasaba a la palma de mi mano, y se propagaba hasta llenar todo mi ser. Escuché el gorjeo de los pájaros matutinos, los gorriones emprendiendo el vuelo desde los árboles. Vi el rostro de mi madre sonriéndome, más claro que cualquier fotografía, tan real como si tuviera seis años otra vez. El mundo se sentía cálido y dulce, y no pude evitar sonreírle también. Nuestra sonrisa secreta.

Y entonces todo se derrumbó, y su sonrisa se desvaneció en un caleidoscopio de pisos de paté de hígado, sueros químicos, máquinas contando el tiempo que le quedaba, hasta que ya casi se había acabado, hasta que la movimos a una habitación que nunca usamos para nada excepto para contener su cama. Y entonces, un día, cuando el cielo a través de las ventanas era tan brillante que los ojos me dolían de verlo, en esa cama, en esa habitación, el dolor cesó, y por un momento el universo quedó tan silencioso que casi pude escucharla partir.

El aliento se me atoró en el pecho. Un espasmo me recorrió la columna. Mis piernas se vencieron, y acabé sollozando sobre la hierba.

No escuché a Sebastian, y no sé cómo me encontró. Pero estaba allí. No dijo nada, y tampoco yo. No hacía falta.

Luego de un momento, me ofreció su mano. Y luego de otro momento, yo la recibí, y él me ayudó a levantarme. En algún lado, la bocina de un auto sonó una vez. En algún lado, el doctor Batiste se preguntaba a dónde me había metido.

Sebastian y yo permanecimos allí en el claro, tomados de las manos, con fuerza. Los dos éramos alguien distinto a quien habíamos sido un día atrás, una hora atrás. Nuestros corazones estaban abiertos de par en par, y el amor en su interior era tierno y total. Estábamos de luto. El futuro se acercaba a toda velocidad.

Podía esperar un minuto más.

AGRADECIMIENTOS

Este libro no existiría sin el apoyo, la guía y la paciencia de una cantidad sorprendente de personas inmensamente talentosas y maravillosas. Ha sido un privilegio trabajar con todas ellas, y es un gran privilegio tener la oportunidad de agradecerles ahora.

Mi fabulosa agente literaria, Katelyn Detweiler, ha sido una infinita fuente de inspiración y motivación. Su paciencia y cuidado con cada versión (¡hubo muchas!), sus delicados empujoncitos creativos que abrieron nuevas posibilidades para los personajes, escenas y tramas, y su inquebrantable apoyo durante el largo viaje que representó la escritura de este libro, fueron un verdadero regalo. Y el apoyo que este libro ha recibido de parte de todos en Jill Grinberg Literary Management, incluyendo a Denise Page, Sam Farkas y Sophia Seidner, ha sido empoderante y aleccionador. Todos los escritores deberían tener la suerte de contar con semejantes ángeles de su lado.

Por presentarme a Katelyn, y por muchos otros buenos oficios, también debo agradecer a mi agente para proyectos en cine y televisión, Matthew Snyder de Creative Artists. El consejo de Matthew a lo largo de los años ha sido sabio, sereno y muy franco, y mi gratitud hacia él no tiene límites.

Este libro encontró un hogar increíble en Simon & Schuster Books for Young Readers, y el entusiasmo y la hospitalidad que mostraron todos allí me han dejado impresionado. Primero y en especial, quiero agradecer a mi maravillosa editora, Kendra Levin, quien abrazó esta historia con todo su corazón y luego la retó a ser más profunda, aguda, cálida y extraña de lo que hubiera esperado jamás. Trabajar con ella ha sido emocionante y un gran honor, y el libro es exponencialmente mejor gracias a ella.

Hay muchos otros en Simon & Schuster que merecen un agradecimiento, algunos con quienes ya había tenido antes el placer de trabajar, y otros a quienes aún no he conocido en persona, pero cuya labor ha sido fundamental para hacer realidad este libro. Tengo una gran deuda de gratitud hacia el liderazgo y la visión de Jonathan Karp, Jon Anderson y Justin Chanda. También estoy inmensamente agradecido con Krista Vossen y el departamento de arte por transformar un documento de Word pobremente formateado en un objeto hermoso. También debo un agradecimiento a mi correctora Bara MacNeill, cuyo ojo agudo, diligencia y exhaustividad hicieron que cada escena brillara, y a Amanda Ramirez y Beza Wondie por su invaluable asistencia en el proceso editorial y todo lo que conlleva. Todo el equipo de marketing de Simon & Schuster Children ha generado un gran entusiasmo alrededor de este libro, y yo no podría estar más agradecido. Por llevar *Érase una vez* al Reino Unido, a Australia y a otros públicos de habla inglesa, me siento agradecido con Rachel Denwood y Katie Lawrence y a todos los que los apoyan en Simon & Schuster UK. Y gracias a Stephanie Voros y su equipo de derechos internacionales, esta historia tendrá vida en muchos otros idiomas, un hecho que no deja de asombrarme. Y por último, gracias a Jenica Nasworthy por hacer el increíblemente importante trabajo de asegurarse de que todo funcionara a la perfección tras bambalinas para que este manuscrito de hecho lograra convertirse en un libro.

Mis socios en Imagine Entertainment han sido de gran inspiración, tanto por sus ideas como por su entusiasmo con esta historia a medida que se desarrollaba. Gracias especialmente a Bryce Dallas Howard, a Laeta Kalogridis, a Karen Lunder, a Jon Swartz y a todos los que los apoyan en Imagine.

Justin Wilkes fue el primer paladín de esta historia, y casi una década después, sigue siendo un gran campeón. Ha sido el honor de toda una vida trabajar en algo tan personal, y durante tanto tiempo, en compañía de tan sensacional amigo. Gracias, Cap.

También me gustaría extender un reconocimiento a varios amigos y compañeros de viaje que leyeron y apoyaron esta historia a lo largo del camino. Matt Dellinger y Laura Hohnhold vieron el potencial en la serie de cuentos, ligeramente interconectados, que con el tiempo se convertirían en este libro. Scott Westerfeld compartió su sabiduría en cuestiones de cine y televisión. Y Andrew Fitzgerald y Robin Sloan, el escuadrón de escritura Moon Yeti, me regalaron múltiples sesiones de valiosos comentarios durante las primeras versiones, así como un apoyo general y su genialidad creativa.

Mis padres, Mike y Paula, trabajaron duro todos los días cuando yo estaba creciendo y siempre me alentaron —a veces con gran costo— a seguir mis pasiones. También me alentaron a entender mi herencia iraní. Es gracias a ellos que fui capaz de escribir este libro. Gracias, chicos.

Sedighe Kerman, mi abuela, mi Mamanbozorg, me obsequió el *"Yeki bood, yeki nabood"* cuando yo era muy joven, además de muchos otros regalos. Todavía hoy, cuando veo esas palabras, las escucho con su voz.

Mis hijas, Tilden y Sibley, han sido muy pacientes con papá mientras él se quejaba de las reescrituras y las correcciones, y entretanto han crecido y han pasado de ser unas bebés a ser unas niñas maravillosas, creativas y curiosas, y es un verdadero disparate lo mucho que las amo.

Finalmente, gracias a ti, Jane. No sabías en lo que te metías cuando me dijiste que debería escribir ésa historia de la clínica veterinaria para animales imaginarios. Permitiste que esta historia ocupara un espacio en nuestras vidas por un largo tiempo —espacio que tú creaste siendo profesionalmente brillante y fabulosa— sin la certeza del resultado. Me convenciste de abandonar muchas malas ideas y, sin embargo, nunca dejaste de confiar en mí. Eres la mejor mamá que nuestras hijas pudieran tener y la mejor persona con la que hubiera esperado compartir la vida. ¡*Team Fox* para siempre!

Esta obra se imprimió y encuadernó
en el mes de diciembre de 2023, en los talleres
de Impregráfica Digital, S.A. de C.V.
Av. Coyoacán 100-D, Col. Del Valle Norte,
C.P. 03103, Benito Juárez, Ciudad de México.